POIROT REPREND LA MAIN

Poirot joue le jeu

Cartes sur table

Paru au Livre de Poche :

A.B.C. CONTRE POIROT
À L'HÔTEL BERTRAM
L'AFFAIRE PROTHEROE
ALLÔ, HERCULE POIROT
ASSOCIÉS CONTRE LE CRIME
LE BAL DE LA VICTOIRE
BLACK COFFEE
CARTES SUR TABLE
LE CHAT ET LES PIGEONS
LE CHEVAL À BASCULE
LE CHEVAL PÂLE
CHRISTMAS PUDDING
CINQ HEURES VINGT-CINQ
CINQ PETITS COCHONS
LE CLUB DU MARDI CONTINUE
LE COUTEAU SUR LA NUQUE
LE CRIME DE L'ORIENT-EXPRESS
LE CRIME D'HALLOWEEN
LE CRIME DU GOLF
LE CRIME EST NOTRE AFFAIRE
LA DERNIÈRE ÉNIGME
DESTINATION INCONNUE
DIX BRÈVES RENCONTRES
DIX PETITS NÈGRES
DRAME EN TROIS ACTES
LES ENQUÊTES D'HERCULE POIROT
LE FLAMBEAU
LE FLUX ET LE REFLUX
L'HEURE ZÉRO
L'HOMME AU COMPLET MARRON
LES INDISCRÉTIONS D'HERCULE POIROT
JE NE SUIS PAS COUPABLE
JEUX DE GLACES
LA MAISON BISCORNUE
LA MAISON DU PÉRIL
LE MAJOR PARLAIT TROP
MARPLE, POIROT, PYNE ET LES AUTRES
MEURTRE AU CHAMPAGNE
LE MEURTRE DE ROGER ACKROYD
MEURTRE EN MÉSOPOTAMIE
LE MIROIR SE BRISA
MISS MARPLE AU CLUB DU MARDI
MON PETIT DOIGT M'A DIT
LA MORT DANS LES NUAGES

LA MORT N'EST PAS UNE FIN
MORT SUR LE NIL
MR BROWN
MR PARKER PYNE
MR QUINN EN VOYAGE
MRS McGINTY EST MORTE
LE MYSTÈRE DE LISTERDALE
LA MYSTÉRIEUSE AFFAIRE DE STYLES
LE MYSTÉRIEUX MR QUINN
N. OU M. ?
NÉMÉSIS
LE NOËL D'HERCULE POIROT
LA NUIT QUI NE FINIT PAS
PASSAGER POUR FRANCFORT
LES PENDULES
PENSION VANILOS
LA PLUME EMPOISONNÉE
POIROT QUITTE LA SCÈNE
POIROT RÉSOUT TROIS ÉNIGMES
PORTRAIT INACHEVÉ
POURQUOI PAS EVANS ?
LES QUATRE
RENDEZ-VOUS À BAGDAD
RENDEZ-VOUS AVEC LA MORT
LE SECRET DE CHIMNEYS
LES SEPT CADRANS
TANT QUE BRILLERA LE JOUR
TÉMOIN À CHARGE
TÉMOIN INDÉSIRABLE
TÉMOIN MUET
LE TRAIN BLEU
LE TRAIN DE 16 H 50
LES TRAVAUX D'HERCULE
TROIS SOURIS...
LA TROISIÈME FILLE
UN CADAVRE DANS LA BIBLIOTHÈQUE
UN MEURTRE EST-IL FACILE ?
UN MEURTRE SERA COMMIS LE...
UN, DEUX, TROIS...
UNE AUTOBIOGRAPHIE
UNE MÉMOIRE D'ÉLÉPHANT
UNE POIGNÉE DE SEIGLE
LES VACANCES D'HERCULE POIROT
LE VALLON

AGATHA CHRISTIE

Poirot reprend la main

Poirot joue le jeu

Cartes sur table

LIBRAIRIE DES CHAMPS-ÉLYSÉES

Titres originaux :

DEAD MAN'S FOLLY

CARDS ON THE TABLE

Dead Man's Folly Copyright © 1956 Agatha Christie Limited.
All rights reserved.
AGATHA CHRISTIE, POIROT and the Agatha Christie Signature
are registered trademarks of Agatha Christie Limited
in the UK and/or elsewhere. All rights reserved.
© 1957, Librairie des Champs-Élysées.
© 1997, Éditions du Masque-Hachette Livre, pour la nouvelle traduction.

Cards on the table Copyright © 1939 Agatha Christie Limited.
All rights reserved.
AGATHA CHRISTIE, POIROT and the Agatha Christie Signature
are registered trademarks of Agatha Christie Limited
in the UK and/or elsewhere. All rights reserved.
© 1939, Librairie des Champs-Élysées.
© 1992, Librairie des Champs-Élysées, pour cette traduction.

ISBN : 978-2-253-08632-1 – 1re publication LGF

Poirot joue le jeu

NOUVELLE TRADUCTION DE PIERRE GIRARD

1

Ce fut miss Lemon, la très efficace secrétaire de Poirot, qui prit la communication.

Posant son bloc-sténo à côté du téléphone, elle décrocha et annonça d'un ton posé :

— Ici Trafalgar 8137, j'écoute.

Hercule Poirot se laissa aller contre le dossier de son fauteuil et ferma les yeux, pensif, en tapotant du bout des doigts le bord de la table. Il repassait dans son esprit les phrases bien balancées de la lettre qu'il venait de dicter.

Miss Lemon plaqua la main sur le récepteur pour s'enquérir en baissant la voix :

— Acceptez-vous un appel de personne à personne en provenance de Nassecombe, dans le Devon ?

Poirot fronça les sourcils. Cet endroit ne lui disait rigoureusement rien.

— Quel est le nom du demandeur ? voulut-il savoir, prudent.

Miss Lemon prononça quelques mots dans l'appareil.

— *Air-raid ?* articula-t-elle en écho d'une voix incrédule. Ah ! oui... et le nom de famille ? Vous voulez bien répéter ?

Elle se retourna vers Hercule Poirot :

— Mrs Ariadne Oliver.

Les sourcils d'Hercule Poirot partirent à l'escalade de son front. Une image se formait dans sa mémoire : une tignasse grise hirsute... un profil d'aigle...

Il se leva et prit le récepteur des mains de miss Lemon.

— Hercule Poirot lui-même à l'appareil, déclara-t-il avec emphase.

— Il s'agit vraiment de Mr Herculès Porrot en personne ? insista la voix méfiante de l'opératrice.

Poirot lui garantit que tel était bien le cas.

— Vous avez Mr Porrot en ligne, demandeur ! affirma l'opératrice à l'autre bout du fil.

À la petite voix aiguë de l'opératrice succéda un contralto si puissant que Poirot éloigna précipitamment le récepteur de son oreille.

— Monsieur Poirot, c'est bien *vous* ? tonitrua Mrs Oliver.

— Moi-même et en personne, très chère madame.

— Mrs Oliver à l'appareil. Je ne sais si vous vous souvenez encore de moi...

— Mais bien sûr que si, voyons. Qui pourrait vous oublier ?

— Eh bien, figurez-vous que cela arrive, avoua Mrs Oliver soudain morose. Assez souvent, même. Je ne dois pas posséder une personnalité très marquée. À moins que le phénomène ne résulte de cette manie que j'ai de changer tout le temps de coiffure. Mais là n'est pas la question. J'espère que je ne vous ai pas dérangé en plein travail ?

— Non, non, pas le moins du monde ! s'empressa d'affirmer Poirot dans son plus bel anglais.

— Dieu sait, vraiment, que je ne voudrais pas vous mettre martel en tête. Mais le fait est que j'ai *besoin* de vous.

— Besoin de moi ?

— Oui. Tout de suite. Pouvez-vous sauter dans un avion ?

— Je ne prends jamais l'avion. Mon estomac ne le supporte pas.

— Le mien non plus. Et de toute façon, étant donné que le plus proche aéroport – celui d'Exeter – se trouve à je ne sais combien de kilomètres d'ici, j'estime que vous arriverez beaucoup plus vite par le train. Sautez donc dans le train. Vous en avez un à 11 heures, qui vous mettra directement à Nassecombe. C'est on ne peut plus faisable : ça vous laisse quarante minutes pour vous rendre à la gare de Paddington... si toutefois ma montre est à l'heure, ce qui n'est généralement pas le cas.

— Mais où êtes-vous, chère madame ? Et de quoi s'agit-il au juste ?

— Nasse House, Nassecombe. Une voiture, ou un taxi, vous attendra à la gare de Nassecombe.

— Mais *pourquoi* avez-vous besoin de moi ? De *quoi* s'agit-il ? répéta Poirot.

— Les téléphones sont toujours si mal placés, éluda Mrs Oliver. Celui-ci est dans le hall... Les gens ne cessent d'aller et venir autour de moi en jacassant... Je vous entends mal. Mais je compte sur vous. Tout le monde sera *tellement* enchanté de vous voir ! À très bientôt !

Un déclic à l'autre bout de la ligne, suivi d'un bourdonnement, indiqua qu'on avait raccroché.

Sidéré, Poirot raccrocha à son tour en marmonnant entre ses dents. Miss Lemon attendait, indifférente, le crayon en suspens. Elle répéta à mi-voix la phrase dictée par Poirot avant l'interruption du téléphone :

— « ... et permettez-moi de vous assurer, très cher monsieur, que l'hypothèse que vous développez... »

D'un geste de la main, Poirot coupa court au développement de ladite hypothèse.

— C'était Mrs Oliver, dit-il. Ariadne Oliver, l'auteur de romans policiers. Vous avez peut-être lu...

Mais il n'alla pas plus loin, se souvenant que miss Lemon ne se gavait que d'ouvrages édifiants et tenait dans le plus grand mépris la littérature policière.

— Elle me demande de partir pour le Devon toute affaire cessante. Dans...

Il jeta un coup d'œil à la pendule :

— ... dans trente-cinq minutes.

Miss Lemon leva un sourcil désapprobateur :

— Il ne manquerait plus que ça ! Pourquoi tant de précipitation ?

— Si je le savais ! Elle ne me l'a pas dit.

— Comme c'est étrange. Et pourquoi ce mutisme ?

— Parce que, murmura Poirot, pensif, elle craignait qu'on ne l'entende. Oui, elle a été très claire là-dessus.

— Vraiment ! s'indigna miss Lemon, prompte à prendre la défense de son patron. Vraiment, les gens sont extraordinaires ! S'imaginer que vous allez vous précipiter dans une aventure aussi abracadabrante ! Un homme de votre importance ! J'ai souvent remarqué que ces artistes et ces écrivains étaient des gens terriblement déraisonnables – ils n'ont pas le sens de la mesure. Voulez-vous que j'envoie un télégramme : « *Désolé, impossible quitter Londres* » ?

Sa main, déjà, se tendait vers le téléphone. Poirot l'arrêta :

— Pas question ! Au contraire, soyez assez aimable pour m'appeler immédiatement un taxi.

Puis, élevant la voix :

— Georges ! Mettez mon nécessaire de toilette dans ma petite valise. Et vite, très vite ! J'ai un train à prendre !

Après avoir foncé à toute vapeur sur les trois cents premiers kilomètres de son parcours, le train ralentit pour franchir comme à regret les trente derniers et s'arrêta en gare de Nassecombe sous un panache de fumée. Une seule personne en descendit : Hercule Poirot. Il enjamba avec précaution le vide qui le séparait du quai et regarda autour de lui. En queue de convoi, un porteur s'affairait dans le fourgon à bagages. Poirot prit sa valise et se dirigea vers la sortie. Il tendit son billet au contrôleur et traversa le hall de la petite gare.

Une longue limousine était garée devant la sortie et un chauffeur en livrée vint à sa rencontre.

— Mr Hercule Poirot ? demanda-t-il respectueusement.

Il prit la valise des mains d'Hercule Poirot et ouvrit la portière de la voiture. Ils s'éloignèrent de la gare en franchissant un pont au-dessus des voies ferrées avant de s'engager sur une petite route qui serpentait entre des haies. Puis le sol s'inclina sur leur droite, découvrant un magnifique fleuve et, au loin, des collines bleutées noyées dans la brume. Le chauffeur ralentit et s'arrêta le long de la haie.

— L'Helm, monsieur, dit-il avec componction en montrant le fleuve. Et tout au fond, là-bas, vous apercevez Dartmoor.

Le moment, à l'évidence, était venu de manifester quelque admiration. Poirot émit les exclamations attendues en psalmodiant *Magnifique !* à plusieurs reprises. La Nature avec un grand N, en fait, ne l'inspirait guère. Un potager bien entretenu avait plus de chance de provoquer chez lui un commentaire admiratif. Deux jeunes filles qui gravissaient la pente avec peine passèrent le long de la voiture. Elles étaient en short, la tête ceinte de foulards aux couleurs vives, et pliaient sous le poids de lourds sacs à dos.

— Il y a une Auberge de Jeunesse tout près de chez nous, monsieur, expliqua le chauffeur, bien décidé à jouer les guides. Hoodown Park. L'ancienne propriété de Mr Fletcher. L'association des Auberges de Jeunesse l'a achetée, et c'est bondé pendant l'été. L'auberge peut accueillir jusqu'à cent personnes, mais les gens ne doivent pas rester plus de deux nuits consécutives. On y reçoit des hôtes des deux sexes, étrangers pour la plupart.

Poirot hocha distraitement la tête. Il était en train de se dire, et pas pour la première fois, que, vus de dos, les shorts n'étaient vraiment pas une tenue seyante pour les représentantes du sexe faible. Il ferma les yeux, déprimé. Pourquoi, pourquoi ces jeunes personnes s'accoutraient-elles ainsi ? Ces cuisses écarlates, vraiment, n'avaient rien d'attirant !

— Elles me paraissent bien chargées, murmura-t-il.

— Oh ! oui, monsieur, et le trajet est long, depuis la gare ou depuis l'arrêt d'autobus. Il faut compter trois bons kilomètres jusqu'à Hoodown Park.

Il hésita une seconde avant d'ajouter :

— Si vous n'y voyez pas d'objection, monsieur, peut-être pourrions-nous les prendre en stop ?

— Bien entendu, bien entendu, acquiesça Poirot d'un ton aimable.

Après tout, n'était-il pas là, luxueusement installé dans cette voiture quasiment vide, tandis qu'elles peinaient sur le chemin, haletantes et en sueur sous le poids de leurs sacs à dos, sans la moindre idée de la façon dont elles pourraient se vêtir pour se rendre un tant soit peu attrayantes aux yeux du sexe opposé ? Le chauffeur démarra pour s'en aller s'arrêter un peu plus loin, son moteur tournant au ralenti avec un doux ronronnement, à la hauteur des deux jeunes filles qui levèrent vers eux, pleines d'espoir, leurs visages empourprés et luisants de transpiration.

Poirot ouvrit la portière. Et elles montèrent.

— C'est très gentil, s'il vous plaît, baragouina l'une, une blonde à l'accent étranger. C'est un plus long chemin que je pensais.

L'autre, qui avait un coup de soleil et un visage très rouge encadré par des boucles de cheveux roux s'échappant de son foulard, se contentait de hocher la tête en souriant de toutes ses dents et en répétant *Grazie* à mi-voix. La blonde continua à parler avec volubilité :

— J'ai venu en Angleterre pour deux semaines de vacances. De Hollande, j'ai venu. Je voyais déjà Stratford Avon, le théâtre Shakespeare et le château de Warwick. Je voyais aussi Clovelly, et la cathédrale d'Exeter, et Torquay – tout très beau. J'ai venu ici pour admirer fameux panorama, et demain je irai autre côté de la rivière, à Plymouth, d'où Nouveau Monde découvert.

— Et vous, *signorina* ? fit mine de s'intéresser Poirot en se tournant vers l'autre fille.

Mais elle se borna à sourire en secouant ses boucles.

— Elle pas beaucoup parler anglais, dit gentiment la Hollandaise. Elle et moi connaître français un peu, et parler dans le train. Elle de Milan, et avoir une amie en Angleterre mariée à monsieur marchand d'épicerie, gros marchand. Elle venue à Exeter hier avec amie, mais l'amie d'elle mangé pâté veau-jambon mauvais dans magasin, et restée là-bas malade. Pâté veau-jambon dangereux, avec chaleur.

Le chauffeur ralentit car la route se scindait. Les deux filles descendirent, remercièrent dans leurs langues respectives et prirent à gauche. Le chauffeur, renonçant momentanément à son flegme olympien, confia à Poirot d'un air convaincu :

— Ce n'est pas seulement du pâté de veau et de jambon qu'il faut se méfier, mais de *tous* les pâtés. En période de vacances, ils sont capables de mettre *n'importe quoi* dedans !

La voiture repartit, obliqua vers la droite pour s'enfoncer bientôt dans un bois épais. Le chauffeur n'en avait néanmoins pas terminé avec la clientèle de l'Auberge de Jeunesse de Hoodown Park.

— Ce n'est pas qu'elles soient méchantes, ces petites, maugréa-t-il. Mais allez leur faire comprendre que les gens, ici, sont *chez eux,* et qu'on ne pénètre pas dans une propriété privée. Elles sont tout le temps à traîner dans nos bois, et elles font semblant de ne pas comprendre ce qu'on leur dit.

En ayant fini de sa diatribe, il secoua la tête d'un air sombre.

Ils descendirent, toujours à travers bois, une pente assez raide, franchirent un haut portail en fer forgé au-delà duquel une allée les amena devant une grande maison blanche de style géorgien dominant le fleuve.

Comme le chauffeur ouvrait la portière de la voiture, un maître d'hôtel, brun et de haute taille, apparut en haut des marches :

— Monsieur Hercule Poirot ?

— Oui.

— Mrs Oliver vous attend, monsieur. Vous la trouverez en bas, à la bretèche. Permettez-moi de vous y conduire.

Poirot suivit le maître d'hôtel sur un chemin en pente douce serpentant le long du bois avec, de temps à autre, des échappées sur le fleuve qui coulait en contrebas. Ce chemin déboucha sur un espace découvert de forme circulaire, borné par un parapet bas à créneaux. Mrs Oliver s'y tenait assise.

Comme elle se levait pour venir à sa rencontre, une myriade de pommes tombèrent à ses pieds et roulèrent dans toutes les directions. Les pommes en cascade semblaient indissociables du personnage de Mrs Oliver.

— Je me demande pourquoi je laisse toujours tout tomber, bafouilla-t-elle, d'une voix assez indistincte car elle avait la bouche pleine de pomme mâchée. Comment allez-vous, monsieur Poirot ?

— On ne peut mieux, chère madame, mondanisa Hercule Poirot. Et vous-même ?

Mrs Oliver lui paraissait changée depuis leur dernière rencontre, sans doute parce que, comme elle y avait fait allusion au téléphone, elle avait une fois de plus transformé sa coiffure. Ses cheveux, qu'il avait connus « en coup de vent », étaient désormais teintés de bleu et formaient sur son crâne un échafaudage d'improbables bouclettes du style « marquise ». Le côté marquise s'arrêtait cependant à la nuque, le reste de l'accoutrement étant plutôt du genre « pratique campagnard », avec un tailleur en gros tweed d'un jaune d'œuf agressif porté sur un pull-over moutarde d'aspect éminemment bilieux.

— J'étais *sûre* que vous viendriez ! s'épanouit Mrs Oliver.

— Vous ne pouviez absolument pas l'être, rétorqua Poirot d'un ton sévère.

— Oh ! que si.

— J'en suis pourtant moi-même encore à me demander *pourquoi* je suis ici.

— Eh bien, moi, je le sais.

— Ah bon ?

— Cu-rio-si-té.

Une petite lueur malicieuse dansa dans le regard de Poirot :

— Il se pourrait en effet que, pour une fois, votre fameuse intuition féminine ne vous ait point trop égarée.

— Ne vous moquez pas de mon intuition féminine. Est-ce que je n'ai pas toujours, dans tous les cas et d'un coup d'un seul, démasqué le coupable ?

Galamment, Poirot s'abstint de répondre, comme il en avait envie : « D'un coup d'un seul, ça reste à voir... À la cinquième tentative, je le veux bien... Mais toujours, alors là, non ! »

Au lieu de quoi il murmura, en regardant autour de lui :

— C'est vraiment une propriété magnifique que vous avez là.

— Ça ? Mais ça ne m'appartient pas, monsieur Poirot ! Vous vous l'êtes imaginé un instant ? Oh ! non, nous sommes ici chez les Stubbs.

— Qui sont les Stubbs ?

— Bah ! personne, en vérité, dit Mrs Oliver d'un air vague. Des gens riches, un point c'est tout. Non, je suis ici à titre professionnel, j'ai un travail à effectuer.

— Ah ! je vois. Vous faites provision de couleur locale pour le prochain de vos chefs-d'œuvre ?

— Non, non. Je viens de vous le dire : j'ai un *travail* à effectuer. J'ai été embauchée pour concocter un meurtre.

Poirot écarquilla les yeux.

— Oh ! pas un vrai meurtre, le rassura Mrs Oliver. Il va y avoir une grande fête ici, demain, une sorte de kermesse, et, histoire de corser un peu l'ambiance, on va organiser une Course à l'Assassin. Sous ma houlette. Un peu, si vous voulez, sur le modèle d'une Course au Trésor ; seulement des Courses au Trésor, ils ont déjà fait ça si souvent qu'ils ont voulu cette fois donner dans la nouveauté. D'où leur idée de m'offrir des honoraires substantiels pour que je vienne réfléchir à la question. C'est rigolo comme tout, au fond. Et ça me change agréablement du train-train quotidien.

— Comment voyez-vous la chose ?

— Eh bien, il y aura une Victime, évidemment. Et des Indices. Et des Suspects. Tout cela très conventionnel, en fait : la Vamp, l'Affreux Maître Chanteur, les Jeunes Amants, l'Inquiétant Majordome, etc. On paiera deux couronnes pour participer et, après avoir pris connaissance du Premier Indice, on devra trouver la Victime, l'Arme du Crime, l'Assassin et le Mobile. Et il y aura des prix pour les meilleurs.

— Remarquable !

— En vérité, ajouta Mrs Oliver en se rembrunissant, mettre sur pied ce genre de mécanique est bien plus difficile que vous ne l'imaginez. Car il faut obtenir de personnages réels qu'ils se montrent futés, alors que dans mes livres ils n'en ont aucun besoin.

— Et c'est pour vous seconder dans cette tâche que vous m'avez convoqué ?

Poirot ne faisait rien pour dissimuler l'irritation qui perçait dans sa voix.

— Oh ! *non,* se récria Mrs Oliver. Bien sûr que non ! Ma tâche est terminée. Tout est prêt pour demain. Non, si je vous ai appelé, c'est pour un tout autre motif.

— Lequel ?

Mrs Oliver porta la main à sa tête. Elle s'apprêtait à se la passer dans les cheveux lorsqu'elle se souvint que sa nouvelle coiffure lui interdisait désormais ce geste machinal. Et il lui fallut, pour masquer l'émotion qui l'étreignait, se contenter de tirailler les lobes de ses oreilles.

— Je suis peut-être idiote, frémit-elle. Mais j'ai l'impression qu'il se prépare du vilain.

2

Un long silence suivit. Poirot la regardait. Puis il demanda, non sans une certaine brusquerie :

— Du vilain ? Qu'entendez-vous par là ?

— Comment dire... C'est précisément ça que je voudrais que *vous* tiriez au clair. Mais j'ai comme l'impression d'avoir été – et ce, chaque jour davantage – *manipulée*... menée en fait par le bout du nez. Libre à vous de me traiter de toquée, mais je vous fiche mon billet que si un *vrai* crime était commis demain, je n'en serais pas autrement surprise !

Poirot la fixait toujours. Elle soutint son regard d'un air de défi.

— Voilà qui est intéressant, commenta Poirot.

— Vous me trouvez complètement idiote, n'est-ce pas ?

— Je ne vous ai jamais considérée comme une idiote.

— Je sais en outre ce que vous dites toujours – ou ce que vous pensez – de tout ce qui relève de l'intuition.

— Nous avons vous et moi des façons radicalement différentes de nommer des choses pourtant identiques, rectifia Poirot. Je croirais volontiers que vous avez remarqué un détail, ou entendu un mot, qui aura suscité votre inquiétude. Et je ne serais pas étonné que vous ne sachiez pas au juste vous-même quel est ce mot ou ce détail. Mais vous redoutez ce qui pourrait en *résulter*. Si j'ose m'exprimer ainsi, vous ne savez pas très bien vous-même ce que vous savez. Baptisez cela intuition si ça vous chante.

— On se sent tellement idiot, confessa Mrs Oliver d'un air penaud, quand on est incapable de se montrer *précis*.

— La précision, nous y parviendrons, décréta Poirot d'un ton qui se voulait encourageant. Vous avez eu, selon vos propres termes, l'impression d'être – comment avez-vous formulé ça ? – manipulée. Pourriez-vous m'expliquer un peu plus clairement ce que vous entendiez par là ?

— Ma foi, ce n'est pas facile... Voyez-vous, il s'agit après tout de *mon* meurtre. C'est moi qui l'ai conçu et organisé jusque dans les moindres détails. Et si vous connaissez un tant soit peu la mentalité du romancier, vous devez savoir qu'il ne supporte pas les suggestions. Vous savez, quand les gens vous disent : « Sensationnel ! Mais vous ne croyez pas que ce serait cent fois mieux si Untel au lieu d'Untel faisait ceci au lieu de cela ? » ou encore : « J'ai une idée mille fois meilleure ! Et si la victime était A plutôt que B ? Et le coupable, D plutôt que E ? » Dans ces cas-là, on meurt d'envie de répondre : « Parfait ! Qu'est-ce que vous attendez pour l'écrire vous-même ! »

Poirot hocha la tête :

— Et c'est ce qui s'est passé ?

— Pas vraiment... On m'a effectivement fait ce genre de suggestions ineptes et, comme je suis montée sur mes grands chevaux, on y a aussitôt renoncé ; puis on m'a proposé une modification de détail, et comme j'avais très mal pris les inepties, je me suis crue obligée de céder sur le chapitre du détail.

— Je vois, acquiesça Poirot. Oui... c'est le type même de la méthode imparable... On commence par monter en épingle une exigence absurde, incongrue... mais l'important est ailleurs. Obtenir la modification mineure, tel est le véritable objectif. C'est bien cela ?

— Exactement, dit Mrs Oliver. Et il se *peut,* bien sûr, que tout cela ne soit que le fruit de mon imagination, mais cela m'étonnerait quand même. Ce ne sont que des faits sans importance, et pourtant je ne peux pas m'empêcher d'être inquiète. C'est aussi une question de... d'*atmosphère*, dirons-nous.

— Ces suggestions, qui vous les a faites ?

— Diverses personnes. S'il n'y en avait eu qu'une, je ne l'aurais pas laissée piétiner ainsi mes plates-bandes. Mais il n'y en avait pas qu'une – encore qu'à mon avis tout vienne de la même, au travers de gens qui ne s'en doutent même pas.

— Avez-vous une idée sur l'identité de cette personne ?

Mrs Oliver secoua la tête :

— C'est quelqu'un d'habile et de très prudent. Mais ceci mis à part, ça pourrait être n'importe qui.

— Qui est ici ? demanda Poirot. Le nombre de personnages devrait être limité ?

— Eh bien, commença Mrs Oliver, il y a sir George Stubbs, le propriétaire des lieux. Riche et vulgaire, et, à mon humble avis, d'une insondable stupidité en dehors du domaine des affaires... où il doit en revanche se comporter en véritable requin. Puis il y a lady Stubbs – Hattie – de vingt ans sa cadette au bas mot, éminemment spectaculaire, mais bête comme ses pieds – en fait, *je* la crois débile profonde. Elle l'a épousé pour son argent, comme de bien entendu, et semble incapable de penser à autre chose qu'à ses toilettes et à ses bijoux. Il y a Michael Weyman – un architecte, assez jeune et plutôt beau garçon dans le genre artiste et débraillé. Il travaille à un projet de pavillon près des courts de tennis et s'occupe de faire restaurer la Folie.

— La Folie ? Qu'est-ce que c'est ?

— Un de ces simili-temples à colonnade dont les gens raffolent dans les parcs. Vous avez dû en voir à Kew. Il y a aussi miss Brewis – sorte de secrétaire-majordome, qui tient la maison et s'occupe de la correspondance – pas drôle pour deux sous mais efficace en diable. Et puis il y a tous les voisins qui viennent, pour l'occasion, donner un coup de main. Un jeune couple, Alec et Sally Legge, qui ont loué un cottage au bord du fleuve. Et le capitaine Warburton, régisseur des propriétés des Masterton. Et les Masterton eux-mêmes, bien sûr, et la vieille Mrs Folliat, qui habite dans ce qui était jadis le pavillon des gardiens. Nasse House a appartenu à la famille de son mari. Mais ils sont tous morts, dans leur lit ou à la guerre, et les droits de succession étaient si élevés que le dernier héritier a été obligé de vendre.

Poirot enregistra ce qui, pour le moment, n'était pour lui qu'une liste de noms dépourvus de visages.

— Qui a eu l'idée de cette Course à l'Assassin ?

— Mrs Masterton, je crois, l'épouse du député de la circonscription. C'est une excellente organisatrice, et c'est elle aussi qui a su convaincre sir George d'accueillir cette kermesse sur sa propriété. L'endroit est resté longtemps inhabité, et elle s'est dit que les gens seraient trop heureux de payer pour y pénétrer.

— Tout cela me semble très normal.

— Ça *semble* normal à première vue, mais c'est loin d'être le cas, s'obstina Mrs Oliver, têtue. Je vous le dis, monsieur Poirot. Il y a *du vilain* à l'horizon.

Poirot regarda Mrs Oliver et Mrs Oliver rendit son regard à Poirot.

— Comment comptez-vous expliquer ma présence ici ? Le fait que vous m'ayez fait venir ? demanda ce dernier.

— C'est fait ! triompha Mrs Oliver. Et ça n'était pas sorcier : c'est vous qui remettrez les prix pour la Course à l'Assassin. Tout le monde est fou de joie. Je leur ai dit que je vous connaissais, que j'allais faire l'impossible pour vous décider à venir et que j'étais persuadée que le seul énoncé de votre nom attirerait les foules – et je parie d'ailleurs bien que c'est ce qui va se passer, conclut Mrs Oliver avec tact.

— Et votre proposition a été acceptée... sans difficulté ?

— Je vous l'ai dit, tout le monde s'est montré fou de joie !

Mrs Oliver jugea inutile d'ajouter que, parmi les membres de la jeune génération, quelques individus incultes avaient osé demander : « Hercule Poirot ? Qui c'est ? »

— *Tout le monde ?* Personne n'a soulevé d'objection ?

Mrs Oliver secoua la tête.

— C'est bien dommage, maugréa Hercule Poirot.

— Vous voulez dire que cela aurait pu nous fournir une piste ?

— On voit mal un criminel en puissance se réjouir à la perspective de mon arrivée.

— J'ai l'impression très nette que vous me soupçonnez d'avoir tout inventé, s'attrista Mrs Oliver. Et je dois reconnaître qu'avant d'en parler avec vous, je ne m'étais pas rendu compte du peu d'éléments tangibles dont je disposais.

— Calmez-vous, lui conseilla Poirot avec douceur. Tout cela m'intrigue et m'intéresse. Par où allons-nous commencer ?

— C'est l'heure du thé. Nous allons retourner à la maison, et vous y verrez tout le monde.

Le chemin qu'elle prit, et qui n'était pas celui par lequel Poirot était arrivé, semblait filer dans la direction opposée.

— Nous allons passer par l'abri à bateaux, décréta-t-elle.

L'abri en question apparut effectivement à leurs yeux. C'était une construction pittoresque, au toit de chaume et qui surplombait le fleuve.

— C'est là-dedans que va se trouver le Cadavre, annonça Mrs Oliver. Le cadavre de la Course à l'Assassin, j'entends.

— Et qui va se faire tuer ?

— Oh ! une jeune randonneuse, dont on va s'apercevoir qu'elle a été la première femme – yougoslave – du Jeune Savant atomiste, expliqua Mrs Oliver, volubile.

Poirot cligna des paupières.

— Bien entendu, tout semble indiquer que c'est le Jeune Savant qui a voulu s'en débarrasser, poursuivit la romancière. Mais il va de soi que les choses ne sont pas aussi simples.

— Et il n'est rien là que de très naturel, chère madame, puisque c'est *vous* qui les avez imaginées...

Mrs Oliver salua le compliment d'un geste de la main.

— En fait, confia-t-elle, c'est le Châtelain qui la tue – et son mobile est assez peu banal... je ne pense pas que beaucoup de gens le trouveront... bien que le cinquième indice le désigne très clairement.

Renonçant à dénouer pour l'instant les fils compliqués de l'intrigue imaginée par Mrs Oliver, Poirot s'en tint à une question pratique :

— Et le cadavre adéquat, comment vous le procurez-vous ?

— Le rôle sera tenu par une jeune Éclaireuse, soupira Mrs Oliver. Ce devait d'abord être Sally Legge, sur quoi les organisateurs de la kermesse lui ont demandé de se coiffer d'un turban et de jouer les diseuses de bonne aventure. Nous nous sommes donc rabattus sur cette gamine, une dénommée Marlene Tucker. Elle est bête comme ses pieds et renifle à tout bout de champ... mais, bah ! son rôle n'est pas difficile. Elle a un sac à dos, un fichu de paysanne sur la tête, et tout ce qu'on lui demande c'est de se laisser choir en se passant la corde autour du cou chaque fois qu'elle entendra quelqu'un approcher. Comme la malheureuse risque de se morfondre, toute seule dans cet abri à bateaux en attendant qu'on la découvre, j'ai demandé qu'on lui fournisse une pile de bandes dessinées – à propos, il y en a une dans le lot sur laquelle un indice susceptible de mener au coupable est griffonné à la main... vous voyez que la boucle est bouclée.

— Votre ingéniosité me confond ! Où prenez-vous toutes ces idées ?

— Oh ! il n'est jamais difficile de lâcher la bride à son imagination, se rengorgea Mrs Oliver. Le problème, c'est qu'elle s'emballe, qu'elle en fait *trop,* si bien que tout se complique, et qu'il faut élaguer, et c'est *là* que ça vire au cauchemar. Passons par ici.

Ils suivirent un sentier en zigzag qui les ramena vers le fleuve, un peu plus en amont, pour déboucher dans une clairière au centre de laquelle se dressait un petit temple blanc à colonnade. Un jeune homme vêtu d'un pantalon de flanelle qui avait connu des jours meilleurs et d'une chemise d'un vert à faire grincer les dents le contemplait en fronçant les sourcils. Il se tourna vers eux. Mrs Oliver fit les présentations :

— Mr Michael Weyman, M. Hercule Poirot.

Le jeune homme salua le nouveau venu d'un hochement de tête désinvolte avant de fulminer :

— L'*endroit* où les gens mettent les choses ! C'est à ne pas croire ! Ce truc-là, par exemple. Bâti il n'y a pas un an – assez chouette dans son genre, et bien en harmonie avec le style de la baraque. Mais pourquoi *là ?* Ces machins étaient censés être vus de loin... « situés sur une éminence », comme on disait alors... et si possible dans un environnement d'herbacées, de narcisses, et j'en passe. Mais non : il a fallu qu'ils nous plantent celui-ci au beau milieu des arbres – on ne l'aperçoit de nulle part, et il faudrait abattre une bonne vingtaine d'érables pour qu'il soit visible depuis le fleuve !

— Il n'y avait peut-être pas d'autre endroit, hasarda Mrs Oliver.

Michael Weyman se mit à bouillir :

— Le sommet de la pelouse en terrasse, à côté de la maison... voilà un emplacement parfait. Mais non, ces gros nababs sont tous les mêmes – pas le moindre sens artistique. Il s'est fourré dans la tête qu'il lui fallait une *Folie,* comme il appelle ça, et il s'en est commandé une. Et puis il a regardé autour de lui en se demandant où il pourrait bien la coller. Sur quoi, d'après ce que je me suis laissé dire, survient une tempête qui déracine un grand chêne. Ça chamboule le terrain en laissant une cicatrice qui fait moche comme tout. « Qu'à cela ne tienne ! On va colmater la brèche en y mettant la Folie ! » décrète cette triple andouille. Colmater la brèche ! Ils n'ont que ça en tête, ces hommes d'affaires pourris de fric ! M'étonne qu'il n'ait pas encore planté des parterres de géraniums et de calcéolaires autour de la maison ! Ça ne devrait pas être permis qu'un type pareil ait le droit de posséder un endroit comme celui-ci !

Il paraissait hors de lui.

« En voilà un, se dit Poirot, qui n'a manifestement pas l'air de porter sir George Stubbs dans son cœur. »

— Le socle est en béton, reprit Weyman. Mais le sol, en dessous, n'est pas stable – ce qui fait qu'il y a déjà des fissures et que ça craque de partout. Bientôt ce sera dangereux... Mieux vaudrait flanquer le tout par terre pour le reconstruire sur le talus en vue de la maison. C'est ce que je préconise, mais ce vieil abruti ne veut rien entendre.

— Et pour ce qui est du pavillon de tennis ? demanda Mrs Oliver.

— Il veut qu'on donne dans le genre pagode ! s'étrangla Michael Weyman. Avec des dragons, figurez-vous ! Tout ça parce que lady Stubbs se pavane coiffée comme un coolie. À vous dégoûter d'être architecte. Les gens qui voudraient se faire construire quelque chose de décent n'ont pas le sou, et ceux qui ont les moyens ne veulent que des horreurs sans nom !

— Vous avez droit à ma compassion pleine et entière, décréta gravement Hercule Poirot.

— Ce George Stubbs, continua de vitupérer l'architecte. Non, mais il se prend pour qui ? C'est quoi, ce type ? Un planqué qui a passé toute la guerre à pantoufler dans un bureau de l'Amirauté, au fin fond du pays de Galles où il s'est laissé pousser la barbe, histoire de se donner des airs de convoyeur de haute mer – c'est du moins ce qu'on raconte. Un salopard qui pue le fric... qui le pue à plein nez !

— Seulement voilà, vous autres architectes avez besoin de ce genre de gens si vous ne voulez pas être condamnés au chômage, fit observer, non sans justesse, Mrs Oliver.

Comme elle se dirigeait vers la maison, Poirot et l'infortuné architecte lui emboîtèrent le pas.

— Ces gros richards sont incapables de comprendre les choses les plus simples, grommela Weyman en lançant, au passage, un dernier coup de pied à la Folie posée de guingois entre les arbres. Quand les fondations sont fichues, tout est fichu.

— C'est profond, ce que vous dites là, approuva Poirot. Oui, c'est profond.

Le sentier déboucha sur un espace découvert. La superbe demeure se détachait, toute blanche sur le vert sombre des arbres qui l'entouraient.

— C'est de toute beauté, vraiment, murmura Poirot.

— Et maintenant, il veut l'agrandir pour construire une salle de billard, commenta Weyman avec aigreur.

En contrebas, sur un talus tapissé de gazon, une vieille dame toute menue, armée d'un sécateur, s'affairait autour d'un bouquet d'arbustes. Elle grimpa les rejoindre, quelque peu essoufflée par l'escalade.

— Tout est resté des années à l'abandon, se justifia-t-elle. Et il est si difficile, de nos jours, de trouver un jardinier qui connaisse quoi que ce soit à la taille des arbustes. Ce versant aurait dû être éclatant de couleurs en mars et avril, mais nous avons été bien déçus cette année – il aurait fallu supprimer tout ce bois mort l'automne dernier...

— M. Hercule Poirot, Mrs Folliat, les présenta Mrs Oliver.

Un large sourire illumina les traits de la vieille dame :

— Voici donc l'illustrissime M. Poirot ! C'est *tellement* aimable à vous de venir nous aider. Cette dame nous a concocté un véritable casse-tête – pour une nouveauté, ce sera une nouveauté !

Poirot était légèrement surpris par l'amabilité de la vieille dame. Elle aurait tout aussi bien pu, songeait-il, être la maîtresse des lieux.

Il se répandit en politesses :

— Mrs Oliver est une amie de longue date. C'est avec grand plaisir que j'ai répondu à son appel. Quel paysage magnifique vous avez là, quelle beauté et quelle noblesse se dégagent de cette demeure !

Mrs Folliat répondit par un hochement de tête entendu :

— Oui. C'est l'arrière-grand-père de mon mari qui l'a fait ériger en 1790. Il y avait auparavant une bâtisse d'époque élisabéthaine. Mais elle n'était pas entretenue et un incendie l'a détruite au tout début du XVIIIe siècle. Notre famille est établie ici depuis 1598.

Elle s'exprimait d'un ton calme et avec le plus parfait naturel. Poirot l'examina avec attention. Un minuscule bout de femme dans un ensemble de tweed fatigué, aux cheveux gris enserrés dans un filet et dont le seul trait distinctif semblait être ses yeux d'un bleu de porcelaine. Bien que, à l'évidence, elle se souciât peu de son apparence, il se dégageait d'elle ce je-ne-sais-quoi si difficile à définir qui vous fait sentir que vous n'avez pas affaire à n'importe qui.

— Il doit vous être amer de voir des étrangers vivre ici, compatit doucement Poirot comme ils se dirigeaient vers la maison.

Il y eut un silence avant que Mrs Folliat ne réponde, de sa voix claire, précise, et étrangement dénuée d'émotion :

— Bah ! tant de choses sont amères en ce bas monde, monsieur Poirot.

3

Mrs Folliat entra la première, suivie par Hercule Poirot. La demeure avait de superbes proportions, dont elle tirait toute son élégance. Mrs Folliat traversa un petit salon meublé avec goût avant de pénétrer dans la grande pièce de réception où se trouvaient déjà un grand nombre d'invités qui semblaient, à ce moment précis, parler tous en même temps.

— George, dit Mrs Folliat, je vous présente M. Poirot, qui a la gentillesse de venir nous prêter son concours. Sir George Stubbs.

Sir George, qui discutait avec de grands éclats de voix, se tut aussitôt et fit volte-face. C'était un homme de haute taille dont la face rougeaude s'ornait d'une barbe assez incongrue. À le voir, on avait l'impression déconcertante de se trouver en face d'un acteur qui ne serait pas parvenu à se décider entre le rôle du châtelain et celui du baroudeur colonial. Mais il n'avait rien d'un marin, quoi qu'en pensât Michael Weyman. Et quelque chose, dans le regard perçant et rusé de ses petits yeux d'un bleu très clair tranchait avec la jovialité du ton et des manières.

Il fit à Poirot un accueil chaleureux :

— Nous sommes si contents que votre amie Mrs Oliver ait réussi à vous persuader de venir. Elle s'est déchaînée... une véritable tornade sous un crâne ! Quant à votre présence, elle va faire sensation !

Son regard erra autour de lui :

— Hattie ?

N'obtenant pas de réponse, il répéta plus sèchement :

— Hattie !

Lady Stubbs reposait un peu à l'écart au creux d'un grand fauteuil, dans une pose pleine d'abandon, l'air totalement indifférente à ce qui se passait autour d'elle. Elle souriait en regardant sa main posée sur l'accoudoir et en la tournant de gauche à droite pour voir la lumière scintiller sur la grosse émeraude qu'elle portait en solitaire.

Elle leva les yeux, avec un air de surprise enfantine.

— Comment allez-vous ? murmura-t-elle d'un air absent.

Poirot s'inclina pour lui baiser la main.

Sir George poursuivit les présentations :

— Mrs Masterton...

Mrs Masterton était une femme d'aspect monumental à laquelle Poirot trouva, à cause de sa mâchoire épaisse et du regard triste de ses yeux protubérants et légèrement injectés de sang, une vague ressemblance avec un bouledogue. Cette impression fut confirmée quand elle se pencha vers son voisin pour dire d'une grosse voix un peu rauque :

— Il faut en finir avec cette querelle stupide à propos de la tente sous laquelle on doit servir le thé, Jim. Ces idiots doivent comprendre que nous ne pouvons pas risquer un fiasco à cause de leurs petites rivalités de clocher !

— Mais bien sûr, répondit l'homme auquel elle s'adressait.

— Le capitaine Warburton, annonça sir George.

Le capitaine portait une veste sport à gros carreaux et ressemblait vaguement à un cheval. Il découvrit une double rangée de dents blanches en un sourire carnassier à l'adresse du nouveau venu avant de poursuivre sa conversation avec Mrs Masterton.

— Comptez sur moi, je m'en charge, lui promit-il. Je vais leur faire mon numéro de semonce paternelle. À propos, et la tente de notre diseuse de bonne aventure, où la voyez-vous ? Près du magnolia ? Ou de l'autre côté de la pelouse, le long du massif de rhododendrons ?

Sir George n'en finissait pas de ses présentations :

— Mr et Mrs Legge…

Un grand jeune homme dont le visage pelait de façon spectaculaire sous l'effet d'un coup de soleil sourit aimablement. Sa femme, jolie rousse aux joues semées de taches de rousseur, répondit par un hochement de tête amical avant de se lancer dans une discussion animée avec Mrs Masterton, sa voix aux notes claires faisant un plaisant contraste avec la basse profonde de la grosse dame :

— *Surtout pas* près du magnolia – le passage y est trop étroit, on s'y bousculerait !

— Il faut disperser les attractions... Mais si les gens font la queue...

— ... beaucoup plus frais. Avec le soleil qui donne en plein sur la maison...

— ... et le chamboule-tout ne doit pas être près de la maison, les gamins lancent les boules avec une telle violence...

— Voici enfin miss Brewis, dit sir George, qui veille sur nous et sur la maison.

Miss Brewis était assise devant un grand service à thé en argent.

C'était une femme d'une quarantaine d'années, mince et vive, d'un abord agréable sous ses manières énergiques.

— Enchantée de vous connaître, monsieur Poirot, dit-elle. J'espère que votre voyage n'a pas été trop pénible ? Les trains sont si souvent bondés en cette période de l'année. Laissez-moi vous servir une tasse de thé. Vous prenez du lait ? Du sucre ?

— Un nuage de lait, chère mademoiselle, sans plus... et quatre morceaux de sucre. Je vois que tout le monde, ici, est très occupé.

— En effet. Il y a toujours mille et un problèmes de dernière minute. Et les fournisseurs, de nos jours, vous laissent tomber sans crier gare. Il faut être sur leur dos en permanence, et j'ai passé la matinée au téléphone à m'occuper des tentes, des chaises et de l'aménagement du buffet.

— À propos, et ces piquets, Amanda ? réclama sir George. Et les marques supplémentaires pour le golf ?

— C'est réglé, sir George. Mr Benson, au club de golf, s'est montré très obligeant.

Elle tendit sa tasse de thé à Poirot :

— Un canapé, monsieur Poirot ? Ceux-ci sont à la tomate, et ceux-là au pâté. Mais peut-être, ajouta-t-elle en pensant aux quatre morceaux de sucre, préféreriez-vous un gâteau à la crème ?

Elle avait vu juste. Poirot opta pour un petit chou fondant et bien sucré.

Puis, ledit petit chou en équilibre sur sa soucoupe, il alla s'asseoir à côté de la maîtresse de maison. Elle jouait toujours à faire miroiter sa bague dans la lumière, et leva les yeux vers lui avec un sourire enfantin.

— Regardez ! roucoula-t-elle. C'est joli, n'est-ce pas ?

Poirot l'observait déjà depuis un moment. La grande capeline en paille rose vif, dont la forme rappelait celle d'un chapeau chinois, jetait des reflets sur la peau très blanche de son visage. Le maquillage, outrancier, visait à l'exotisme : blanc mat pour les joues, rouge cyclamen pour les lèvres, et beaucoup de noir autour des yeux. Les cheveux, noirs et souples, apparaissaient sous le chapeau comme une coiffe de velours. Et la beauté langoureuse du visage n'avait rien de britannique. Hattie était une fille des tropiques, un oiseau des îles retenu comme par hasard dans ce salon anglais. Ses yeux, surtout, frappèrent Hercule Poirot. Leur regard était enfantin, presque vide.

Elle lui avait posé sa question sur un ton confidentiel, comme le font les enfants entre eux, et Poirot lui répondit comme à une enfant :

— C'est une fort jolie bague, en effet.

Elle parut comblée.

— George me l'a donnée hier, dit-elle en baissant la voix d'un ton, comme pour partager un secret avec lui. Il me fait des tas de cadeaux, George. Il est très gentil.

Poirot regarda de nouveau la bague, puis la main posée sur l'accoudoir. Elle avait des ongles très longs, laqués de brun-rouge assez foncé.

Une citation lui revint en mémoire : « Regardez croître les lis des champs, qui ne ravaudent ni ne filent... »

Il avait du mal, effectivement, à imaginer lady Stubbs ravaudant ou filant. Mais il ne la voyait pas non plus en lis des champs. C'était une fleur infiniment plus artificielle.

— Vous avez là une pièce magnifique, madame, dit-il en promenant autour de lui un regard admiratif.

— Certainement, concéda-t-elle d'un air distrait.

Toute son attention était concentrée sur la bague. Elle penchait la tête de côté, guettant les éclats de lumière dans la matière vert sombre de l'émeraude à chaque mouvement de sa main.

Elle chantonna, toujours sur le même ton de confidence :

— Vous avez vu ? Elle me fait des clins d'œil !

Et elle éclata soudain de rire, au grand émoi de Poirot : elle riait très fort, sans la moindre retenue.

— Hattie, la rappela soudain à l'ordre sir George, de l'autre bout de la pièce.

Le ton était amène, mais n'en renfermait pas moins une note de réprobation. Le rire de lady Stubbs s'éteignit instantanément.

Poirot reprit, sur le mode mondain et conventionnel :
— Le Devon est une très jolie région. Vous ne trouvez pas ?
— C'est très bien pendant la journée, bâilla lady Stubbs. Et encore, quand il ne pleut pas, ajouta-t-elle d'un air morose. Mais il n'y a pas le moindre night-club.
— Ah ! je vois. Vous aimez les night-clubs ?
— Oh ! *oui*, dit lady Stubbs avec ferveur.
— Et pourquoi les aimez-vous tant ?
— Parce qu'il y a de la musique, et qu'on y danse. Et que je mets mes plus jolies toilettes, mes bagues et mes bracelets. Et que les autres femmes sont toutes bien habillées et qu'elles ont de beaux bijoux, mais pas aussi beaux que les miens.

Elle le regardait avec un sourire d'intense satisfaction. Poirot éprouva pour elle un élan soudain de pitié :
— Et tout cela vous amuse follement ?
— Oui ! J'aime aller au casino, aussi. Pourquoi n'y a-t-il pas de casinos en Angleterre ?
— Je me le suis souvent demandé, répondit Poirot avec un soupir. Ce genre d'établissements s'accorde sans doute mal avec le caractère anglo-saxon.

Elle le regarda sans comprendre. Puis, se penchant légèrement vers lui :
— Une fois, à Monte-Carlo, j'ai gagné soixante mille francs. J'avais tout misé sur le 27, et il est sorti !
— Ç'a dû être palpitant, madame.
— Oh ! *oui*. George me donne de l'argent pour jouer – mais en général, je perds.

Elle semblait soudain inconsolable.

— Comme c'est triste.

— Oh ! ce n'est pas bien grave. George est très riche. C'est bien d'être riche, vous ne trouvez pas ?

— Très bien, acquiesça gentiment Poirot.

— Peut-être que si je n'étais pas riche, je ressemblerais à Amanda.

Son regard se posa sur miss Brewis, occupée à servir le thé, pour l'examiner froidement :

— Elle est vraiment affreuse, non ?

À cet instant précis, miss Brewis leva les yeux pour regarder dans leur direction. Bien que lady Stubbs n'ait pas parlé très fort, Poirot se demanda si Amanda Brewis ne l'avait pas entendue.

Comme il se détournait, son regard croisa celui du capitaine Warburton. Il y lut une lueur ironique.

Poirot se hâta de changer de sujet :

— La préparation de cette kermesse a dû vous donner bien du travail, je présume ?

Hattie Stubbs secoua vivement la tête :

— Oh, non ! Je trouve tout ça assommant – assommant et stupide. Il y a ici un tas de domestiques et de jardiniers. Pourquoi ne se chargeraient-ils pas des préparatifs ?

— Mais enfin, ma chère !

C'était Mrs Folliat qui avait lancé l'exclamation. Elle venait de s'asseoir sur le plus proche canapé :

— Ce sont là des idées rapportées de vos îles lointaines. Elles n'ont plus cours ici. Même s'il est permis de le regretter.

Elle ajouta, avec un profond soupir :

— De nos jours, il faut presque tout faire soi-même.

Lady Stubbs haussa les épaules :

— Je trouve ça stupide. À quoi bon être riche, s'il faut tout faire soi-même ?

— Il y a des gens qui trouvent cela amusant, sourit Mrs Folliat. C'est d'ailleurs mon cas. Pas pour tout, évidemment. Mais j'adore jardiner, par exemple, et j'aime bien préparer des fêtes comme celle de demain.

— Ce sera vraiment une fête ? demanda lady Stubbs, soudain pleine d'espoir.

— Une kermesse, dirons-nous... avec des tas, des tas de monde.

— Comme à Ascot ? Avec tout plein de grands chapeaux et rien que des gens ultra-chic ?

— Hum ! pas tout à fait comme Ascot, concéda Mrs Folliat.

Elle ajouta avec gentillesse :

— Il ne faut pas refuser les plaisirs de la campagne, Hattie. Vous auriez dû venir nous aider, ce matin, plutôt que de rester couchée jusqu'à l'heure du thé.

— J'avais la migraine, répliqua Hattie d'un ton boudeur.

Puis, retrouvant brusquement sa bonne humeur, elle sourit affectueusement à Mrs Folliat :

— Mais demain, je serai sage. Et je ferai tout ce que vous me direz de faire.

— Ce sera très gentil à vous, ma chérie.

— J'ai une nouvelle robe, vous savez. On me l'a livrée ce matin. Venez avec moi, je vais vous la montrer !

Mrs Folliat parut hésiter. Lady Stubbs s'était levée d'un bond :

— Allons, venez ! Je vous en prie ! Elle est ravissante. Venez, *bon sang !*

— Si tel est votre bon plaisir… capitula Mrs Folliat avec un rire un peu forcé.

Comme elle sortait du salon, minuscule derrière la haute silhouette de Hattie, Poirot aperçut brièvement son visage et fut sidéré par la brusque lassitude qui se lisait sur ses traits. Comme si, renonçant soudain à son masque d'amabilité mondaine, elle avait laissé voir quelque souffrance cachée. Cette femme, songea Poirot, était peut-être gravement malade et, comme souvent les femmes, n'en voulait rien laisser paraître. Elle n'était certainement pas de celles qui réclament la pitié.

Le capitaine Warburton se laissa choir dans le fauteuil que Hattie venait de libérer. Il avait, lui aussi, suivi les deux femmes du regard, mais ce n'était pas, à l'évidence, la plus âgée qui avait retenu son attention.

— Superbe créature, n'est-ce pas ? fit-il tout en lorgnant du coin de l'œil sir George qui venait à son tour de sortir par l'une des portes-fenêtres en compagnie de Mrs Masterton et suivi par Mrs Oliver. Elle a complètement embobiné ce bon vieux Stubbs. Rien n'est trop beau pour elle ! Bijoux, visons, et tout le saint-frusquin. Quant à savoir s'il se rend compte, ou non, du vide sidéral qui règne sous ces chapeaux chinois, c'est une question que je n'ai jamais pu tirer au clair. Il y voit sans doute un détail sans importance. Après tout, la communion intellectuelle n'est pas ce que recherchent en priorité ces pontes de la finance !

— De quelle nationalité est-elle ? s'enquit Poirot, curieux.

— Je lui ai toujours trouvé de faux airs de Sud-Américaine. Mais je crois qu'elle est née aux Antilles.

Dans une de ces îles qui produisent du rhum et de la canne à sucre, vous voyez le genre. Le type même de la bonne famille du cru – une créole, donc, ce qui ne signifie pas métisse, bien au contraire. Tous ces gens se marient entre eux... ce qui pourrait expliquer le côté débile mental.

La jeune Mrs Legge vint se joindre à eux :

— J'ai besoin que vous me souteniez, Jim ! Il faut installer cette tente là où nous l'avons décidé – tout au fond de la pelouse, devant le massif de rhododendrons. C'est le seul emplacement possible.

— Ce n'est pas ce qu'en pense Mémé Masterton.

— Eh bien, arrangez-vous pour la faire changer d'avis !

Le capitaine lui décocha l'un de ses sourires roublards :

— Mrs Masterton est mon patron.

— C'est Wilfred Masterton votre patron. C'est lui le député, non ?

— C'est pourtant elle qui devrait siéger au Parlement. Parce que c'est elle qui porte la culotte – et ça, je suis bien placé pour le savoir.

Sir George venait de réapparaître :

— Ah ! vous voilà, Sally ! J'ai besoin de vous. Figurez-vous qu'elles sont toutes à se chamailler pour savoir qui va beurrer les tartines, qui va mettre le gâteau aux enchères, et pourquoi le stand des produits du jardin a été installé à l'endroit où il était prévu de mettre le stand de tricot. Où est donc passée Amy Folliat ? Elle sait parler à ces gens-là. Elle est bien la seule, d'ailleurs.

— Elle vient de monter avec Hattie.

— Oh, elle est... ?

Sir George regarda autour de lui, vaguement désemparé. Miss Brewis, occupée dans son coin à préparer des billets d'entrée, sauta sur ses pieds :

— Je vais la chercher, sir George.

— Merci, Amanda.

Miss Brewis, déjà, quittait la pièce.

— Il nous faudrait encore du fil de clôture, murmura sir George.

— Pour la kermesse ?

— Non, non. Pour fermer le passage, dans le bois, entre la propriété et Hoodown Park. L'ancienne clôture tombe en morceaux, et c'est par là qu'ils passent.

— Qui est-ce qui passe ?

— Des gens qui ne le devraient pas ! rugit sir George.

— Vous me faites penser à Betsey Trotwood aux prises avec les ânes, pouffa Sally Legge, amusée.

— Betsey Trotwood ? interrogea ingénument sir George. Qui est-ce encore ?

— Ce n'est rien. Un personnage de Dickens.

— Ah ! Dickens. J'ai lu un jour *Les Aventures de Mr Pickwick*. Pas mal. Pas mal du tout – je n'en suis pas revenu. Mais franchement, ces gens sont une plaie depuis qu'on a installé cette satanée Auberge de Jeunesse. Il en déboule de partout, affublés des chemises les plus insensées – pas plus tard que ce matin, un de ces gaillards en arborait une sur laquelle semblaient s'ébattre une centaine de tortues de mer et autres bestioles aquatiques – pour un peu, je me serais demandé si je n'avais pas forcé sur la bouteille !

La moitié d'entre eux ne parlent pas un traître mot d'anglais – ils vous baragouinent aux oreilles...

Il les singea :

— « Oâh ! siouplaît... avez-vous... me dire... cette chemin pour la bac ? » Je leur dis que non, que ce n'est pas par là, je leur braille de retourner d'où ils viennent, mais la plupart du temps ils se contentent de battre des paupières et de me regarder avec des yeux ronds, sans comprendre. Et les filles de glousser comme des dindes ! Il y en a de toutes les nationalités : des Italiens, des Yougoslaves, des Hollandais, des Finlandais – des Esquimaux, que ça ne m'étonnerait pas ! Avec une bonne moitié de communistes, j'en mettrais ma main au feu, conclut-il d'un air sombre.

— Allons, sir George, vous n'allez pas recommencer avec les communistes, sourit Mrs Legge. Je vous accompagne pour aller affronter ces femelles enragées.

Elle le précéda vers la porte-fenêtre et se retourna sur le seuil :

— Venez aussi, Jim ! Venez donc vous faire écharper pour une juste cause !

— D'accord. Mais je voudrais expliquer cette Course à l'Assassin à M. Poirot, puisque c'est lui qui doit remettre les prix.

— Vous pourrez le faire un peu plus tard.

— Je vous attendrai ici, promit aimablement Poirot.

Dans le silence qui suivit ce départ, Alec Legge s'étira en soupirant au fond de son fauteuil :

— Ah ! les femmes... On dirait toujours une ruche en folie...

Il tourna la tête pour regarder par la porte-fenêtre :

— Et tout ça pour quoi ? Pour une kermesse champêtre dont tout le monde se fiche éperdument.

— Il y en a manifestement quelques-uns, objecta Hercule Poirot, qui n'ont pas l'air de s'en ficher le moins du monde.

— Pourquoi les gens n'ont-ils pas un peu de *jugeote* ? Pourquoi ne *réfléchissent*-ils pas ? Voyez dans quel état est le monde. Personne ne comprend-il donc que l'humanité court à sa perte, et qu'elle le sait, et qu'elle fait tout pour y arriver ?

Estimant à juste titre que nul n'attendait de lui une réponse à cette grave question, Poirot se contenta de secouer la tête d'un air dubitatif.

— À moins que nous ne nous prenions par la main avant qu'il ne soit trop tard... continua Alec Legge.

Un éclair de colère brilla dans son regard :

— Oh ! je sais... Je sais très bien ce que vous vous dites en ce moment même. Que je suis un agité, un névrosé, et Dieu sait quoi encore. Comme ces fichus médecins qui m'ont prescrit du repos et un changement d'air. Ce qui fait que nous sommes venus ici, Sally et moi, et que nous avons loué Mill Cottage pour trois mois, et que j'ai pêché, et que j'ai nagé, et que j'ai marché, et que j'ai pris des bains de soleil...

— J'ai effectivement remarqué que vous aviez des couleurs, dit poliment Poirot.

— Ça ?

Alec porta une main à son visage enflammé :

— Vous voyez là les effets d'un bel été anglais – une fois n'est pas coutume. Mais *à quoi bon* tout ça ? Ce n'est pas en prenant ses jambes à son cou qu'on échappe à la réalité.

— Non, il n'est jamais bon de fuir, approuva Poirot.

— D'autant que vivre dans une ambiance campagnarde comme celle-ci ne fait que vous rendre plus sensible à la gravité des problèmes – et à l'invraisemblable apathie de nos compatriotes ! Même Sally, qui a pourtant oublié d'être stupide, donne aussi dans le panneau. Pourquoi s'en faire ? Voilà ce qu'elle clame à tous les échos. C'est à vous rendre dingue ! Pourquoi s'en faire ?

— Surtout ne voyez rien là que l'intérêt que je vous porte... mais vous-même, au juste, pourquoi vous en faites-vous ?

— Seigneur ! Vous aussi ?

— Non. Ne prenez pas cela comme un conseil. Je suis seulement curieux de connaître votre réponse à cette question.

— Vous ne voyez pas qu'il faudra bien un jour que quelqu'un se décide à prendre le taureau par les cornes ?

— Et vous seriez ce quelqu'un ?

— Non, non. Pas moi personnellement. On ne peut plus, par les temps qui courent, raisonner en termes d'individu.

— Je ne vois pas pourquoi. Même « par les temps qui courent », un individu reste un individu.

— C'est justement ce qu'il ne faudrait pas ! En période de crise, lorsqu'il s'agit de vie ou de mort, chacun doit oublier ses petits soucis et ses petites misères.

— Je vous assure que vous vous trompez du tout au tout. Pendant la dernière guerre, alors que les bombes tombaient autour de moi, j'étais moins préoccupé par l'idée de ma mort prochaine que par la douleur lancinante que me causait un cor incrusté dans mon orteil gauche. J'en étais, d'ailleurs, le premier étonné. « Allons, me répétais-je, la mort peut survenir à tout instant. » Mais je sentais avant tout ce cor au pied, et j'étais outré d'avoir à subir cette douleur à la minute même où je craignais de mourir. Or, c'était précisément *parce que* je risquais de mourir que les moindres détails de mon existence prenaient soudain de l'importance. Une autre fois, j'ai vu une femme dont la jambe avait été brisée dans un accident de la circulation éclater en sanglots parce que son bas avait filé.

— Ce qui prouve bien, n'est-ce pas, à quel point les femmes sont idiotes !

— Non. Cela vous montre tout simplement comment sont les gens. C'est, peut-être, cette capacité de chacun à s'absorber en lui-même et en sa propre existence qui a permis à la race humaine de survivre.

Alec Legge éclata d'un rire méprisant :

— Je me dis parfois que c'est vraiment dommage !

— C'est qu'il s'agit, voyez-vous, d'une forme d'humilité, poursuivit Poirot. Et l'humilité a sa valeur. Je n'ai pas oublié la phrase qu'on lisait, pendant la guerre, dans les couloirs du métro : « Tout dépend de *vous*. » Je ne sais quel éminent prédicateur en était l'auteur, mais j'y ai toujours vu l'expression d'une doctrine dangereuse. Car ce n'est pas *vrai*. Tout ne dépend *pas* de Mme Tartempion de

Trifouillis-les-Oies. Et si elle vient à le penser, elle n'en retirera rien de bon. Car pendant qu'elle s'interrogera sur le rôle qu'elle peut jouer dans les affaires de la planète, son gamin se renversera la casserole d'eau bouillante sur la tête.

— Les idées que vous professez me semblent assez démodées. Quelle serait donc votre devise ?

— Je n'ai nul besoin de m'en forger. Il en est une, très ancienne et bien de chez vous, qui me convient tout à fait.

— Laquelle ?

— « Aie confiance en Dieu et garde ta poudre au sec. »

— Tiens, tiens !

Alec Legge parut amusé :

— Venant de vous, voilà qui ne manque pas de sel. Savez-vous ce que je voudrais qu'on fasse dans ce pays ?

— Quelque chose de violent et de désagréable, je parie, dit Poirot en souriant.

Alec Legge ne se dérida pas :

— Je voudrais qu'on fasse disparaître tous les faibles d'esprit – qu'on s'en débarrasse ! Qu'on les empêche de se reproduire ! Supposez que, pendant une génération, seuls les gens intelligents aient le droit de procréer, et imaginez le résultat.

— Une forte augmentation de la population des hôpitaux psychiatriques, sans doute, ironisa Poirot. Une plante a besoin de racines aussi bien que de fleurs, Mr Legge. Aussi grandes et aussi belles que soient les fleurs, si les racines qui plongent dans la terre sont détruites, il n'y aura plus de fleurs.

Il ajouta, sur le ton de la conversation :

— Enverriez-vous lady Stubbs à la chambre à gaz ?

— Sans la moindre hésitation. À quoi sert une femme comme ça ? Quel service a-t-elle jamais rendu à la société ? A-t-elle, un seul jour, pensé à autre chose qu'à ses toilettes, à ses bijoux et à ses fourrures ? À quoi sert-elle, je vous le demande ?

— Nous sommes certainement, vous et moi, beaucoup plus intelligents que lady Stubbs, déclara Poirot d'un ton égal. Mais, hélas...

Il secoua tristement la tête :

— Mais, hélas ! il saute aux yeux que nous sommes infiniment moins décoratifs.

— Décoratifs... commença Alec avec un ricanement féroce.

Mais il fut empêché de discourir plus avant car Mrs Oliver et le capitaine Warburton revenaient dans la pièce par la porte-fenêtre.

4

— Il faut que vous veniez voir les indices et tout ce que nous avons préparé pour la Course à l'Assassin, monsieur Poirot ! haleta Mrs Oliver, tout essoufflée.

Poirot se leva et les suivit docilement.

Tous trois traversèrent le hall pour pénétrer dans un petit bureau.

— À votre gauche, les armes léthifères ! annonça le capitaine Warburton en désignant du doigt une petite table à jeu recouverte d'un tapis vert.

On y voyait un petit pistolet, un tuyau de plomb sinistrement taché de rouille, un flacon bleu étiqueté POISON, une corde à linge et une seringue hypodermique.

— Vous avez donc là les Armes, expliqua Mrs Oliver, et voici maintenant les Suspects.

Elle lui tendit une petite fiche sur laquelle était dactylographiée une liste de noms qu'il lut avec intérêt.

Suspects :

Estelle Glynne – une belle et mystérieuse jeune femme invitée du

Colonel Blunt – le Châtelain, dont la fille
Joan – est l'épouse de
Peter Gaye – un Jeune Savant atomiste.
Miss Willing – une gouvernante.
Quiett – un maître d'hôtel.
Maya Stavisky – une jeune touriste.
Esteban Loyola – un invité de dernière minute.

Poirot cligna des paupières et regarda Mrs Oliver non sans un certain égarement.

— Très belle distribution de personnages, la félicita-t-il poliment. Mais permettez-moi de vous demander, très chère madame... ce que doivent faire les concurrents ?

— Retournez la fiche, conseilla le capitaine Warburton.

Poirot s'exécuta et lut :

Nom et adresse :................................
Solution :..
Nom de l'Assassin :............................
Arme utilisée : ....
Mobile : ....
Lieu et heure : ....
Les raisons qui vous ont amené à vos conclusions : ....

— Tous les concurrents vont se voir remettre cette fiche, expliqua le capitaine Warburton. Ainsi qu'un calepin et un crayon pour noter les indices. Il y aura six indices. On ira de l'un à l'autre comme dans une Course au Trésor, et les armes seront cachées en différents endroits aussi stratégiques que suspects. Voici le premier indice : une photographie. Chaque concurrent entrera en lice avec un exemplaire de ce cliché.

Poirot prit le cliché en question et l'étudia en fronçant les sourcils. Puis il le tourna la tête en bas. Le voyant toujours aussi perplexe, Warburton éclata d'un bon gros rire satisfait :

— Ingénieux artifice photographique, pas vrai ? Mais c'est simple comme bonjour une fois qu'on sait ce que c'est.

Poirot, qui ne comprenait toujours pas, sentait l'impatience le gagner.

— Une fenêtre avec ses barreaux ? demanda-t-il à tout hasard.

— On pourrait le croire, c'est vrai. Non, c'est un détail d'un filet de tennis.

— Ah !

Poirot se pencha sur le cliché :

— Oui, comme vous le dites si bien : c'est simple comme bonjour une fois qu'on sait ce dont il s'agit.

— Tout dépend du regard que l'on pose sur les choses, dit Warburton en s'esclaffant.

— Que voilà une vérité profonde !

— Le deuxième indice se trouvera dans une boîte, sous le filet de tennis : c'est cette fiole de poison vide – là, avec le bouchon de liège.

— Seulement il me faut vous préciser, intervint Mrs Oliver, qu'il s'agit là d'un flacon doté d'une fermeture *à vis,* et que c'est donc le *bouchon de liège* qui constitue l'indice.

— Je suis toujours prêt à saluer, madame, votre ingéniosité, mais je crains de ne pas très bien saisir...

Mrs Oliver l'interrompit :

— Oh ! il y a, bien évidemment, un « résumé des chapitres précédents »... Comme dans les feuilletons.

Elle se tourna vers le capitaine :

— Vous avez les fascicules ?

— L'imprimeur ne les a pas encore livrés.

— Mais il avait *promis !*

— Je sais. Je sais. Tout le monde promet. Ils doivent être prêts à 6 heures. J'irai moi-même les chercher avec la voiture.

— Ah ! vous me rassurez...

Mrs Oliver poussa un profond soupir et se tourna vers Poirot :

— Bon, eh bien, il va donc falloir que je vous explique tout ça de vive voix. Le problème, c'est que je ne suis pas très douée pour l'oral. Quand je couche une histoire sur le papier, ça vient tout seul, c'est clair comme de l'eau de roche, mais quand je la raconte, ça se transforme en bouillie pour les chats. C'est d'ailleurs pour ça que je ne discute jamais de mes intrigues avec qui que ce soit. J'ai appris à m'en abstenir parce que, si par hasard je m'y risque, les gens me regardent avec des yeux ronds et balbutient : « Euh... hum !... oui, seulement voilà... je n'ai rien compris à l'action... et ce qu'il y a de sûr, c'est que ça ne pourra jamais faire un livre. » Avouez qu'on aurait le moral sapé à moins. Et que c'est *archifaux,* parce que quand je l'écris, ça se tient !

Mrs Oliver se tut, le temps de reprendre son souffle avant de poursuivre :

— Bref, voici de quoi il retourne. Vous avez d'un côté Peter Gaye, le Jeune Savant atomiste, qui d'ailleurs est soupçonné d'être à la solde des communistes, et il a pour épouse cette Joan Blunt, et sa première femme est morte, mais en fait elle n'est pas morte, et elle réapparaît car elle est elle-même agent secret, ou peut-être pas, je veux dire qu'il se pourrait aussi qu'elle ne soit au bout du compte qu'une simple touriste... et l'épouse a une aventure, et cet homme, Loyola, finit par se lier avec Maya, à moins qu'il ne soit là pour l'espionner, et il y a une lettre de chantage qui pourrait bien être de la gouvernante, à moins qu'elle n'émane du maître d'hôtel, et le revolver a disparu, et comme vous ne savez pas à qui était adressée la lettre de chantage et que la seringue hypodermique est tombée de la poche d'on ne sait qui au cours du dîner avant de se volatiliser...

Jaugeant l'effet produit sur Poirot, Mrs Oliver s'interrompt tout net.

— Je sais, fit-elle, compatissante. Ça a l'air d'un embrouillamini impossible, mais ça ne l'est pas – pas dans ma tête, en tout cas – et quand vous lirez le synopsis que nous avons fait imprimer, vous trouverez ça limpide.

» Et de toute façon, conclut-elle, l'histoire n'a pas beaucoup d'importance, n'est-ce pas ? Pour *vous*, j'entends. Tout ce que vous aurez à faire, c'est remettre les prix – de très beaux prix, entre nous : le premier est un étui à cigarettes en argent et en forme de revolver – et féliciter le gagnant pour son extraordinaire perspicacité.

Poirot se dit *in petto* qu'il faudrait effectivement au lauréat une perspicacité peu commune. Il se demandait même s'il y en aurait un. L'intrigue et le déroulement de cette Course à l'Assassin lui semblaient baigner dans un brouillard impénétrable.

— Bon, dit gaiement le capitaine Warburton en consultant sa montre, je ferais bien d'aller prendre livraison de ces fascicules.

Mrs Oliver poussa un gémissement :

— S'ils n'étaient pas prêts...

— Mais si, ils sont prêts. J'ai téléphoné. À tout à l'heure.

Il quitta la pièce.

Mrs Oliver saisit aussitôt le bras d'Hercule Poirot pour lui demander dans un chuchotement rauque :

— Alors ?

— Alors... quoi ?

— Avez-vous remarqué quelque chose ? Repéré un individu suspect ?

— Je ne vois rien ici que de très normal, répondit Poirot, un léger reproche dans la voix.

— Normal ?

— Le mot est peut-être mal choisi. Lady Stubbs, comme vous le disiez vous-même, se situe très en dessous du niveau de normalité. Quant à Mr Legge, il a déjà fait sauter le couvercle de la marmite.

— Oh ! lui, il se porte comme un charme... il souffre de dépression nerveuse, c'est tout, grommela Mrs Oliver, vaguement agacée.

Poirot s'abstint de relever l'aspect quelque peu contradictoire de cette réflexion :

— Tout le monde semble énervé, excité, fatigué par les préparatifs, comme toujours à la veille de ce genre de fête. Si vous pouviez simplement m'indiquer...

— Chut !

Mrs Oliver lui réempoigna le bras :

— Quelqu'un vient !

On était en plein mélodrame, et Poirot sentait croître son irritation.

La porte s'ouvrit sur le visage serein de miss Brewis :

— Ah ! vous voici enfin, monsieur Poirot. Je vous cherchais pour vous montrer votre chambre.

Elle le précéda dans l'escalier, puis le long d'un corridor jusqu'à une chambre vaste et claire donnant sur le fleuve.

— Vous avez une salle de bains de l'autre côté du corridor. Sir George parle d'en installer d'autres, mais je crains que les proportions des chambres n'en souffrent. J'espère que vous trouverez tout à votre convenance.

— Je n'en doute pas un instant, affirma Poirot en promenant un regard appréciateur sur la petite étagère à livres, la lampe de lecture et la boîte de biscuits posée sur la table de chevet. J'ai l'impression que l'organisation de cette maison est réglée à la perfection. Est-ce vous que je dois en féliciter, ou ma ravissante hôtesse ?

— Être ravissante constitue pour lady Stubbs une occupation à plein temps, rétorqua miss Brewis, une note d'aigreur dans la voix.

— C'est une jeune femme extrêmement décorative, murmura Poirot, rêveur.

— Comme vous dites.

— Mais pour le reste, elle n'est pas...

Il s'interrompit :

— Pardonnez-moi. Je suis indiscret. J'émets des commentaires sur un sujet que j'aurais sans doute été mieux avisé de ne pas aborder.

Miss Brewis le regarda bien en face et décréta sèchement :

— Lady Stubbs sait parfaitement ce qu'elle fait. Non contente d'être, comme vous le dites, une jeune femme extrêmement décorative, elle est aussi très maligne.

Déjà, elle quittait la pièce, laissant Poirot à sa surprise. Telle était donc l'opinion de la très compétente miss Brewis ? Avait-elle une raison particulière de parler ainsi ? Et pourquoi s'était-elle laissée aller devant lui, un nouveau venu ? Parce que, peut-être, il était un nouveau venu. Et, de surcroît, un étranger. Poirot savait d'expérience que les Anglais, souvent, considèrent que ce qui est dit à un étranger ne compte pas !

Il fronçait les sourcils, perplexe, en fixant sans la voir la porte par où était sortie miss Brewis. Puis il s'approcha de la fenêtre pour regarder au-dehors. Lady Stubbs apparut, venant de la maison en compagnie de Mrs Folliat, et les deux femmes s'arrêtèrent pour discuter sous le grand magnolia. Mrs Folliat prit congé d'un hochement de tête et s'éloigna dans l'allée après avoir récupéré son panier et ses gants de jardinage. Lady Stubbs la suivit des yeux un instant, cueillit d'un geste machinal une fleur de magnolia, l'approcha de ses narines et descendit à pas lents vers le sentier qui s'enfonçait dans le bois pour rejoindre le fleuve. Elle se retourna une seule fois pour jeter un coup d'œil par-dessus son épaule. Michael Weyman, qui était resté jusque-là dissimulé derrière le magnolia, apparut à son tour, hésita une seconde, puis suivit la jeune femme dont la longue silhouette venait de disparaître sous le couvert des arbres.

« Joli garçon, et plein d'allant, songea Poirot. Plus séduisant, sans doute aucun, que sir George Stubbs... »

Et après ? Ne s'agissait-il pas là d'une combinaison classique et vieille comme le monde ? Le riche époux entre deux âges, la jeune et belle épouse, le fringant jeune premier. Fallait-il pour autant que Mrs Oliver lui lance cet appel pressant par téléphone ? Mrs Oliver avait, certes, une imagination fertile, mais enfin tout de même...

— Tout de même, murmura pour lui-même Hercule Poirot, je ne suis pas conseiller ès adultères – ou ès futurs adultères.

Se pouvait-il qu'il y ait quelque chose de vrai dans les funestes prémonitions de Mrs Oliver ? Mrs Oliver avait un esprit extraordinairement confus, et il ne s'était jamais expliqué par quel prodige elle parvenait à écrire des romans policiers fondés sur des intrigues cohérentes. Et pourtant, elle l'avait plus d'une fois surpris par ses soudaines intuitions.

« Il reste très peu de temps, très peu, songea-t-il. Y a-t-il, oui ou non, quelque chose de louche comme le prétend Mrs Oliver ? Je suis tenté de le croire. Mais quoi ? Qui pourrait m'éclairer ? J'ai besoin d'en savoir plus, beaucoup plus sur les gens qui vivent ici. Auprès de qui me renseigner ? »

Ayant réfléchi un instant, il prit son chapeau (Hercule Poirot ne se risquait jamais nu-tête dans la fraîcheur du soir), sortit de sa chambre et dévala l'escalier en toute hâte. On entendait à quelque distance la grosse voix autoritaire de Mrs Masterton en train de distribuer des ordres. Plus près, celle de sir George exprimait des préoccupations nettement plus badines :

— C'est fou ce que ce côté femme voilée vous va bien ! Je donnerais gros pour vous avoir dans mon harem, Sally. Demain, vous pouvez compter sur moi pour venir me faire dire mon avenir, et plutôt cent fois qu'une ! Et ce sera quoi, votre verdict ? Hein ?

Il y eut un bruit d'étoffe froissée, puis la voix de Sally Legge s'éleva, quelque peu haletante :

— George... Il ne faut pas...

Poirot haussa les sourcils et s'éclipsa par une porte latérale. Puis il fila à grandes enjambées sur un sentier par lequel il espérait rejoindre la grande allée.

Sa manœuvre ayant réussi, il rattrapa – un tantinet essoufflé – Mrs Folliat, et lui prit galamment son panier des mains :

— Vous permettez, madame ?

— Oh ! merci, monsieur Poirot. Vous êtes trop aimable. Mais ce n'est vraiment pas lourd.

— Laissez-moi le porter jusque chez vous. Vous habitez près d'ici ?

— J'occupe le pavillon de garde, à côté du portail. Sir George a bien voulu me le louer.

« Le pavillon du gardien de son ancienne propriété... Comment ressentait-elle *cela* ? » se demanda Poirot. Mais elle laissait si peu paraître de ses sentiments qu'il n'en avait pas la moindre idée. Il changea de sujet :

— Lady Stubbs est beaucoup plus jeune que son mari, n'est-ce pas ?

— Elle a vingt-trois ans de moins que lui.
— Si l'on s'en tient au seul point de vue physique, elle est très séduisante.
— Hattie est une délicieuse enfant, rectifia Mrs Folliat d'un ton calme.

Ce n'était pas la réponse à laquelle il s'attendait.

— Je la connais bien, vous savez, poursuivit Mrs Folliat. Elle a été confiée à ma charge, pendant un certain temps.
— Je ne savais pas cela.
— Comment l'auriez-vous su ? C'est une histoire assez triste. Sa famille possédait des propriétés, des plantations de canne à sucre, aux Antilles. À la suite d'un tremblement de terre, leur maison a brûlé et les parents de Hattie, ainsi que ses frères et ses sœurs, ont péri dans la catastrophe. Hattie, qui était alors pensionnaire dans un couvent, à Paris, s'est retrouvée pratiquement seule au monde. Ses tuteurs ont estimé qu'après être restée toutes ces années à l'étranger, il serait grand temps qu'elle soit chaperonnée et fasse son entrée dans la bonne société. J'ai donc accepté de m'occuper d'elle.

Et Mrs Folliat d'ajouter avec un sourire :

— Je suis capable de me mettre sur mon trente et un quand c'est nécessaire, et j'avais, naturellement, les relations qu'il fallait – il se trouvait que le gouverneur de la colonie, décédé depuis, avait été un ami de mon mari.
— Je comprends, chère madame.
— Et puis, cela m'arrangeait, car je traversais une période de difficultés. Mon mari était mort à la veille de la guerre. Mon fils aîné, engagé dans

la marine, avait disparu dans le naufrage de son bâtiment ; son frère, qui était revenu du Kenya pour combattre comme engagé volontaire, avait été tué en Italie. Dans l'impossibilité de payer trois fois les droits de succession, j'avais dû me résoudre à mettre cette maison en vente. J'ai donc été contente de l'occasion qui m'était offerte de m'occuper d'une jeune fille et de voyager avec elle. Je me suis prise d'une véritable affection pour Hattie, peut-être parce que je me suis vite rendu compte qu'elle n'était pas – avouons-le – tout à fait capable de se prendre en charge. Comprenez-moi bien, monsieur Poirot, Hattie n'est *pas* une débile mentale, mais elle est, comme on dit à la campagne, un peu « simplette ». Elle se laisse facilement dominer car elle est d'un caractère docile et influençable. J'estime que le fait d'être privée de fortune fut pour elle une bénédiction, car sa position, si elle avait été une héritière, eût été infiniment plus difficile. Elle plaisait aux hommes, et sa nature affectueuse et soumise faisait d'elle une proie facile. Bref, il fallait absolument veiller sur elle. Quand, après la liquidation de la propriété de ses parents, j'ai appris que la plantation était détruite et qu'il restait plus de dettes que de biens, je me suis réjouie qu'un homme comme sir George Stubbs soit tombé amoureux d'elle et désire l'épouser.

— C'était, effectivement, une solution.

— Sir George, continua Mrs Folliat, est un homme parti de rien et, disons-le, assez vulgaire. Mais c'est par ailleurs un être d'une grande bonté, d'une honnêteté foncière, et de plus extrêmement riche. Je ne pense pas qu'il attende de son épouse une complicité intellectuelle, et c'est très bien ainsi. Hattie lui apporte ce qu'il désire. Elle porte à ravir les toilettes et les bijoux, elle est affectueuse, pleine de bonne volonté, et se trouve très heureuse avec lui. J'avoue que j'en suis moi-même ravie, puisque j'ai fait tout ce que j'ai pu pour la convaincre d'accepter cette union. Si les choses avaient mal tourné, ajouta la vieille dame avec un léger tremblement dans la voix, je me serais reproché de l'avoir poussée dans les bras d'un homme tellement plus âgé qu'elle. Car, comme je vous le disais, Hattie est un être influençable. Elle obéit à ce qu'on lui dit.

— Il me semble, dit Poirot, que vous avez agi avec beaucoup de sagesse. Je ne suis pas aussi romanesque que les Anglais. Pour moi, l'aspect sentimental n'est pas déterminant dans la réussite d'un mariage.

Et il enchaîna :

— Quant à cette propriété, Nasse House, je la trouve absolument magnifique. C'est une sorte de paradis.

— Puisqu'il fallait que Nasse soit vendue, reprit Mrs Folliat – et sa voix trembla de nouveau –, je me réjouis que sir George l'ait achetée. La maison a été réquisitionnée par l'armée pendant la guerre, et quelqu'un d'autre aurait pu se l'approprier, ensuite, pour en faire un hôtel ou un pensionnat. On aurait divisé les pièces, elles auraient perdu les proportions qui font leur beauté, on aurait tout abîmé. Nos voisins les Fletcher, à Hoodown, ont été obligés de vendre, et leur maison abrite maintenant une Auberge de Jeunesse. Certes, il faut que les jeunes puissent profiter de leurs loisirs – et Hoodown, d'ailleurs, qui fut construit à la fin de l'époque victorienne, ne présentait pas le même intérêt architectural. Mais tous ces jeunes gens ont tendance à s'égarer sur nos terres, ce qui met sir George en fureur. Ils ont déjà endommagé des arbustes appartenant à des espèces rares en cherchant un raccourci pour aller prendre le bac qui traverse le fleuve.

Ils étaient maintenant devant le portail d'entrée. La maison du gardien, petit pavillon blanc à un étage entouré d'un jardinet, était construite un peu en retrait de la grande allée.

Mrs Folliat reprit son panier des mains de Poirot.

— J'ai toujours beaucoup aimé cette petite maison, dit-elle. Merdell, notre chef jardinier, y habitait. Je la préfère au cottage qui a été agrandi et modernisé par sir George. Mais c'était nécessaire : nous avons maintenant un jeune jardinier marié depuis peu, et les jeunes femmes d'aujourd'hui veulent des fers à repasser électriques, des cuisinières modernes, la télévision... Il faut vivre avec son temps, soupira-t-elle. Presque tous ceux que j'ai connus ici, jadis, ont disparu. Je ne vois que des visages nouveaux...

— En tout cas, il est heureux, madame, que vous ayez trouvé un refuge, dit Poirot.

— Connaissez-vous ces vers de Spencer ? *Le sommeil après le labeur, le havre après la tempête, le repos après la guerre, la mort après la vie sont pour nous autant de bienfaits...*

Elle se tut un instant avant de poursuivre, sans changer de ton :

— Ce monde où nous vivons est mauvais, monsieur Poirot. Et il est peuplé de gens malfaisants.

Vous le savez sans doute aussi bien que moi. Ce ne sont pas là des propos que j'irais tenir devant des jeunes gens, car je craindrais de les décourager. Mais ce n'est que trop vrai... Oh ! oui, ce monde est irrémédiablement mauvais...

Elle le salua d'un léger signe de tête, tourna les talons et s'engouffra dans la maison. Poirot, immobile, regarda la porte se refermer sur elle.

5

Poussé par son désir d'exploration, Poirot franchit le portail et s'engagea sur le chemin qui descendait en serpentant vers le fleuve jusqu'à un petit quai. Une grosse cloche munie d'une chaîne était flanquée d'un *écriteau : Pour le bac, sonnez*. Quelques embarcations étaient amarrées le long du quai. Un vieillard aux yeux chassieux, assis, dos appuyé à une bitte d'amarrage, se leva à son approche et vint vers lui en traînant les pieds :

— Ça serait-y qu'vous voulez l'bac, m'sieur ?
— Merci, non. Je me promène, tout bonnement – je suis descendu de Nasse.
— C'est là-haut à Nasse qu'vous restez ? J'y ai travaillé quand j'étais gamin, savez-vous ! Et mon fils aussi, vu qu'il était chef jardinier au château. Moi, c'était des bateaux que j'm'occupais. Le vieux Folliat, le châtelain de l'époque, il aimait ça, les bateaux. Fallait qu'il navigue, et par tous les temps ! Mais le major, son fils, il s'en fichait bien, des bateaux. Tout ce qui l'intéressait, lui, c'était les chevaux. Faut voir

c'que ça lui a coûté ! Ça, et la bouteille pour sûr ! L'en a bavé, avec lui, sa femme. L'avez peut-être rencontrée, déjà, vu que c't'ici qu'elle habite – dans la maison du garde.

— Oui, je viens justement de l'y raccompagner.

— C'est une Folliat, elle aussi – cousine au second degré par la branche de Tiverton. Et y en a pas deux comme elle pour ce qu'est du jardinage. Tous les arbustes à fleurs qui sont ici, c'est elle qui les a plantés. Même pendant la guerre, quand c'est qu'la maison elle était occupée et qu'les deux jeunes messieurs étaient z'au front, elle a continué à s'échiner dans le jardin.

— Cela a dû être dur pour elle – ses deux fils tués...

— C'est toute sa vie qu'a été dure ! Son mari, ses fils... rien que des ennuis, qu'ils lui ont fait. Pas Mr Henry, non. C'était le gentil gars, lui, il tenait de son grand-père, il aimait les bateaux et c'est comme ça qu'il s'est engagé dans la marine, d'ailleurs. Mais Mr James, par contre, il lui a fait tout un tas d'ennuis. Des dettes, des histoires de femmes... une forte tête, celui-là. L'était de ceux qui naissent comme ça, voyez-vous, pas capables de marcher droit. La guerre, ç'a été sa chance, si on peut dire. Savait pas se tenir en temps de paix, mais à la guerre, l'est mort en héros – y en a des comme ça, voyez-vous.

— Si bien que désormais, dit Poirot, il n'y a plus aucun Folliat à Nasse.

Le flot de paroles du vieux tarit tout net :

— Vous l'avez dit, m'sieur.

Poirot le regardait, intrigué :

— Et à leur place, vous avez sir George Stubbs. Qu'est-ce qu'on pense de lui, dans le coin ?

— Bah ! dit le vieux, pour sûr qu'il a des sous !

Il y avait comme une note moqueuse derrière ce soudain laconisme.

— Et sa femme ?

— Ah ! ça... pour sûr qu'elle est pas vilaine à r'garder ! Une belle dame de Londres. Mais c'est pas les jardins qui l'intéressent, elle.

Et d'ajouter, un doigt sur la tempe :

— Lui manque une case, à c'qu'on dit. Mais c'est pas ça qui l'empêche d'être toujours bien aimable et tout, voyez-vous. Ça fait tout juste un an qu'ils sont ici. Z'avaient à peine acheté qu'ils ont tout refait faire à neuf. J'm'en rappelle comme si qu'c'était d'hier. Sont arrivés un soir, juste après la plus méchante tempête qu'on avait jamais vue par ici. Des arbres arrachés, partout. Même qu'y en avait un d'couché en travers d'l'allée, et qu'il a fallu se dépêcher d'le débiter pour laisser passer la voiture. Et le grand chêne là-bas, qu'était tombé en écrabouillant tous les autres autour de lui...

— Ah ! oui, là qu'on a construit cette Folie, depuis ?

Le vieux tourna la tête pour cracher d'un air dégoûté :

— Folie qu'ça s'appelle, et Folie qu'c'est... – encore une de ces inventions modernes qu'ont point l'sens commun. Y avait jamais eu d'Folie du temps aux Folliat. C'est bien une idée à Sa Seigneurie, c'te Folie, pour sûr, ça peut être que d'elle. Z'étaient pas là depuis trois semaines quand c'est qu'ils l'ont plantée là, et j'suis bien sûr qu'c'est elle qu'avait demandé ça à sir George. C'est bien idiot d'allure, c't'espèce de temple de sauvages en plein milieu des arbres ! Pourquoi pas un joli salon d'été genre rustique, avec des vitraux ? *Ça*, je dirais pas non !

Poirot sourit discrètement :

— Ces dames de Londres, il faut bien leur pardonner quelques petites fantaisies. Dommage, tout de même, que le temps des Folliat soit passé.

— Croyez pas ça, m'sieur !

Le vieil homme eut un petit rire asthmatique :

— Des Folliat, il y en aura toujours à Nasse House.

— Mais la maison appartient désormais à sir George.

— P't'être ben qu'oui, p't'être ben qu'oui... mais reste encore une Folliat. Ah ! c'est qu'c'est quelqu'un... et qu'y sont malins, voyez-vous, ces Folliat !

— Que voulez-vous dire ?

Le vieux lui lança un regard en coin :

— Mrs Folliat, elle habite bien ce pavillon, hein ?

— Oui, dit lentement Poirot. Mrs Folliat habite le pavillon de garde, et nous vivons dans un monde mauvais, peuplé de gens malfaisants.

Le vieil homme le regarda fixement.

— Hé ! hé ! gloussa-t-il. P't'être ben qu'vous seriez pas loin du compte, ma foi.

Puis il s'éloigna de son pas traînant.

« Pas loin du compte, mais où donc ? » se demanda Poirot en reprenant lentement le chemin de la maison.

Hercule Poirot se livra à une toilette méticuleuse, appliqua une pommade parfumée sur ses moustaches et les tordit en pointes aiguës d'aspect exceptionnellement féroce. Puis il fit un pas en arrière pour se regarder dans le miroir et se déclara satisfait du résultat de ses efforts.

Comme des coups de gong résonnaient à travers la maison, il descendit de sa chambre.

Le maître d'hôtel, qui venait d'exécuter un véritable morceau d'anthologie – *crescendo, forte, diminuendo, rallentendo* –, raccrochait tout juste sa baguette à tampon. Un certain contentement se lisait sur ses traits habituellement empreints de la plus sombre mélancolie.

« *Une lettre de chantage qui pourrait bien être de la gouvernante – à moins qu'elle n'émane du maître d'hôtel...* » se remémora Poirot. Ce maître d'hôtel avait une tête à faire des lettres de chantage son pain quotidien. Poirot se demanda si Mrs Oliver inventait ses personnages ou si elle les trouvait dans la vie courante.

Miss Brewis traversait le hall, engoncée dans une robe à fleurs qui lui allait comme des bretelles à un lapin. Poirot s'en fut à sa rencontre :

— Vous avez une gouvernante, ici ?

— Oh ! non, monsieur Poirot. C'est un luxe qu'on ne se permet plus guère, de nos jours, sauf dans les très, très grandes maisons. Oh ! non. C'est moi qui suis ici la gouvernante – et ce parfois bien davantage que la secrétaire.

Elle laissa fuser un petit rire chargé d'aigreur.

— Ainsi c'est donc vous la gouvernante… marmonna Poirot en la considérant d'un air pensif.

Il ne parvenait pas à imaginer miss Brewis en train de rédiger une lettre de chantage. En revanche, une lettre anonyme… ça, c'était déjà une autre paire de manches. Il avait déjà vu s'y commettre des femmes du genre de miss Brewis – des femmes solides, inspirant la confiance, absolument insoupçonnables aux yeux de leur entourage.

— Comment s'appelle votre maître d'hôtel ? interrogea-t-il.

— Henden.

Miss Brewis paraissait légèrement surprise. Poirot se hâta d'ajouter :

— Si je vous ai posé cette question, c'est qu'il m'a semblé l'avoir déjà vu quelque part.

— Il y a de grandes chances, concéda miss Brewis. Aucun de ces gens-là ne semble capable de rester plus de trois mois sous le même toit. Ils ont donc vite fait le tour de toutes les maisons susceptibles de les employer. D'autant qu'il n'y a plus grand monde, de nos jours, qui ait les moyens de s'offrir des cuisiniers et des maîtres d'hôtel.

Ils pénétrèrent ensemble dans le salon où sir George, l'air quelque peu emprunté dans son smoking, offrait du sherry à la ronde. Mrs Oliver, dans sa robe de satin gris fer, faisait penser à quelque cuirassé de la dernière guerre. Quant à la brune lady Stubbs, on n'apercevait d'elle que sa nuque délicate, penchée qu'elle était sur un numéro de *Vogue*.

Alec et Sally Legge étaient conviés au dîner, ainsi que Jim Warburton.

— Nous allons avoir une soirée chargée, les prévint-il. Pas question de bridge aujourd'hui. Tout le monde sur le pont ! Il y a une quantité de programmes à calligraphier, et il faut rédiger un écriteau pour la tente de la diseuse de bonne aventure. Comment l'appellerons-nous ? Madame Zuleika ? Esmeralda ? Ou encore, Romany Leigh, la Reine des Gitans ?

— Dans ces campagnes, tout le monde déteste les Gitans, dit Sally. Mieux vaut quelque chose qui sonne oriental. Zuleika me semble parfait. J'ai apporté ma boîte à peinture, et je comptais sur Michael pour nous dessiner un beau serpent enroulé autour du nom de la pythonisse.

— Ce serait plutôt Cléopâtre que Zuleika, en ce cas ?

La tête de Henden apparut dans l'encadrement de la porte :

— Madame est servie.

Ils passèrent dans la salle à manger. Des bougies éclairaient la longue table. Le reste de la pièce restait plongé dans la pénombre.

Warburton et Alec Legge étaient assis de part et d'autre de la maîtresse de maison. Poirot se trouvait entre Mrs Oliver et miss Brewis. Celle-ci poursuivait une conversation animée à propos des préparatifs de la kermesse.

Mrs Oliver semblait plongée dans ses pensées et ne soufflait mot.

Quand elle sortit enfin de son mutisme, ce fut pour s'excuser.

— Ne vous inquiétez pas pour moi, dit-elle à Poirot. Je cherche ce que j'aurais bien pu oublier.

Sir George partit d'un grand rire :

— La fatale erreur qui flanque tout par terre, hein ?

— Exactement, dit Mrs Oliver. Il y en a toujours une. On ne s'en avise parfois que lorsque le livre est déjà sous presse. Alors, ça, c'est l'*horreur* !

Son émotion se lisait sur son visage. Elle soupira :

— Le plus étonnant, c'est que la plupart des lecteurs ne s'en aperçoivent jamais. Je me dis : « Mais où avais-je la tête ? La cuisinière ne pouvait pas ne pas s'apercevoir qu'il était revenu deux côtelettes ! » Mais personne ne s'en offusque à part moi.

— Fascinant, dit Michael Weyman en se penchant au-dessus de la table. Le Mystère de la Deuxième Côtelette ! Je vous en supplie, je vous en conjure, n'en dites pas plus. Je vais pouvoir y réfléchir dans ma baignoire.

Mrs Oliver lui décocha un sourire ambigu avant de se replonger dans ses pensées.

Lady Stubbs se taisait, elle aussi. Et, de temps à autre, étouffait un bâillement. Warburton, Alec Legge et miss Brewis parlaient entre eux comme si elle n'avait pas été là.

Comme ils quittaient la salle à manger, lady Stubbs s'immobilisa au pied de l'escalier.

— Je vais me coucher, annonça-t-elle. Je tombe de sommeil.

— Oh, lady Stubbs ! s'exclama miss Brewis, il y a encore tant à faire ! Nous comptions sur votre aide.

— Oui, je sais, dit lady Stubbs. Mais je vais me coucher.

Il y avait dans sa voix comme une satisfaction enfantine.

Elle se retourna vers sir George, qui sortait à son tour de la salle à manger :

— Je suis fatiguée, George. Je vais me coucher. Vous voulez bien ?

Il s'en vint lui administrer quelques petites tapes affectueuses sur l'épaule :

— Allez donc vous reposer, Hattie. Il vous faut être belle pour demain.

Il lui posa sur la joue un baiser léger. Et elle gravit les marches en agitant la main et en lançant à la cantonade :

— Bonsoir tout le monde !

Sir George lui sourit. Miss Brewis ravala sa rancœur et tourna sèchement les talons.

— Suivez-moi tous ! ordonna-t-elle avec une gaieté forcée qui sonna tragiquement faux. Nous avons à *travailler !*

Bientôt, chacun fut à l'œuvre. Mais, miss Brewis ne pouvant surveiller tout son monde à la fois, certains ne tardèrent pas à prendre la tangente. Après avoir orné d'un magnifique serpent l'écriteau sur lequel il avait écrit « MADAME ZULEIKA VOUS DÉVOILE VOTRE AVENIR – *2 shillings 6 pence* », Michael Weyman s'éclipsa sur la pointe des pieds. Alec Legge s'acquitta de quelques menues tâches, puis annonça qu'il sortait pour prendre les mesures du Jeu des Anneaux et ne reparut pas. Les femmes, comme elles le font toujours, travaillaient avec énergie et application. Quant à Hercule Poirot, suivant en cela l'exemple de son hôtesse, il alla se coucher de bonne heure.

Poirot, le lendemain, descendit à 9 heures et demie. Le petit déjeuner était servi à la mode d'avant-guerre : une rangée de plats chauds sur une plaque électrique. Sir George était attablé devant un copieux repas d'œufs brouillés, bacon et rognons. Mrs Oliver et miss Brewis l'accompagnaient, avec quelques variantes. Seule, lady Stubbs, dédaignant les plats de viande, grignotait de minces tartines grillées en buvant du café noir à petites gorgées. Son grand chapeau chinois rose bonbon semblait quelque peu incongru à cette table de petit déjeuner.

Le courrier venait d'arriver. Miss Brewis avait devant elle un gros tas de lettres qu'elle triait rapidement pour en faire plusieurs piles, tout en passant à sir George celles qui portaient la mention « Personnel ». Les autres étaient ensuite ouvertes et classées.

Lady Stubbs reçut trois lettres ce matin-là. Elle en ouvrit deux qui contenaient, à l'évidence, des factures, et les mit de côté. Puis, ayant décacheté la troisième lettre, elle poussa une brusque exclamation :

— Oh !

Il y avait une telle surprise dans sa voix que toutes les têtes se tournèrent vers elle.

— C'est une lettre d'Étienne, balbutia-t-elle. De mon cousin Étienne. Il vient ici avec son yacht.

— Montrez, Hattie, coupa sir George en tendant la main.

Elle lui passa la lettre au travers de la table. Il la lut après l'avoir défroissée.

— C'est qui, cet Étienne de Sousa ? Un de vos cousins, si j'ai bien compris ?

— Je crois bien. Un cousin issu de germain. Je ne me souviens plus très bien de lui… quasiment plus du tout. Il était…

— Oui, ma chérie ?

Elle haussa les épaules :

— Ça n'a pas d'importance. Il y a si longtemps de cela. Je n'étais qu'une gamine.

— Il va de soi que vous ne vous en souveniez plus très bien. Il faudra néanmoins lui faire bon accueil, dit sir George avec bonne humeur. Ça tombe mal qu'il y ait cette kermesse aujourd'hui, mais nous l'inviterons à dîner. Nous pourrions peut-être le garder un jour ou deux… lui montrer un peu la région ?

Sir George semblait parfaitement à l'aise dans son rôle de nobliau campagnard.

Lady Stubbs ne répondit pas. Ses yeux restaient rivés sur le fond de sa tasse de café.

La conversation reprit, avec pour objet, bien entendu, les derniers préparatifs de la fête. Poirot ne s'y mêla pas. Il observait la fine silhouette de la maîtresse de maison à l'autre extrémité de la table. À quoi pouvait-elle bien penser ? À cet instant précis, la jeune femme leva les yeux pour un bref regard en direction de Poirot. Un regard si rusé et si aigu qu'il en resta pantois. Et quand elle vit qu'il la regardait aussi, l'expression rusée disparut instantanément, aussitôt remplacée par une sorte de vide. Mais Poirot ne rêvait pas, il avait bien vu cet autre regard, froid, calculateur, vigilant…

À moins qu'il ne l'ait imaginé ? Et d'ailleurs, ne savait-on pas que les individus affligés de déficience mentale étaient souvent capables d'une ruse qui surprenait leurs proches, ceux-là mêmes qui croyaient les connaître le mieux ?

Il en conclut que cette lady Stubbs était, décidément, une énigme. Les gens semblaient avoir, sur son compte, des opinions diamétralement opposées. Miss Brewis avait bien dit qu'elle savait exactement ce qu'elle faisait. Mais Mrs Oliver la croyait purement et simplement débile, et Mrs Folliat, qui la connaissait depuis longtemps et de très près, parlait d'elle comme d'une personne un peu anormale, qu'il fallait protéger et surveiller.

Miss Brewis était sans doute partiale. Elle n'aimait pas lady Stubbs, dont elle ne supportait pas le caractère indolent et l'attitude distante. Poirot se demanda si miss Brewis était déjà la secrétaire de sir George avant son mariage. Auquel cas, il se pouvait qu'elle ait mal encaissé le changement de régime.

Jusqu'à cet échange de regard, Poirot lui-même aurait volontiers partagé sans réserve la manière de voir de Mrs Folliat et de Mrs Oliver... Mais, après tout, fallait-il se fier à ce qui n'avait été qu'une impression fugitive ?

Lady Stubbs se leva d'un mouvement brusque :

— J'ai mal à la tête. Je vais m'allonger dans ma chambre.

Sir George se leva à son tour, soudain inquiet :

— Mon petit bout de chou, vous n'êtes pas malade, au moins ?

— C'est une migraine, sans plus.

— Vous serez sur pied cet après-midi ?

— Oui, je crois.

— Prenez de l'aspirine, lady Stubbs, intervint miss Brewis. Vous en avez, ou souhaitez-vous que je vous en monte ?

— J'en ai.

Elle se dirigeait vers la porte. En franchissant le seuil, elle laissa tomber le mouchoir qu'elle tenait à la main. Poirot se leva à son tour et s'en fut discrètement le ramasser.

Sir George s'apprêtait à suivre sa femme, mais miss Brewis l'intercepta au passage :

— Au sujet du parking pour les voitures, cet après-midi, sir George... Il faut que je coure donner des instructions à Mitchell. Ne pensez-vous pas que le mieux serait, comme vous le disiez, de...

Poirot, qui sortait, n'en entendit pas plus.

Il rattrapa la maîtresse de maison dans l'escalier :

— Madame, vous avez perdu ceci.

Il lui tendit le mouchoir en esquissant une courbette.

Elle le prit d'un air absent :

— Ah bon ? Merci.

— Je suis profondément navré, madame, de vous voir souffrante. Surtout le jour où votre cousin arrive.

Elle lui répondit très vite, presque avec violence :

— Je ne veux pas voir Étienne ! Je ne l'aime pas ! Il est malfaisant ! Il a toujours été malfaisant ! Il me fait peur ! Il fait des choses méchantes !

La porte de la salle à manger s'ouvrit et sir George traversa le hall pour s'engager à son tour dans l'escalier :

— Hattie, ma pauvre chérie. Je vais vous mettre au lit.

Ils gravirent les marches ensemble, sir George, l'air inquiet et préoccupé, enlaçant tendrement sa femme.

Poirot les observa un court instant, puis tourna les talons et vit miss Brewis qui passait très vite, une liasse de papiers à la main.

— La migraine de lady Stubbs... commença-t-il.

— Elle n'a pas plus la migraine que moi une jambe cassée, grinça miss Brewis avant de s'engouffrer dans son bureau en refermant la porte derrière elle.

Poirot poussa un soupir et, franchissant la grand-porte, passa sur la terrasse. Mrs Masterton venait d'arriver au volant d'une petite automobile et supervisait le montage d'une tente pour les rafraîchissements en lançant des ordres de sa voix de stentor.

Elle se retourna pour saluer Poirot :

— Quelle corvée, ce genre de bazar ! Les gens ne sont pas fichus de mettre les choses au bon endroit. Non, Rogers ! Plus à gauche – *à gauche* – pas à droite ! Que pensez-vous de ce temps, monsieur Poirot ? Il ne me dit rien qui vaille. S'il pleut, ça va être un fiasco de première grandeur. Alors que, pour une fois, nous avons eu cette année un si bel été ! Où est passé sir George ? Il faut que je le voie pour cette histoire de parking.

— Sa femme avait la migraine, elle est montée se reposer.

— Elle sera remise cet après-midi, trancha Mrs Masterton, confiante. Elle n'aime rien tant qu'être en représentation, voyez-vous. Elle va exhiber une toilette renversante et s'amuser comme une gamine en bas âge. Pouvez-vous me passer une brassée de ces piquets, là-bas ? Je veux marquer les emplacements des numéros pour le golf miniature.

Poirot, ainsi enrôlé, ne pouvait plus que se plier aux ordres de Mrs Masterton, qui semblait ravie d'avoir trouvé en lui un collaborateur docile. Elle condescendit à échanger quelques mots pendant les pauses imposées par la dureté de la tâche :

— Il faut tout faire soi-même, comme d'habitude. C'est le seul moyen... À propos, vous êtes un ami des Eliot, si je ne m'abuse ?

Poirot était depuis assez longtemps en Angleterre pour savoir que ces mots avaient valeur de reconnaissance sociale. Mrs Masterton disait en fait : « Je sais pertinemment que, bien qu'étranger, vous êtes des Nôtres. » Et la conversation se poursuivit sur un ton familier :

— Ça fait plaisir de voir Nasse revivre. Nous avions tellement peur que ça devienne un hôtel. Vous savez ce qu'il en est, de nos jours : on ne voit plus partout que des pancartes « Chambres d'Hôtes », « Pension de Famille » ou « Hôtel réservé aux membres de l'Automobile Club ». Toutes les demeures que nous avons habitées enfants... ou bien où nous allions danser. C'est bien triste. Oui, je suis contente pour Nasse, tout comme cette pauvre Amy Folliat, évidemment. Elle a eu une vie tellement dure – sans jamais se plaindre, il faut lui reconnaître cette vertu. Sir George a fait des merveilles pour Nasse – et sans une once de vulgarité. Je ne sais s'il faut y voir l'influence d'Amy Folliat ou en créditer son bon goût naturel. Car il a bel et bien le goût assez sûr, figurez-vous ! Tout à fait surprenant chez un homme de sa condition.

— J'ai cru comprendre, avança prudemment Poirot, qu'il n'était pas de vieille noblesse terrienne ?

— Il n'est même pas authentiquement « sir » George... il se sera adoubé lui-même. Je gage que l'idée lui en sera venue en prenant un billet pour le Lord George Sanger's Circus. Cocasse, vous ne trouvez pas ? Bien entendu, nous feignons tous de l'ignorer. La fortune vous donne droit à quelques innocentes marottes, n'est-il pas vrai ? Et le plus drôle, c'est qu'en dépit de ses origines George Stubbs est en fait à sa place partout. Le type même du hobereau au siècle des Lumières. Ah ! l'atavisme... Car il ne fait pas de doute pour moi qu'il a du sang noble dans les veines. Son père devait être un aristocrate décavé, et sa mère serveuse de bastringue.

Mrs Masterton s'interrompit pour vociférer à l'adresse d'un jardinier :

— Non, pas à côté de ce rhododendron ! Il faut laisser de la place à droite pour les quilles. À *droite* – pas à gauche !

Et de poursuivre :

— C'est quand même invraisemblable que ces gens-là ne distinguent pas leur droite de leur gauche ! La Brewis est d'une efficacité rare. Mais elle ne peut pas voir cette pauvre Hattie en peinture. On jurerait même parfois qu'elle est prête à lui faire un mauvais sort. Ces bonnes secrétaires sont neuf fois sur dix amoureuses folles de leur patron. Mais où donc pensez-vous qu'a bien pu passer Jim Warburton ? Puérile cette façon qu'il a de se donner lui-même du « capitaine ». Il n'a jamais été officier d'active, et n'a jamais vu un Allemand, ni de près ni de loin. Bah ! que voulez-vous, de nos jours, il faut bien faire avec ce qu'on a... et le travail, au moins, ne lui fait pas peur. N'empêche que je lui ai toujours trouvé quelque chose de pas net. Ah ! Voici les Legge !

Sally Legge, en pantalon et pull-over canari, les héla d'un ton joyeux :

— Nous sommes venus vous donner un coup de main !

— Ce ne sera pas du luxe ! tonna Mrs Masterton. Voyons un peu si vous ne pourriez pas...

Poirot mit à profit cette diversion pour s'éclipser. Et comme il contournait la maison pour déboucher sur la terrasse, il fut le témoin d'un nouveau drame.

Deux jeunes filles, vêtues de shorts et de blouses aux couleurs vives, venaient de sortir du bois et se tenaient, hésitantes, devant la maison. Il crut reconnaître en l'une d'elles l'Italienne qui était montée la veille dans sa voiture. Penché à la fenêtre de la chambre de lady Stubbs, sir George les apostrophait d'un ton furieux.

— Vous êtes sur une propriété privée ! s'époumonait-il.

— Pardon ? répondit la jeune fille au front ceint d'un foulard vert.

— Vous ne pouvez pas passer par ici ! C'est *privé* !

L'autre jeune fille, qui avait, elle, un foulard bleu, lança d'une voix claire :

— S'il vous plaît ? La embarcation de Nasscombe... (Elle s'appliquait à prononcer correctement :) Ce être bien de ce côté ? S'il vous plaît...

— Ici, c'est une propriété privée ! rugit sir George.

— Pardon ?
— *Pri-vé !* Interdit ! Il faut faire demi-tour ! DEMI-TOUR ! Retournez d'où vous venez !

Elles le regardaient gesticuler. Puis elles échangèrent quelques mots dans une langue étrangère, et le foulard bleu, incrédule, articula :

— Re-tour-ner ? Vers hô-tel ?

— C'est ça ! Et prendre route – la *route* qui fait le tour !

Elles battirent en retraite à contrecœur. Sir George s'épongea le front et aperçut Poirot au pied de la maison.

— Je passe mon temps à refouler des gens, expliqua-t-il. Avant, ils arrivaient par l'entrée du haut. Je l'ai fait condamner. Et maintenant, ils passent à travers bois après avoir enjambé la clôture ! Ils trouvent ça plus court. Évidemment ! Mais il n'y a pas de droit de passage, il n'y en a jamais eu. Et ce sont presque tous des étrangers – ils ne comprennent rien à ce qu'on leur dit, ils baragouinent, en hollandais ou en je-ne-sais-trop-quoi…

— Il y avait effectivement une Allemande, je crois, et l'autre est italienne. Je l'ai vue hier qui montait de la gare.

— Quand je vous répète qu'ils parlent dans toutes les langues… Oui, Hattie ? Qu'est-ce que tu disais ?

Il disparut dans la chambre.

Poirot se retourna. Une grande fille de quatorze ans, passablement développée pour son âge et vêtue de l'uniforme des Éclaireuses, se tenait derrière lui.

— Je vous présente Marlene, dit Mrs Oliver.

Marlene émit un gloussement :

— C'est moi l'Affreux Cadavre. Mais je ne vais pas avoir du sang tout partout.

Elle semblait déçue.

— Non ?

— Non. On m'aura rien qu'étranglée avec une corde, c'est tout. Ce qui m'aurait bien plu, c'est d'être *poignardée* – avec de grandes traînées de peinture rouge !

— Le capitaine Warburton craignait que cela ne soit trop réaliste, expliqua Mrs Oliver.

— Dans un meurtre, moi, je trouve qu'il *devrait* y avoir du sang, insista Marlene d'un air boudeur, tournée vers Poirot et le dévorant des yeux. Z'en avez vu un tas, des meurtres, vous, pas vrai ? C'est ce qu'*elle* m'a dit.

— Bah... un ou deux, répondit Poirot, modeste, tout en constatant avec effroi que Mrs Oliver s'éloignait.

— Et des obsédés sexuels ? s'enquit avidement Marlene.

— Certainement pas.

— Moi, ça m'plaît bien, les obsédés sexuels, poursuivit Marlene avec une mimique gourmande. Lire leurs histoires, j'veux dire.

— Vous apprécieriez moins, sans doute, d'en rencontrer un.

— Oh ! j'en sais rien... Vous voulez qu'j'vous dise ? J'ai l'impression qu'il y en a un dans le coin, d'obsédé sexuel. Mon grand-père, il a vu un cadavre dans les bois, une fois. Il a tellement eu la frousse qu'il est parti en courant, et quand il est revenu, le cadavre avait disparu. Même que c'était çui d'une femme. Seulement faut dire qu'il est timbré, mon grand-père, alors personne écoute ce qu'il raconte.

Poirot parvint à s'échapper et, après avoir regagné la maison par un chemin détourné, se réfugia dans sa chambre. Il éprouvait le besoin de se remettre.

6

Le déjeuner, servi devant un buffet froid, fut prestement expédié. Une star de cinéma de second plan devait ouvrir la fête à 14 h 30. Le temps, jusque-là menaçant, s'était finalement éclairci. À 3 heures, la fête battait son plein. Les gens se pressaient pour acheter leur ticket d'entrée à une demi-couronne, et l'allée était encombrée de voitures. Des étudiants arrivaient par groupes compacts de l'Auberge de Jeunesse en parlant très fort dans toutes les langues de la tour de Babel. Conformément aux prévisions de Mrs Masterton, lady Stubbs avait émergé de ses quartiers à l'heure précise de l'ouverture, arborant une robe cyclamen et coiffée d'un époustouflant chapeau de coolie chinois en paille noire. Elle avait battu le rappel de tous ses diamants.

— Ma parole, elle se croit dans la tribune royale, à Ascot ! murmura miss Brewis, sardonique.

Mais Poirot complimenta son hôtesse avec le plus grand sérieux :

— C'est une exquise toilette de grand couturier que vous avez revêtue là, madame.

— Elle est ravissante, n'est-ce pas ? répondit Hattie, enchantée. Je l'ai portée à Ascot.

La star de second plan venait d'arriver et Hattie fendit la foule pour aller la saluer.

Soucieux de se fondre dans le décor, Poirot se mit à déambuler sans but précis. Cette fête semblait se dérouler le plus normalement du monde. Il y avait un chamboule-tout, animé avec bonne humeur par sir George, un jeu de quilles et un jeu d'anneaux. Des stands vous proposaient fruits et légumes du cru, jambons, gâteaux, et jusqu'à des bibelots artisanaux. Vous étiez à même de gagner, dans diverses tombolas, des gâteaux, des corbeilles de fruits – voire, le cas échéant, un cochon. Et les enfants pouvaient, pour deux pence la partie, tenter leur chance à la Pêche miraculeuse.

La foule était maintenant assez compacte, et une représentation de danses enfantines venait de commencer. Mrs Oliver était introuvable, mais Poirot pouvait suivre des yeux la haute silhouette cyclamen de lady Stubbs tandis que celle-ci allait de groupe en groupe. L'attention générale semblait cependant se focaliser plutôt sur Mrs Folliat. Elle était métamorphosée. Vêtue d'une robe de foulard de soie d'un bleu d'une exquise subtilité, coiffée d'un élégant chapeau gris, accueillant les nouveaux arrivants et les conduisant vers les différentes attractions, elle avait l'air de présider aux réjouissances.

Poirot s'approcha d'elle et saisit quelques bribes de conversation :

— Amy, ma toute bonne, comment allez-vous ?

— Oh ! Pamela, comme c'est gentil à Edward et à vous d'être venus ! C'est une si longue trotte, depuis Everton.

— Le temps est avec vous. Vous vous rappelez, l'année juste avant la guerre ? Le déluge à 4 heures pile ! Ç'a été le signal de la débandade !

— En revanche, nous avons eu droit à un été magnifique, cette année... Dorothy ! Voilà une *éternité* que je ne vous avais pas vue !

— Nous *tenions* à venir admirer Nasse dans toute sa splendeur. Tiens donc ! vous avez rabattu les épines-vinettes du talus ?

— Oui. On voit mieux les hortensias – vous ne trouvez pas ?

— Ils sont admirables. Quel bleu ! Mais dites-moi, ma chère, vous avez fait ici des merveilles, depuis l'année dernière. On commence à retrouver le Nasse que nous avons connu.

Le mari de Dorothy intervint, de sa voix de basse profonde :

— Je suis venu ici pendant la guerre, quand le château était réquisitionné par l'état-major. J'en avais eu le cœur brisé !

Mrs Folliat, déjà, tournait les talons pour accueillir une visiteuse d'apparence plus modeste :

— Mrs Knapper, je suis contente de vous voir. C'est Lucy ? Dieu qu'elle a grandi !

— Elle va finir l'école pas plus tard que l'an prochain. Vous avez une mine qui fait plaisir à voir, m'dame.

— C'est vrai que je me sens bien. Il faut tenter ta chance aux anneaux, Lucy. Je vous verrai tout à l'heure sous la tente, Mrs Knapper. On m'a réquisitionnée pour servir le thé.

Un homme âgé, probablement Mr Knapper, s'approcha pour dire à mi-voix :

— On est heureux de vous revoir à Nasse, m'dame. Ça nous rappelle le bon vieux temps.

La réponse de Mrs Folliat se perdit dans un brouhaha : deux femmes et un grand gaillard sanguin se précipitaient sur elle :

— Amy, ma chère, ça faisait des *siècles* ! Quel succès, dites-moi ! Je vous en conjure, racontez-moi ce que vous avez fait dans la roseraie. Muriel prétend que vous la repeuplez avec ces nouveaux floribundas ?

Le grand gaillard y alla de sa question :

— Où est Marylin Gale ?

— Reggie meurt d'envie de la rencontrer. Il a vu son dernier film.

— Ce ne serait pas elle, là-bas, sous ce grand chapeau ? Quel accoutrement, dites donc !

— Ne sois pas stupide, chéri. C'est Hattie Stubbs. Franchement, Amy, vous ne devriez pas la laisser s'exhiber ainsi... on croirait un *mannequin*.

— Amy ?

Une autre femme cherchait à attirer son attention :

— Je vous présente Roger, le fils d'Edward. Ma chère, quel bonheur de vous revoir à Nasse !

Poirot s'éloigna à pas lents et, l'esprit ailleurs, investit un shilling dans un billet de tombola au risque de gagner le cochon.

Mais il entendait toujours, derrière lui, le « Comme c'est gentil d'être venu » indéfiniment répété. Il se demandait si Mrs Folliat se rendait compte du fait qu'elle avait accaparé le rôle de maîtresse des lieux ou s'il s'agissait chez elle d'une attitude inconsciente. Elle était de toute évidence, cet après-midi-là, Mrs Folliat de Nasse House.

Il se trouva bientôt devant la petite tente ornée de l'écriteau « MADAME ZULEIKA VOUS DÉVOILE VOTRE AVENIR – *2 shillings 6 pence* ». On venait de commencer à servir le thé et plus personne n'attendait son tour pour consulter la voyante. Poirot entra en baissant la tête, paya sa demi-couronne pour le seul plaisir de se laisser choir dans un fauteuil et d'offrir quelque repos à ses pieds endoloris.

Madame Zuleika disparaissait sous d'amples vêtements noirs, une écharpe semée de paillettes dorées lui ceignait le front et un voile, qui lui masquait le bas du visage, étouffait un peu ses paroles. Un bracelet d'or chargé de breloques tintinnabulait à son poignet. Elle prit la main de Poirot et se lança dans une série de prédictions aussi prometteuses que prestement assenées : accident évité par miracle, succès assuré auprès d'une beauté sculpturale, plantureuse somme d'argent dans les plus brefs délais.

— Voilà qui est fort plaisant, chère petite madame Legge. Il ne me reste plus qu'à souhaiter que tout cela se réalise.

— Oh ! s'étrangla Sally. Alors vous m'avez reconnue ?

— J'étais prévenu. Mrs Oliver m'a expliqué que vous étiez d'abord destinée au rôle de la « victime », mais qu'on vous l'avait retiré *in extremis* pour vous confier la destinée de vos contemporains.

— J'aurais préféré faire le cadavre, ronchonna Sally. J'aurais été bien plus tranquille. Tout ça, c'est la faute de Jim Warburton ! Il n'est pas encore 4 heures ? Je meurs d'envie de mon thé ! J'ai le droit de faire relâche de 4 heures à 4 heures et demie.

— Il vous faudra patienter encore dix minutes, dit Poirot en consultant son antique montre de gousset. Voulez-vous que j'aille vous en chercher une tasse ?

— Non, non. J'ai vraiment besoin de sortir. On étouffe sous cette tente. Il y a encore beaucoup de gens qui attendent, dehors ?

— Non. Je crois qu'ils sont tous allés faire la queue pour le thé.

— Ouf ! Ça tombe à pic.

Pas plus tôt revenu à l'air libre, Poirot se vit harponner par une créature autoritaire qui lui extorqua six pence en échange du droit de soupeser une brioche pour en deviner le poids.

L'imposante matrone qui animait le jeu des anneaux l'invita sitôt après à tenter sa chance, ce qu'il fit, pour se retrouver, fort embarrassé, avec une grosse poupée sur les bras. Comme il s'éloignait, tout penaud, avec son butin, il tomba sur Michael Weyman, qui s'était mis à l'écart et restait planté, l'air morose, en haut du chemin menant au quai.

— Vous semblez vous amuser comme un gamin, monsieur Poirot, lui fit l'architecte avec un sourire sardonique.

Poirot regarda sa poupée.

— Elle est vraiment affreuse, n'est-ce pas ? dit-il, ne sachant plus où se mettre.

Une petite fille éclata brusquement en sanglots derrière lui. Poirot se retourna vivement et lui planta la poupée dans les bras :

— Tiens ! c'est pour toi !

Les pleurs cessèrent comme par enchantement.

— Eh bien, Violet, n'est-il pas gentil, le monsieur ? Allons, dis merci...

— Concours de Déguisements ! trompetta soudain le capitaine Warburton dans son mégaphone. Premier groupe, les enfants de trois à cinq ans, en rang s'il vous plaît !

Battant prudemment en retraite en direction de la maison, Poirot fut alors bousculé par un grand escogriffe qui reculait pour mieux lancer sa boule de chamboule-tout. L'escogriffe lui jeta un regard furibond et Poirot s'excusa machinalement, sans parvenir à détacher ses yeux de la chemise du personnage. Il avait reconnu les tortues décrites par sir George : toutes les espèces connues et inconnues de tortues terrestres, de tortues de mer et autres monstres aquatiques semblaient y mener sabbat.

Poirot cligna des paupières et aperçut à quelques pas de lui la jeune Hollandaise qu'il avait emmenée la veille dans sa voiture.

— Vous êtes donc venue pour la fête ? dit-il. Et votre amie italienne ?

— Oh ! elle venir aussi, plus tard. Je l'ai pas encore vue, mais nous partir ensemble le bus de 5 heures et quart. Il nous conduire jusqu'à Torquay, d'où nous prendre autre bus pour Plymouth. C'est très commode.

Poirot avait été surpris de voir la jeune Hollandaise transpirer sous le poids d'un sac à dos. Il comprenait mieux, maintenant.

— J'ai aperçu votre amie, ce matin, lui signala-t-il.

— Ah ! oui, Elsa, l'Allemande, venir avec elle, et elle me dire elle vouloir aller vers fleuve en marchant dans le bois. Mais le propriétaire de la maison très en colère et obliger elle à partir autre chemin.

Et d'ajouter, avec un mouvement de la tête en direction de sir George, qui exhortait les candidats au chamboule-tout :

— Mais cet après-midi, lui très poli.

Poirot s'apprêtait à expliquer qu'il y avait une différence entre le fait de s'introduire sans autorisation dans une propriété privée et celui de payer deux shillings et six pence pour goûter en toute légalité aux charmes de Nasse House et de ses jardins. Mais il en fut empêché par le capitaine Warburton et son mégaphone. Warburton était en sueur et semblait excédé :

— Avez-vous vu lady Stubbs, Poirot ? Quelqu'un a-t-il vu lady Stubbs ? Elle doit présider le jury du Concours de Déguisements, et je ne la trouve nulle part.

— Je l'ai vue... attendez – oh ! il doit y avoir une demi-heure. Juste avant d'entrer chez la voyante.

— Quelle enquiquineuse ! gronda Warburton, furibond. Où est-elle donc passée ? Les enfants attendent, et nous sommes déjà très en retard.

Il regarda autour de lui :

— Où est Amanda Brewis ?

Pas trace, non plus, de miss Brewis.

— Ça, c'est vraiment le comble ! fulmina Warburton. Quand on prétend organiser un spectacle, on vous doit un *minimum* de coopération, non ? Où diable Hattie a-t-elle bien pu aller se fourrer ? Dans la maison, peut-être ?

Il s'éloigna à grandes enjambées.

Poirot se dirigea vers l'endroit, délimité par des cordes, où l'on servait du thé sous un grand dais, mais la file d'attente était telle qu'il renonça à y prendre place.

Il s'arrêta devant le stand des bibelots et objets divers, où une vieille dame essaya avec beaucoup d'autorité de lui vendre une boîte à cols en matière plastique, puis s'éloigna afin d'avoir, en toute tranquillité, une vue d'ensemble de la fête.

Il se demandait où était Mrs Oliver.

Des pas, derrière lui, le firent se retourner. Un jeune homme très brun, d'une parfaite élégance dans sa tenue de yachtman, apparut en haut du chemin venant du quai. Il s'immobilisa, apparemment déconcerté par le spectacle qui s'offrait à lui.

Puis, s'adressant à Poirot d'une voix hésitante :

— Veuillez m'excuser. Mais je suis bien ici chez sir George Stubbs ?

— Absolument, répondit Poirot. Vous ne seriez pas, par hasard, le cousin de lady Stubbs ?

— Je suis Étienne de Sousa...

— Hercule Poirot.

Ils se saluèrent. Poirot offrit quelques informations sur la fête. Comme il finissait, sir George, abandonnant son chamboule-tout, s'approcha d'eux à travers la pelouse :

— Sousa ? Enchanté de vous connaître. Hattie a reçu votre lettre ce matin même. Où est votre yacht ?

— Je l'ai ancré à Helmouth, et j'ai remonté le fleuve dans mon canot automobile.

— Il faut absolument que nous trouvions Hattie. Elle ne doit pas être loin... J'espère, en tout cas, que vous resterez dîner avec nous ?

— Vous êtes trop aimable.

— Pouvons-nous vous loger ?

— C'est très gentil, vraiment, mais je préfère dormir sur mon bateau ; ce sera plus simple.

— Vous êtes ici pour quelque temps ?

— Deux ou trois jours, je pense. Cela dépendra...

— Hattie va être ravie de vous voir, j'en suis certain, assura fort civilement sir George. Mais *où est-elle* ? Je l'ai aperçue il y a un instant.

Il regardait autour de lui, perplexe :

— Je ne comprends pas. On l'attendait au Concours de Déguisements. Veuillez m'excuser. Je vais demander à miss Brewis.

Il repartit. Sousa le suivit des yeux. Poirot regarda Sousa.

— Il y a un certain temps que vous n'avez pas vu votre cousine ? demanda-t-il.

Le jeune homme eut un haussement d'épaules :

— Elle avait quinze ans la dernière fois. Puis on l'a envoyée à l'étranger – en France, pour y faire ses études dans un couvent. Mais, déjà enfant, elle promettait d'être très belle.

Il regardait Poirot d'un air interrogateur.

— Elle *est* très belle, dit Poirot.

— Et c'est là son mari ? Il a tout du « brave type », comme on dit – mais il manque peut-être de raffinement. Il est vrai que, pour Hattie, trouver un mari n'a pas dû être facile.

Poirot se contenta de le regarder avec un étonnement poli. L'autre se mit à rire :

— Oh ! ce n'est pas un secret. À quinze ans, Hattie n'était pas très développée intellectuellement. « Demeurée », comme on dit. Elle l'est toujours ?

— On est en droit de le penser... oui, répondit prudemment Poirot.

Sousa haussa les épaules :

— Bah ! pourquoi demander aux femmes d'être intelligentes ? C'est du superflu.

Sir George revenait, furieux, miss Brewis sur ses talons. Celle-ci lui parlait d'une voix essoufflée :

— Où elle peut être, je n'en ai pas la moindre idée, sir George. Je l'ai aperçue près de la tente de la voyante. Mais il y a vingt minutes ou une demi-heure de cela. Et elle n'est pas dans la maison.

— Il se pourrait, suggéra Poirot, qu'elle soit allée suivre la Course à l'Assassin de Mrs Oliver ?

Sir George parut se détendre :

— Mais oui, ça ne fait aucun doute. Écoutez, je ne peux pas quitter mon stand, je suis seul à m'en occuper. Et Amanda est débordée. Pourriez-vous avoir l'amabilité de jeter un coup d'œil, Poirot ? Vous connaissez le parcours.

Mais Poirot ne connaissait pas le parcours. Miss Brewis lui en indiqua les grandes lignes. Et comme elle s'empressait auprès de Sousa, il s'éloigna en marmottant pour lui-même comme une incantation : « Court de tennis, Jardin de camélias, Folie, Pépinière, Abri à bateaux... »

En passant devant le chamboule-tout, il vit sir George aborder avec un grand sourire la jeune Italienne qu'il avait refoulée le matin même avec pertes et fracas, et qui semblait complètement éberluée par ce total changement d'attitude.

Il poursuivit son chemin vers le court de tennis. Mais l'endroit était désert, à l'exception d'un vieux monsieur assoupi dans un fauteuil, son chapeau rabattu sur les yeux. Poirot rebroussa chemin vers la maison et descendit vers le jardin de camélias.

Là il trouva, assise dans un fauteuil, une Mrs Oliver somptueusement vêtue de pourpre cardinalice. La romancière semblait cependant broyer du noir et l'invita d'un geste à s'installer à côté d'elle.

— Nous n'en sommes qu'au deuxième indice, gémit-elle. Je crains que tout cela ne soit trop difficile. Personne n'est encore arrivé jusqu'ici.

Mais à cet instant, un gringalet en short et à la pomme d'Adam proéminente apparut à l'entrée du jardin et poussa presque aussitôt un rugissement de triomphe en se précipitant vers un arbre situé à l'angle le plus proche, puis un deuxième rugissement en y découvrant l'indice. Comme il passait devant eux, il ne put s'empêcher de leur faire part de sa satisfaction :

— La plupart des gens ne connaissent pas les chênes-lièges, dit-il. Le premier indice était une photographie recadrée de façon assez astucieuse, mais j'ai compris ce qu'elle représentait : un filet de tennis vu de très près. Il y avait aussi une fiole de poison vide, et un bouchon. Tout le monde a dû se jeter sur ce flacon – mais je pense que c'était une fausse piste. On ne voit pas tous les jours des chênes-lièges, sous nos climats. Mais il se trouve que je m'intéresse aux espèces rares. Et *maintenant*, quelle direction faut-il prendre ? Je me le demande...

Il se pencha en fronçant les sourcils sur le calepin qu'il tenait à la main :

— J'ai pris note du prochain indice, mais je n'y comprends rien...

Puis, soudain méfiant :

— Vous cherchez aussi ?

— Oh ! non, soupira Mrs Oliver. Nous ne faisons que... que regarder.

— Ah ! j'ai eu chaud. *« Quand belle damoiselle sombre dans la folie... »* Je ne sais pas, mais j'ai une vague impression d'avoir déjà entendu ça quelque part...

— C'est une citation bien connue, dit Poirot.

— Mais il y a folie et folie, enchaîna obligeamment Mrs Oliver. Une folie peut aussi être un édifice. Blanc... avec des colonnes, ajouta-t-elle encore.

— *La voilà,* l'idée ! Merci mille fois ! À propos, il paraît que Mrs Ariadne Oliver en personne est dans les parages. Je voudrais bien lui demander un autographe. Vous ne l'auriez pas vue, par hasard ?

— Non, fit Mrs Oliver d'un ton définitif.

— J'aimerais bien la rencontrer. Drôlement bons, tous ces bouquins qu'elle pond à tire-larigot.

Puis, baissant la voix :

— Mais il paraît qu'elle boit comme un trou.

Comme il s'éloignait en toute hâte, Mrs Oliver laissa libre cours à son indignation :

— Ça, par exemple ! C'est trop injuste ! Moi qui n'ingurgite que de la limonade !

— Ne venez-vous pas de commettre, vous-même, une injustice flagrante, en mettant ce jeune homme sur la piste du prochain indice ?

— Étant donné qu'il est le seul à être arrivé aussi loin, il m'a semblé qu'il méritait un encouragement.

— Mais vous avez refusé de lui donner un autographe.

— Ça, ça n'a rien à voir, décréta Mrs Oliver. Chut ! En voici d'autres !

Mais les nouveaux arrivants ne couraient pas après les indices. Il s'agissait de deux femmes qui, ayant payé leur billet pour entrer, entendaient visiter la propriété de fond en comble.

Elles n'étaient pas satisfaites :

— Je m'attendais à voir des corbeilles de fleurs, de *jolies* plates-bandes, dit l'une. Mais non. Des arbres, des arbres et encore des arbres ! Ce n'est pas ce que j'appelle un *jardin*.

Mrs Oliver donna un coup de coude à Poirot, et ils s'esquivèrent en silence.

— Et si *personne* ne trouvait mon cadavre ? demanda Mrs Oliver, cédant soudain à la panique.

— Patience, madame, et courage, l'exhorta Poirot. L'après-midi ne fait que commencer.

— C'est vrai, convint Mrs Oliver, rassérénée. Et les entrées sont vendues à moitié prix à partir de 4 heures et demie – il devrait y avoir la cohue. Allons voir comment se comporte notre jeune Marlene. Je n'ai qu'à moitié confiance dans cette fille, voyez-vous. Elle n'a aucun sens des responsabilités. Je la crois capable d'oublier qu'elle est un cadavre et de filer en douce pour prendre une tasse de thé. Vous savez comment sont les Anglais, dès qu'il s'agit de leur thé.

Ils suivirent la lisière du bois en devisant paisiblement et Poirot fit quelques commentaires sur la topographie des lieux :

— J'ai du mal à m'y retrouver, dit-il. Tous ces sentiers, on ne sait jamais très bien où ils vont. Et puis ces arbres, tous ces arbres…

— Vous parlez comme la harpie que nous venons d'entendre.

Ils passèrent devant la Folie et prirent le chemin qui descendait en zigzag vers le fleuve. La masse grise de l'abri à bateaux se découpait en contrebas.

Poirot fit observer que des concurrents, arrivant par ce chemin, pourraient découvrir le cadavre par hasard.

— Une sorte de raccourci, n'est-ce pas ? J'y ai songé, se rengorgea Mrs Oliver. C'est pourquoi le dernier indice est une simple clé. On ne peut pas ouvrir la porte sans elle : le verrou ne s'actionne que de l'intérieur.

Une rampe escarpée conduisait à la porte de l'abri construit en surplomb du fleuve, avec un petit appontement, un espace pour loger les embarcations et une soupente. Mrs Oliver pêcha une clé dans une poche dissimulée sous les fanfreluches de sa robe purpurine et ouvrit la porte.

— Nous venons simplement vous dire un petit bonjour, Marlene ! lança-t-elle gaiement en pénétrant dans la soupente.

Elle s'en voulut aussitôt un peu des soupçons qu'elle venait d'exprimer quant à la loyauté de Marlene, car la gamine, artistement arrangée en

« cadavre tragique » et affalée sur le sol près de la fenêtre, tenait son rôle à la perfection.

Marlene ne répondit pas. Elle était d'une immobilité absolue. La brise, soufflant par la fenêtre ouverte, soulevait les pages des recueils de bandes dessinées éparpillés sur la table.

— Ça va comme ça, s'impatienta Mrs Oliver. Ce n'est que M. Poirot et moi. Personne n'a encore trouvé assez d'indices pour arriver jusqu'ici.

Poirot fronçait les sourcils. Très doucement, il écarta Mrs Oliver et alla se pencher sur le corps de l'adolescente. Il parvint à étouffer l'exclamation qui lui montait aux lèvres et releva la tête pour regarder Mrs Oliver :

— Et voilà... Ce que vous aviez prévu est arrivé.

— Ne me dites pas que...

Les yeux de Mrs Oliver étaient agrandis par l'épouvante. Elle s'agrippa à l'un des fauteuils d'osier qui se trouvaient là et s'y laissa tomber de tout son poids :

— Vous n'allez pas me dire... Elle n'est pas *morte* ?

Poirot hocha la tête :

— Hélas, si. Elle est on ne peut plus morte. Pas depuis bien longtemps, cependant.

— Mais comment... ?

Il souleva la pointe du fichu de couleur vive qui dissimulait en partie la nuque de la malheureuse pour que Mrs Oliver puisse voir les extrémités de la corde à linge.

— Exactement comme dans *mon* scénario, balbutia Mrs Oliver. Mais *qui* ? Et *pourquoi* ?

— C'est toute la question, dit Poirot.

Il s'abstint de lui faire remarquer que ces questions étaient aussi dans le scénario.

Mais que les réponses n'avaient aucune chance de s'y trouver, puisque la victime n'était pas la première épouse yougoslave d'un Savant atomiste, mais Marlene Tucker, petite villageoise de quatorze ans, qui, pour autant qu'on le sache, n'avait pas un ennemi au monde.

L'inspecteur Bland avait pris place derrière un bureau dans les appartements de sir George. Celui-ci l'avait accueilli à son arrivée, piloté jusqu'à l'abri à bateaux et venait de regagner la maison avec lui. Une équipe de photographes de la police s'activait maintenant dans l'abri à bateaux avec les hommes chargés de relever les empreintes, et le médecin légiste venait d'arriver.

— Vous êtes bien, vous avez ce qu'il vous faut ? demanda sir George.

— Tout est parfait, merci, monsieur.

— Qu'est-ce qu'il faut que je fasse avec cette kermesse qui n'en finit pas ? Que je mette les gens au courant ? Que je leur intime l'ordre de ficher le camp ou quoi ?

L'inspecteur Bland réfléchit deux secondes :

— Qu'est-ce que vous avez fait jusqu'à présent, sir George ?

— Je n'ai rien dit du tout. Une vague rumeur circule, selon laquelle il y aurait eu un accident. Sans plus. Je ne crois pas que quiconque se doute encore qu'il s'agit de... d'un meurtre.

— Dans ce cas, laissez les choses en l'état pour le moment, trancha Bland. La nouvelle se répandra bien assez tôt, ajouta-t-il, caustique.

Il s'accorda un nouveau temps de réflexion, puis :

— Il y a eu combien d'entrées, d'après vous ?

— Deux ou trois cents, au bas mot... et la foule n'arrête pas d'affluer. Les gens ont dû venir de tous les environs. En fait, notre kermesse aura battu tous les records de popularité. Vous parlez d'une tuile...

L'inspecteur Bland conjectura – et avec raison – que la tuile évoquée par sir George se rapportait au meurtre et non au succès remporté par sa kermesse.

— Deux à trois cents personnes, répéta-t-il, pensif.

Il soupira :

— Et n'importe qui dans le lot, j'imagine, pourrait être le meurtrier.

— Ça va être la bouteille à l'encre, compatit sir George. D'autant que je ne vois pas ce qui a pu pousser quelqu'un à faire une chose pareille. C'est une histoire de fous... Qui pouvait bien avoir envie d'assassiner ce genre de gamine ?

— Qu'est-ce que vous savez sur le compte de cette fille ? C'était une gosse du coin, d'après ce que j'ai compris ?

— Oui. Ses parents habitent un des cottages construits en bas, du côté du quai. Le père travaille dans une ferme du domaine – chez Paterson, je crois. La mère était ici à la fête, cet après-midi. Miss Brewis – c'est ma secrétaire, et elle est beaucoup plus ferrée que moi sur la question –... Miss Brewis, vous disais-je, a pris cette créature sous son aile et l'a entraînée je ne sais où pour l'abreuver de thé.

— Parfait, approuva l'inspecteur. Mais ce que je ne comprends pas encore très bien, sir George, ce sont les circonstances qui entourent cette affaire. Que fabriquait cette fille dans l'abri à bateaux ? J'ai cru comprendre qu'une sorte de Course à l'Assassin – ou de course au trésor – était en train de se dérouler...

Sir George hocha la tête :

— Oui. Nous avions tous trouvé que c'était une idée géniale. Je n'en dirais plus autant maintenant. Je crois que miss Brewis vous expliquera tout cela beaucoup mieux que je ne saurais le faire. Je vais vous l'envoyer, d'accord ? À moins que vous n'attendiez encore de moi d'autres éclaircissements ?

— Pas pour le moment, sir George. Mais j'aurai sûrement d'autres questions à vous poser plus tard. Il y a des gens que je tiens à voir. Vous, lady Stubbs et les deux personnes qui ont découvert le corps. L'une d'elles, à ce qu'on m'a dit, est la romancière qui avait imaginé pour vous ce scénario de Course à l'Assassin, ainsi que vous l'avez baptisée.

— C'est exact. Mrs Oliver. Mrs Ariadne Oliver.

Les sourcils de l'inspecteur grimpèrent d'un centimètre :

— Oh... elle ! Un auteur à succès, dites-moi ! J'ai lu la plupart de ses best-sellers.

— Elle est passablement traumatisée pour le moment, prévint sir George. Ce qui est après tout bien naturel. Mais je vais la prévenir que vous souhaitez la voir. Quant à ma femme, je n'ai aucune idée de l'endroit où elle est passée. Elle semble avoir disparu de la circulation. Elle doit se trouver quelque part dans cette cohue, je suppose – mais je crains que vous n'en tiriez pas grand-chose. Au sujet de cette fille et de toute cette histoire, s'entend. Par qui souhaitez-vous commencer ?

— Je pencherais assez pour votre secrétaire, miss Brewis, et ensuite pour la mère de la gamine.

Sir George hocha la tête et tourna les talons.

Le constable local, Robert Hoskins – Bob pour les intimes –, lui ouvrit la porte et la referma derrière lui avant de se lancer dans un discours destiné, de toute évidence, à expliciter un certain passage du discours de sir George qui pouvait sembler peu clair :

— Lady Stubbs est un peu atrophiée... de *là*, tint-il à préciser en se tapotant le front. C'est pour ça qu'il a dit que vous en tireriez pas grand-chose. Elle a une case en moins, quoi !

— Il a épousé une fille de la région ?

— Non. Une espèce d'étrangère. Même qu'y en a pour dire qu'elle serait d'couleur, mais j'suis pas d'cet avis.

Bland hocha la tête. Il resta un moment silencieux à tracer des hiéroglyphes sur la feuille de papier qu'il avait sous les yeux. Puis il posa une question, qui n'était manifestement pas destinée à figurer dans les rapports :

— Qui est-ce qui a fait le coup, Hoskins ?

Si quelqu'un avait une idée sur ce qui venait de se passer, songeait Bland, ce ne pouvait être que le constable Hoskins. Hoskins était un homme à l'esprit fureteur, toujours prêt à s'intéresser à quelqu'un ou à quelque chose. Il avait pour épouse une redoutable colporteuse de ragots, ce qui, en plus de sa position personnelle de représentant de l'ordre, lui donnait accès à une foule d'informations confidentielles.

— Un étranger, si vous voulez mon avis. Jamais ce s'rait quelqu'un d'ici. Les Tucker sont de braves gens. Une famille tout c'qu'y a de respectable. Neuf en tout, qu'ils sont. Y a d'jà deux des filles qu'elles sont mariées, un des garçons est dans la marine, un autre fait son service, une autre fille fait shampouineuse chez un coiffeur de Torquay. Les trois plus jeunes, deux garçons et une fille, sont encore avec eux.

Il se tut quelques secondes pour réfléchir avant d'ajouter :

— Y en a pas un dans le tas qui soit vraiment futé, mais Mrs Tucker tient sa maison propre comme un sou neuf – c'était la plus jeune d'une famille de onze gosses, faut dire. Et pis elle a encore son vieux père qui vit chez elle.

Bland enregistra ces informations en silence. Une fois décrypté l'idiome quelque peu particulier de Hoskins, on avait là un exposé précisant assez exactement la position sociale et mondaine des Tucker.

— Voilà pourquoi j'dis que c'est un étranger, continua Hoskins. Un de ceusses qui s'logent à l'auberge de Hoodown que ça m'étonnerait pas. Y en a qui payent pas d'mine, dans la quantité… et ça fricote que c'en est pas croyable. Vous en reviendriez pas, des fois qu'j'vous dirais tout ce que j'les ai pas vus faire comme parties de jambes en l'air dans les chemins creux et dans les bois ! Quasiment pire que c'qui s'passe à la tombée d'la nuit dans les voitures garées aux Pâtis.

Le constable Hoskins était en effet devenu depuis peu éminent spécialiste en matière de débordements sexuels et autres galipettes. C'était d'ailleurs son principal sujet de conversation chaque fois que, son service achevé, il allait boire sa bière au *Bull and Bear*.

— Je ne pense pas qu'il s'agisse de... de quoi que ce soit de ce genre, dit Bland. Le médecin nous le dira, bien sûr, quand il aura fini d'examiner le corps.

— Pour sûr, m'sieur, qu'c'est à lui d'nous dire ça. C'est comme qui dirait son rayon. Mais c'que j'vous dis, moi, c'est qu'avec les étrangers, on sait jamais. Y peuvent devenir mauvais qu'ça se voit pas faire.

L'inspecteur Bland soupira une nouvelle fois en se disant que ça n'était pas si simple. C'était du Hoskins tout craché, cette manie – après tout commode – d'incriminer « les étrangers ». La porte s'ouvrit et le médecin entra :

— J'ai fait ma part. Est-ce que vous voulez qu'ils embarquent le corps maintenant ? Les autres équipes ont déjà remballé.

— Le sergent Cottrell va s'occuper de ça, dit Bland. Alors, toubib, vos conclusions ?

— La simplicité faite crime, déclara le médecin. Pas la moindre fioriture. Étranglée avec un bout de corde à linge. Rien de plus simple ni de plus facile à faire. Et pas la moindre trace de lutte. Je dirais que cette gamine est morte avant de comprendre ce qui lui arrivait.

— Aucun signe de violences préalables ?
— Aucun. Ni préalables ni consécutives. Pas de trace de coups, ni de viol.
— Rien à voir, donc, avec un crime sexuel ?
— Jamais de la vie. Et tout à fait entre nous, ajouta le légiste, je ne pense pas que la gamine ait été très aguichante.
— Elle courait beaucoup après les garçons ?
La question de Bland s'adressait bien évidemment au constable Hoskins.
— Pour sûr que frayer avec eux lui aurait pas déplu, commenta le constable. Mais c'était plutôt eux qu'avaient mieux à faire.
— Allez savoir...
L'inspecteur Bland pensait aux recueils de bandes dessinées retrouvés dans l'abri à bateaux et aux petites phrases griffonnées dans les marges : « Johnny est à la colle avec Kate », « Georgie Porgie embrasse les auto-stoppeuses dans les bois ». Il se dit que la petite avait dû pas mal regretter que ce genre de gâteries ne lui ait pas été destiné. N'empêche que de là à conclure que la mort de Marlene Tucker avait une motivation sexuelle, il y avait de la marge... Quoique, bien évidemment, on ne puisse jamais jurer de rien. Il y a toujours eu des tordus et des sadiques, mus par un secret désir de tuer, qui choisissent systématiquement pour victimes des adolescentes immatures. L'été amenait beaucoup d'étrangers dans la région. L'un de ces individus avait pu se trouver parmi eux. Bland était tenté de se dire que, face à un crime aussi absurde en apparence, c'était la *seule* hypothèse valable. « Toutefois,

pensa-t-il, nous n'en sommes qu'aux préliminaires. Je ferais mieux de voir ce que tous ces gens ont à me dire. »

— La mort, vous la situez à quelle heure ? demanda-t-il.

Le médecin jeta un coup d'œil à la pendule, puis à sa montre :

— Il est 5 heures et demie passées. J'ai dû l'examiner à 5 h 20... or, elle était morte depuis environ une heure. À vue de nez, quoi. Mettons entre 4 heures et 5 heures moins 20. Je vous préviendrai si l'autopsie modifie le topo.

» Vous recevrez un rapport en bonne et due forme, ajouta-t-il. Sur ce, il faut que je file. J'ai des patients à voir.

Il sortit, et l'inspecteur Bland demanda à Hoskins de faire entrer miss Brewis. Son moral remonta d'un cran quand il vit la secrétaire. Il reconnaissait là l'Efficacité en Marche. Il allait obtenir de cette femme non pas un bavardage confus mais des réponses claires à ses questions.

— Mrs Tucker est dans mon bureau, déclara miss Brewis en s'asseyant. Je lui ai annoncé la mauvaise nouvelle, et je l'ai bourrée de thé. Elle est sous le choc, naturellement. Elle voulait voir le corps, mais je l'en ai dissuadée. Mr Tucker quitte son travail à 6 heures, et il était convenu qu'il rejoindrait sa femme ici. J'ai donné des instructions pour qu'on guette son arrivée et qu'on vous l'amène aussitôt. Les petits derniers sont encore à la fête, et quelqu'un a l'œil sur eux.

— Parfait, approuva l'inspecteur. Avant de voir Mrs Tucker, j'aimerais entendre ce que vous-même, ainsi que lady Stubbs, pouvez avoir à me dire.

— Lady Stubbs est introuvable, signala miss Brewis d'un air pincé. Je suppose qu'elle en aura eu par-dessus la tête de ces festivités et qu'elle sera allée errer Dieu sait où, mais je doute qu'elle puisse vous en dire plus que moi. Que souhaitez-vous savoir au juste ?

— Je veux qu'on m'explique dans tous ses détails cette histoire de Course à l'Assassin et comment la petite Marlene Tucker a été amenée à y tenir un rôle.

— Rien de plus simple.

Avec clarté et concision, miss Brewis exposa la genèse de la Course à l'Assassin, attraction originale destinée à donner une nouvelle impulsion à la kermesse, décrivit le contrat passé avec Mrs Oliver, la célèbre romancière, afin qu'elle finalise l'idée première et bâtisse un scénario cohérent. Ensuite de quoi, miss Brewis donna à l'inspecteur les grandes lignes dudit scénario.

— À l'origine, expliqua-t-elle, Mrs Alec Legge devait tenir le rôle de la victime,

— Mrs Alec Legge ? s'enquit l'inspecteur.

Le constable Hoskins y alla de ses éclaircissements :

— Mr Legge et elle, ils ont loué le cottage des Lawder – le rose, en descendant vers Mill Creek. Ça fait un mois d'ça qu'y sont arrivés. L'ont pris à bail pour deux trois mois.

— Je vois. Et cette Mrs Legge, dites-vous, devait jouer la victime ? Pourquoi y a-t-il eu changement ?

— Eh bien, figurez-vous qu'un soir, elle nous a lu les lignes de la main. Et elle a fait ça si bien qu'il a été décidé d'un commun accord que nous aurions une diseuse de bonne aventure sous sa tente parmi les attractions de la kermesse et que Mrs Legge revêtirait une quelconque défroque orientale, s'appellerait madame Zuleika et prédirait l'avenir à 2 shillings 6 pence la consultation. Si je ne m'abuse, ce n'est pas réellement illicite, n'est-ce pas, inspecteur ? C'est une pratique assez courante dans des fêtes comme celle-ci, non ?

L'inspecteur Bland esquissa un sourire :

— Ce genre d'activité, tout comme les tombolas, se pratique souvent à la légère, miss Brewis. Nous sommes dès lors contraints, de temps à autre, de... – comment dire ? – de faire un exemple.

— Mais vous savez d'ordinaire vous montrer compréhensif, n'est-ce pas ? Bref, c'est ainsi que les choses se sont passées. Mrs Legge a bien voulu se prêter au jeu, et il a fallu trouver quelqu'un d'autre pour le rôle de la victime. Comme l'association des Éclaireuses locale nous aidait à organiser la kermesse, quelqu'un a, je crois bien, suggéré qu'on pourrait faire appel à l'une des jeunes filles.

— Savez-vous qui au juste a fait cette suggestion, miss Brewis ?

— Franchement, je ne m'en souviens plus... Il est possible que ç'ait été Mrs Masterton, l'épouse de notre député. À moins qu'il ne se soit agi du capitaine Warburton... Vraiment, je ne suis plus sûre de rien. Quoi qu'il en soit, l'idée a bel et bien été suggérée par quelqu'un.

— Existait-il une raison particulière de choisir cette fille-là plutôt qu'une autre ?

— N-non, je ne crois pas. Ses parents louent un cottage qui est sur la propriété, et sa mère, Mrs Tucker, vient de temps en temps donner un coup de main à la cuisine. Je ne sais pas pourquoi nous avons pensé à elle plutôt qu'à une autre. Son nom aura sans doute été le premier à nous venir à l'esprit. Nous le lui avons proposé, et elle a accepté avec enthousiasme.

— Elle avait vraiment envie de le faire ?

— Oui. Je crois qu'elle était très flattée. C'était une fille un peu nunuche, qui n'aurait pas été capable de *jouer* un rôle ni quoi que ce soit. Mais ce qu'on lui demandait là était très simple. Elle ne s'en est pas moins imaginé qu'on l'avait sélectionnée entre toutes et ça l'a rendue folle de joie.

— Qu'avait-elle à faire, très précisément ?

— Elle devait rester confinée dans l'abri à bateaux et, chaque fois qu'elle entendrait quelqu'un approcher, se coucher par terre, se passer la corde à linge autour du cou et faire la morte.

Miss Brewis s'exprimait avec détachement. Le fait que la gamine chargée de faire la morte ait été retrouvée morte pour de bon ne semblait pas l'affecter outre mesure.

— Passer tout un après-midi enfermée alors qu'elle aurait pu s'amuser à la fête devait être passablement ennuyeux pour une fille de son âge, fit observer l'inspecteur Bland.

— Je le crois volontiers, admit miss Brewis. Mais on ne peut pas tout avoir, n'est-ce pas ? Et Marlene était ravie d'avoir décroché le rôle du cadavre. Ça lui donnait de l'importance. Et elle avait une pile de bandes dessinées pour passer le temps.

— Et puis quelque chose à manger, aussi, souligna l'inspecteur. J'ai remarqué près du corps un plateau, avec une assiette et un verre.

— Oh ! oui, elle a eu une assiette de petits-fours et un verre de sirop de framboise. C'est moi qui les lui ai apportés.

Bland leva vivement les yeux :

— Vous les lui avez apportés ? Quand ça ?

— Vers le milieu de l'après-midi.

— Il était très exactement quelle heure ? Vous vous en souvenez ?

Miss Brewis réfléchit un instant :

— Voyons voir... Le jury du Concours de Déguisements venait de commencer à délibérer – avec un léger retard, car on n'avait pas pu trouver lady Stubbs, et on l'avait remplacée par Mrs Folliat... Oui, il devait être – j'en suis à peu près certaine – 4 heures ou 4 h 05 quand je suis allée chercher les petits-fours et le verre de sirop.

— Et vous les lui avez apportés vous-même à l'abri à bateaux... À quelle heure y êtes-vous arrivée ?

— Oh ! il faut environ cinq minutes pour descendre le chemin – vers 4 heures et quart, dirais-je.

— Et à 4 heures et quart, Marlene Tucker était encore vivante ?

— Oui, bien sûr, dit miss Brewis. Et très curieuse de savoir comment se déroulait la Course à l'Assassin. Je n'ai malheureusement pas pu lui en dire grand-chose. J'étais trop occupée sur la pelouse par les autres attractions, mais je savais tout de même que de nombreux candidats s'étaient déjà inscrits – une trentaine au bas mot, m'avait-on dit.

— Comment avez-vous trouvé Marlene en entrant dans l'abri à bateaux ?

— Je vous l'ai déjà dit.

— Non, non. Ce n'est pas ça. Ma question était la suivante : était-elle étendue sur le sol et en train de faire la morte quand vous avez ouvert la porte ?

— Oh, bien sûr non ! s'émut miss Brewis. Pour la bonne raison que je l'ai appelée en arrivant. Ce qui fait qu'elle est venue m'ouvrir la porte et que je n'ai eu qu'à aller poser le plateau sur la table.

— À 4 heures et quart, dit Bland en notant le renseignement sur sa feuille de papier, Marlene Tucker était encore en vie. Vous comprendrez, j'en suis certain, miss Brewis, qu'il s'agit là d'une précision très importante. Vous êtes formelle sur cette question d'heure ?

— Ce n'est pas une certitude absolue, car je ne me souviens pas d'avoir consulté ma montre à ce moment-là. Mais je l'avais fait un peu plus tôt. Je suis navrée de ne pas pouvoir être plus précise.

Elle ajouta dans un cri, ayant soudain compris où l'inspecteur avait voulu en venir :

— Vous voulez dire que c'est tout de suite après que... ?

— Il n'a pas pu s'écouler beaucoup de temps, miss Brewis.

— Oh, doux Jésus !

L'expression, pour inadéquate qu'elle fût, exprimait néanmoins fort bien l'effroi et la consternation de miss Brewis.

— Maintenant, miss Brewis, vous souvenez-vous, en descendant vers l'abri à bateaux ou sur le chemin du retour, d'avoir croisé ou même aperçu quelqu'un dans les parages immédiats ?

Miss Brewis réfléchit :

— Non, je n'ai croisé personne. Ç'aurait pu être le cas, bien sûr, puisque la propriété était ouverte à tous à l'occasion de cette kermesse. Mais les gens tendent à rester sur la pelouse et au voisinage des stands. Ils font, à l'occasion, quelques incursions dans les serres et vers le potager, mais ne vont pas dans les bois comme je m'y attendais. En fait, les gens manifestent, dans ce type de festivités, un certain instinct grégaire – vous n'êtes pas d'accord avec moi, inspecteur ?

L'inspecteur répondit qu'il était en effet tenté d'abonder dans son sens.

— Je crois bien pourtant, reprit miss Brewis, qu'il y *avait* quelqu'un dans la Folie.

— La Folie ?

— Oui. Une sorte de petit temple. Il a été construit voilà un an ou deux. On l'a à main droite lorsqu'on descend vers l'abri à bateaux. Il y avait quelqu'un. Deux personnes, même. Des amoureux, je suppose. J'ai entendu un rire, et puis une voix qui disait « Chut ! ».

— Vous ne savez pas de qui il s'agissait ?

— Je n'en ai pas la moindre idée. On ne peut pas voir la façade de la Folie depuis le chemin. Quant aux deux côtés et au fond, ce sont des murs aveugles.

L'inspecteur réfléchit quelques secondes. Il ne lui semblait pas que la présence d'un couple d'amoureux

– quels qu'ils soient – dans la Folie ait une grande importance. Il aurait mieux valu, toutefois, savoir de qui il s'agissait, car ils pouvaient à leur tour avoir vu quelqu'un se rendre à l'abri à bateaux ou en revenir.

— Et il n'y avait personne sur le chemin ? Absolument personne ?

— Je comprends votre insistance, reconnut bien volontiers miss Brewis. Je ne vous en certifie pas moins que je n'ai rencontré personne. Ce qui s'explique après tout aisément : quelqu'un qui se serait trouvé là où il n'avait rien à faire et qui n'aurait pas souhaité que je le voie pouvait très facilement se cacher derrière un buisson. Le chemin est bordé des deux côtés par des rhododendrons.

L'inspecteur changea de domaine :

— Sauriez-vous, sur le compte de cette fille, quelque chose qui puisse nous être utile ?

— Utile ou inutile, je ne sais rigoureusement rien sur son compte, dit miss Brewis. Je ne crois pas lui avoir jamais adressé la parole avant cette kermesse. Je la connaissais de vue, très vaguement, mais c'est tout.

— Et vous ne savez rien *sur* elle – rien qui puisse nous aider ?

— Je ne vois absolument pas comment quelqu'un aurait pu avoir une raison de la tuer, répondit miss Brewis. J'irai même jusqu'à dire que le fait même qu'elle ait été tuée me paraît inimaginable. La seule hypothèse que je puisse envisager est qu'un détraqué, la voyant dans le rôle de la victime d'un assassinat, se soit mis dans la tête d'en faire une victime pour de bon. Encore que cette hypothèse même me paraisse quelque peu tirée par les cheveux...

— Oui... Eh bien, quoi qu'il en soit, soupira Bland, il faut maintenant que je voie la mère.

Mrs Tucker était une créature maigrelette, au visage en lame de couteau, au nez pointu et aux cheveux blonds poisseux. Ses yeux étaient rougis par les pleurs, mais elle avait repris le dessus et était prête à répondre aux questions de l'inspecteur.

— Ça devrait pas être permis qu'des malheurs pareils elles puissent se passer, piaula-t-elle. C'est des choses qu'on les lit dans les journaux... mais qu'ça soye arrivé à not'Marlene...

— Je vous présente mes plus sincères condoléances, fit très gentiment l'inspecteur Bland. Et ce que je souhaiterais, c'est que vous me disiez si quelqu'un aurait pu avoir une raison de vouloir faire du mal à la petite.

— J'm'ai déjà creusé la cervelle à c'propos, hennit Mrs Tucker en reniflant un bon coup. Et pas qu'un peu, j'vous prie d'croire ! N'empêche que ça a rien donné. Des prises de bec avec l'instituteur, j'dis pas qu'elle en avait pas d'temps en temps, Marlene, et s'bouffer l'nez avec les autres garçons et filles, j'dis pas non plus qu'ça lui arrivait pas d'temps en temps non plus... mais ça tirait jamais à conséquence. Personne lui en a jamais voulu, personne il lui aurait jamais fait un mauvais coup.

— Elle ne vous a jamais parlé d'un ennemi qu'elle aurait pu avoir ?

— Oh ! pour c'qui est d'dire des bêtises, Marlene, ça oui, elle en disait plus souvent qu'à son tour...

mais jamais rien qui soye dans c'genre-là. C'était toujours maquillage, permanente et compagnie, et pis c'qu'elle aurait voulu faire à sa peau et tout et tout. Vous savez comment sont les filles. Beaucoup trop jeune, qu'elle était, pour se tartiner de rouge à lèvres et de toutes ces saletés, qu'il lui disait, son père, et pis que j'lui disais moi aussi. Mais c'est ben pourtant c'qu'elle faisait sitôt qu'elle avait trois sous. Elle s'achetait du sent-bon et des bâtons de rouge, et pis elle les cachait.

Bland hocha la tête. Il n'y avait rien là qui puisse l'avancer. Une adolescente, passablement godiche, la tête pleine de rêves d'aventures et de vedettes de cinéma – des Marlene, il y en avait des milliers de par le monde.

— C'qu'y va dire son père, j'en sais trop rien, continua Mrs Tucker. D'un moment à l'autre, qu'y va rappliquer, avec dans l'idée de s'donner du bon temps. Un vrai champion au chamboule-tout, que c'est.

Elle s'effondra soudain et éclata en sanglots convulsifs :

— Si vous voulez qu'j'vous dise, hoqueta-t-elle, c'est un de ces sales étrangers de l'auberge. On sait jamais où c'est qu'on en est, avec ces oiseaux-là. D'un côté, y sont pas fiers pour causer, on peut pas leur ôter ça, mais y en a des qui portent des chemises que c'est à pas croire. Des chemises où c'est qu'y a dessus des femmes en bikini, comme c'est qu'ils appellent ça ! Et tous à prendre le soleil où veux-tu où voilà et pis l'cul à l'air qu'on sait bien à quoi ça mène. V'là c'que j'dis !

Toujours en larmes, Mrs Tucker fut escortée jusque dans le vestibule par le constable Hoskins. Et Bland songea que, pour les gens du cru, le verdict – somme toute peu compromettant, profondément rassurant et bien dans la tradition séculaire – consisterait à désigner « l'étranger » à la vindicte publique.

8

— Elle a la langue bien pendue, celle-là, que c'est rien d'le dire, confia Hoskins en revenant. Elle harcèle son mari et martyrise son vieux père. Et elle a dû étriller sa gamine une couple de fois, c'qui fait que maintenant, elle se sent morveuse. Mais les filles comme Marlene se fichent pas mal de ce que peut dire leur mère. Ça leur glisse dessus comme l'eau sur les plumes d'un canard.

L'inspecteur Bland coupa court à ces commentaires en demandant à Hoskins d'amener Mrs Oliver.

Il ne fut cependant pas peu surpris par l'aspect de cette dernière. Il ne s'attendait à rien d'aussi monumental, d'aussi drapé dans la pourpre ni d'aussi émotionnellement perturbé.

— J'en suis malade ! vagit Mrs Oliver en se laissant choir telle une gigantesque portion de flan écarlate dans le fauteuil placé en face de lui. MALADE ! répéta-t-elle – et on sentait bien qu'elle l'écrivait, cette fois, en lettres majuscules.

L'inspecteur émit quelques onomatopées à mi-chemin entre le murmure courtois et l'exclamation atterrée tandis que Mrs Oliver poursuivait sur sa lancée :

— Parce que, voyez-vous, c'est *mon* crime ! C'est moi qui l'ai *commis* !

L'inspecteur, éberlué, crut un instant que Mrs Oliver passait aux aveux.

— Pourquoi j'ai pu vouloir que la victime soit la première épouse yougoslave d'un Savant atomiste, voilà qui me dépasse ! se morigéna Mrs Oliver en fourrageant des deux mains avec fébrilité dans sa coiffure tarabiscotée, ce qui eut pour premier résultat de lui donner l'air d'être doucement pompette. Quelle ânerie ! Ç'aurait tout aussi bien pu être l'aide-jardinier, qui n'aurait pas été celui qu'on croyait... et ç'aurait été dix fois moins grave, parce qu'après tout la plupart des hommes sont capables de se défendre. Et s'ils ne sont pas fichus de le faire, ils n'ont à s'en prendre qu'à eux-mêmes et je ne m'en serais pas voulu à ce point-là. Quand un homme se fait tuer, personne ne prend ça au tragique – je veux dire, personne sauf sa veuve, ses maîtresses, ses enfants et tout ça...

À ce stade – et alerté qu'il était en outre par le discret parfum de cognac que dégageait l'haleine de la romancière –, l'inspecteur commença à nourrir d'injustes soupçons. En revenant à la maison, Hercule Poirot avait, d'autorité, administré à son amie ce remède souverain contre les chocs émotionnels.

— Non, je ne suis pas ivre ! clama Mrs Oliver, devinant les pensées de l'inspecteur, et rien ne vous oblige à croire cet individu quand il dit que je bois comme un trou !

— Quel individu ? bégaya l'inspecteur.

Après celle de l'aide-jardinier, l'arrivée inopinée de ce nouveau personnage achevait de le perturber.

— Taches de rousseur et accent du Yorshire, énonça Mrs Oliver comme on lit une fiche signalétique. Mais, comme je viens de vous le dire, je ne suis pas ivre, et je ne suis pas folle. Je suis simplement bouleversée. Irrémédiablement BOULEVERSÉE ! précisa-t-elle, recourant une deuxième fois aux majuscules.

— Je conçois, madame, que la situation ait pu vous paraître pénible, compatit l'inspecteur.

— Et le pire, renchérit Mrs Oliver, c'est qu'elle avait *envie* d'être victime d'un obsédé sexuel. Et voici qu'elle l'a été... qu'elle l'est – je ne sais plus quel temps employer !

— Il n'est pas question d'obsédé sexuel pour le moment, voulut la rassurer l'inspecteur.

— Ah, bon ? Eh bien, Dieu soit loué. Enfin, je ne sais pas, après tout, et je m'avance beaucoup. Elle aurait peut-être préféré que ce soit le cas. Mais s'il ne s'agissait pas d'un obsédé sexuel, inspecteur, pourquoi diable quelqu'un a-t-il bien pu avoir envie de la tuer ?

— J'espérais, dit l'inspecteur, que vous pourriez peut-être m'aider à le découvrir.

De toute évidence, songeait-il, Mrs Oliver venait de mettre le doigt sur un point crucial. Pourquoi diable quelqu'un avait-il bien pu avoir envie de tuer Marlene ?

— Vous aider dépasse mes compétences, avoua Mrs Oliver. Je ne vois absolument pas qui aurait pu faire ça. Bien entendu, je peux toujours *imaginer* des solutions – je suis capable d'imaginer n'importe quoi ! C'en devient d'ailleurs un problème. Là, tout de suite, je peux vous imaginer tout ce que vous voudrez en moins de deux. Je pourrais même vous rendre l'histoire vraisemblable – à ceci près qu'il n'y aurait, bien entendu, pas un mot de vrai. Il se pourrait très bien, par exemple, qu'elle ait été victime d'un homme qui n'a qu'un hobby dans l'existence : tuer des jeunes filles, mais ce serait trop simple – et d'ailleurs, comment expliquer qu'un homme qui n'aime que tuer des jeunes filles se soit précisément trouvé à cette fête où on devait en tuer une ? Un peu gros, en fait de coïncidence. Et puis comment aurait-il su que Marlene se trouvait dans cet abri à bateaux ? Ou alors il se pourrait aussi qu'elle ait découvert une liaison secrète entre deux personnes, ou encore qu'elle ait surpris, la nuit, quelqu'un en train d'enterrer un cadavre, ou qu'elle ait reconnu une personne qui ne voulait pas être reconnue, ou qu'elle ait percé un secret à propos de je ne sais quel trésor de guerre enfoui dans la propriété... À moins, si vous préférez, que l'homme au canot automobile n'ait jeté un corps dans le fleuve, et qu'elle l'ait aperçu depuis la fenêtre de l'abri à bateaux – ou bien qu'elle ait mis la main sur un important message codé, sans même savoir ce qu'il signifiait...

— Je vous en prie ! implora l'inspecteur en levant les deux mains en signe de reddition.

La tête lui tournait.

Docile, Mrs Oliver se tut. Mais il était clair qu'elle aurait pu continuer un bon bout de temps sur sa lancée. De cette débauche de matière aussi généreusement prodiguée, l'inspecteur retint une phrase :

— Qu'entendiez-vous, Mrs Oliver, par « l'homme au canot automobile » ? Venez-vous d'imaginer un homme dans un canot automobile ?

— Quelqu'un m'a dit qu'il était arrivé dans son canot automobile, répondit Mrs Oliver. Du diable si je me souviens d'ailleurs qui. Celui dont nous avions parlé au petit déjeuner, je crois.

— Je vous en prie…

L'inspecteur s'était fait presque suppliant. Il n'avait jamais eu jusque-là la moindre idée de ce à quoi pouvait ressembler un auteur de romans policiers. Il savait que Mrs Oliver en avait écrit une petite quarantaine. Mais il lui paraissait désormais extravagant qu'elle n'en ait pas pondu cent quarante.

Passé ce bref instant d'égarement, il se ressaisit et s'enquit d'un ton péremptoire :

— Qu'est-ce que c'est que cette histoire d'homme au petit déjeuner qui serait arrivé dans son canot automobile ?

— Il n'est pas arrivé au petit déjeuner dans son canot automobile, rectifia Mrs Oliver. C'était un yacht. Enfin, pas vraiment. Une lettre, plutôt.

— Une lettre, ou un yacht ?

— Une lettre, certifia Mrs Oliver. Pour lady Stubbs. De son cousin sur un yacht. Et elle a eu peur, conclut-elle.

— Peur ? De quoi ?

— De lui, j'imagine, dit Mrs Oliver. Tout le monde l'a bien vu. Elle était épouvantée, et elle ne voulait pas le voir, et, à mon avis, c'est pour ça qu'elle est allée se cacher.

— Se cacher ?

— Mais oui. On ne la trouve plus nulle part. Tout le monde la cherche. Et *je* pense qu'elle se cache parce qu'elle a peur de lui et qu'elle ne veut pas le voir.

— Qui *est* cet homme ? vociféra l'inspecteur.

— Demandez-le plutôt à M. Poirot, dit Mrs Oliver. Parce qu'il lui a parlé, et moi pas. Il s'appelle Esteban – non, Esteban, ça, c'était dans mon scénario. Sousa, c'est ça, son nom. Étienne de Sousa.

Mais un autre nom avait retenu l'attention de l'inspecteur :

— Qui avez-vous dit ? M. Poirot ?

— Oui. Hercule Poirot. Nous étions ensemble quand nous avons découvert le corps.

— Hercule Poirot... Je m'interroge soudain... Serait-il possible qu'il s'agisse du même homme ? Un Belge, un petit homme affublé d'une très grosse moustache ?

— D'une moustache prodigieuse, convint Mrs Oliver. Oui. Vous le connaissez ?

— J'ai fait sa connaissance, il y a bien des années. J'étais jeune sergent, à l'époque.

— C'était à l'occasion d'une enquête criminelle ?

— Oui. Qu'est-ce qu'il fabrique ici, lui ?

— Il était censé remettre les prix, dit Mrs Oliver.

Elle avait marqué une légère hésitation avant de répondre, mais l'inspecteur ne s'en avisa pas.

— Et il était avec vous quand vous avez découvert le corps... murmura Bland. Hum ! j'aimerais bien lui parler.

— Voulez-vous que je l'appelle tout de suite ? demanda Mrs Oliver en étreignant, pleine d'espoir, les pans de sa robe de pourpre.

— Vous n'avez rien à ajouter, madame ? Vous êtes certaine de ne pas avoir oublié de détail qui pourrait nous mettre sur une piste ?

— Je ne pense pas, dit Mrs Oliver. Je ne sais rien de rien. Mais, comme je vous l'ai dit, je suis à même d'imaginer les mille et une raisons pour lesquelles...

L'inspecteur la fit taire. Il était un peu rassasié des solutions imaginaires de Mrs Oliver. Elles ne faisaient que lui semer le trouble dans l'esprit.

— Vous êtes trop bonne, madame, dit-il précipitamment. Si vous pouviez en revanche avoir la gentillesse de m'envoyer M. Poirot, je vous en serais reconnaissant.

Mrs Oliver leva le siège. Et le constable Hoskins demanda, curieux :

— Qui est ce monsieur Poirot, m'sieur ?

— Vous allez sans doute le trouver grotesque, le prévint l'inspecteur Bland. On jurerait un Français d'opérette, mais, en réalité, il est belge. Et en dépit de ses ridicules, c'est un cerveau ! Quand même, il ne doit plus être de toute première jeunesse.

— Et c'type, c'de Sousa ? demanda le constable. Vous croyez pas qu'il pourrait nous intéresser, m'sieur ?

Bland n'entendit pas la question. Un fait plusieurs fois évoqué devant lui, mais auquel il n'avait pas prêté attention, venait de lui revenir brusquement à l'esprit.

Il y avait d'abord eu sir George, agacé et inquiet : « Ma femme semble avoir disparu de la circulation. Je n'ai aucune idée de l'endroit où elle est passée. » Puis miss Brewis, légèrement méprisante : « Lady Stubbs est introuvable. Je suppose qu'elle en aura eu par-dessus la tête de ces festivités. » Et à l'instant Mrs Oliver, qui prétendait lui expliquer pourquoi lady Stubbs était allée se cacher.

— Oui ? Qu'y a-t-il ? dit-il, distraitement.

Le constable Hoskins s'éclaircit la gorge :

— Je vous demandais si des fois vous pensiez pas que c'de Sousa – ou qui que ce soye qui s'cache sous c'nom –, il pourrait pas être pour quéqu'chose dans notre affaire.

Le constable Hoskins était visiblement ravi d'avoir soudain – au lieu d'un magma d'étrangers anonymes – un étranger bien précis à soupçonner. L'esprit de l'inspecteur Bland cheminait cependant sur d'autres sentiers.

— Il me faut lady Stubbs, intima-t-il d'un ton bref. Amenez-la-moi. Et si elle n'est pas dans les parages, cherchez-la ailleurs.

Hoskins parut quelque peu surpris mais ne s'en prépara pas moins à obtempérer. Au moment de franchir le seuil, il s'effaça pour laisser entrer Hercule Poirot. Puis il se retourna et jeta un coup d'œil hébété par-dessus son épaule avant de refermer la porte derrière lui.

— Monsieur Poirot ! s'exclama l'inspecteur en tendant la main. Je n'ose imaginer que vous vous souveniez de moi.

— Détrompez-vous, dit Poirot. C'était... laissez-moi une seconde, juste une seconde. Vous êtes le jeune sergent... c'est cela, le sergent Bland... dont j'ai fait la connaissance il y a quatorze – non, quinze ans.

— Exact. Quelle mémoire !

— Mais pas du tout. Pourquoi ne me souviendrais-je pas de vous, puisque *vous* vous souvenez de moi ?

Hercule Poirot, songea Bland, n'était pas de ceux qu'on oublie aisément – et ce pour de multiples raisons qui n'étaient pas toutes élogieuses.

— Vous voici donc une fois de plus, monsieur Poirot, aux prises avec un assassinat.

— En effet, dit Poirot. On m'a fait venir pour donner un petit coup de main.

— Un petit coup de main ?

Bland semblait interloqué. Poirot se hâta d'ajouter :

— Pour remettre leurs prix aux lauréats de cette Course à l'Assassin, voulais-je dire.

— C'est ce que m'a confié Mrs Oliver.

— Elle ne vous a rien raconté d'autre ? s'enquit Poirot d'un ton détaché.

Il aurait bien voulu savoir si Mrs Oliver avait parlé à l'inspecteur de la véritable raison pour laquelle elle l'avait supplié de faire ce voyage jusqu'au fin fond du Devon.

— Si elle ne m'a rien raconté d'autre ? Elle n'a pas cessé ! Tous les motifs imaginables et inimaginables qui auraient pu conduire à tuer cette gamine y sont passés. J'en ai encore la tête qui tourne. Seigneur, quelle imagination !

— Elle est payée pour en avoir, mon bon ami, répondit sobrement Poirot.

— Elle a parlé d'un certain Sousa – savez-vous si elle l'a inventé ?

— Non, il existe. C'est un fait avéré.

— Elle s'est lancée dans une histoire de lettre au petit déjeuner, et d'un yacht, et puis d'une remontée de l'Helm en canot automobile... Je patauge complètement.

Poirot se lança dans une explication. Il raconta la scène du petit déjeuner, la lettre, le brusque accès de migraine de lady Stubbs.

— D'après Mrs Oliver, lady Stubbs était épouvantée. Vous pensez aussi qu'elle avait peur ?

— Oui, c'est l'impression qu'elle m'a faite.

— Peur de son cousin ? Pourquoi ?

Poirot haussa les épaules :

— Je n'en ai aucune idée. Elle s'est contentée de me dire qu'il était « malfaisant ». C'est que, voyez-vous, elle est un peu simplette. Demeurée.

— Oui, le fait semble de notoriété publique. Elle ne vous a pas dit pourquoi elle avait peur de ce Sousa ?

— Non.

— Mais cette peur vous a semblé réelle ?

— Si elle était simulée, lady Stubbs serait une comédienne hors pair, décréta Poirot.

— Je commence à battre la campagne au sujet de cette affaire, grommela Bland.

Il se leva et se mit à arpenter la pièce à grandes enjambées :

— C'est la faute de cette maudite créature, j'imagine.

— Mrs Oliver ?

— Oui. Elle m'a fourré dans le crâne tout un tas d'idées grand-guignolesques.

— Et vous vous dites qu'elles pourraient avoir un fond de vérité ?

— Pas toutes – grands dieux ! – mais j'en vois une ou deux qui ne sont peut-être pas aussi délirantes qu'il y paraît. Tout dépend de...

Il se tut en voyant la porte s'ouvrir pour livrer passage au constable Hoskins.

— J'ai pas été fichu de trouver la dame en question, m'sieur, annonça ce dernier dans ce style qui n'appartenait qu'à lui. Elle est pas nulle part.

— Qu'on ne savait pas où elle était, ça, on me l'a déjà dit ! tempêta Bland. Mais ce que je vous ai demandé, c'est de me la ramener !

— Le sergent Farrell et le constable Lorimer fouillent la propriété, m'sieur, se défendit Hoskins. L'est pas dans la maison, ajouta-t-il.

— Demandez au type qui vend les billets à l'entrée s'il ne l'a pas vue partir. À pied ou en voiture.

— Bien, m'sieur.

Hoskins s'en fut à reculons.

— Et tâchez de découvrir *quand* elle a été vue pour la dernière fois ! aboya l'inspecteur comme il passait la porte.

— C'est donc dans cette direction-là que vous cherchez, commenta Poirot.

— Je ne sais pas encore dans quelle direction je cherche, avoua Bland, mais je viens de m'aviser qu'une bonne femme qui devrait se trouver sur les lieux ne s'y trouve pas ! Et je veux savoir pourquoi. Dites-moi ce que vous savez de plus sur ce Machin-Truc-Chouette de Sousa.

Poirot raconta sa rencontre avec le jeune homme alors que celui-ci débouchait du chemin qui remontait du quai.

— Il doit encore être à la kermesse, ajouta-t-il. Voulez-vous que je prévienne sir George que vous souhaitez le voir ?

— Pas à la seconde, dit Bland. J'aimerais d'abord que vous éclairiez un peu plus ma lanterne.

Vous-même, quand avez-vous vu lady Stubbs pour la dernière fois ?

Poirot entreprit de passer en revue ses souvenirs. Pas commode de se remémorer les choses avec précision. Il se rappelait vaguement avoir aperçu à diverses reprises la haute silhouette drapée dans sa robe cyclamen sous son chapeau chinois de paille noire qui lui mangeait une partie de la figure. Elle allait de groupe en groupe, s'arrêtant ici et là pour échanger quelques mots avec quelqu'un. Il avait aussi entendu à plusieurs reprises son rire étrange par-dessus le brouhaha des conversations.

— Je pense, hasarda-t-il, peu sûr de lui, qu'il ne devait pas être loin de 4 heures.

— Où se trouvait-elle à ce moment-là, et avec qui ?

— Elle papillonnait au milieu d'un groupe, non loin de la maison.

— Y était-elle encore quand Sousa est arrivé ?

— Je ne sais pas. Mais j'en doute – et en tout cas, je ne l'ai pas vue. Sir George a dit à Sousa que sa femme ne devait pas être loin. Il semblait surpris qu'elle n'ait pas assisté au Concours de Déguisements alors qu'on l'y attendait.

— Quelle heure était-il quand Sousa est arrivé ?

— Environ 4 heures et demie, à mon avis. Mais je n'ai pas regardé ma montre et ne peux donc rien affirmer.

— Et lady Stubbs avait disparu avant qu'il n'arrive ?

— Il semble bien.

— Il se peut donc qu'elle se soit sauvée pour ne pas le rencontrer, suggéra l'inspecteur.

— Cela se peut.

— Quoi qu'il en soit, elle n'a pas pu aller bien loin, estima Bland. Il ne devrait pas être difficile de la retrouver, et quand ce sera chose faite...

Il s'interrompit.

— Et à supposer que vous ne la retrouviez pas ? s'enquit Poirot, une curieuse intonation dans la voix.

— C'est absurde ! trancha l'inspecteur. Pourquoi ? Que pensez-vous qui ait pu lui arriver ?

Poirot haussa les épaules :

— Ma foi ! On ne sait jamais. Tout ce que nous savons, c'est qu'elle a... disparu !

— Voyons, monsieur Poirot, ne dramatisons pas.

— La situation est peut-être bel et bien dramatique.

— C'est sur le meurtre de Marlene Tucker que porte notre enquête, rappela l'inspecteur d'un ton sévère.

— Bien sûr, bien sûr. Mais... pourquoi, en ce cas, vous intéressez-vous tellement à Étienne de Sousa ? Vous pensez que c'est lui qui a tué Marlene Tucker ?

— C'est cette créature ! explosa l'inspecteur Bland.

Poirot esquissa un sourire :

— Quelle créature ? Mrs Oliver, encore ?

— Oui ! Voyez-vous, monsieur Poirot, le meurtre de Marlene Tucker est absurde. Complètement absurde. Voilà une gamine plutôt mocharde, plutôt bécasse, qu'on retrouve étranglée sans qu'il soit possible d'envisager le moindre mobile à cet assassinat.

— Et Mrs Oliver vous en a indiqué un ?

— Une douzaine au bas mot ! Marlene aurait pu découvrir une liaison secrète entre deux personnes, ou être le témoin d'un meurtre, ou découvrir l'endroit où un trésor était enterré, ou encore surprendre, depuis la fenêtre de l'abri à bateaux, Étienne de Sousa alors qu'il se livrait à Dieu sait quel méfait en remontant le fleuve avec son canot automobile.

— Ah ! Et de toutes ces hypothèses, laquelle vous semble la plus séduisante, mon tout bon ?

— Je n'en sais rien. Mais je ne peux pas m'empêcher de les ressasser. Écoutez, monsieur Poirot, faites un effort pour vous rafraîchir la mémoire. D'après ce dont vous vous souvenez de votre conversation de ce matin avec lady Stubbs, vous a-t-elle donné l'impression qu'elle redoutait la venue de son cousin parce qu'il risquait de savoir sur elle quelque chose qu'elle voulait cacher à son mari, ou bien parce que c'était de l'individu lui-même qu'elle avait purement et simplement peur ?

Ce fut sans la moindre hésitation que Poirot répondit :

— C'était de l'individu lui-même qu'elle éprouvait une peur panique.

— Hum ! fit l'inspecteur Bland. Eh bien, je ne ferais pas mal d'avoir une petite conversation avec ce garçon s'il est encore dans les parages.

9

Bien qu'il ne nourrît point, à l'égard des étrangers, les mêmes préjugés ancestraux que le constable Hoskins, l'inspecteur Bland éprouva pour Étienne de Sousa une antipathie immédiate. L'élégance du jeune homme, la coupe irréprochable de ses vêtements, les effluves parfumés qui se dégageaient de sa chevelure gominée, tout concourait à lui déplaire et à l'exaspérer.

Sousa était fort sûr de lui, et tout à fait à son aise. Il laissait aussi paraître, tout en feignant de le cacher, un certain amusement :

— Il faut reconnaître que la vie fourmille de surprises. J'arrive ici au hasard d'une croisière de vacances, j'admire le paysage, je m'apprête à passer l'après-midi avec une petite cousine que je n'ai pas revue depuis des années – et que se passe-t-il ? Pour commencer, je tombe au beau milieu d'une espèce de carnaval où des boules de chamboule-tout me sifflent aux oreilles... et l'instant d'après, passant de la comédie au drame, me voici mêlé à un meurtre !

Il alluma une cigarette et prit une inspiration profonde :

— Non qu'il me concerne en quelque façon que ce soit, ledit meurtre. En réalité, je me perds en conjectures sur ce qui a bien pu vous amener à souhaiter m'interroger ?

— Vous êtes un étranger qui débarque ici, monsieur de Sousa...

Sousa le coupa :

— Et tout étranger est automatiquement suspect, c'est cela ?

— Non, non, pas du tout, monsieur. Vous ne m'avez pas laissé achever et m'avez, de ce fait, mal compris. Votre yacht, si je ne me trompe, est ancré à Helmmouth ?

— C'est exact, en effet.

— Et vous êtes arrivé en remontant le fleuve, cet après-midi, à bord d'un canot automobile ?

— Exact encore une fois.

— N'auriez-vous pas remarqué, sur votre droite, un abri à bateaux surplombant l'eau, et un petit ponton juste en dessous ?

Sousa rejeta sa belle tête brune en arrière et réfléchit, sourcils froncés :

— Attendez. Il y avait une crique et une petite bâtisse coiffée de tuiles grises.

— Plus haut que cela en remontant le fleuve, monsieur de Sousa. Au cœur d'un bouquet d'arbres.

— Ah, oui, ça me revient, maintenant. Un coin très pittoresque. J'ignorais que cette propriété possédait un débarcadère. Si je l'avais su, je l'aurais emprunté. Quand j'ai demandé ma route, on m'a conseillé de remonter jusqu'au bac et, une fois là, de m'amarrer au quai.

— Je comprends. Et c'est ce que vous avez fait ?

— C'est ce que j'ai fait.

— Vous n'avez pas débarqué au ponton de l'abri à bateaux, ni à proximité ?

Sousa secoua la tête.

— Auriez-vous vu quelqu'un en croisant devant cet abri à bateaux ?

— Vu quelqu'un ? Non. J'aurais dû ?

— C'était une possibilité. Voyez-vous, monsieur de Sousa, la gamine qui a été assassinée a passé tout l'après-midi dans cet abri à bateaux. C'est là qu'elle s'est fait tuer, et la scène a dû se dérouler pas bien loin du moment où vous êtes passé en face.

Sousa haussa les sourcils :

— Vous voulez dire que j'aurais pu être le témoin de ce meurtre ?

— Il a eu lieu à l'intérieur de l'abri à bateaux, mais vous auriez pu apercevoir la gamine – elle a pu regarder par la fenêtre, ou venir un instant sur le ponton. Et si vous l'aviez vue, cela nous permettrait de déterminer l'heure de sa mort avec une plus grande précision. Si, tandis que vous naviguiez au milieu du fleuve, elle était encore en vie...

— Ah ! j'y suis. Oui, j'y suis. Mais pourquoi me demander ça ? Pourquoi me le demander spécialement à *moi* ? Il y a une foule d'embarcations qui remontent le fleuve ou le descendent vers Helmmouth. Des caboteurs bourrés de vacanciers. Il en défile sans arrêt. Pourquoi ne les interrogez-vous pas, ceux-là ?

— Nous le ferons. Comptez sur nous, ils y auront droit eux aussi. Je puis retenir, en tout cas, que vous n'avez rien remarqué d'anormal en passant devant l'abri à bateaux ?

— Rien du tout. Rien qui trahisse une quelconque présence. Bien évidemment, je n'ai pas étudié les lieux avec une attention particulière, et je n'ai pas croisé très près. Quelqu'un aurait très bien pu regarder par la fenêtre, comme vous le suggérez, mais il se trouve que je n'ai pas vu cette personne.

Et d'ajouter, fort civil cette fois :

— Je suis navré de ne pas pouvoir vous être utile.

— Bah ! fit avec bonhomie l'inspecteur Bland, je n'en attendais pas trop de ce côté-là. Il reste cependant deux ou trois points de détail sur lesquels j'aimerais des précisions, monsieur de Sousa.

— Oui ?

— Êtes-vous venu seul ou des amis vous accompagnent-ils dans cette croisière ?

— J'étais récemment encore avec des amis. Mais voici trois jours que je navigue seul – avec mon équipage, bien entendu.

— Et comment s'appelle votre yacht, monsieur de Sousa ?

— L'*Espérance*.

— Lady Stubbs est, si j'ai bien compris, une cousine à vous ?

Sousa haussa les épaules :

— Une cousine éloignée. Passablement éloignée, même. Mais il en va ainsi dans nos îles, voyez-vous : nous nous marions pour ainsi dire en milieu fermé et sommes tous, par conséquent, plus ou moins parents.

Hattie doit être ma cousine au second ou au troisième degré. Je ne l'ai plus revue depuis qu'elle était pratiquement toute gosse – elle devait avoir quatorze ou quinze ans.

— Et vous pensiez lui faire, aujourd'hui, une visite surprise ?

— *Surprise* ne me paraît pas le qualificatif adéquat, inspecteur. Je l'avais prévenue par lettre.

— Je sais qu'elle a reçu une lettre de vous ce matin, mais qu'elle a été très étonnée que vous soyez dans la région.

— Alors, là, vous vous trompez du tout au tout, inspecteur. J'ai écrit à ma cousine il y a de cela – laissez-moi réfléchir – oui, trois semaines. J'ai posté ma lettre en France avant de reprendre la mer pour venir ici.

L'inspecteur ne cacha pas son étonnement :

— Vous lui avez écrit de France pour la prévenir que vous vous proposiez de venir la voir ?

— Oui. Je lui disais que j'entreprenais une croisière, que je serais probablement à Torquay ou à Helmmouth aux alentours de cette date-ci, et que je la préviendrais ultérieurement du jour exact de mon arrivée.

L'inspecteur Bland regardait fixement le jeune homme. Ce qu'il venait d'entendre était en complète contradiction avec ce qu'on lui avait dit jusque-là. Toutes les personnes présentes au petit déjeuner lui avaient décrit une lady Stubbs stupéfaite et effrayée par le contenu de la lettre. Sousa soutint calmement le regard de l'inspecteur. Puis, avec un petit sourire, il chassa d'une chiquenaude un grain de poussière qu'il avait au genou.

— Lady Stubbs a-t-elle répondu à votre première lettre ? demanda l'inspecteur.

Sousa hésita un instant avant de répondre :

— Je ne sais plus très bien... Non, je ne crois pas me souvenir qu'elle l'ait fait. Mais ce n'était pas nécessaire. J'étais en voyage, je n'avais pas d'adresse fixe. Sans compter que ma cousine Hattie ne doit pas être une grande épistolière... On me dit qu'elle est devenue très belle, mais elle n'a jamais brillé par ses qualités intellectuelles.

— Vous ne l'avez pas encore vue ?

Sousa se fendit d'un aimable sourire :

— Elle semble avoir inexplicablement disparu. Cette espèce de raout a dû lui taper sur les nerfs.

Choisissant ses mots avec soin, l'inspecteur Bland s'enquit :

— N'auriez-vous pas lieu de penser, monsieur de Sousa, que votre cousine pouvait avoir une bonne raison de chercher à vous éviter ?

— Hattie ? Chercher à m'éviter ? Très franchement, je ne vois pas pourquoi. Quelle raison aurait-elle eu de le faire ?

— C'est bien précisément la question que je viens de vous poser, monsieur de Sousa.

— Vous pensez que Hattie aurait quitté cette... cette kermesse pour m'éviter ? Mais c'est absurde !

— Elle n'avait donc, à votre connaissance, aucun motif d'avoir... – comment dirons-nous ? – d'avoir peur de vous ?

— Peur... de *moi* ?

Il y avait, dans la voix du jeune homme, comme une incrédulité amusée :

— C'est là, si je puis me permettre, inspecteur, une idée... extravagante !

— Vos relations avec elle ont toujours été amicales ?

— Je viens de vous le dire : je n'ai, à proprement parler, jamais eu de relations avec elle. Je ne l'ai pas revue depuis ses quatorze ans.

— Vous avez cependant cherché à la retrouver en arrivant en Angleterre ?

— Oh ! pour tout vous avouer, j'avais lu un écho sur elle dans la rubrique mondaine d'un de vos magazines pour têtes couronnées. On y mentionnait son nom de jeune fille et on y parlait de son mariage avec un riche Anglais. Ce qui fait que je me suis dit : « Il faut que j'aille voir à quoi ressemble maintenant la petite Hattie, et si son cerveau fonctionne un peu mieux que par le passé. »

Il eut un nouveau haussement d'épaules :

— Simple courtoisie de cousinage. Et un brin de curiosité... sans plus.

L'inspecteur se remit à étudier le visage du jeune homme. Qu'y avait-il derrière ces traits lisses et légèrement moqueurs ? Il adopta un ton plus intime :

— Je me demande si vous ne pourriez pas m'en dire un peu plus sur votre cousine ? Sur sa personnalité, sa façon d'être ?

Sousa, une fois encore, se montra – oh ! fort courtoisement – surpris :

— Franchement, qu'est-ce que tout cela a à voir avec le meurtre de cette gamine dans l'abri à bateaux, qui est, si j'ai bien compris, le véritable objet de votre enquête ?

— Il se pourrait qu'il y ait un rapport, dit l'inspecteur Bland.

Sousa l'observa un moment en silence avant de répondre, avec un léger mouvement d'épaules :

— Je n'ai jamais réellement connu ma cousine. Elle n'était qu'un des membres d'une famille nombreuse, et ne s'intéressait pas particulièrement à moi. Mais, pour répondre à votre question, je dirai que si elle était indubitablement handicapée au niveau intellectuel, elle n'a jamais, que je sache, manifesté de tendances homicides.

— Je vous assure, monsieur de Sousa, que je ne suggérais rien de tel !

— Vraiment ? Je m'interroge. Et si tel est bien le cas, je ne comprends pas le sens de votre question. Non, à moins qu'elle n'ait changé du tout au tout, Hattie n'avait rien d'un assassin en puissance !

Il se leva avant d'ajouter :

— Je ne saurais croire que vous souhaitiez m'interroger plus avant, inspecteur. Et je ne puis que vous souhaiter tout le succès possible dans la recherche du coupable.

— Vous n'avez pas, je l'espère, l'intention de quitter Helmmouth avant un jour ou deux, monsieur de Sousa ?

— Voilà qui est fort civilement formulé, inspecteur. Dois-je comprendre qu'il s'agit d'un ordre ?

— D'une simple prière, monsieur.

— Merci. Je me propose de passer quarante-huit heures à Helmmouth. Sir George m'a aimablement offert son hospitalité, mais je préfère rester à bord de l'*Espérance*. Si vous souhaitez poursuivre cet interrogatoire, c'est là que vous me trouverez.

Il s'inclina.

Le constable Hoskins lui ouvrit la porte, et il sortit.

— Quelle espèce de phraseur mielleux, marmonna l'inspecteur Bland pour lui-même.

— Ah ! ça... acquiesça le constable Hoskins.

— Admettons qu'elle en ait bel et bien, des tendances homicides, poursuivit l'inspecteur sur le même ton. Pourquoi s'en serait-elle prise à cette boutonneuse ? Ça ne tient pas debout !

— On ne sait jamais, avec les cinglés, observa sentencieusement Hoskins.

— La question est : jusqu'à quel point est-elle cinglée ?

Hoskins dodelina de la tête, sagace :

— J'donnerais pas gras d'son quotient intellectuel, ça non !

L'inspecteur lui jeta un regard agacé :

— Ne répétez pas comme un perroquet ces expressions à la mode. Que son quotient intellectuel soit élevé ou égal à zéro, je m'en bats l'œil. Tout ce que je veux, c'est savoir si c'est le genre de bonne femme susceptible de trouver amusant, ou désirable, ou nécessaire, d'entortiller une corde à linge autour du cou d'une gamine et de l'étrangler ! Et, d'ailleurs, où diable a-t-elle bien pu aller se fourrer ? Allez voir si Frank a trouvé quelque chose.

Hoskins s'exécuta docilement et revint un moment plus tard accompagné du sergent Cottrell, fringant jeune homme habité par une haute opinion de luimême et qui avait le don d'énerver son supérieur. L'inspecteur Bland s'accommodait mieux du rude bon sens paysan du constable Hoskins que du dédaigneux côté « je sais tout » de Frank Cottrell.

— Les recherches se poursuivent, monsieur, dit Cottrell. La personne n'est pas sortie par le portail nous en sommes certains. C'est l'aide-jardinier qui distribue les tickets d'entrée et encaisse la monnaie. Et il est prêt à jurer qu'il ne l'a pas vue.

— On peut sortir de la propriété autrement que par ce portail, j'imagine ?

— Oh ! bien sûr, monsieur. Il y a le chemin qui descend vers le bac, mais le vieux, là en bas – il s'appelle Merdell –, est tout aussi catégorique : il ne l'a pas vue filer par là. Il est quasi centenaire, mais, d'après moi, toujours fiable. Il m'a très bien décrit comment le « monsieur » étranger est arrivé en canot automobile et lui a demandé son chemin pour Nasse House. Le vieux lui a conseillé de remonter jusqu'à la route et de prendre un billet à l'entrée. Mais le « monsieur » n'avait pas l'air de savoir qu'il y avait une kermesse, et s'est présenté à lui comme un ami de la famille. Alors il l'a conduit jusqu'au sentier qui grimpe à travers bois vers la propriété. Merdell est apparemment resté sur le quai tout l'après-midi, ce qui fait qu'il aurait forcément vu « Sa Seigneurie » si elle était passée par là. À part ça, il y a encore un autre portail, dans la partie haute de la propriété, qui permet de gagner Hoodown Park à travers champs, mais il a été condamné avec du barbelé pour empêcher les campeurs et autres indésirables de s'introduire ici. Alors il n'est pas invraisemblable de penser qu'elle soit toujours dans les parages immédiats, vous ne croyez pas ?

— Ça n'est pas impossible, voulut bien admettre l'inspecteur. Mais rien ne l'empêchait de se glisser sous une clôture et de filer à travers champs, non ? Sir George se plaint paraît-il sans arrêt des étrangers qui ne se gênent pas pour le faire. Si vous prenez le chemin par lequel ils se débrouillent pour entrer, vous devez pouvoir vous débrouiller pour sortir, bon sang de bonsoir ! Je n'ai pas raison ?

— Oh ! si, monsieur, sans l'ombre d'un doute, monsieur. Mais j'ai parlé avec sa femme de chambre, monsieur. Elle portait – Cottrell consulta le papier qu'il tenait à la main – une robe rose cyclamen en crêpe Georgette (c'est comme ça qu'elle m'a dit), un grand chapeau noir, des escarpins vernis noirs avec des talons aiguilles de douze centimètres. Pas vraiment le genre de tenue pour courir la campagne.

— Elle ne s'est pas changée ?

— Non. Je l'ai vérifié avec la femme de chambre. Rien ne manque – rigoureusement rien. Elle n'a pas fait de valise, ni quoi que ce soit de ce genre. Elle n'a même pas changé de chaussures. Toutes celles qu'elle possède sont là. Tout est parfaitement en ordre.

L'inspecteur Bland fronça les sourcils. De peu réjouissantes hypothèses lui venaient à l'esprit.

— Reconvoquez-moi la secrétaire ! lança-t-il d'un ton brusque. Miss Machin-Chouette... Brucc... peu importe comment elle s'appelle !

Miss Brewis entra, passablement plus agitée que d'habitude, et quelque peu hors d'haleine :

— Oui, inspecteur ? Vous vouliez me voir ? S'il n'y a pas urgence, sir George est dans tous ses états, et…

— Dans tous ses états ? Pourquoi ?

— Il vient seulement de se rendre compte que lady Stubbs est… bref, qu'elle a disparu. J'ai beau lui répéter sur tous les tons qu'elle est sans doute allée faire un tour dans les bois, il s'est mis dans la tête qu'il lui était arrivé quelque chose. C'est absolument grotesque.

— Ça pourrait bien ne pas l'être, miss Brewis. Après tout, nous avons déjà eu un… un meurtre, cet après-midi.

— Vous ne pensez tout de même pas que lady Stubbs… Mais c'est absurde ! Lady Stubbs est de taille à se défendre !

— Croyez-vous ?

— Bien évidemment ! Ce n'est pas une enfant.

— Mais elle est tout de même un peu vulnérable…

— Mon œil ! s'emporta miss Brewis. Ça arrange de temps en temps lady Stubbs de jouer les fleurs brisées et les faibles d'esprit – surtout quand elle est censée faire quelque chose qui l'embête. Que son mari s'y laisse prendre, je le veux bien, mais avec moi ça ne marche pas !

— Vous ne l'aimez pas beaucoup, n'est-ce pas, miss Brewis ? fit Bland, mi-curieux, mi-complice.

Les lèvres de miss Brewis n'étaient plus que deux traits blafards :

— Il n'entre pas dans mes attributions de l'aimer ou de ne pas pouvoir la voir en peinture.

À ce moment précis, la porte s'ouvrit avec violence et sir George entra :

— Dites donc, vociféra-t-il, il faudrait quand même que vous fassiez quelque chose ! Où est Hattie ? Il s'agit de la retrouver ! Je voudrais bien savoir ce qui se passe ici ! Cette kermesse de malheur... une espèce de tueur fou en a profité pour s'introduire ici, il a payé sa demi-couronne comme tout le monde, et il se promène depuis en assassinant les gens ! Voilà ce qui se passe, si vous voulez mon avis !

— Votre façon d'envisager la situation me paraît un peu exagérée, sir George.

— Ça vous va bien de rester à prendre des notes derrière ce bureau ! Seulement, moi, je veux ma femme !

— Je fais battre tous les taillis, sir George.

— Pourquoi personne ne m'a-t-il prévenu qu'elle avait disparu ? Voilà paraît-il deux heures qu'on ne l'a plus vue. Je trouvais bizarre qu'elle ne soit pas venue assister au Concours de Déguisements, mais personne ne m'a dit qu'elle avait disparu pour de bon.

— Personne ne le savait, dit l'inspecteur.

— Eh bien, on aurait dû le savoir ! On aurait dû s'en rendre compte !

Il se tourna vers miss Brewis :

— Vous, vous auriez dû le savoir, Amanda – c'était à vous de la surveiller, elle comme tout le reste !

— Je ne peux pas être partout à la fois, sir George, gémit miss Brewis.

Elle semblait maintenant au bord des larmes :

— J'avais déjà tant à faire. S'il prend à lady Stubbs la fantaisie d'aller faire un tour...

— Aller faire un tour ? Où voulez-vous qu'elle soit allée faire un tour ? Elle n'avait aucune raison d'aller faire un tour – à moins qu'elle n'ait voulu éviter ce métèque !

Bland saisit la balle au bond :

— Je voulais justement vous demander... Votre épouse a-t-elle reçu, il y a environ trois semaines, une lettre de M. de Sousa lui annonçant qu'il allait venir en Angleterre ?

Sir George parut tomber des nues :

— Non, bien sûr que non.

— Vous en êtes sûr ?

— Alors, là, sûr et certain. Hattie m'en aurait parlé. Bon sang ! elle a failli tomber à la renverse en recevant cette lettre ce matin. Ça l'a mise dans tous ses états. Elle est restée allongée les trois quarts de la matinée avec une forte migraine.

— Que vous a-t-elle dit, en tête à tête, au sujet de la visite de son cousin ? Pourquoi redoutait-elle à ce point de le voir ?

Sir George parut nager dans l'embarras :

— Du diable si je suis au courant ! Elle n'arrêtait pas de répéter qu'il était malfaisant, c'est tout.

— Malfaisant ? Comment ça, malfaisant ?

— Elle n'est pas précisément entrée dans les détails. Elle était comme une gosse épouvantée qui aurait croisé un sale type. Pour elle, il était malfaisant, et il était « mauvais », et elle ne voulait pas qu'il vienne. Elle disait qu'il avait fait des choses méchantes.

— Des choses méchantes ? Quand ça ?

— Oh ! il y a bien longtemps. J'imagine volontiers que cet Étienne de Sousa était la brebis galeuse de sa famille et que Hattie aura entendu dire du mal de lui dans son enfance sans comprendre réellement de quoi il s'agissait. Avec le temps, elle se sera mise à le prendre en horreur. Je m'étais dit qu'il ne fallait pas attacher trop d'importance à ces terreurs enfantines. Ma femme se montre bien souvent assez puérile. Il y a ce qu'elle aime et ce qu'elle déteste, sans qu'elle puisse expliquer pourquoi.

— Êtes-vous certain qu'elle ne vous en a pas dit plus, sir George ?

Sir George sembla soudain mal à l'aise :

— Je ne voudrais pas que vous preniez au pied de la lettre... euh... ce qu'elle m'a confié.

— Elle vous a donc bel et bien confié quelque chose ?

— D'accord. Je vais cracher le morceau. Ce qu'elle m'a dit – et elle l'a fait à plusieurs reprises –, c'est : *« Il tue les gens. »*

10

— « Il tue les gens », répéta l'inspecteur Bland.
— Je ne crois pas qu'il faille prendre ça trop au sérieux, conseilla sir George. Elle n'arrêtait de dire et de répéter « Il tue les gens », mais elle était incapable de me préciser qui il avait tué, ni où, ni quand. J'en avais conclu qu'il s'agissait d'un vague cauchemar d'enfance... une révolte d'indigènes... quelque chose dans ce goût-là.
— Vous venez de m'expliquer qu'elle s'était montrée incapable de vous fournir des précisions, sir George. Entendiez-vous par là qu'elle ne le *pouvait pas*... ou ne serait-ce pas plutôt qu'elle ne le *voulait pas* ?
Je ne crois pas que...
Sa voix se brisa et il lui fallut une seconde avant de reprendre :
— Je n'en sais rien. Vous venez de semer le doute dans mon esprit. Comme je vous le disais, je n'ai pas pris cela au sérieux. Je me suis dit que ce cousin l'avait peut-être un peu taquinée quand elle était petite... quelque chose d'aussi anodin que ça.

Ce n'est pas facile à expliquer, parce que vous ne connaissez pas ma femme. Je l'aime infiniment, mais les trois quarts du temps, je n'écoute pas un mot de ce qu'elle raconte pour la bonne raison que ça n'a aucun sens. Quoi qu'il en soit, je ne vois pas comment ce Sousa pourrait être pour quelque chose dans tout ça – ne me dites pas qu'il a débarqué de son yacht et foncé à travers bois pour s'engouffrer dans l'abri à bateaux et y tuer une malheureuse Éclaireuse qui n'en demandait pas tant ? Pourquoi aurait-il fait ça ?

— Je n'ai rien suggéré de semblable, se défendit l'inspecteur Bland. Mais vous devez comprendre, sir George, que la recherche du meurtrier de Marlene Tucker débouche sur un nombre infiniment plus limité de suspects qu'il n'était permis de le penser au départ.

— Limité ? s'exclama sir George en écarquillant les yeux. Mais vous avez tous les participants de cette fichue kermesse parmi lesquels faire votre choix ! Deux cents... trois cents personnes ! N'importe qui dans le lot a pu faire le coup !

— C'est ce que je me suis d'abord imaginé. Mais ce que j'ai appris depuis lors a modifié ma façon de voir. L'abri à bateaux était verrouillé de l'intérieur. Personne ne pouvait y pénétrer sans une clé.

— Je veux bien, mais il en existe trois exemplaires, de cette clé.

— Exactement. L'une des trois constituait le dernier indice de la Course à l'Assassin. Elle est encore cachée dans l'allée des hortensias, tout en haut du jardin. La deuxième clé était en possession de Mrs Oliver, organisatrice de cette Course à l'Assassin. Où se trouve la troisième, sir George ?

— Elle devrait être dans le tiroir du bureau, devant vous. Non, le tiroir de droite, avec des doubles de toutes les autres clés.

Il vint farfouiller dans le tiroir en question :

— Oui, elle est bien là.

— Comprenez-vous, reprit l'inspecteur Bland, ce que cela signifie ? Les seules personnes qui pouvaient pénétrer dans l'abri à bateaux étaient, premièrement : un participant à la Course à l'Assassin ayant achevé le parcours et trouvé la clé (or, pour autant que nous le sachions, personne n'y est encore parvenu) ; deuxièmement : Mrs Oliver ou quelqu'un à qui elle aurait prêté sa clé ; troisièmement : *quelqu'un que Marlene elle-même aurait laissé entrer.*

— Précisément. Cette dernière hypothèse englobe quasiment tous les badauds de la kermesse, non ?

— Pas du tout, au contraire ! réfuta l'inspecteur Bland. Si j'ai bien compris le scénario de cette Course à l'Assassin, chaque fois qu'elle entendait quelqu'un approcher de la porte, la fille devait se coucher par terre, jouer le rôle du Cadavre et attendre d'être découverte par le concurrent qui avait trouvé le dernier indice : la clé. Vous voyez donc vous-même que les seules personnes qu'elle était susceptible de laisser entrer, à condition qu'elles l'appellent et le lui demandent, étaient *celles qui avaient organisé cette Course à l'Assassin*. À savoir, n'importe quel familier de la maison – autrement dit vous-même, lady Stubbs, miss Brewis, Mrs Oliver – voire M. Poirot, qu'elle avait, je crois, rencontré ce matin. Et qui encore, sir George ?

Sir George réfléchit un instant. Puis :

— Les Legge. Alec et Sally. Ils nous ont aidés depuis le début. Et Michael Weyman, l'architecte qui est ici pour faire les plans du pavillon de tennis. Et Warburton, les Masterton... et, ah ! Mrs Folliat, bien sûr.

— C'est tout ? Personne d'autre ?

— Non, nous avons fait le tour.

— Vous voyez donc bien, sir George, que les possibilités sont limitées.

Sir George devint brusquement écarlate :

— Ce que vous dites est insensé – absolument insensé ! Voudriez-vous insinuer que... Qu'est-ce que vous voulez insinuer ?

— Je constate simplement, rectifia l'inspecteur Bland, qu'il y a encore beaucoup de choses que nous ignorons. Il est possible, par exemple que, pour une raison X, Marlene soit *sortie* de l'abri à bateaux. Il se peut même qu'elle ait été étranglée ailleurs et que son cadavre ait été ensuite transporté à l'intérieur de l'abri. Mais même dans cette hypothèse, l'assassin ne pouvait être que quelqu'un qui connaissait dans tous ses détails le scénario de la Course à l'Assassin. On en revient toujours là.

Et il ajouta, d'un ton légèrement changé :

— Je peux vous assurer, sir George, que nous faisons l'impossible pour retrouver lady Stubbs. En attendant, j'aimerais m'entretenir avec Mr et Mrs Alec Legge, et avec Mr Michael Weyman.

— Amanda !

— Je vais voir ce que je peux faire, inspecteur, s'empressa miss Brewis. Je présume que Mrs Legge est encore sous sa tente de diseuse de bonne aventure.

Avec le demi-tarif établi depuis 5 heures, nous avons eu droit à une nouvelle ruée et tous les stands sont pris d'assaut. Mais je ne devrais pas avoir trop de mal à trouver Mr Legge ou Mr Weyman – lequel souhaitez-vous voir en premier ?

— Peu importe l'ordre dans lequel je les vois, dit l'inspecteur Bland.

Miss Brewis hocha la tête et sortit. Sir George lui emboîta le pas en gémissant :

— Attendez, Amanda, il faudrait que vous...

L'inspecteur Bland mesura soudain à quel point sir George dépendait de l'efficace miss Brewis. Il lui trouva même, à cet instant-là, quelque chose d'un petit garçon.

Tout en attendant, l'inspecteur Bland décrocha le téléphone, demanda la communication avec ses confrères de la police de Helmmouth et s'entendit avec eux sur les mesures qu'il convenait de prendre concernant le yacht l'*Espérance*.

— Vous avez compris, je suppose, dit-il à Hoskins – lequel était, à l'évidence, bien incapable d'une telle perspicacité –, qu'il n'y a qu'un endroit où cette maudite bonne femme a de fortes chances de se trouver à l'heure qu'il est... et que c'est le yacht de Sousa ?

— Comment qu'vous est venue c't'idée-là, m'sieur ?

Hoskins en demeurait ébahi.

— Personne ne l'a vue quitter la propriété par aucun des accès usuels, et elle porte un accoutrement qui lui interdit de folâtrer par monts et par vaux, mais *il se pourrait* qu'elle ait donné rendez-vous à Sousa sur l'appontement de l'abri à bateaux et qu'il l'ait emmenée en canot automobile jusqu'à son yacht avant de revenir lui-même à la kermesse.

— Et pourquoi qu'il aurait fait ça, m'sieur ? demanda Hoskins, éberlué.

— Je n'en sais rien, bougonna l'inspecteur, et il est parfaitement improbable que les choses se soient passées comme ça. Improbable, mais *pas impossible*. Et si elle se trouve à bord de l'*Espérance,* je tiens à ce qu'elle ne puisse pas filer sans être repérée.

— Mais si qu'elle avait tant les foies d'lui tomber dessus…

Hoskins en oubliait de surveiller son langage.

— Tout ce que nous en savons, c'est ce qu'*elle* en a dit. Or, nous savons aussi que les femmes mentent comme elles respirent, ajouta sentencieusement l'inspecteur. Ne l'oubliez jamais, Hoskins.

— Ah, ça ! fit le constable Hoskins, saisi d'admiration.

Ils furent interrompus par l'entrée d'un grand gaillard à l'air un peu égaré. Il portait un complet de flanelle grise, mais son col de chemise était chiffonné, sa cravate de travers et ses cheveux hirsutes.

— Mr Alec Legge ? demanda l'inspecteur en relevant la tête.

— Non, dit le grand gaillard. Je suis Michael Weyman. Vous m'avez demandé, si j'ai bien compris ?

— En effet, monsieur, dit l'inspecteur Bland. Vous ne voulez pas vous asseoir ? ajouta-t-il en lui désignant le fauteuil placé en face de lui.

— Je n'en ai pas envie, dit Michael Weyman. J'ai besoin de me dégourdir les jambes. Qu'est-ce que la police fabrique ici ? Qu'est-ce qui s'est passé ?

L'inspecteur Bland le dévisagea, surpris :

— Sir George ne vous a pas mis au courant ?

— Personne ne m'a « mis au courant », comme vous dites, de quoi que ce soit. Je ne vis pas accroché aux basques de sir George. *Qu'est-ce qui s'est passé ?*

— Vous logez ici, si je ne me trompe ?

— Bien sûr que je loge ici. Qu'est-ce que ça a à voir à l'affaire ?

— Que j'étais tout bonnement persuadé que la totalité des habitants de cette maison étaient maintenant informés du drame survenu cet après-midi.

— Un drame ? Quel drame ?

— La fille qui tenait le rôle de la victime dans la Course à l'Assassin a été assassinée.

— Non ? Pas possible ? éructa Michael Weyman qui semblait tomber des nues. Assassinée pour de bon ? Ce n'était pas de la frime ?

— Je ne sais pas ce que vous entendez par « de la frime ». La gamine est bel et bien morte.

— Elle a été tuée comment ?

— On l'a étranglée avec un bout de corde à linge.

Michael Weyman émit un long sifflement :

— Comme dans le scénario ? Bigre !... C'est vrai qu'il y avait de quoi donner des idées...

Il s'éloigna de quelques pas vers la fenêtre, puis fit brusquement volte-face :

— Ce qui fait que nous sommes tous suspects, non ? À moins que le coupable ne soit un gars du pays ?

— Il nous paraît impossible que ce soit un gars du pays, comme vous dites, repartit l'inspecteur.

— À moi aussi, pour être honnête, admit Michael Weyman. En tout cas, ce qu'il y a de sûr, inspecteur, c'est que même si la plupart de mes amis prétendent que je suis fou à lier, ceci n'est pas mon genre de folie. Je ne cours pas la campagne en étranglant les pucelles boutonneuses.

— J'ai cru comprendre, Mr Weyman, que vous étiez ici pour dessiner les plans d'un pavillon de tennis ?

— Ce qu'on ne saurait me reprocher, protesta Michael. Du point de vue criminel, en tout cas. Car du point de vue architectural, le produit fini constituera sans doute une grave offense au bon goût. Mais lesdites offenses ne sont pas de votre ressort, inspecteur. Qu'est-ce qui vous intéresse, vous ?

— Eh bien, j'aimerais savoir, Mr Weyman, où vous vous trouviez au juste, cet après-midi, entre 16 h 15 et 17 heures.

— Comment faites-vous pour être aussi précis ? Rapport d'autopsie ?

— Pas vraiment, monsieur. Un témoin a vu la gamine encore vivante à 16 h 15.

— Quel témoin... si je puis me permettre ?

— Miss Brewis. Lady Stubbs l'avait chargée de descendre une assiette de gâteaux et un verre de sirop à la petite.

— Notre Hattie, dites-vous, lui avait demandé ça ? Je n'y crois pas une seconde !

— Pourquoi n'y croyez-vous pas, Mr Weyman ?

— Parce que ça ne lui ressemble pas. Ce n'est pas le genre d'idée qui lui viendrait jamais. Cette chère lady Stubbs ne s'intéresse qu'à sa précieuse petite personne.

— J'attends toujours, Mr Weyman, votre réponse à ma question.

— Où me trouvais-je entre 16 h 15 et 17 heures ? Ma foi, inspecteur, je suis bien incapable de vous répondre. Je glandouillais... si vous voyez ce que je veux dire.

— Et vous « glandouilliez » où ?

— Bah ! de-ci de-là. Je me suis mêlé aux gens qui traînaient sur la pelouse, j'ai regardé les naturels du cru se divertir, échangé quelques mots avec notre pétulante starlette. Quand j'en ai eu par-dessus la tête, j'ai filé jusqu'au court de tennis pour y réfléchir aux plans du futur pavillon. Je me demandais aussi combien de temps il faudrait avant que quelqu'un n'identifie le sujet de la photographie – un détail d'un filet de tennis – qui constituait le premier indice de la Course à l'Assassin.

— Quelqu'un l'a-t-il identifié ?

— Oui, je crois bien que quelqu'un y est parvenu, mais à ce moment-là ça m'était déjà sorti de la tête : je venais d'avoir une nouvelle idée pour le pavillon, une astuce susceptible de réconcilier au mieux deux univers opposés – celui de sir George et le mien.

— Et après ça ?

— Après ça ? Je suis allé faire un petit tour avant de revenir vers la maison. Je suis descendu jusqu'au quai où j'ai discuté le bout de gras avec le vieux Merdell avant de reprendre le même chemin en sens inverse. Je serais bien en peine de préciser l'heure à laquelle j'ai retrouvé la kermesse. Comme je vous l'ai dit d'entrée de jeu, je glandouillais... un point c'est tout.

— Parfait, Mr Weyman, dit l'inspecteur avec entrain, je pense que nous pourrons vérifier tout cela.

— Merdell vous confirmera que nous avons taillé une bavette sur le quai. Autant vous dire quand même que ça devait se passer après l'heure qui vous intéresse. Il devait être un peu plus de 5 heures quand je suis arrivé là en bas. Tout ça doit vous paraître bien vague, inspecteur ?

— Nous saurons le préciser.

L'inspecteur avait prononcé ces mots d'un ton aimable, mais il y avait dans sa voix une note plus dure qui n'échappa pas au jeune architecte. Il s'assit sur l'accoudoir du fauteuil :

— Sérieusement, qui peut avoir eu envie d'assassiner cette gamine ?

— Vous n'avez pas vous-même une petite idée, Mr Weyman ?

— Au débotté, j'inclinerais pour Mrs Oliver, notre prolifique romancière, notre Péril Pourpre – vous avez vu sa tenue impériale ? Je l'imagine très bien, perdant un peu les pédales et se disant que sa Course à l'Assassin serait encore plus réussie avec un *vrai* cadavre. Qu'est-ce que vous dites de ça ?

— Il s'agit d'une suggestion sérieuse, Mr Weyman ?

— C'est la seule possibilité que je parvienne à entrevoir.

— J'ai encore une question à vous poser, Mr Weyman. Avez-vous vu lady Stubbs au cours de l'après-midi ?

— Bien sûr que je l'ai vue. Vêtue comme un mannequin de Jacques Fath ou de Christian Dior ! Comment ne pas la voir ?

— Quand l'avez-vous aperçue pour la dernière fois ?

— La dernière fois ? Ça, je n'en sais rien. En train de prendre des poses sur la pelouse vers les 3 heures et demie – 4 heures moins le quart peut-être bien.

— Et vous ne l'avez plus revue ensuite ?

— Non. Pourquoi ?

— Je me demandais... Parce que après 4 heures, personne ne semble l'avoir vue. Lady Stubbs s'est... volatilisée, Mr Weyman.

— Volatilisée ! Notre Hattie ?

— Vous semblez surpris ?

— Ah ! oui, plutôt... Je me demande ce qu'elle nous mijote ?

— Vous connaissez bien lady Stubbs, Mr Weyman ?

— Je ne l'avais jamais rencontrée avant d'arriver ici, il y a quatre ou cinq jours.

— Vous êtes-vous forgé une opinion à son sujet ?

— Je dirais qu'elle sait mener sa barque comme personne, répondit froidement Michael Weyman. Que c'est une jeune femme éminemment décorative, et qui sait fort bien rentabiliser ses charmes.

— Mais intellectuellement plus limitée ? Vous êtes bien de cet avis ?

— Tout dépend de ce que vous entendez par « intellectuellement ». D'accord, ce n'est pas une intellectuelle. Mais si vous vous imaginez qu'elle n'a pas les deux pieds sur terre, vous vous fourrez le doigt dans l'œil.

Il se tut quelques secondes avant d'ajouter, une note d'amertume dans la voix :

— Pour ce qui est de savoir ce qu'elle veut, je vous prie de croire qu'elle est un peu là. À un point que j'ai rarement vu.

L'inspecteur haussa les sourcils :

— Ce n'est pas l'opinion qui prévaut.

— Dieu sait pourquoi, elle n'aime rien tant que jouer les débiles mentales. Mais, comme je vous l'ai déjà dit, elle sait ce qu'elle veut.

L'inspecteur observa Weyman un instant avant de demander :

— Vous ne pouvez vraiment pas être plus précis sur votre emploi du temps pendant le laps de temps que je vous ai indiqué ?

— Désolé, dit Weyman qui apparemment ne tenait plus en place. J'en suis bien incapable. J'ai toujours eu des ennuis avec ma mémoire, et je ne sais jamais l'heure qu'il est.

Il ajouta en s'agitant :

— Vous en avez terminé avec moi ?

Comme l'inspecteur lui répondait par un hochement de tête, il fila hors de la pièce.

— Je voudrais bien savoir, marmonna l'inspecteur, autant pour lui-même que pour le constable Hoskins, ce qu'il a pu y avoir au juste entre « Sa Seigneurie » et lui. Ou bien il lui a fait des avances et elle l'aura envoyé paître, ou bien ils se sont crêpé le chignon pour une raison quelconque.

Puis, s'adressant directement à Hoskins :

— D'après vous, qu'est-ce que les gens du secteur pensent de sir George et de lady Stubbs ?

— Elle, y lui manque une case, décréta le constable Hoskins.

— Je sais que c'est ce que vous pensez, vous, Hoskins. Mais est-ce que c'est l'opinion générale ?

— M'est avis qu'oui.

— Et sir George – il est aimé ou pas ?

— On l'aime assez bien. Il est pas mauvais bougre, et il connaît un peu la terre. La vieille dame lui a donné un sacré coup de main.

— Quelle vieille dame ?

— Mrs Folliat, qu'habite l'pavillon d'garde.

— Bien sûr, où avais-je la tête ! Les Folliat sont les anciens propriétaires, n'est-ce pas ?

— Oui, et c'est bien grâce à la vieille dame si sir George et lady Stubbs ont été aussi bien acceptés. Chez tout l'gratin, qu'elle les a traînés !

— Ils l'ont payée pour, d'après vous ?

— Oh ! non, pas Mrs Folliat !

Hoskins semblait choqué :

— Paraîtrait qu'elle connaissait lady Stubbs avant le mariage, et qu'ça s'rait elle qu'aurait persuadé sir George d'acheter la propriété.

— Il va falloir que j'aie un entretien avec Mrs Folliat, envisagea l'inspecteur.

— Vous verrez que, pour ce qui est d'être maligne, elle est maligne. Des fois qu'y aurait du louche, la vieille dame s'rait pas la dernière à l'savoir.

— Il faut que je la voie tout de suite, décréta l'inspecteur. Où peut-elle bien être en ce moment ?

11

Mrs Folliat était présentement dans le grand salon, où elle conversait avec Hercule Poirot. L'apercevant effondrée dans une bergère à l'angle de la pièce, il était entré, et elle avait sursauté à son approche. Puis elle avait murmuré, en se laissant retomber contre le dossier de son siège :

— Ah ! c'est vous, monsieur Poirot...

— Pardonnez-moi, madame. Je vous ai dérangée.

— Mais non, mais non. Vous ne me dérangez pas. Je me reposais un instant, c'est tout. Je ne suis plus de la première jeunesse. Ce choc... ç'a été trop pour moi.

— Je comprends, dit Poirot. Je comprends fort bien cela.

Mrs Folliat fixait le plafond, sa main minuscule crispée sur un mouchoir. Elle balbutia, d'une voix étranglée par l'émotion :

— J'ai mal rien que d'y penser. Cette pauvre petite. Cette pauvre, pauvre petite...

— Hé oui ! fit platement Poirot. Hé oui !

— Si jeune, dit Mrs Folliat. Au printemps de sa vie... J'ai mal rien que d'y penser.

Poirot l'observait attentivement. Sous ses traits tirés, profondément marqués par les rides, elle avait maintenant l'air hagard. Elle, qu'il avait vue l'après-midi même accueillir si gaiement « ses » hôtes, paraissait soudain vieillie de dix ans.

— Vous me disiez vous-même et pas plus tard qu'hier, madame, que ce monde où nous vivons est mauvais.

— J'ai dit cela ? sursauta Mrs Folliat. Et c'est bien vrai... Oh ! oui, je commence seulement à comprendre à quel point, ajouta-t-elle en baissant la voix. Mais je ne m'attendais pas à une chose pareille.

Il la regarda avec une curiosité accrue :

— Parce que vous vous attendiez à quelque chose ? À quoi donc ?

— Non, non. Ce n'est pas ce que je voulais dire.

Poirot insista :

— Vous vous attendiez bel et bien à ce qu'il se passe *quelque chose*... quelque chose d'inhabituel, d'extraordinaire.

— Vous vous méprenez, monsieur Poirot. Je voulais dire que ceci était bien la dernière chose que je m'attendais à voir endeuiller notre kermesse annuelle.

— Lady Stubbs, ce matin, a elle aussi employé ce terme de « mauvais », en y ajoutant celui de « malfaisant ».

— Hattie ? Oh ! ne me parlez pas d'elle... ne me parlez pas d'elle. Je ne veux pas penser à elle.

Elle resta silencieuse un instant, puis :

— Qu'a-t-elle dit au juste... qui avait trait à la méchanceté ?

— C'était à propos de son cousin, Étienne de Sousa. Elle a dit qu'il était malfaisant, et qu'il était « méchant ». Elle a dit aussi qu'elle avait peur de lui.

Il l'observait. Elle secoua la tête, incrédule :

— Étienne de Sousa ? Qui est-ce ?

— Évidemment, vous n'étiez pas au petit déjeuner. Je l'oubliais, Mrs Folliat. Lady Stubbs a reçu une lettre de ce cousin qu'elle n'avait plus revu depuis qu'elle était une gamine de quinze ans. Il lui annonçait sa visite pour cet après-midi.

— Et il est venu ?

— Oui. Il est arrivé vers 4 heures et demie.

— Sans doute... oui, sans doute voulez-vous parler de ce jeune homme brun et assez beau garçon qui est arrivé par le chemin du bac ? Je me suis demandé, sur le moment, de qui il s'agissait.

— En effet, madame, c'était M. de Sousa.

Il y eut un bref silence, puis :

— Si j'étais vous, décréta soudain Mrs Folliat d'un ton vif, je ne croirais pas un mot de ce que dit Hattie.

Elle rougit quelque peu sous le regard étonné de Poirot, et reprit très vite :

— Elle est comme une enfant... je veux dire par là que « bon », « méchant », elle emploie ces qualificatifs-là comme le ferait un enfant. Sans nuances. Il ne faut pas croire un mot de ce qu'elle a pu vous raconter sur cet Étienne de Sousa.

Poirot était de plus en plus perplexe.

— Vous connaissez bien lady Stubbs, n'est-ce pas, Mrs Folliat ? demanda-t-il lentement.

— Probablement aussi bien que n'importe qui. Et vraisemblablement mieux que son mari lui-même.

— Qu'est-elle vraiment ?

— Quelle étrange question, monsieur Poirot.

— Vous n'ignorez pas, madame, que lady Stubbs a disparu ?

La réponse de Mrs Folliat l'étonna une fois de plus. Elle n'exprimait ni inquiétude ni surprise.

— Ainsi, elle s'est donc sauvée ? dit-elle. Je vois.

— Le fait vous semble naturel ?

— Naturel ? Oh ! je ne sais pas... Hattie est quelqu'un d'assez imprévisible.

— Pensez-vous qu'elle se soit sauvée parce qu'elle avait quelque chose à se reprocher ?

— Qu'entendez-vous par là, monsieur Poirot ?

— Son cousin parlait d'elle, tout à l'heure. Il disait, entre autres, qu'elle avait toujours été intellectuellement handicapée. Or, vous devez savoir, madame, que les personnes qui ont – selon la formule populaire – « une case en moins » ne sont pas toujours responsables de leurs actes.

— Qu'essayez-vous de me faire entendre, monsieur Poirot ?

— Ces personnes, comme vous le suggériez, voient « tout blanc ou tout noir » et sont semblables à des enfants. Dans un brusque accès de colère, elles peuvent aller jusqu'à tuer.

Mrs Folliat se tourna vers lui dans un soudain accès de colère :

— Hattie n'a jamais été comme ça ! Je ne vous permets pas de dire des choses pareilles ! C'était une fille douce et aimante, même si elle souffrait au niveau mental de... d'un certain retard. Hattie n'aurait jamais tué *personne.*

Elle l'affrontait, le souffle court, vibrante d'indignation.

Poirot en demeura perplexe. Terriblement perplexe.

L'irruption du constable Hoskins mit fin à la scène.

— C'est vous que j'cherchais, m'dame, dit-il, comme pour s'excuser.

— Bonsoir, Hoskins.

Mrs Folliat s'était ressaisie. Elle était de nouveau elle-même : la maîtresse de Nasse House.

— Qu'y a-t-il, mon bon ?

— L'inspecteur, il vous présente ses respects et il dit comme ça qu'il serait heureux de causer un moment avec vous – si vous vous sentez d'aplomb, pour sûr, se hâta d'ajouter Hoskins en constatant, après Poirot, les effets du choc sur les traits de la vieille dame.

— Mais bien sûr, que je me sens d'aplomb, fit Mrs Folliat en se levant.

Elle suivit Hoskins. Poirot, après s'être poliment incliné, se rassit et se perdit bientôt, les sourcils froncés, dans la contemplation du plafond.

L'inspecteur se leva en voyant entrer Mrs Folliat, et Hoskins lui avança un fauteuil.

— Je suis désolé de vous importuner, Mrs Folliat, dit Bland. Mais j'imagine que vous connaissez tous les gens du voisinage et que vous pourrez donc nous aider.

Mrs Folliat sourit faiblement :

— Je crois, en effet, m'intéresser à mes voisins autant qu'il est possible. Que voulez-vous savoir, inspecteur ?

— Vous connaissiez les Tucker ? Parents et enfants ?

— Oh ! oui, bien évidemment. Ils ont toujours vécu sur la propriété. Mrs Tucker était la benjamine d'une famille nombreuse. L'aîné de ses frères travaillait pour nous comme chef jardinier. Elle a épousé Alfred Tucker, un ouvrier agricole – stupide, mais très brave homme. Mrs Tucker est une teigne, mais c'est une bonne épouse, qui sait tenir sa maison – le pauvre Alfred ne s'aviserait jamais à dépasser la souillarde avec ses sabots crottés. Vous voyez le genre. Elle a également tendance à houspiller volontiers ses enfants. La plupart sont aujourd'hui mariés, ont un métier et vivent de leur côté. Le ménage n'avait plus à la maison que cette pauvre Marlene et les trois petits derniers : deux garçons et une fille, qui vont encore à l'école.

— Connaissant cette famille comme vous le faites, Mrs Folliat, voyez-vous une raison quelconque pour que Marlene ait été tuée aujourd'hui ?

— Alors, là, absolument pas. C'est pour moi rigoureusement incroyable, si vous voyez ce que je veux dire, inspecteur. Il n'y avait, je crois bien, pas de petit ami ni de quoi que ce soit de ce genre. Du moins n'en ai-je jamais entendu parler.

— Et les gens qui ont pris part à l'organisation de cette Course à l'Assassin, Mrs Folliat ? Que pouvez-vous m'en dire ?

— Ma foi, je n'avais jamais rencontré Mrs Oliver. Elle ne correspond guère à l'idée que je me faisais d'un auteur de romans policiers. Elle est bouleversée, la pauvre, par ce qui s'est passé – et il n'y a rien là que de très naturel.

— Et les autres, qui ont donné un coup de main – le capitaine Warburton, par exemple ?

— Je ne vois pas pourquoi il aurait tué Marlene Tucker, si c'est le sens de votre question, répondit posément Mrs Folliat. Je ne l'aime pas beaucoup. C'est un roublard, mais sans doute faut-il posséder une certaine roublardise quand on gère la carrière d'un homme politique. En tout cas, il ne manque pas d'énergie, et il n'a pas ménagé sa peine pour nous aider à préparer cette fête. Je ne pense de toute façon pas qu'il aurait matériellement pu tuer la petite étant donné qu'il n'a pas quitté la pelouse de tout l'après-midi.

L'inspecteur opina du bonnet :

— Et les Legge ? Que savez-vous des Legge ?

— Ils me paraissent former un couple charmant. Lui, il aurait tendance à se montrer d'humeur un peu… changeante. Je ne sais pas grand-chose sur son compte. Quant à elle, elle est née Carstairs, et je connais très bien bon nombre de ses relations. Ils ont loué Mill Cottage pour trois mois – le « Cottage rose » comme tout le monde l'appelle ici, et j'espère qu'ils y passent d'agréables vacances. Nous avons beaucoup sympathisé.

— Elle est très jolie femme, paraît-il.

— Oh ! oui, très séduisante.

— Pensez-vous que sir George ait pu, à un moment ou à un autre, se montrer sensible à cette séduction ?

Mrs Folliat parut assez surprise :

— Oh ! non, je mettrais ma main à couper qu'il n'y a jamais rien eu de ce genre. Sir George est complètement absorbé par ses affaires, et très amoureux de sa femme. C'est tout sauf un coureur de jupons.

— Et il n'y a rien eu, à votre avis, entre Mr Legge et lady Stubbs ?

Mrs Folliat secoua la tête :

— Oh ! non. Je vous le garantis.

L'inspecteur insista :

— Il n'y a pas eu, à votre connaissance, un différend quelconque entre sir George et sa femme ?

— Je vous jure mes grands dieux que non ! clama Mrs Folliat avec emphase. Et s'il y en avait eu, je l'aurais su.

— Ce ne serait donc pas à la suite d'une dispute conjugale que lady Stubbs a disparu ?

— Oh ! non, se récria Mrs Folliat.

Elle ajouta d'un ton léger :

— Cette petite sotte, d'après ce que j'ai compris, ne voulait pas voir son cousin. Un caprice de gamine. Aussi s'est-elle sauvée, comme une gamine qu'elle est.

— C'est là votre opinion. Et il n'y a, d'après vous, rien de plus ?

— Oh ! non. Je suis sûre qu'elle va bientôt remontrer le bout de son nez. Honteuse et repentante.

Puis, d'un ton détaché :

— Qu'est devenu le cousin, à propos ? Il est toujours dans la maison ?

— Je me suis laissé dire qu'il était retourné sur son yacht.

— Et le yacht est à Helmmouth, non ?

— Si, à Helmmouth.

— Je vois, dit Mrs Folliat. Que voulez-vous, c'est très regrettable que... que Hattie se soit conduite aussi puérilement. Néanmoins, s'il reste ici un jour ou deux, nous saurons bien amener cette petite à changer d'attitude.

C'était là, s'avisa l'inspecteur, une manière d'interrogation, qu'il choisit d'ignorer.

— Vous estimez sans doute, s'empressa-t-il d'enchaîner, que tout cela n'a que peu à voir avec l'affaire qui nous occupe. Mais vous devez bien vous rendre compte, Mrs Folliat, que notre champ d'investigations est immense. Miss Brewis, par exemple. Que savez-vous de miss Brewis ?

— C'est une excellente secrétaire. Et plus qu'une secrétaire. Elle remplit pratiquement des fonctions de gouvernante de la maison. Je me demande, en fait, comment ils se débrouilleraient sans elle.

— Elle était déjà au service de sir George avant son mariage ?

— Je crois. Je n'en suis pas certaine. Je ne la connais que depuis qu'elle est arrivée ici avec eux.

— On ne peut pas dire qu'elle porte lady Stubbs dans son cœur, n'est-ce pas ?

— Non, convint Mrs Folliat. J'ai bien l'impression que non. Mais je ne crois pas que ces secrétaires modèles portent souvent les épouses dans leur cœur, si vous voyez ce que je veux dire. Sans doute n'y a-t-il pas lieu de s'en étonner.

— C'est vous ou lady Stubbs qui avez demandé à miss Brewis de porter des gâteaux et un verre de sirop à la petite dans l'abri à bateaux ?

Mrs Folliat parut quelque peu interloquée :

— Je me souviens d'avoir vu miss Brewis prendre quelques gâteaux en disant qu'elle allait les apporter à Marlene. Je ne savais pas que quelqu'un lui avait demandé de le faire. Ce n'était en tout cas pas moi.

— Je vois. Vous dites être restée à partir de 4 heures sous la tente où l'on servait le thé. Or, je crois savoir que Mrs Legge est venue s'y désaltérer à peu près à cette heure-là...

— Mrs Legge ? Non, je n'ai pas l'impression. En tout cas, je ne me rappelle pas l'y avoir vue. En fait, je suis même certaine qu'elle n'y était pas. Le bus de Torquay venait de nous amener la foule, et je me souviens d'avoir regardé les gens qui se trouvaient sous la tente et de m'être dit qu'ils devaient tous être des vacanciers : il n'y avait pas un visage sur lequel j'aurais pu mettre un nom. Mrs Legge a dû venir prendre son thé plus tard.

— Bah ! éluda l'inspecteur, ça n'a pas d'importance.

Puis il ajouta d'une voix douce :

— Eh bien, je crois que ce sera tout. Merci, Mrs Folliat, de votre gentillesse. Espérons seulement que Mrs Stubbs nous revienne bientôt.

— Je forme aussi des vœux pour cela, renchérit Mrs Folliat. Cette chère enfant est bien inconsciente de nous jeter dans de telles inquiétudes.

Le ton était vif, mais d'une animation un peu forcée.

— Je suis certaine, dit-elle encore, qu'il ne lui est *rien* arrivé de fâcheux. Rien arrivé de fâcheux.

Au même instant, la porte du salon s'ouvrit et une ravissante jeune femme, cheveux auburn et visage semé de taches de rousseur, entra en disant :

— Il paraît que vous m'avez demandée ?

— Je vous présente Mrs Legge, inspecteur, dit Mrs Folliat. Sally, ma chère, êtes-vous au courant du drame affreux qui s'est produit cet après-midi ?

— Oh, oui ! Atroce, n'est-ce pas ? compatit Mrs Legge.

Elle poussa un soupir d'épuisement et se laissa choir dans le fauteuil tandis que Mrs Folliat quittait la pièce.

— Je suis atterrée par cette histoire, déclara-t-elle. Elle a quelque chose d'inimaginable. Et j'ai bien peur de ne pouvoir vous être d'aucune aide. Voyez-vous, j'ai passé mon après-midi à dire la bonne aventure, ce qui fait que je n'ai rien vu de ce qui se passait dehors.

— Je sais, Mrs Legge. Mais il nous faut pourtant poser à tout un chacun les mêmes questions de routine. Où étiez-vous, par exemple, entre 4 heures et quart et 5 heures ?

— Je suis allée prendre le thé à 4 heures.

— Sous la tente ?

— Oui.

— Il y avait beaucoup de monde, j'imagine ?

— On s'y marchait sur les pieds.

— Y avez-vous croisé des gens que vous connaissiez ?

— Oh ! quelques vieux croûtons, oui. Mais personne à qui parler. Ce que je pouvais en avoir envie, de ce thé ! Que voulez-vous, il était déjà 4 heures, comme je viens de vous le dire. J'ai regagné ma tente de diseuse de bonne aventure à 4 heures et demie et j'ai repris le harnais. Mais les sempiternelles croisières en mer et les brunes voleuses de maris me semblaient d'une banalité à périr ! Et Dieu sait ce que j'en suis arrivée à promettre aux mémères en fin de journée ! Époux millionnaires, carrières de stars à Hollywood, j'en passe et des meilleures.

— Que s'est-il passé pendant la demi-heure où vous avez été absente – pour ceux, j'entends, qui auraient voulu se faire dire leur avenir ?

— Oh ! j'avais accroché un écriteau à l'entrée de ma tente : « De retour à 4 h 30. »

L'inspecteur en prit note sur son calepin.

— Quand avez-vous vu lady Stubbs pour la dernière fois ?

— Hattie ? Je ne sais pas vraiment. Elle était à deux pas quand j'ai quitté ma tente pour aller prendre le thé, mais nous n'avons pas échangé un mot. Je ne me souviens pas de l'avoir vue après ça. On vient seulement de me dire qu'elle avait disparu. C'est exact ?

— Oui, en effet.

— Oh ! vous savez, dit Sally Legge avec bonne humeur, elle travaille un peu du chapeau. Je parie que ce meurtre l'aura fait paniquer.

— Eh bien, je vous remercie, ce sera tout, Mrs Legge.

Mrs Legge ne se le fit pas dire deux fois. En sortant, elle croisa Hercule Poirot.

Les yeux au plafond, l'inspecteur résuma la situation :

— Mrs Legge affirme qu'elle prenait son thé sous la tente entre 4 heures et 4 heures et demie. Mrs Folliat affirme qu'elle a aidé à servir le thé, sous cette même tente, à partir de 4 heures, mais que Mrs Legge ne s'y trouvait pas.

Il se tut quelques secondes avant de poursuivre :

— Miss Brewis affirme que lady Stubbs lui a demandé de descendre une assiette de gâteaux et un verre de sirop à Marlene Tucker. Michael Weyman affirme qu'il est inimaginable que lady Stubbs ait pu se montrer capable d'une telle attention – ce serait contraire à sa nature.

— Ah ! se délecta Poirot, les témoignages contradictoires ! Oui, ça ne manque jamais.

— Et il est toujours assommant de les démêler, grommela l'inspecteur. Ils cachent parfois quelque chose, mais neuf fois sur dix, ils ne nous mènent à rien. Bref, il va falloir se donner un mal de chien pour débroussailler tout ça.

— Et où en êtes-vous maintenant de vos réflexions, très cher ?

— Je suis persuadé, déclara l'inspecteur d'un ton grave, que Marlene Tucker a vu quelque chose qu'elle n'aurait pas dû voir. Et que c'est pour cette raison-là qu'elle a été supprimée.

— Je ne vous contredirai pas sur ce point, lui accorda Poirot. La question est maintenant : *qu'a-t-elle vu ?*

— Elle peut avoir assisté à un meurtre, suggéra l'inspecteur. Ou avoir reconnu la personne qui venait de commettre le meurtre en question.

— Un meurtre ? réfléchit Poirot. Le meurtre de qui ?

— À *votre* avis, Poirot ? Lady Stubbs est toujours en vie ou bien elle est morte ?

Poirot prit son temps avant de répondre.

— Je pense, mon bon ami, décréta-t-il enfin, que lady Stubbs est morte. Et je vais vous dire *pourquoi* je le pense. C'est parce que *Mrs Folliat le pense aussi.* Oui, quoi qu'elle puisse prétendre, et quoi qu'elle puisse feindre de croire, Mrs Folliat est persuadée que Hattie Stubbs est morte.

» Mrs Folliat, ajouta-t-il, sait beaucoup de choses dont nous ignorons tout.

12

En s'asseyant à la table du petit déjeuner, le lendemain matin, Hercule Poirot constata que le nombre des convives s'était bien réduit. Mrs Oliver, toujours sous le choc des événements de la veille, avait demandé qu'on lui monte un plateau dans sa chambre. Michael Weyman était sorti de bonne heure après avoir pris une simple tasse de café. Seuls étaient présents sir George et la fidèle miss Brewis. Mais sir George manifestait une absence totale d'appétit qui en disait long sur son état. Il n'avait pratiquement pas touché à l'assiette posée devant lui. Il repoussa d'un geste la petite pile de lettres que miss Brewis lui avait remises après les avoir décachetées, but quelques gorgées de café avec des gestes de somnambule, et marmonna :

— ... Bonjour, monsieur Poirot.

Puis il retomba dans sa morosité en laissant échapper de temps à autre quelques grommellements :

— C'est incroyable, toute cette histoire ! Où peut-elle bien être ?

— L'enquête préliminaire aura lieu jeudi, dit miss Brewis. Nous avons été prévenus par téléphone.

Son patron la regarda sans comprendre :

— L'enquête ? Ah ! oui, bien sûr, l'enquête...

Il semblait indifférent, assommé. Il prit une autre gorgée de café et grommela :

— On peut s'attendre à tout, avec les femmes ! Qu'est-ce qui a bien pu lui passer par la tête ?

Miss Brewis pinça les lèvres sans répondre. Poirot, qui l'observait, songea que la secrétaire était dans un état de tension extrême.

— Hodgson vient vous voir ce matin, rappela-t-elle. À propos de l'électrification de la laiterie. Et, à midi, vous avez...

Sir George la coupa :

— Je ne veux voir personne ! Annulez tout ce bazar ! Comment voulez-vous qu'un homme traite des affaires quand il se ronge d'inquiétude au sujet de sa femme ?

— Comme vous voudrez, sir George, capitula miss Brewis, fournissant là l'équivalent domestique de l'avocat psalmodiant l'éternel « comme il plaira à Votre Honneur ».

Son mécontentement était visible.

— On ne peut jamais savoir, fulmina sir George, les idées biscornues qu'une femme peut avoir dans la tête et les âneries qu'elle est capable de commettre ! Vous êtes d'accord, hein ?

La question finale, véhémente, s'adressait à Poirot.

— Les femmes ? Ah ! avec elles, il *faut* s'attendre à tout ! renchérit ce dernier en levant bras et sourcils avec une ferveur toute continentale.

Miss Brewis se moucha avec exaspération.

— Elle *semblait* très bien, poursuivit sir George. Elle était ravie de sa nouvelle bague, elle s'était mise sur son trente et un pour être le point de mire de la fête. Elle était comme d'habitude, quoi ! Ce n'est pas comme si nous avions eu des mots, ou une dispute ou quoi... Résultat, elle a filé sans rien dire.

— Pour ce courrier, sir George... commença miss Brewis.

— Au diable votre fichu courrier ! vociféra sir George en repoussant sa tasse à café.

S'emparant de la pile de lettres, il les lui jeta quasiment à la tête :

— Répondez-y comme vous voudrez ! Qu'on arrête de m'embêter avec ça et le reste !

Puis, comme se parlant à lui-même et profondément atteint :

— Est-il une chose, une seule, que je pourrais *faire* ? Je ne sais même pas si ce type de la police est capable ou non... Il est doucereux, mollasson...

— La police est, j'en suis convaincue, tout à fait compétente, intervint miss Brewis. Et ses hommes disposent de moyens importants pour retrouver la trace des personnes disparues.

— Il leur arrive parfois de mettre je ne sais combien de jours pour retrouver un malheureux gamin fugueur caché dans une meule de foin ! brama sir George.

» Si au moins je pouvais *faire* quelque chose ! reprit l'époux éploré. Je crois, figurez-vous, que je vais mettre une annonce dans les journaux. Notez, Amanda, voulez-vous ?

Il se concentra avant de dicter :

— *Hattie. Reviens, je t'en supplie. Suis au désespoir. George.* À communiquer à tous les journaux, Amanda.

— Lady Stubbs ne lit guère la presse, sir George, commenta miss Brewis d'un ton aigre. Elle ne s'intéresse ni aux faits divers ni aux affaires internationales.

Et elle ajouta assez perfidement, mais sir George n'était pas en état de détecter les perfidies ni de s'en soucier :

— Évidemment, vous pourriez faire passer votre annonce dans *Vogue*. Ça aurait au moins plus de chances d'accrocher son regard.

Sir George se satisfit d'un :

— Si vous voulez, où vous voulez, mais occupez-vous-en.

Sur quoi il se leva et se dirigea vers la porte. Puis il revint sur ses pas pour se pencher sur Poirot :

— Dites-moi, Poirot... *Vous,* vous ne la croyez pas morte, n'est-ce pas ?

— Je vous rétorquerais volontiers, sir George, répondit Poirot, le nez au fond de sa tasse de café, qu'il est encore beaucoup trop tôt pour se livrer à de telles supputations. Rien, pour le moment, ne nous y autorise.

— *Donc* vous la croyez morte ! tonna sir George. Eh bien, moi pas ! *Moi*, je dis qu'elle est vivante et en bonne santé !

Il y avait du défi dans sa voix. Il s'éloigna en hochant furieusement la tête et sortit en claquant la porte derrière lui.

Poirot, pensif, entreprit de se beurrer un toast. Quand une femme disparaissait et qu'on craignait qu'elle n'ait été assassinée, il suspectait en premier lieu le mari – tout comme il soupçonnait l'épouse en cas de disparition du mari. Mais cette fois, il ne doutait pas, pour l'avoir dûment observé, de l'amour de sir George pour lady Stubbs. D'autant que, grâce à l'excellente mémoire qui l'avait si souvent servi, il se souvenait d'avoir vu sir George sur la pelouse tout au long de l'après-midi, jusqu'au moment où il était parti lui-même en compagnie de Mrs Oliver pour découvrir le cadavre. Non, sir George ne pouvait être l'assassin de Hattie. À supposer encore que Hattie soit morte. Après tout, se dit Poirot, rien n'était venu, pour l'heure, confirmer cette hypothèse. Et ce qu'il venait de dire à sir George était frappé au coin du bon sens. Mais sa conviction n'en demeurait pas moins inébranlable. Ce qu'il voyait se dessiner, c'était le scénario d'un double meurtre.

Miss Brewis l'arracha à ses réflexions en s'écriant soudain, d'une voix plaintive et chargée de rancœur :

— Les hommes sont tellement bouchés ! Tellement irrémédiablement *bouchés* ! On les croit intelligents, ils le sont dans bien des domaines... et là-dessus ils épousent des femmes impossibles !

Poirot avait pour principe de laisser parler les gens. Plus ils parlaient, mieux c'était. Il y avait toujours un peu de grain au milieu de l'ivraie.

— Vous jugez ce mariage malencontreux ? demanda-t-il.

— Désastreux – carrément désastreux.

— Vous voulez dire... qu'ils ne sont pas heureux ensemble ?

— Elle a sur lui, de tous points de vue, une très mauvaise influence.

— Voilà qui me paraît intéressant. En quoi a-t-elle une mauvaise influence ?

— Elle le mène comme un toutou qu'on siffle et qui rapplique en courant, elle se fait couvrir de cadeaux somptueux – des bijoux à ne plus savoir qu'en faire. Et des fourrures. Deux visons et une hermine de Russie ! Quel besoin une femme peut-elle avoir de deux visons ? Je voudrais bien qu'on me renseigne !

Poirot secoua la tête :

— Je suis fort mal placé pour le faire.

— C'est une rouée ! continua miss Brewis. Une comédienne ! Une affabulatrice ! Toujours à jouer les demeurées – surtout quand elle sait qu'elle a un public. Elle devait croire que ça plaisait à ce pauvre garçon !

— Et ça ne lui plaisait pas ?

— Bah, les hommes ! chevrota miss Brewis, au bord de la crise de nerfs. Ce n'est pas à eux qu'on peut demander d'apprécier l'efficacité, le désintéressement, l'honnêteté ! Avec une femme de tête, une femme d'envergure, sir George aurait pu aller loin...

— Jusqu'où ?

— Eh bien, il aurait pu jouer un rôle éminent dans les affaires locales. Se faire élire au Parlement. Il est autrement plus capable que ce pauvre Mr Masterton. Je ne sais pas si vous avez déjà entendu Mr Masterton parler en public – c'est un orateur balbutiant, et bêtifiant. C'est à sa femme qu'il doit sa position. C'est elle qui joue les éminences grises. L'énergie, l'ambition et le sens politique, c'est elle qui les a.

Poirot réprima un frisson à l'idée qu'il pourrait être l'époux d'une Mrs Masterton, mais s'empressa d'opiner :

— Oui, je vois très bien ce que vous voulez dire. C'est une femme terrifiante, ajouta-t-il pour lui-même.

— Sir George ne semble pas ambitieux, reprit miss Brewis. Il se contente de vivre ici, de traînailler, de jouer les châtelains et d'aller de temps en temps à Londres pour ses réunions de conseils d'administration, mais, avec ses *capacités,* il pourrait viser beaucoup plus haut. C'est vraiment un homme remarquable, monsieur Poirot. Cette femme ne l'a jamais compris. Elle ne le considère que comme une sorte de machine à offrir des fourrures, des bijoux et des toilettes hors de prix. Mais s'il était marié à quelqu'un qui sache l'apprécier à sa juste valeur...

Elle se tut, la voix brisée.

Poirot la regardait avec une commisération sincère. Miss Brewis était amoureuse de son patron. Elle lui vouait une adoration fidèle, loyale et passionnée dont il n'était sans doute pas conscient et dont il n'avait probablement que faire. Pour sir George, Amanda Brewis n'était qu'un outil bien huilé fait pour le soulager du poids des corvées quotidiennes, répondre aux appels téléphoniques, rédiger le courrier, engager les domestiques, composer les menus et lui faciliter la vie en tout – ou presque. Poirot se demanda s'il avait jamais vu en elle une femme. Et cela, se dit-il, n'allait pas sans dangers. Les femmes pouvaient se consumer intérieurement, atteindre un état de tension proche de l'hystérie sans que, dans son ingratitude naturelle, le mâle pour lequel elles se dévouaient corps et âme y prête la moindre attention.

— Une mijaurée, une intrigante, voilà ce qu'elle est ! renifla miss Brewis avec des sanglots dans la voix.

— Je note que vous dites *est* et pas *était,* fit remarquer Poirot.

— Mais bien sûr qu'elle n'est pas morte ! grinça miss Brewis avec mépris. Elle a filé avec un homme, voilà ce qu'elle a fait ! Ça lui ressemble d'ailleurs très bien !

— Ça n'est pas impossible. Ça n'est jamais impossible, murmura Poirot.

Il prit un autre toast, contempla d'un œil morne le pot de marmelade d'orange et inspecta le reste de la table pour y chercher de la confiture mangeable. Comme il n'en voyait pas, il se contenta de beurre.

— C'est la seule explication, reprit miss Brewis. Bien entendu, elle ne *lui* viendra jamais à l'esprit.

— A-t-elle déjà eu... des aventures ? s'enquit Poirot, marchant sur des œufs.

— Oh ! elle sait très bien faire ses petites affaires en douce, allez !

— Vous voulez dire que vous n'avez jamais rien observé de tel ?

— Elle cache son jeu comme personne.

— Pensez-vous qu'il ait pu y avoir quelques... intrigues cachées ?

— Elle a fait tout ce qu'elle a pu pour embobiner Michael Weyman, accusa miss Brewis. Et que je t'emmène visiter le jardin de camélias – à cette époque de l'année ! Et que je te fais semblant de m'intéresser au futur pavillon de tennis...

— Après tout, il est ici pour ça, et j'ai cru comprendre que sir George voulait construire ce pavillon pour faire plaisir à sa femme.

— Elle est nulle au tennis, trancha miss Brewis. Comme elle est nulle à *tous* les jeux. Tout ce qu'elle veut, c'est un joli cadre où s'exhiber pendant que les autres transpirent en s'agitant autour d'elle. Oh ! oui, elle a fait le maximum pour tourner la tête à ce pauvre Michael Weyman ! Et elle y serait sans doute parvenue s'il n'avait pas déjà eu d'autres chats à fouetter.

— Ah ! fit Poirot en déposant une infime quantité de marmelade sur un coin de sa tartine et en portant lentement celle-ci à sa bouche. Il avait d'autres chats à fouetter, dites-vous ?

— C'est Mrs Legge qui l'a recommandé à sir George. Elle le connaissait avant de se marier. Chelsea, la vie de bohème, vous voyez le genre. Elle était peintre, rendez-vous compte !

— C'est une jeune femme fort séduisante, hasarda Poirot, et qui ne me paraît pas non plus manquer de cervelle.

— Oh ! non, elle n'est pas bête pour deux sous. Elle est allée à l'université et je pense qu'elle aurait fait carrière si elle ne s'était pas mariée.

— Elle est mariée depuis longtemps ?

— Trois ans, je crois. Mais je n'ai pas l'impression que le ménage soit très heureux.

— Il y a incompatibilité ?

— Lui, c'est un garçon bizarre, très lunatique. Un solitaire, et je l'ai entendu la rudoyer à plusieurs reprises.

— Ah ! que voulez-vous, sourit Poirot, disputes et réconciliations sont monnaie courante chez les jeunes couples. Sans elles, la vie leur semblerait peut-être monotone.

— Elle passe le plus clair de son temps avec Michael Weyman depuis qu'elle est ici, confia miss Brewis. Je crois qu'il était amoureux d'elle avant qu'elle n'épouse Alec Legge. Alors que, si vous voulez mon avis, il ne s'est jamais agi pour elle que d'un flirt.

— Flirt qui n'est peut-être pas au goût de Mr Legge ?

— Avec lui, on ne sait jamais. Il est tellement bizarre. Mais il est vrai que, ces derniers temps, il a eu l'air encore plus grognon que d'habitude.

— Est-ce que, de son côté, il n'aurait pas développé récemment un faible pour lady Stubbs ?

— C'est ce dont elle était, de toute façon, intimement persuadée. Elle croit toujours qu'elle n'a qu'à lever le petit doigt pour que les hommes se jettent à ses pieds !

— En tout cas, si elle est partie avec un homme, comme vous le suggériez, il ne peut s'agir de Mr Weyman, puisque Mr Weyman est toujours ici.

— Alors ce sera avec quelqu'un qu'elle voyait en cachette, décréta miss Brewis. Elle sort souvent sans prévenir personne, et elle part seule dans les bois. Elle était dehors avant-hier soir. Elle nous a quittés en bâillant et en disant qu'elle allait se coucher, mais je l'ai surprise une demi-heure plus tard qui sortait par la petite porte, un châle sur la tête.

Poirot regardait pensivement la femme assise devant lui. Il se demandait s'il fallait croire tout ce que disait miss Brewis lorsqu'elle parlait de lady Stubbs ou si la secrétaire prenait ses désirs pour des réalités. Mrs Folliat, il en était sûr, ne partageait pas du tout l'opinion de miss Brewis – or, Mrs Folliat connaissait beaucoup mieux Hattie que miss Brewis ne le ferait jamais. Si lady Stubbs était partie avec un amant, la situation de miss Brewis en serait grandement améliorée : elle pourrait tout à loisir consoler le mari abandonné et régler pour lui tous les détails du divorce. Encore fallait-il que cette hypothèse se vérifie. Si Hattie Stubbs avait filé avec un coquin, elle avait bizarrement choisi son moment, songea Poirot. Mais il ne croyait pas un instant qu'elle l'ait fait.

Miss Brewis rassembla en reniflant les lettres éparpillées sur la table.

— Si sir George a réellement l'intention de faire passer ces annonces, il vaudrait mieux que je m'en occupe, soupira-t-elle. C'est absurde, et quelle perte de temps pour moi ! Tiens ! bonjour, Mrs Masterton, ajouta-t-elle en voyant la porte s'ouvrir, poussée par une poigne vigoureuse.

— On me dit que l'enquête préliminaire aura lieu jeudi ! claironna Mrs Masterton de sa voix de stentor. Bonjour, monsieur Poirot !

Miss Brewis, les bras chargés de lettres, était restée plantée près de la table :

— Est-il quoi que ce soit que je puisse faire pour vous, Mrs Masterton ?

— Rien, merci, miss Brewis. J'imagine que vous êtes déjà suffisamment occupée ce matin, mais je voulais vous remercier pour tout le travail que vous avez abattu hier. Vous êtes une organisatrice hors pair, et une travailleuse infatigable. Nous vous en sommes tous très reconnaissants.

— Merci, Mrs Masterton.

— Ne vous mettez pas en retard pour moi. Je vais m'asseoir ici et dire deux mots à M. Poirot.

— Vous m'en voyez ravi, madame, dit Poirot, qui s'était levé de son fauteuil en s'inclinant.

Mrs Masterton approcha un siège et s'assit. Miss Brewis quitta la pièce. Elle s'était ressaisie et reprenait son rôle de secrétaire modèle.

— Une créature exceptionnelle, cette Brewis ! commenta Mrs Masterton. Aucune idée de ce que les Stubbs feraient sans elle. Mener une maison exige de la poigne, de nos jours. La pauvre Hattie ne s'en serait jamais tirée. Drôle d'histoire que tout ça, monsieur Poirot. Je suis venue vous demander ce que vous en pensiez.

— Et vous, madame, qu'en pensez-vous vous-même ?

— Eh bien, même si c'est déplaisant à envisager, je dirai que nous avons un psychopathe dans le secteur. Pas quelqu'un du coin, c'est tout ce que j'espère. Peut-être bien un maboul sorti d'un asile – on les relâche à mi-traitement, par les temps qui courent. Car enfin, personne dans son bon sens n'aurait eu l'idée d'étrangler le rejeton des Tucker. Pourquoi faire une chose pareille à moins d'être taré ? Et si cet individu, quel qu'il soit, travaille bel et bien du chapeau, il a probablement étranglé aussi cette pauvre Hattic Stubbs pendant qu'il y était. Elle n'est pas très futée, vous savez, la malheureuse. Si elle a rencontré un énergumène pas trop rébarbatif qui lui aura proposé d'aller voir Dieu sait quoi dans les fourrés, elle peut très bien l'avoir suivi comme l'agneau qu'on mène à l'abattoir.

— Vous croyez que son cadavre est quelque part dans la propriété ?

— Oh ! que oui, monsieur Poirot. On le retrouvera dès qu'on se mettra à fouiller un peu sérieusement les lieux. Notez qu'il y a au bas mot vingt-cinq hectares de bois et landes à passer au peigne fin, ce qui n'est pas rien. Surtout pour peu qu'on ait traîné le corps sous un roncier ou qu'on l'ait balancé dans une combe envahie par la broussaille... Ce qu'il faudrait, c'est une meute ! Des chiens de Saint-Hubert ! aboya Mrs Masterton qui, ce faisant, se mit à ressembler elle-même à un chien courant. Des Saint-Hubert ! Je vais appeler illico le superintendant pour lui dire de nous arranger ça.

— Il est fort possible que vous ayez raison, madame, acquiesça Poirot.

C'était là, de toute évidence, la seule réponse à offrir à Mrs Masterton.

— Mais bien sûr que j'ai raison ! renchérit Mrs Masterton. N'empêche que ça me flanque la frousse de savoir que ce zigoto rôde sans doute encore dans le coin. Je vais faire un tour au village, en sortant d'ici, histoire de dire aux mères de veiller un peu sur leurs filles, de ne pas les laisser baguenauder seules. Ce n'est pas agréable, monsieur Poirot, d'avoir un tueur parmi nous.

— Un détail en passant, madame... Comment un étranger aurait-il pu pénétrer dans l'abri à bateaux ? Il lui aurait fallu une clé.

— Oh ! ça ? s'esclaffa Mrs Masterton. Simple comme bonjour. Elle était sortie, bien sûr.

— Sortie de l'abri à bateaux ?

— Mais oui ! J'imagine qu'elle s'ennuyait – ces filles ont tendance à s'ennuyer. Elle sera sortie faire un tour, et elle aura regardé là où il ne fallait pas. Le plus probable, à mon avis, c'est qu'elle aura vu Hattie Stubbs se faire tuer. Elle aura entendu quelque chose, un bruit de lutte, elle sera allée jeter un œil, et l'homme qui venait d'assassiner lady Stubbs aura tout naturellement été contraint et forcé de la tuer aussi. Ça n'était pas sorcier pour lui de la ramener dans l'abri à bateaux, de l'y installer par terre et de filer en reclaquant la porte derrière lui. Il suffisait de la tirer pour que le verrou s'enclenche automatiquement de l'intérieur.

Poirot hocha doucement la tête. Il n'avait pas l'intention d'ouvrir un débat avec Mrs Masterton et préférait s'abstenir d'attirer l'attention de cette redoutable amazone sur un intéressant détail qui semblait lui avoir échappé, à savoir que si Marlene Tucker avait été tuée en dehors de l'abri à bateaux, ce ne pouvait être que par une personne suffisamment informée du scénario de la Course à l'Assassin pour replacer le cadavre à l'endroit exact et dans la position précise où devait se trouver la Victime. Au lieu de quoi il se contenta de répondre :

— Sir George Stubbs est persuadé que sa femme est toujours vivante.

— C'est ce qu'il dit, mon vieux, parce qu'il veut y croire. Il tenait énormément à elle, vous savez.

Et elle ajouta, de façon assez inattendue :

— J'ai un faible pour George Stubbs. En dépit de ses origines, de son éducation de citadin et de tout ce que vous voudrez, il se débrouille fort bien à la campagne. Le pire qu'on puisse lui reprocher, c'est d'être un rien snob. Mais après tout, le snobisme mondain n'a jamais fait de mal à personne.

— De nos jours, madame, susurra Poirot avec une pointe de cynisme, l'argent vous rend aussi sûrement fréquentable que la naissance.

— À qui le dites-vous, mon brave ! Qu'a-t-il besoin d'être snob ? Il lui a suffi d'acheter cette propriété et de claquer sa galette à tout-va pour nous voir tous rappliquer ventre à terre ! Mais le bonhomme sait se faire aimer. Et pas seulement en raison de sa fortune. Amy Folliat, bien sûr, y est pour beaucoup. Elle les a pris sous son aile et, croyez-moi, Amy est quelqu'un qui compte dans notre petit coin. Les Folliat sont ici depuis le règne des Tudor.

— Des Folliat, il y en a toujours eu à Nasse House, murmura Poirot.

— Oui, soupira Mrs Masterton. Moche quand même, le tribut prélevé par la guerre. Tous ces garçons tombés au combat... ces droits de succession astronomiques. Des héritiers dans l'incapacité de conserver ces domaines et obligés de vendre...

— Mais Mrs Folliat, même si elle n'a plus sa maison, vit toujours sur le domaine.

— Oui. Elle a fort agréablement aménagé le pavillon de garde. Vous y êtes entré ?

— Non, nous nous sommes séparés sur le seuil.

— Se faire reléguer dans le pavillon de garde de son ancienne propriété et voir celle-ci livrée à des étrangers, ça ne serait pas du goût de tout le monde. Mais je dois rendre cette justice à Amy Folliat qu'elle n'a pas l'air d'en éprouver trop d'amertume. Aucun doute que ce ne soit elle qui ait persuadé Hattie de s'installer ici et l'ait poussée à se faire offrir le domaine par George Stubbs. Le fait est qu'elle n'aurait pas supporté de voir Nasse House transformée en hôtel, en pensionnat ou détruite pour céder la place à un lotissement.

Elle sauta sur ses pieds :

— Ce n'est pas tout ça, il serait temps que je m'en aille ! Je suis une femme occupée !

— Et comment ! Il faut que vous touchiez un mot au superintendant au sujet des Saint-Hubert.

Mrs Masterton partit d'un rire tonitruant :

— Savez-vous que j'en ai fait l'élevage, à une époque ? Les gens me disent d'ailleurs tout le temps que je ressemble à un Saint-Hubert !

Poirot en resta un instant interdit, et elle ne manqua pas de s'en apercevoir.

— Allons, n'ayez pas cet air penaud, monsieur Poirot ! s'exclama-t-elle. Je sais bien que c'est ce que vous pensiez aussi !

13

Après le départ de Mrs Masterton, Poirot sortit faire un tour dans les bois. Il avait les nerfs à fleur de peau. Et il éprouvait une irrépressible envie de regarder sous chaque fourré et d'examiner chaque massif de rhododendrons pour vérifier qu'un cadavre n'était pas caché dessous. Arrivé devant la Folie, il y entra et s'assit sur un banc de pierre pour reposer ses pieds, emprisonnés selon son immuable habitude dans des bottines vernies par trop serrées.

Il entrapercevait, au travers des frondaisons, les reflets qui jouaient à la surface du fleuve et, au-delà, la pente boisée de la rive opposée. Et il se découvrait en parfait accord avec le jeune architecte : cet endroit n'était pas fait pour qu'on y érige une « fabrique » de ce genre. Quelques échappées pourraient, certes, être ménagées en massacrant des arbres, mais il n'y aurait jamais de vue digne de ce nom. Alors qu'en déménageant cette Folie sur la butte herbeuse proche de la maison, ainsi que l'avait suggéré Michael Weyman, on aurait pu jouir d'un panorama magnifique au-dessus du fleuve et jusqu'à Helmmouth. Il n'en fallut pas davantage pour que le cours des réflexions d'Hercule Poirot prenne la tangente : Helmmouth, le yacht l'*Espérance,* Étienne de Sousa... D'une manière ou d'une autre, tout cela devait se tenir. Mais comment ? Quelques séduisants lambeaux de pistes s'amorçaient bien çà et là, mais rien, hélas ! ne les reliait entre eux.

Un objet brillant coincé dans une fissure du ciment, à la base du temple, attira son attention et il se pencha pour le ramasser. Puis il l'examina dans la paume de sa main avec la vague impression de le reconnaître. C'était une breloque dorée en forme d'aéroplane. Poirot fronça les sourcils. Une image se formait dans son esprit. Celle d'un bracelet. Un bracelet en or, auquel pendaient des breloques. Il se revit assis sous une tente et entendit la voix de madame Zuleika, alias Sally Legge, parler de beautés brunes, de voyages au-delà des mers... Oui, elle portait un bracelet comme celui-ci, auquel pendaient un tas de petits sujets bizarres. Ces sortes de bijoux avaient fait fureur dans la jeunesse de Poirot, et voici que la mode en était revenue : c'était pourquoi, sans doute, ce bracelet l'avait frappé. À un moment quelconque, Mrs Legge était venue s'asseoir dans la Folie, et l'une des breloques était tombée de son bracelet. Peut-être ne s'en était-elle même pas aperçue. Et cela avait fort bien pu se passer la veille, au cours de l'après-midi.

Poirot se mit à réfléchir sur ce dernier point. Puis, entendant des pas s'approcher, il releva vivement la tête. Il vit d'abord la silhouette de quelqu'un qui venait vers lui en contournant le temple, et qui s'immobilisa, surpris, en l'apercevant : un mince jeune homme blond vêtu d'une chemise sur laquelle étaient imprimées des tortues, toutes sortes de tortues... Il n'était pas possible de s'y tromper : c'était bien la chemise qu'il avait remarquée la veille, alors que son propriétaire s'exerçait au lancer des boules de chamboule-tout.

Le jeune homme lui parut en proie à un grand trouble. Il dit très vite, avec un fort accent étranger :

— Je vous demande pardon... je ne savais pas...

Poirot, bien que souriant, lui répondit d'un ton de reproche :

— Vous êtes ici sur une propriété privée.

— Oui. Excusez-moi.

— Vous venez de l'auberge ?

— Oui. Oui, de l'auberge. Je pensais qu'on pouvait peut-être atteindre le quai en coupant à travers bois.

— Je regrette, dit Poirot sans pour autant cesser de sourire, mais il va vous falloir rebrousser chemin. Ceci n'est pas une voie de passage.

Le jeune homme découvrit toutes ses dents en une mimique qui se voulait désarmante et répéta :

— Excusez-moi. Excusez-moi.

Sur quoi il s'inclina, tourna les talons et repartit en sens inverse.

Poirot sortit de la Folie et se remit en marche tout en observant le jeune homme qui s'éloignait. Quand celui-ci parvint au bout du chemin, il se retourna pour jeter un coup d'œil par-dessus son épaule. Puis, voyant que Poirot l'observait, il accéléra le pas et disparut.

« Eh bien, se dit Poirot, serait-ce un assassin, que je viens de voir ou n'en serait-ce point ? »

Ce jeune homme était venu la veille à la kermesse, il s'était cogné contre Poirot parmi la foule, et il devait donc savoir qu'il n'était pas possible de gagner le bac en coupant à travers bois. Et d'ailleurs, s'il avait vraiment cherché un moyen d'aller vers le bac, il ne serait en aucun cas passé par la Folie mais serait resté plus bas pour longer le fleuve. Et il avait surgi, en outre, avec l'air de quelqu'un qui, arrivant à un rendez-vous, a la désagréable surprise d'y trouver une personne qui n'est pas celle qu'il attendait.

« Donc, c'est bien cela, songea Poirot. Il est venu ici pour y retrouver quelqu'un. Mais qui ? Et pourquoi ? »

Il suivit le chemin jusqu'à l'endroit où le jeune homme avait disparu. Il ne vit pas la chemise aux tortues. Celui qui la portait avait apparemment filé sans demander son reste. Poirot revint sur ses pas en hochant la tête.

Perdu dans ses pensées, il refit à pas lents le tour de la Folie et, comme il arrivait devant l'entrée, sursauta à son tour. Sally Legge était là, à genoux, la tête au ras des craquelures du sol. Elle bondit sur ses pieds :

— Oh, monsieur Poirot, vous m'avez fait une de ces peurs ! Je ne vous avais pas entendu arriver.

— Vous cherchiez quelque chose, madame ?

— Je... non, pas vraiment.

— Quelque chose que vous auriez perdu, insista Poirot. Ou laissé tomber... À moins encore, peut-être, madame, ajouta-t-il en prenant un air malicieux, que vous n'ayez eu rendez-vous ? Se pourrait-il, par le plus malencontreux des hasards, que je ne sois pas celui que vous attendiez ici ?

Sally Legge avait cependant retrouvé tout son aplomb :

— Croyez-vous donc qu'on donne des rendez-vous aussi tôt le matin ?

— Il arrive, sourit Poirot, qu'on ne puisse fixer ses rendez-vous qu'à l'heure dont on dispose... Les maris, ajouta-t-il d'un ton sentencieux, sont parfois jaloux !

— Je doute que ce soit le cas du mien.

Elle avait parlé avec une certaine légèreté, sous laquelle Poirot perçut néanmoins une note d'amertume :

— Il est tellement préoccupé par ses propres affaires...

— C'est là le reproche que font toutes les femmes à leur mari, dit Poirot. Surtout lorsque le malheureux est anglais.

— Vous autres étrangers, vous êtes plus galants qu'eux.

— Nous savons, reconnut Poirot, qu'il faut, au moins une fois par semaine, dire à une femme qu'on l'aime – et de préférence trois ou quatre fois ; et qu'il est bon, de-ci de-là, de lui offrir des fleurs, de lui tourner un compliment, de lui dire que sa nouvelle robe ou son nouveau chapeau lui vont à ravir.

— C'est ce que vous faites, vous ?

— Oh ! madame, je ne suis pas marié ! se récria Hercule Poirot. Hélas ! crut-il bon d'ajouter.

— Allons, vous dites « hélas ! », mais je suis certaine que vous ne le regrettez pas. Vous êtes trop heureux de votre liberté de célibataire.

— Non, non, madame. Je serai ainsi passé à côté de tant de choses !

— Moi, je trouve qu'il faut être cinglé pour se marier, décréta Sally Legge.

— Vous regrettez le temps où vous peigniez dans votre atelier de Chelsea ?

— Vous semblez bien renseigné à mon sujet, monsieur Poirot ?

— Je suis une véritable commère, reconnut Hercule Poirot. J'ai besoin de tout savoir sur les gens. Vous regrettez vraiment cette époque, madame ?

— Bah ! je n'en sais rien.

Non sans manifester une certaine nervosité, elle s'assit sur le banc de pierre. Poirot prit place à côté d'elle.

Et le phénomène auquel il était habitué se produisit une fois de plus. Cette jolie jeune femme rousse se mit à lui faire des confidences qu'elle aurait beaucoup hésité à faire à un Anglais :

— J'espérais, en venant nous enterrer pour des vacances à deux dans ce trou perdu, que tout pourrait recommencer comme avant... Mais ça n'a pas marché.

— Ah ?

— Eh, non ! Alec s'obstine toujours à faire une tête de dix pieds, il est – comment dire ? – complètement refermé sur lui-même. Il est à bout, à cran. Des gens l'appellent au téléphone, laissent des messages invraisemblables, et il ne veut *rien* me dire. J'en deviens folle. Il ne me *dit* jamais rien ! J'ai d'abord pensé qu'il y avait une femme, mais non... je ne crois pas que ce soit ça. Pas vraiment...

Il y avait dans sa voix un doute qui n'échappa pas à Poirot.

— Avez-vous apprécié comme il se doit votre thé d'hier, madame ? demanda-t-il.

— Apprécié mon thé ?

Elle le regarda en fronçant les sourcils, l'air de fouiller dans sa mémoire. Puis elle dit très vite :

— Oh ! oui. Vous ne pouvez pas savoir à quel point c'était pénible de rester sous cette tente, avec mes voiles qui me tenaient chaud ! J'étouffais.

— Sous la tente du goûter, on étouffait aussi, je crois ?

— Oh ! oui, aussi ! Mais rien ne vous requinque comme une bonne tasse de thé, vous ne trouvez pas ?

— Vous ne cherchiez pas quelque chose, à l'instant, madame ? Ne serait-ce pas cette babiole, par hasard ?

Il lui tendit la breloque en or.

— Oh !... oui. Merci, monsieur Poirot. Où l'avez-vous trouvée ?

— Ici, par terre. Dans cette fissure...

— J'ai dû perdre ça un jour.

— Hier ?

— Oh ! non, pas hier. Bien avant ça.

— Mais je me souviens pourtant très bien, madame, d'avoir vu cette breloque à votre poignet pendant que vous me disiez la bonne aventure.

Hercule Poirot n'avait pas son pareil pour mentir avec une parfaite assurance. Sally Legge s'y laissa prendre.

— Je ne sais plus très bien, balbutia-t-elle en baissant les yeux. Je n'ai remarqué que ce matin que je ne l'avais plus.

— Dans ce cas, vous me voyez ravi, madame, de vous la restituer.

Elle resta un instant à tourner et à retourner le petit objet entre ses doigts. Puis elle se leva :

— Eh bien, merci, monsieur Poirot. Merci infiniment.

Sa respiration s'était accélérée, et elle lançait des regards inquiets dans toutes les directions. Elle sortit précipitamment de la Folie. Poirot se laissa retomber contre le dossier du banc de pierre en hochant la tête.

« Non, songea-t-il, non, vous n'êtes pas allée prendre votre thé sous la tente hier après-midi. Et ce n'était pas la perspective de cette tasse de thé qui vous rendait si anxieuse de savoir s'il n'était pas bientôt 4 heures. C'est *ici* que vous êtes venue hier après-midi. Ici, à la Folie. À mi-chemin de l'abri à bateaux. Vous y aviez rendez-vous. »

Il entendit un nouveau bruit de pas.

« Et voici peut-être, se dit-il avec un sourire de délectation, la personne que Mrs Legge est venue retrouver hier. »

Mais en voyant apparaître Alec Legge devant l'entrée de la Folie, Poirot ne put que s'exclamer :

— Erreur sur toute la ligne !

— Oui ? Je vous demande pardon ?

Alec Legge avait sursauté.

— Je disais, répondit Poirot, que je m'étais une fois de plus trompé. Je ne fais pas cela souvent, tint-il à préciser, mais quand ça m'arrive, j'en suis hors de moi. Ce n'est pas vous que je m'attendais à voir.

— Vous comptiez voir qui ?

Poirot ne s'embarrassa pas de circonlocutions :

— Un jeune homme – presque encore un gamin –, avec une abominable chemise où gambadent des tortues.

Et de savourer l'effet produit par ces mots.

Alec Legge s'avança d'un pas. Puis il bredouilla :
— Comment le saviez-vous ? Comment... que voulez-vous dire ?
— Je suis médium, prétendit Poirot en fermant les yeux.

Alec Legge s'avança encore de deux pas. Poirot se rendit compte qu'il avait devant lui un homme ivre de colère.

— Que voulez-vous dire, bon Dieu ? éructa Alec Legge.

— Votre ami, je crois, est reparti pour l'auberge, confia Poirot. Si vous voulez le voir, c'est là que vous le trouverez.

— C'était donc pour ça... marmonna Alec Legge à mi-voix.

Il se laissa choir sur le banc à son tour :
— C'était donc pour ça que vous étiez ici ? Il ne s'agissait pas de « remettre les prix ». J'aurais dû m'en douter.

Il se tourna vers Poirot. Il avait le visage hagard, la mine désespérée :

— Je sais très bien de quoi ça doit avoir l'air. Je sais de quoi toute cette histoire doit avoir l'air. Mais ce n'est pas ce que vous croyez. Je me suis fait avoir, je suis une victime. Je vous garantis qu'une fois qu'on est entre les pattes de ces gens-là, ce n'est pas à la portée de tout le monde d'en réchapper. Seulement, moi, je veux me tirer de là. C'est la seule chose qui compte. *Je veux m'arracher à leurs griffes !* On finit par avoir le bourdon, vous savez. On finit par se dire qu'il vaudrait mieux faire le grand saut. On se sent ficelé, on est comme un animal pris au piège. Oh !

et puis, après tout... à quoi bon parler de tout ça ? Vous savez maintenant ce que vous souhaitiez savoir, pas vrai ? Vous la tenez, votre preuve !

Il se leva et fit quelques pas en trébuchant comme un aveugle avant de s'enfuir à toutes jambes sans se retourner.

Poirot le regarda disparaître en ouvrant de grands yeux.

— Tout cela est bien étrange, murmura-t-il. Étrange et intéressant. J'aurais donc une preuve ? La preuve de quoi ? D'un meurtre ?

14

L'inspecteur Bland se trouvait au siège de la police de Helmmouth. Le superintendant Baldwin, colosse bien en chair, trônait de l'autre côté du bureau. Entre eux, sur ledit bureau, gisait une masse noire imbibée d'eau. L'inspecteur Bland en souleva un bord d'un index précautionneux.

— C'est bien le sien, dit-il. J'en suis persuadé, même si je me garderais bien de le jurer. Il semblerait qu'elle aimait cette forme-là. C'est du moins ce que m'a dit sa femme de chambre. Elle en possédait plusieurs. Un rose bonbon et un lie-de-vin, mais hier elle portait le noir. Oui, c'est bien ça. Et vous l'avez repêché dans le fleuve ? Voilà qui semblerait confirmer nos hypothèses.

— Ne sautons pas aux conclusions, le tempéra Baldwin. Pas encore. Après tout, n'importe qui peut jeter un chapeau dans le fleuve.

— Oui, acquiesça Bland. On aurait pu le jeter dans le courant depuis l'abri à bateaux, ou le balancer à l'eau depuis le pont d'un yacht.

— Le yacht est toujours au mouillage, dit Baldwin. Si elle y est jamais montée, morte ou vive, elle s'y trouve encore.

— Il n'est pas descendu à terre aujourd'hui ?

— Pas jusqu'à présent. Il est à bord. Assis sur le pont, en train de fumer un cigare.

L'inspecteur Bland consulta la pendule :

— Il serait temps d'aller y faire un tour.

— Vous pensez que vous allez la trouver ? demanda Baldwin.

— Je ne miserais rien là-dessus, soupira Bland. J'ai comme l'impression, voyez-vous, que ce type est sacrément malin.

Il resta un instant absorbé dans ses pensées, à tripoter ce qui restait du chapeau. Puis il s'enquit :

— Et le corps – si tant est qu'il y en ait un ? Avez-vous une idée sur la question ?

— Oui, dit Baldwin. J'en ai parlé avec Otterweight ce matin. C'est un ancien garde-côte. Je le consulte toujours pour tout ce qui est courants et marées. Au moment où votre femme du monde a été balancée dans l'Helm, à supposer que tel ait bien été le cas, la marée entamait son reflux. On est à la pleine lune, et donc en période de fort jusant. Pas de doute qu'elle sera descendue très vite vers l'estuaire et puis que le courant l'aura expédiée vers les côtes des Cornouailles. Il n'existe aucune certitude quant à l'endroit où elle refera surface, ni même si elle refera surface tout court. Nous avons déjà eu une ou deux noyades, ici, et on n'a jamais retrouvé les corps. Il arrive qu'ils se fracassent sur les rochers, ici même, dans le secteur de Start Point. D'un autre côté, il se pourrait parfaitement qu'il vienne s'échouer sur la grève à n'importe quel moment.

— S'il ne le fait pas, nous n'allons pas avoir la vie facile, se lamenta Bland.

— Vous êtes absolument convaincu qu'elle a fini dans le fleuve ?

— Je ne vois pas d'alternative, grommela l'inspecteur Bland d'un air sombre. Nous avons enquêté auprès des autocars et des chemins de fer. Ce patelin est un cul-de-sac. Elle portait une robe tape-à-l'œil et elle n'a pas emporté de vêtements de rechange. Ce qui fait que je vous fiche mon billet qu'elle n'a pas quitté Nasse. Et que son cadavre est soit dans l'eau, soit caché quelque part dans la propriété. Ce qu'il me faut maintenant, martela-t-il, c'est un *mobile*...

»... et le cadavre, bien entendu, ajouta-t-il après un bref silence. Impossible d'aller où que ce soit tant que nous n'aurons pas le cadavre.

— Qu'en est-il de l'autre fille ?

— Elle a vu ce qui s'est passé – en tout cas, elle a vu quelque chose. Nous finirons bien par le savoir, mais ça ne va pas être facile.

Baldwin, à son tour, regarda l'heure :

— Allons-y, décréta-t-il.

Les deux officiers de police furent accueillis à bord de l'*Espérance* par un Étienne de Sousa aussi affable qu'à l'accoutumée. Il leur proposa un verre, qu'ils refusèrent, et s'enquit avec beaucoup d'intérêt des progrès de leur enquête :

— Avez-vous recueilli de nouveaux éléments relatifs à la mort de cette jeune fille ?

— Nous progressons, lui répondit l'inspecteur Bland.

Le superintendant profita de l'ouverture pour annoncer avec tact le but de leur visite.

— Vous souhaiteriez fouiller l'*Espérance ?*

Sousa ne semblait pas inquiet – amusé, plutôt :

— Mais pourquoi, Seigneur Dieu ? Penseriez-vous que je cache l'assassin ? Ou bien vous seriez-vous mis dans la tête que je suis moi-même cet assassin ?

— Cette perquisition est indispensable, monsieur de Sousa, je suis sûr que vous le comprenez fort bien. Un mandat...

Sousa leva les deux mains :

— Au diable les mandats ! Je ne demande qu'à coopérer... j'y tiens, même ! Faisons ça en toute amitié et bonne intelligence ! Ne vous gênez pas pour regarder partout où vous voudrez. Ah ! vous pensez peut-être que je retiens ici ma cousine, lady Stubbs ? Vous vous dites sans doute qu'elle s'est enfuie de chez son époux pour trouver refuge auprès de moi ? Fouillez donc, messieurs, je vous en conjure, fouillez !

La perquisition fut donc dûment menée. Elle n'épargna ni coin ni recoin. En ayant terminé, et dissimulant de leur mieux leur déconvenue, les deux policiers prirent congé de M. de Sousa.

— Vous n'avez rien trouvé ? Comme c'est dommage ! Mais je vous avais prévenus qu'il en serait ainsi. Peut-être accepterez-vous maintenant un rafraîchissement ? Non ? Vraiment ?

Il les raccompagna jusqu'à l'endroit où leur canot, bercé par le clapot, donnait contre la coque.

— Et pour ce qui est de ma petite personne ? dit-il. Suis-je libre de lever l'ancre ? Vous comprendrez que je commence à m'ennuyer. Le temps est au beau et j'aimerais assez cingler sur Plymouth.

— Nous vous serions obligés, monsieur, de rester ici jusqu'à l'enquête publique – elle a lieu demain – pour le cas où le coroner souhaiterait vous poser quelques questions.

— Mais, certainement. Je suis à votre disposition. Et après ça ?

— Après ça, monsieur, répliqua le superintendant Baldwin, la mine impassible, vous serez, bien entendu, libre d'aller où bon vous semblera.

La dernière chose qu'ils virent, comme leur canot s'éloignait du yacht de M. de Sousa, fut le visage de ce dernier, penché vers eux et souriant de toutes ses dents.

L'enquête publique se révéla d'un ennui presque insupportable. Hormis la lecture du rapport médical et les vérifications d'identité, rien ne vint satisfaire la curiosité des spectateurs, et l'ajournement demandé fut aussitôt accordé. Le tout n'avait été qu'une simple formalité.

Ce qui se passa aussitôt après n'avait, en revanche, rien de routinier. L'inspecteur Bland consacra en effet son après-midi à une croisière sur le *Devon Belle,* navire de plaisance bien connu. Après avoir quitté Brixwell vers 3 heures de l'après-midi, le *Devon Belle* longea la côte, s'engagea dans l'estuaire de l'Helm et remonta le fleuve. Quelque deux cent trente personnes se trouvaient à bord avec l'inspecteur Bland.

Celui-ci, assis à tribord, scrutait la côte boisée. Au sortir d'une courbe du fleuve, ils passèrent devant le petit bâtiment au toit couvert de tuiles grises qui appartenait à Hoodown Park. L'inspecteur Bland consulta sa montre. Ils approchaient maintenant de l'abri à bateaux de Nasse House, niché entre les arbres, un peu en retrait, avec son balcon et son petit appontement en contrebas. Rien ne signalait une présence à l'intérieur, mais l'inspecteur Bland était on ne peut mieux placé pour savoir que quelqu'un s'y trouvait bel et bien. Conformément à ses instructions, le constable Hoskins y était de faction.

Non loin des marches donnant accès à l'abri à bateaux, une barque se balançait dans le courant. Et dans cette barque se trouvaient un homme et une femme en tenues d'estivants. Jeu de main, jeu de vilain semblait la définition exacte de l'activité à laquelle ils étaient en train de se livrer. La femme s'égosillait tandis que son compagnon, riant à gorge déployée, la menaçait de la pousser par-dessus bord. À ce moment précis, une voix retentit sur le *Devon Belle,* amplifiée par un haut-parleur :

— Mesdames et messieurs, nous approchons du fameux village de Gitcham, où nous ferons une escale de quarante-cinq minutes pendant laquelle vous pourrez déguster un crabe ou un homard ainsi que la célèbre crème du Devonshire. Sur votre droite, le parc de Nasse House. Vous allez bientôt apercevoir la demeure entre les arbres. Ici vécut sir Gervase Folliat, contemporain de sir Francis Drake, qu'il accompagna dans ses voyages vers le Nouveau Monde. Nasse House est aujourd'hui la propriété de sir George Stubbs. Sur votre gauche, le célèbre rocher de Groseacre. La coutume, mesdames et messieurs, voulait jadis que l'on abandonne ici les épouses acariâtres à marée basse – et qu'on les y laisse jusqu'à ce que l'eau leur arrive au menton !

Tout le monde, à bord du *Devon Belle,* contemplait, fasciné, le rocher de Groseacre. Les plaisanteries fusaient, saluées par force gros rires et gloussements.

Pendant ce temps, dans la barque, l'homme, après un dernier coup de reins, avait bel et bien poussé sa partenaire par-dessus bord. Penché sur l'étrave, il lui maintenait la tête sous l'eau en riant aux éclats et en vociférant : « Non ! Je ne te laisserai pas remonter tant que tu n'auras pas promis d'être compréhensive ! »

Mais personne, hormis l'inspecteur Bland, n'en avait rien vu. Le navire tout entier écoutait les explications diffusées par le haut-parleur en regardant le rocher de Groseacre et en guettant entre les arbres l'apparition de Nasse House.

L'homme de la barque lâcha sa compagne, qui coula aussitôt pour réapparaître un instant plus tard de l'autre côté de l'embarcation. Elle la regagna à la brasse et s'y hissa avec agilité. L'auxiliaire de police Alice Jones était une nageuse accomplie.

L'inspecteur Bland débarqua à Gitcham en même temps que ses deux cent trente compagnons de croisière, s'y régala d'un homard et y tartina ses scones d'une épaisse couche de crème du Devonshire. Tout en mangeant, il ne cessa de se répéter : « Il n'était donc pas impossible de le faire – et personne ne l'aurait remarqué ! »

Pendant que l'inspecteur Bland s'adonnait à ses expériences sur l'Helm, Hercule Poirot se livrait aux siennes, avec une tente, sur la pelouse de Nasse House. La tente était celle où madame Zuleika avait dit la bonne aventure. Alors que l'on démontait le mobilier de la kermesse, Poirot avait demandé qu'on lui laisse celle-ci.

Il y pénétra, rabattit les pans de l'entrée, puis délaça la partie arrière, sortit, remit la toile en place et s'enfonça dans le massif de rhododendrons qui se trouvait immédiatement derrière la tente. En se faufilant entre les arbustes, il atteignit rapidement un abri rustique, sorte de salon d'été dont la porte était fermée. Il poussa la porte, et entra.

Il faisait sombre à l'intérieur car les rhododendrons, qui avaient poussé depuis la construction de l'édicule, ne laissaient guère passer la lumière. Il y avait là une boîte contenant des boules de croquet et quelques arceaux dévorés par la rouille. Il y découvrit aussi deux cannes de hockey en piteux état, toute une population d'araignées et de perce-oreilles, et enfin une marque ronde et irrégulière sur le sol. Il l'examina longuement. Puis il s'agenouilla et, ayant extrait de sa poche un petit mètre pliant, en mesura avec soin les dimensions. Il se releva enfin en hochant la tête d'un air satisfait.

Il se glissa hors de l'abri sans se hâter, referma la porte derrière lui et repartit à travers les rhododendrons. Il s'y tailla un chemin jusqu'au sommet de la colline, dépassa celui-ci et déboucha bientôt sur le sentier qui descendait vers la Folie et, de là, jusqu'à l'abri à bateaux.

Il ne pénétra pas, cette fois, dans le petit temple, mais suivit les méandres du sentier jusqu'à l'abri à bateaux. Il avait la clé sur lui, la tourna et entra.

Outre le fait qu'on avait emporté le corps ainsi que le plateau avec son assiette et son verre, les lieux étaient exactement comme dans son souvenir. La police avait consigné par écrit et photographié tout ce que le local avait contenu. Il s'approcha de la table sur laquelle se trouvait toujours la pile de bandes dessinées. Il les feuilleta avec, sur le visage, la même expression que celle de l'inspecteur Bland découvrant, la veille, les petites phrases que Marlene Tucker avait griffonnées dans la marge avant de mourir. « Jackie Blake fricote avec Susan Brown. » « Peter pince les fesses des filles au cinéma. » « Georgie Porgie embrasse les auto-stoppeuses dans les bois. » « Biddy Fox aime les garçons. » « Albert couche avec Doreen. »

Il trouvait pathétique ce mélange de candeur et de crudité. Il revit le visage boutonneux de Marlene. Les garçons ne devaient pas pincer les fesses de Marlene au cinéma. Frustrée, elle s'était consolée en se rinçant l'œil et en espionnant ses congénères. Et, ce faisant, elle avait vu des choses qu'elle n'était pas censée voir... des bagatelles, pour la plupart... et puis – qui sait ? – un beau jour, peut-être était-elle tombée sur quelque chose de beaucoup plus sérieux. Sur un événement dont elle n'avait pas, elle-même, saisi la gravité.

Tout cela n'était que suppositions. Poirot secoua la tête. Puis, poussé par sa passion maniaque de l'ordre, il replaça avec soin la pile de bandes dessinées sur la table. Et, ce faisant, il éprouva soudain l'impression étrange que quelque chose manquait. Quelque chose... mais quoi ? Quelque chose qui *aurait dû* se trouver là... Quelque chose... Il secoua à nouveau la tête et l'impression se dissipa.

Il sortit à pas lents de l'abri à bateaux, abattu et mécontent de lui-même. Lui, Hercule Poirot, avait été appelé ici pour prévenir un meurtre – or, il avait failli à sa tâche : le meurtre avait eu lieu. Et ce qu'il y avait de plus humiliant à l'affaire, c'était qu'il n'avait toujours pas la moindre idée de ce qui s'était réellement passé. C'était ignominieux. Et demain, il lui faudrait s'en retourner à Londres battu. Son amour-propre se dégonflait comme une baudruche – et ses moustaches elles-mêmes étaient en berne.

15

Ce fut quinze jours plus tard que l'inspecteur Bland eut un long et pénible entretien avec le chef de la police du comté.

Avec ses gros sourcils broussailleux, le major Merrall faisait penser à un fox-terrier en colère. Mais il était aimé de ses hommes, qui respectaient son jugement.

— C'est bien gentil, tout ça ! marmonna Merrall. Mais qu'avons-nous en main, au bout du compte ? Rien qui nous permette d'entreprendre une action ! Ce Sousa, par exemple ? Impossible d'établir un lien quelconque entre cette jeune Éclaireuse et lui. Si le cadavre de lady Stubbs avait réapparu, ce serait une autre paire de manches.

Ses gros sourcils se rejoignirent pour lui descendre vers le nez, et il fusilla Bland du regard :

— Vous estimez qu'il y a bel et bien un cadavre, n'est-ce pas ?

— Vous-même, monsieur, qu'en pensez-vous ?

— Oh ! je suis d'accord avec vous. Sinon, nous aurions retrouvé sa trace à l'heure qu'il est. À moins, bien sûr, qu'elle n'ait soigneusement préparé son coup. Mais rien ne nous permet de le croire. Elle n'avait pas un sou sur elle. Nous avons enquêté sur le côté financier de la question. L'argent, c'était sir George qui l'avait. Il lui en donnait pour ses dépenses courantes, mais elle ne possédait pas un fifrelin en propre. Pas trace d'un amant, non plus. Pas le moindre bavardage, pas le moindre cancan à ce sujet – or, je vous fiche mon billet que dans notre trou de province, ça n'aurait pas manqué de jaser le cas échéant.

Il s'était levé et allait et venait dans le bureau tout en parlant :

— Le fond du problème, c'est que nous ne savons rien. Nous *pensons* que Sousa, pour une raison inconnue, a jugé bon de supprimer sa cousine. L'hypothèse la plus probable est qu'il lui aura donné rendez-vous à l'abri à bateaux avant de la faire monter dans son canot et de la jeter par-dessus bord. Vous avez vérifié que c'était faisable ?

— Et comment, monsieur ! En période de vacances, on pourrait noyer des cargaisons de gens au milieu du fleuve ou depuis la rive. Personne n'y verrait que du feu. Les touristes passent leur temps à piailler et à se bousculer. Mais ce que Sousa ne savait pas, c'est qu'il y avait dans l'abri à bateaux une gamine qui s'ennuyait à cent sous de l'heure et qui, pile à ce moment-là, s'est mise à regarder par la fenêtre.

— Hoskins regardait par la fenêtre pour se régaler du numéro que vous avez mis en scène, et vous ne l'avez pas vu ?

— Non, monsieur. On ne peut pas se douter qu'il y a quelqu'un dans l'abri à bateaux, à moins que la personne ne se montre en sortant sur le balcon ou sur l'appontement.

— Peut-être que la gamine était sortie sur le balcon. Sousa réalise qu'elle a vu ce qu'il faisait, sur quoi il gagne la berge, essaie de parvenir à un accord avec elle, l'amène à le laisser entrer en lui demandant ce qu'elle fait là. Fière de son rôle dans la Course à l'Assassin, elle ne demande qu'à le lui expliquer. Comme par jeu, il lui passe la corde à linge autour du cou – et couiiic...

Le major Merrall fit un geste éloquent des deux mains avant de poursuivre :

— Et voilà le travail ! D'accord, Bland... d'accord. Mettons que les choses se soient passées ainsi. Et après ? Ce ne sont là que suppositions. Nous n'avons pas le moindre début de commencement de preuve. Nous n'avons pas de cadavre, et si nous voulions empêcher Sousa de quitter le pays, nous n'aurions pas fini d'en entendre ! Il va falloir le laisser filer.

— Il va réellement s'en aller, monsieur ?

— Il désarme son yacht dans huit jours. Il repart pour son île de malheur.

— Ce qui ne nous laisse donc pas beaucoup de temps, observa sombrement l'inspecteur Bland.

— Vous avez envisagé d'autres possibilités, je suppose ?

— Oh ! oui, monsieur, nous avons plusieurs autres *possibilités*. Je persiste à croire qu'elle a été assassinée par quelqu'un qui connaissait très bien le déroulement de cette Course à l'Assassin. Deux personnes me semblent cependant hors de cause : sir George Stubbs et le capitaine Warburton. Ils tenaient des stands sur la pelouse et y sont restés tout l'après-midi. Des dizaines de personnes peuvent en témoigner. Idem pour Mrs Masterton, à supposer qu'on la compte au nombre des suspects.

— On les y compte tous ! tonna le major Merrall. Celle-là n'arrête pas de me téléphoner pour me réclamer des chiens de meute. Dans un roman policier, ajouta-t-il d'un air de vague regret, elle serait celle qui a fait le coup ! Mais, bon sang de bonsoir ! je connais Connie Masterton depuis toujours. Et je ne la vois pas courant la campagne pour étrangler des Éclaireuses ou trucider de mystérieuses beautés exotiques ! Allons, allons ! qui voyez-vous encore ?

— Il y a Mrs Oliver, dit Bland. C'est elle qui a imaginé le scénario de la Course à l'Assassin. Elle est assez excentrique, et puis elle est restée seule dans son coin une bonne partie de l'après-midi. Il y a aussi Mr Alec Legge.

— Le type qui a loué le Cottage rose ?

— Oui. Il a quitté la kermesse d'assez bonne heure – ou, en tout cas, on ne l'y a plus vu. Il dit qu'il en avait par-dessus la tête et qu'il était rentré chez lui. D'un autre côté, le vieux Merdell – le type du bac, qui vit quasiment sur le quai, où il surveille aussi les bateaux et aide les gens à accoster – affirme qu'il ne l'a vu repartir pour chez lui que vers 5 heures. Pas plus tôt. Ce qui laisse un trou d'environ une heure dans son emploi du temps. Legge, comme de bien entendu, clame que Merdell n'a aucune notion de l'heure et qu'il se trompe sur le moment où il l'a vu. Il faut dire que le vieux va quand même sur ses quatre-vingt-treize ans.

— Bien insuffisant, tout ça, ronchonna Merrall. Pas de motif ni quoi que ce soit qui permette de l'épingler ?

— Il se pourrait qu'il ait eu une aventure avec lady Stubbs, hasarda Bland, et qu'elle l'ait menacé de tout dire à sa femme, sur quoi il l'aurait tuée, et la gamine aurait assisté à la scène...

— Et il aurait caché le corps de lady Stubbs quelque part ?

— Oui. Mais du diable si je sais où et comment ! Mes hommes ont passé ces fichus vingt-cinq hectares au peigne fin et il n'y a aucune trace de terre retournée. S'il est, malgré tout, parvenu à dissimuler le corps, il a pu jeter le chapeau dans le fleuve pour égarer les recherches. C'est alors que Marlene Tucker l'aurait vu faire et qu'il l'aurait tuée à son tour ? Nous en revenons toujours au même point.

L'inspecteur Bland resta un instant silencieux, puis il reprit :

— Bien sûr, il y a encore Mrs Legge...

— Qu'est-ce que nous avons à lui reprocher ?

— Elle n'était pas dans sa tente de 4 heures à 4 heures et demie comme elle le prétend, dit lentement l'inspecteur Bland. J'ai mis le doigt là-dessus sitôt après avoir discuté avec elle et Mrs Folliat. Tous les témoignages corroborent la version de Mrs Folliat. Or, il s'agit là de la demi-heure cruciale.

Il observa un nouveau silence, puis :

— Nous avons encore l'architecte, Michael Weyman. Difficile de voir par quel biais on pourrait le relier à cette affaire, mais il est ce que j'appellerais un meurtrier *plausible* – un de ces types suffisants, vite agressifs. Du genre capable de tuer le premier venu sans que ça lui fasse ni chaud ni froid. Et il aurait de mauvaises fréquentations que ça ne m'étonnerait pas.

— Vous êtes, de votre côté, si effroyablement collet monté, Bland ! Il vous a donné son emploi du temps ?

— Il est resté très évasif, monsieur. Vraiment très évasif.

— Ce qui prouve en tout cas qu'il s'agit bien d'un architecte, professa le major Merrall d'un ton convaincu. (Il venait de se faire construire une maison au bord de la mer.) Ces zigotos-là sont évasifs au point qu'on en arrive parfois à se demander s'ils respirent encore.

— Il ne sait pas où il se trouvait, ni à quelle heure, et personne ne semble l'avoir vu. Il paraît en tout cas établi que lady Stubbs avait un faible pour lui.

— Vous pensez à un crime passionnel ?

— Je m'accroche à tout ce qui passe à ma portée, monsieur, dit l'inspecteur Bland avec un air de dignité blessée. Et puis il y a aussi miss Brewis...

Il marqua un temps. Un temps prolongé.

— Ça, c'est la secrétaire, non ?

— Si, monsieur. Une femme d'une efficacité redoutable.

Encore une fois il y eut un silence. Le major Merrall regarda fixement son subordonné :

— Vous avez quelque chose qui vous trotte dans la tête à son sujet, on dirait ?

— Oui, monsieur, c'est exact. Voyez-vous, elle admet, sans dissimulation aucune, qu'elle se trouvait dans l'abri à bateaux à peu près à l'heure où le crime doit avoir été commis.

— Le ferait-elle si elle était coupable ?

— Peut-être bien, répondit lentement l'inspecteur Bland. Parce que c'est en fait son meilleur système de défense. Vous voyez, à partir du moment où elle prend une assiette de gâteaux et un verre de sirop en annonçant à qui veut l'entendre que c'est pour les porter là-bas à la gamine... eh bien, du même coup, sa présence y devient naturelle. Elle va là-bas, elle en revient, et elle nous dit que la gamine était encore vivante à ce moment-là. Nous avons pris ça pour parole d'Évangile. Seulement, si vous vous souvenez bien, monsieur, ou si vous reprenez le rapport du médecin légiste, vous constaterez que le Dr Cook a situé la mort entre 4 heures et 4 h 45. Or, seule la déclaration de miss Brewis tendrait à nous faire croire que Marlene vivait encore à 4 h 15. J'ai relevé par ailleurs un autre point suspect dans son témoignage. Elle a prétendu que c'était lady Stubbs qui lui avait demandé de porter ces gâteaux et ce sirop à Marlene. Mais un autre témoin m'affirme catégoriquement qu'une idée pareille ne serait jamais venue à lady Stubbs. Et je suis persuadé, voyez-vous, qu'il y a du vrai là-dedans. Ça ne ressemble pas à lady Stubbs. Les statues n'ont pas la parole. Et lady Stubbs n'était qu'une beauté de marbre, qui ne s'est jamais souciée que d'elle-même et de son apparence. Personne ne l'a jamais entendue commander un repas, manifester le moindre intérêt pour la marche de sa maison ou témoigner de l'attention pour qui que ce soit hormis sa merveilleuse petite personne. Plus j'y réfléchis, plus il me semble invraisemblable qu'elle ait jamais pu songer à envoyer miss Brewis apporter quoi que ce soit à la petite Éclaireuse.

— Vous savez, Bland, que vous avez mis le doigt sur quelque chose. Mais, si vous avez vu juste, quel pouvait être son mobile ?

— Pour tuer la gamine, aucun, répondit Bland. Mais je crois vraiment qu'elle avait une bonne raison pour vouloir se débarrasser de lady Stubbs. D'après M. Poirot, dont je vous ai déjà parlé, miss Brewis est éperdument amoureuse de son patron. Supposons qu'elle ait suivi lady Stubbs dans les bois, qu'elle lui ait réglé son compte, et que Marlene Tucker, qui s'embêtait dans l'abri à bateaux, soit sortie et ait tout vu par hasard ? Il lui fallait, bien évidemment, liquider aussi Marlene. Qu'aurait-elle fait ensuite ? Elle aurait déposé le cadavre de la gamine dans l'abri à bateaux, regagné dare-dare la kermesse pour y prendre l'assiette de gâteaux et le sirop, et serait redescendue avec à l'abri à bateaux. Elle se forgeait ainsi la meilleure des explications à sa propre absence, et nous avions *son* témoignage – le seul et unique auquel nous pouvions nous fier – pour *attester que Marlene Tucker était vivante à 4 heures et quart.*

— Bigre ! soupira le major Merrall. Piochez la question, Bland. Piochez la question. Si c'est elle la coupable, que croyez-vous qu'elle ait fait du cadavre de lady Stubbs ?

— Elle l'aura caché dans les bois, enterré quelque part, ou jeté dans le fleuve.

— Pas facile, tout de même, non ?

— Tout dépend de l'endroit où le crime a été commis, expliqua l'inspecteur. Miss Brewis n'est pas une mauviette. Si ça ne s'est pas passé loin de l'abri à bateaux, elle *pourrait* très bien avoir traîné le corps jusqu'à la berge pour le pousser dans l'eau.

— Sous les yeux des passagers de tous les bateaux de plaisance qui remontent l'Helm ?

— Ç'aurait été la première version de mon « jeu de main, jeu de vilain ». Risqué, mais pas infaisable. Mais je crois beaucoup plus vraisemblable qu'elle ait caché le corps quelque part et se soit contentée de jeter le chapeau dans le fleuve. Il n'est pas exclu, voyez-vous, que, connaissant parfaitement la propriété, elle ait pu repérer un endroit sûr où cacher un cadavre. Quitte à le jeter dans le fleuve par la suite. Qui sait ? Tout cela, bien sûr, à supposer que ce soit elle qui ait fait le coup, ajouta l'inspecteur Bland. Mais, au fond, au fond, je penche plutôt pour Sousa...

Le major Merrall n'avait cessé de prendre des notes sur un calepin. Il leva les yeux et s'éclaircit la gorge :

— Nous revenons là à notre point de départ... Mais bon, faisons la somme des cartes que nous avons en main : cinq ou six personnes *ont pu* assassiner Marlene Tucker. Certaines sont plus suspectes que d'autres, mais c'est tout ce qu'on peut en dire. Nous savons à peu près *pourquoi* elle a été assassinée. Elle l'a été parce qu'elle avait vu quelque chose. Mais tant que nous ne saurons pas *exactement* ce qu'elle avait vu, *nous ne saurons pas qui l'a tuée.*

— Énoncé comme ça, le problème semble difficile à résoudre, monsieur.

— Oh ! mais c'est parce que, difficile, il l'est bel et bien ! Mais nous y parviendrons... au bout du compte.

— Seulement, en attendant, ce salopard aura quitté l'Angleterre... plié de rire... et ayant échappé à deux condamnations pour meurtres.

— Vous êtes carrément sûr de sa culpabilité, pas vrai ? Oh ! je ne prétends pas que vous ayez tort. Mais tout de même...

Le chef de la police resta pensif quelques secondes avant d'ajouter avec un haussement d'épaules :

— Après tout, mieux vaut ça que d'avoir affaire à un détraqué. Si c'était le cas, nous aurions sans doute, à l'heure qu'il est, un troisième meurtre sur les bras.

— C'est vrai qu'on dit souvent « jamais deux sans trois », se renfrogna l'inspecteur.

Cette remarque, il eut l'occasion de la replacer le lendemain matin, lorsqu'il apprit que le vieux Merdell, rentrant chez lui après une visite à son pub favori, sis à Gitcham, de l'autre côté du fleuve, devait avoir excédé ses facultés d'absorption habituelles et était tombé à l'eau en accostant au quai. Sa barque était partie à la dérive, et le cadavre du vieillard devait être repêché en fin de journée.

L'enquête fut rapidement bouclée. Le temps était couvert, il avait fait sombre cette nuit-là, le vieux Merdell avait bu trois pintes de bière et, après tout, il allait quand même sur ses quatre-vingt-treize ans.

Le verdict ne surprit personne : mort accidentelle.

16

Hercule Poirot était assis bien droit dans un fauteuil carré face à la cheminée carrée du salon carré de son appartement londonien. Devant lui se trouvaient divers objets qui n'avaient, eux, rien de carré : ils étaient, au contraire, fortement contournés. À regarder de près chacun de ces objets, on eût été bien en peine de lui trouver une fonction quelconque dans un univers sensé. Ils semblaient appartenir à l'ordre de l'improbable, de l'inutile et du fortuit. Mais en réalité, bien sûr, ils n'étaient rien de tout cela.

Pour peu qu'on les agence correctement, chacun avait sa place dans un ensemble spécifique. Non seulement ils y prenaient un sens, mais ils y composaient une image. Hercule Poirot, autrement dit, s'appliquait à reconstituer un puzzle.

Il se concentra sur un espace vide aux bords bizarrement déchiquetés. Il trouvait aussi agréable qu'apaisante cette occupation consistant à substituer l'ordre au désordre et dans laquelle il lui plaisait de voir une analogie avec sa profession. Celle-ci ne le mettait-elle pas sans cesse en présence de faits bizarres, improbables et apparemment sans liens les uns avec les autres, mais qui finissaient toujours par s'assembler pour former un tout cohérent ? Il saisit d'une main sûre une petite pièce gris foncé pour la placer dans le ciel bleu. C'était, comme il le découvrait maintenant, un fragment d'aéroplane.

« Oui, se dit-il à lui-même, voilà bien ce qu'il faut faire. La pièce bizarre ici, et là l'improbable, et ici encore la pièce "oh ! combien raisonnable" mais qui n'était pas celle que l'on croyait ; chacune a sa place, et une fois qu'elles l'ont trouvée, eh bien, l'affaire est bouclée ! Tout devient clair. Tout *cadre,* comme on dit aujourd'hui ! »

Il plaça coup sur coup un petit morceau de minaret, une pièce qui ressemblait à un lambeau d'étoffe rayée et n'était autre que le dos d'un chat, et un fragment de ciel crépusculaire à l'endroit où celui-ci, avec une soudaineté à la Turner, virait de l'orange au rose.

Si l'on savait ce qu'on doit chercher, ce serait tellement plus simple, se dit Hercule Poirot. Mais on ne le sait pas. Alors, on cherche aux mauvais endroits des choses qui se révèlent sans importance. Il poussa un soupir agacé. Ses yeux, abandonnant le puzzle, se posèrent sur le fauteuil vide qui lui faisait face de l'autre côté de la cheminée. Là, une demi-heure plus tôt, l'inspecteur Bland s'était assis pour boire son thé et grignoter des biscuits secs – et carrés – tout en devisant avec mélancolie. Venu à Londres pour des raisons de service, il en avait profité pour rendre visite à M. Poirot. Il voulait savoir, lui avait-il expliqué, si M. Poirot avait réfléchi à leur affaire.

Et il lui avait exposé ses propres idées. Poirot s'était déclaré d'accord en tous points avec lui. L'inspecteur Bland, estimait-il, avait fort bien étudié les différents aspects du problème, et l'avait fait sans parti pris.

Cinq semaines s'étaient écoulées depuis le drame de Nasse House. Et depuis cinq semaines, l'enquête piétinait. On n'avait pas retrouvé le cadavre de lady Stubbs. Lady Stubbs, si elle était encore en vie, avait disparu sans laisser de trace. L'inspecteur jugeait fort improbable cette dernière hypothèse et, là encore, Hercule Poirot s'était déclaré du même avis.

— Bien sûr, avait dit l'inspecteur, la mer peut n'avoir pas encore rejeté le cadavre. On ne peut jamais savoir ce qui peut se passer avec un corps, quand il est dans l'eau. Et il se *pourrait* toujours qu'il réapparaisse – encore qu'il risquerait fort de ne plus être reconnaissable.

— Il existe une troisième possibilité, avait fait observer Poirot.

Bland avait hoché la tête :

— Oui. J'ai pensé à ça. Je n'ai pas cessé d'y penser, en fait. Vous voulez dire que le cadavre serait toujours là... à Nasse, caché dans un endroit où nous n'avons pas songé à chercher ? Ça se pourrait, vous savez. Ça se pourrait tout à fait. Dans ces vieilles demeures, et sur une propriété aussi vaste que celle-ci, il existe sûrement des coins qu'on n'irait jamais imaginer – dont on ne soupçonne même pas l'existence.

Il s'était tu et avait réfléchi un instant avant de poursuivre :

— J'ai visité une maison, l'autre jour. Les gens y avaient construit un abri antiaérien, pendant la guerre.

Un abri assez illusoire, d'ailleurs, édifié de bric et de broc dans le jardin contre un mur de soutènement, et qu'ils avaient relié à leur cave par un passage souterrain. Bref, la guerre terminée, l'abri s'est plus ou moins effondré, et il est resté une butte qu'ils ont vaguement retravaillée pour y organiser une rocaille. Et quand on passe devant, jamais on n'irait imaginer qu'il y avait un abri avec chambre à coucher là-dessous. On jurerait que ç'a de tout temps été une rocaille. Pourtant, il y a toujours dans la cave de la maison, cachée derrière un grand tonneau à vin, une porte donnant sur le passage souterrain. C'est à ça que je pense. À ce genre de truc. Une espèce d'issue, donnant sur une espèce de cachette dont n'auraient connaissance que les seuls propriétaires de la maison. Je n'imagine certes pas qu'il puisse y avoir à Nasse un classique « Trou à Prêtre », mais...

— Étant donné la date de construction de la maison, cela me paraît en effet douteux.

— C'est ce que m'a dit Mr Weyman, que Nasse House avait été achevée aux alentours de 1790. Les prêtres n'avaient plus de raisons de se cacher, à cette époque-là. N'empêche qu'il peut y avoir, quelque part, je ne sais pas... un espace vide... un recoin uniquement connu d'un membre quelconque de la famille. Qu'est-ce que vous en pensez, monsieur Poirot ?

— C'est possible, en effet, avait acquiescé Poirot. Après tout, oui, décidément, c'est une idée ! Et si l'on admet cette hypothèse, la démarche suivante consiste à se poser la question : qui aurait des chances d'être au courant ? N'importe qui vivant sous le toit *pourrait* le savoir, je suppose ?

— Oui. Et, bien sûr, cela exclurait Étienne de Sousa.

L'inspecteur avait marmonné cela sans enthousiasme. Sousa restait son suspect préféré.

— Comme vous venez de le dire, avait-il néanmoins poursuivi, tous les habitants de la maison, les maîtres comme les domestiques, pourraient connaître l'existence d'une telle cachette. Pour les gens qui n'y effectueraient qu'un court séjour, c'est déjà moins certain. Et pour les gens de l'extérieur, invités occasionnels tels qu'Alec et Sally Legge, bien plus douteux encore.

— La personne la mieux placée pour être au courant, et qui vous en parlerait pour peu que vous l'interrogiez, c'est Mrs Folliat, avait dit Poirot.

Mrs Folliat, pensait-il, savait tout ce qu'il était possible de savoir sur Nasse House. Mrs Folliat savait beaucoup de choses... Mrs Folliat avait su tout de suite que Hattie Stubbs était morte. Mrs Folliat savait, avant même l'assassinat de Marlene Tucker et de Hattie Stubbs, que ce monde où nous vivons est un monde mauvais, peuplé de gens malfaisants. Mrs Folliat, songeait Poirot avec irritation, était la clé de ce mystère. Mais il ne serait pas facile de faire tourner Mrs Folliat dans la serrure.

— J'ai interrogé cette dame à plusieurs reprises, avait rétorqué l'inspecteur. Elle s'est chaque fois montrée très aimable, gentille comme tout, prête à se mettre en quatre... et au regret de ne pas pouvoir nous aider.

De ne pas pouvoir ou de ne pas vouloir ? avait songé Poirot. Bland pensait sans doute la même chose.

— Il y a un type de femmes, avait murmuré l'inspecteur, à qui il est impossible de forcer la main. Rien n'y fait : ni la ruse, ni le raisonnement, ni, encore moins, la menace.

« Non, avait silencieusement opiné Poirot, ni la ruse, ni le raisonnement, ni la menace ne forceront jamais Mrs Folliat à dire ce qu'elle sait. »

L'inspecteur avait fini son thé, longuement soupiré et enfin pris congé. Et Poirot avait sorti son puzzle dans l'espoir d'apaiser son exaspération croissante. Car il était exaspéré. Et humilié. Mrs Oliver avait fait appel à lui, Hercule Poirot, pour élucider un mystère. Elle avait eu l'intuition qu'il se tramait un coup fourré, qu'un crime pourrait bien être commis – et le crime avait été commis. Elle avait, avec une confiance aveugle, fait appel à Hercule Poirot, d'abord pour empêcher que le drame ne se produise – ce qu'il n'avait pas su faire – puis pour démasquer le meurtrier, et il ne l'avait *pas* démasqué. Il nageait en plein brouillard, le genre de brouillard dans lequel s'ouvrent çà et là de déconcertantes trouées de lumière. Il lui arrivait ainsi, par intermittence, lui semblait-il, d'entrevoir une lueur fugitive. Mais c'était pour chaque fois se retrouver Gros-Jean comme devant, incapable qu'il était d'évaluer correctement ces visions fragmentaires, de les articuler entre elles et de les faire cadrer avec l'ensemble.

Poirot se leva, passa de la droite à la gauche de la cheminée, rectifia la position du second fauteuil carré de manière à ce qu'il forme un angle parfait avec le premier et s'y assit. Il venait de passer d'un puzzle fait de pièces de bois et de papier glacé à une énigme criminelle. Sortant un carnet de sa poche, il nota en petits caractères bien nets :

Étienne de Sousa – Amanda Brewis – Alec Legge – Sally Legge – Michael Weyman.

Il était matériellement impossible à sir George comme à Jim Warburton de tuer Marlene Tucker. Mais comme on ne pouvait en dire autant de Mrs Oliver, il ajouta son nom après un court espace. Il ajouta de même celui de Mrs Masterton, puisqu'il ne se souvenait pas de l'avoir vue constamment sur la pelouse entre 4 heures de l'après-midi et 5 heures moins le quart. Puis celui de Henden, le maître d'hôtel – plus, sans doute, parce que Mrs Oliver avait introduit dans sa Course à l'Assassin un maître d'hôtel à la mine patibulaire qu'en raison d'une réelle suspicion à l'égard de ce grand brun, virtuose du gong. Il inscrivit enfin « Le garçon à la chemise aux tortues », en le faisant suivre d'un point d'interrogation. Puis il sourit, secoua la tête, prit une épingle au revers de son veston, ferma les yeux et la planta dans la feuille. C'était là, se disait-il, un moyen qui en valait bien un autre.

Il constata avec agacement que l'épingle avait perforé le dernier nom.

— Je suis un imbécile, gronda tout haut Hercule Poirot. Qu'est-ce qu'un garçon avec une chemise où gambadent des tortues pourrait bien avoir à faire dans cette histoire ?

Mais il se rendit en même temps compte que s'il avait inclus cet énigmatique quidam dans sa liste de personnages, ce n'était certes pas sans raison. Il se rappela sa matinée passée dans la Folie et la surprise qui s'était peinte sur le visage du garçon en l'y découvrant. Un visage qui, en dépit de la joliesse de traits que confère le jeune âge, n'avait rien de très engageant. Un visage qui trahissait l'arrogance et une brutalité naissante. Le jeune homme n'était pas venu là sans motif. Il était venu rencontrer quelqu'un, quelqu'un qu'il ne pouvait pas – ou ne souhaitait pas – rencontrer de manière conventionnelle. Il s'agissait donc, en fait, d'une entrevue qui devait se dérouler sans témoins. Une entrevue qui n'avait rien d'innocent. Se pouvait-il qu'elle ait un rapport avec le crime ?

Poirot poursuivit ses réflexions. Un garçon qui séjournait à l'Auberge de Jeunesse... c'est-à-dire un garçon qui ne pouvait rester dans les parages qu'au maximum deux nuits. Était-il venu là tout naturellement, comme tant d'étudiants qui passent leurs vacances en Angleterre ? Ou bien poursuivait-il un but calculé : rencontrer quelqu'un de bien précis ? La kermesse offrait l'occasion idéale d'un premier contact qui pouvait paraître fortuit – et qui avait, selon toute vraisemblance, eu lieu.

« Je sais pas mal de choses, songea Hercule Poirot. J'ai entre les mains de nombreuses, très nombreuses pièces de ce puzzle. J'ai une opinion quant au *genre* de crime dont il s'est agi... mais, mon problème, c'est que je ne dois pas chercher dans la bonne direction. »

Il tourna une page de son carnet et y inscrivit :

Est-ce que lady Stubbs a bien demandé à miss Brewis de porter son goûter à Marlene ? Sinon, pourquoi miss Brewis prétend-elle qu'elle l'a fait ?

Il s'appesantit un moment sur la question. Miss Brewis aurait très bien pu penser d'elle-même à aller porter quelques gâteaux et un verre de sirop à la gamine. Mais dans ce cas, pourquoi ne pas dire les choses simplement ? Pourquoi s'en aller raconter que c'était lady Stubbs qui lui avait demandé de le faire ? Serait-ce parce que miss Brewis était allée à l'abri à bateaux *et y avait trouvé Marlene morte* ? À moins que miss Brewis n'ait elle-même commis le meurtre, cela semblait hautement improbable. Elle n'était pas femme à s'affoler, ou à pécher par excès d'imagination. Si elle était tombée sur le cadavre de la gamine, elle aurait aussitôt donné l'alarme.

Il s'absorba longuement dans la contemplation des deux questions qu'il venait de consigner. Il ne pouvait s'empêcher de penser qu'il y avait quelque part, dans ces mots, une indication, un précieux indice susceptible de le mettre sur la voie d'une vérité qui lui avait échappé jusque-là. Quatre ou cinq minutes passèrent, puis il coucha deux nouvelles phrases sur le papier :

Étienne de Sousa déclare qu'il a écrit à sa cousine trois semaines avant son arrivée à Nasse House. Vrai, ou faux ?

Poirot avait la quasi-certitude qu'il s'agissait d'un mensonge. Il se remémorait la scène du petit déjeuner. Par quelle aberration sir George ou lady Stubbs auraient-ils feint une surprise – et, dans le cas de lady Stubbs, une panique – qu'ils ne ressentaient pas ? Il ne voyait pas à quoi cela eût bien pu rimer. Si l'on admettait, cependant, qu'Étienne de Sousa ait menti, *dans quel but* l'avait-il fait ? Pour donner à penser que sa visite était attendue et souhaitée ? C'était possible, mais assez peu vraisemblable. Il n'existait en tout cas aucune *preuve* qu'une telle lettre ait jamais été écrite, et encore moins reçue par ses destinataires. Fallait-il y voir, de la part de Sousa, un subterfuge destiné à affirmer sa bonne foi... et à faire de sa venue un événement naturel et prévu ? Ce qu'il y avait de certain, c'est que sir George, qui pourtant ne le connaissait pas, l'avait fort aimablement reçu.

Poirot s'interrompit, ses pensées s'étant arrêtées sur ce dernier point. « Sir George ne connaissait pas Étienne de Sousa. Son épouse, qui le connaissait, ne l'avait pas vu. » N'y avait-il pas *là* matière à réflexion ? Se pouvait-il que l'Étienne de Sousa arrivé ce jour-là au cours de la kermesse n'ait pas été le véritable Étienne de Sousa ? Poirot tourna et retourna cette hypothèse dans sa tête, mais, une fois de plus, sans aboutir nulle part. En quoi Sousa avait-il intérêt à se présenter comme Sousa s'il n'était pas Sousa ? En tout état de cause, Sousa n'avait aucun bénéfice à attendre de la mort de Hattie ! Hattie, comme l'enquête de police l'avait établi, ne possédait rien en dehors de l'argent de poche que lui donnait son mari.

Poirot chercha à se rappeler très précisément ce qu'elle lui avait dit ce matin-là. « Il est malfaisant... Il fait des choses méchantes. » Et, d'après Bland, elle avait confié à son mari : « Il tue les gens. »

Il tue les gens. Il y avait là, au regard de tout ce qui s'était passé, quelque chose d'intéressant.

Le jour de l'arrivée d'Étienne de Sousa à Nasse House, une personne, à coup sûr, avait été tuée, et probablement deux. En revanche, Mrs Folliat avait décrété qu'il ne fallait pas croire un mot des déclarations mélodramatiques de Hattie. Et elle l'avait fait avec une telle insistance ! Mrs Folliat...

Hercule Poirot fronça les sourcils, puis frappa violemment du plat de la main l'accoudoir de son fauteuil :

— Toujours, toujours... j'en reviens toujours à Mrs Folliat ! C'est elle, la clé de toute cette affaire. Si je savais seulement ce qu'elle sait... Je ne peux pas rester plus longtemps ici à me torturer les méninges. Non, il faut que je prenne le premier train, que je retourne dans le Devon et que j'aille voir Mrs Folliat.

Hercule Poirot s'arrêta un instant devant le haut portail en fer forgé de Nasse House. Et il contempla la grande allée en courbe qui s'en allait disparaître entre les fûts des arbres centenaires. L'été n'était plus qu'un souvenir. Des feuilles mordorées tombaient lentement des frondaisons. L'herbe des talus s'étoilait de myriades de petits cyclamens mauves. Poirot soupira. Il était, malgré lui, touché par la beauté de Nasse House. Épris avant tout d'ordre et de netteté, il n'était pas de ceux qui s'émeuvent au spectacle de la nature. Mais force lui était d'admirer l'harmonie résultant du mariage heureux des arbres et des buissons.

À sa droite se dressaient le petit pavillon de garde et son portique blanc. L'après-midi était belle. Et sans doute Mrs Folliat ne serait-elle pas chez elle. Elle devait s'activer avec son sécateur et son panier de jardin, ou rendre visite à quelques-uns de ses amis du voisinage. Elle en avait beaucoup. C'était ici son domaine, et ce l'avait été depuis de longues, fort fort longues années. Qu'était-ce donc qu'avait dit le vieil homme, sur le quai ? « Des Folliat, il y en aura toujours à Nasse House. »

Poirot toqua à la porte du pavillon. Au bout d'un moment qui lui parut interminable, il entendit des pas à l'intérieur. Des pas lents, presque hésitants, lui sembla-t-il. Et puis la porte s'ouvrit, et Mrs Folliat apparut sur le seuil. Il fut surpris de voir à quel point elle paraissait vieillie et fragilisée. Elle posa sur lui un long regard incrédule avant de balbutier :

— Monsieur Poirot ? Vous ici !

Il crut voir, l'espace d'une seconde, une lueur apeurée dans le regard de la vieille dame, mais peut-être n'était-ce après tout qu'un effet de son imagination.

— Puis-je entrer, madame ?

— Voyons, mais bien sûr.

Elle avait retrouvé toute son assurance, lui fit signe d'entrer et le précéda jusqu'à son minuscule salon. Il y avait quelques délicates figurines de Chelsea sur la cheminée, une paire de fauteuils recouverts de tapisserie au petit point, et un service à thé en porcelaine de Derby sur la table basse.

— Je vais chercher une seconde tasse, dit Mrs Folliat.

Et, comme Poirot levait la main pour esquisser un geste de protestation :

— Mais si, voyons. Vous allez prendre le thé.

Elle quitta la pièce. Et Poirot se remit à examiner les lieux. L'ouvrage en cours, un dessus de chaise au petit point, était posé sur la table, une aiguille fichée dedans. Des étagères chargées de livres recouvraient un mur, encadrées par un groupe de miniatures et, dans un cadre d'argent, la photographie jaunie d'un homme en uniforme, moustache cirée et menton fuyant.

Mrs Folliat revint, apportant tasse et sous-tasse.

— Votre mari, madame ? s'enquit Poirot.

— Oui.

Voyant le regard de Poirot errer sur la bibliothèque comme s'il était à la recherche d'autres portraits, elle dit avec brusquerie :

— Je n'aime pas beaucoup les photographies. Elles vous renvoient trop au passé. Il faut apprendre à oublier. À supprimer le bois mort.

Hercule Poirot revit en mémoire sa première rencontre avec une Mrs Folliat armée d'un sécateur et élaguant les buissons. Elle lui avait déjà, ce jour-là, dit quelque chose à propos du bois mort. Il l'examina, pensif, en essayant de deviner sa personnalité. « Une femme énigmatique, songea-t-il, et qui, sous une apparence fragile et affable, cachait des côtés impitoyables. Une femme capable de supprimer le bois mort non seulement de son jardin mais aussi de sa vie. »

Elle s'assit pour emplir une tasse de thé :

— Du lait ? Du sucre ?

— Trois morceaux, si vous le voulez bien, madame.

Et en lui tendant sa tasse, elle lui dit, sur le ton de la conversation banale :

— J'ai été surprise en vous voyant. Je ne pensais pas que votre chemin repasserait jamais par ce coin de campagne perdue.

— Je fais tout autre chose qu'y passer, rectifia Poirot.

— Ah bon ? s'étonna-t-elle avec un léger haussement de sourcils.

— Ma visite à ce coin de campagne perdue, comme vous dites, obéit à un but bien précis.

Elle continuait à l'interroger du regard.

— Je suis venu ici pour vous voir, madame.

— Vraiment ?

— Avant tout... est-on toujours sans nouvelles de la jeune lady Stubbs ?

Mrs Folliat hocha la tête :

— Un cadavre a été rejeté par la mer, l'autre jour, en Cornouailles. George est allé voir s'il pouvait l'identifier. Mais ce n'était pas elle... Je suis navrée pour George. La tension nerveuse a été très dure.

— Croit-il toujours que sa femme puisse encore être vivante ?

Mrs Folliat secoua lentement la tête :

— J'estime qu'il a abandonné tout espoir. Car enfin, si Hattie était vivante, elle ne pourrait raisonnablement pas réussir à se cacher alors que toute la police et toute la presse la recherchent. Même s'il lui était arrivé quelque chose comme de perdre la mémoire... même ainsi, la police l'aurait déjà retrouvée, vous n'êtes pas de mon avis ?

— Cela paraît vraisemblable, en effet, acquiesça Poirot. La police poursuit-elle ses recherches ?

— Je l'imagine. Je ne sais pas vraiment.

— Mais sir George, lui, n'y croit plus ?

— Il ne le formule pas ainsi, répondit Mrs Folliat. Il faut dire que je ne l'ai pas revu depuis un bon moment. Il passe le plus clair de son temps à Londres.

— Et la gamine assassinée ? Pas de nouveaux développements de ce côté-là non plus ?

— Pas que je sache.

Elle ajouta :

— C'est un crime qui paraît tellement absurde... tellement... sans objet. La pauvre petite...

— À ce que je vois, penser à elle vous bouleverse toujours, madame.

Mrs Folliat resta un instant sans répondre. Puis elle murmura :

— Lorsqu'on est vieux, la mort d'un être jeune vous bouleverse toujours plus qu'elle ne devrait. À nos âges, on s'attend à mourir, mais cette enfant avait sa vie devant elle.

— Ce n'aurait peut-être pas été une vie très intéressante.

— De notre point de vue, peut-être, mais pas forcément du sien.

— Pourtant, même si, comme vous le dites, nous autres vieillards nous attendons à mourir, objecta Poirot, nous ne le souhaitons pas vraiment. Moi, en tout cas, je n'en ai aucune envie. Je continue à trouver la vie fascinante.

— Pas moi.

Ses épaules s'étaient affaissées, et elle semblait se parler à elle-même plutôt que s'adresser à lui :

— Je me sens très lasse, monsieur Poirot. Et, quand viendra l'heure, je serai non seulement prête, mais reconnaissante.

Il lui lança un bref coup d'œil. Et il se demanda, comme il l'avait déjà fait un peu plus tôt, si ce n'était pas une malade qui lui parlait, une femme qui se doutait de sa mort prochaine, et même qui la savait là avec certitude. Il ne pouvait expliquer autrement la faiblesse et la lassitude qui semblaient l'accabler. Une lassitude qui le surprenait chez elle. Amy Folliat était pour lui une maîtresse femme, énergique et déterminée. Elle avait traversé bien des épreuves, perdu sa maison et sa fortune, vu mourir ses fils. Et à tout cela elle avait survécu. Elle avait, comme elle le disait, « supprimé le bois mort ». Mais il y avait désormais dans sa vie quelque chose qu'elle ne pouvait supprimer, que personne ne pouvait supprimer pour elle. S'il ne s'agissait pas d'un mal physique, de quoi pouvait-il bien s'agir ?

Comme si elle avait lu dans ses pensées, elle lui adressa soudain un petit sourire :

— Au fond, voyez-vous, monsieur Poirot, je n'ai plus guère à quoi me raccrocher dans l'existence. Je possède de nombreuses relations, certes, mais pas d'amis proches, et pas de famille.

— Vous avez votre maison, dit Poirot, mû par une impulsion soudaine.

— Nasse ? Oui.

— Vous y êtes *chez vous,* n'est-ce pas, même si, techniquement, sir George Stubbs en est le propriétaire ? Maintenant qu'il est reparti vivre à Londres, c'est vous qui menez la maison à sa place.

À nouveau, il discerna dans son regard une lueur apeurée. Quand elle répliqua, ce fut sur un ton de politesse glacée :

— Je ne vous comprends pas très bien, monsieur Poirot. Je suis reconnaissante à sir George de me louer ce pavillon, mais je le loue bel et bien. Je lui verse un loyer annuel qui me permet d'en jouir, assorti du droit de circuler sur la propriété.

Poirot écarta les mains, paumes offertes :

— Je vous conjure de me pardonner, madame. Je ne voulais pas vous faire offense.

— Ce sera moi qui vous aurai mal compris, riposta froidement Mrs Folliat.

— Cet endroit est magnifique, reprit Poirot. La maison, les jardins… Et puis cette paix, cette sérénité.

— Oui.

Les traits de la vieille dame s'étaient illuminés :

— C'est quelque chose que nous avons toujours ressenti. Je n'étais qu'une enfant quand je suis arrivée ici.

— Mais cette paix et cette sérénité, les ressent-on encore *aujourd'hui*, madame ?

— Pourquoi pas ?

— À cause du crime impuni, martela Poirot. À cause du sang innocent versé. Tant que la malédiction n'en sera pas dissipée, il n'y aura pas de paix. Et cela, je crois que vous le savez, madame, tout aussi bien que moi.

Mrs Folliat ne releva pas. Elle ne fit pas un geste, ne dit pas un mot. Et Poirot, qui observait ce silence et cette immobilité, se demandait à quoi elle pouvait bien penser. Il se pencha légèrement en avant :

— Madame, vous savez beaucoup de choses – tout, peut-être – à propos de ce meurtre. Vous savez qui a tué cette gamine, et vous savez *pourquoi*. Vous savez qui a tué Hattie Stubbs et vous savez, peut-être, où se trouve son cadavre à l'heure qu'il est.

Mrs Folliat se décida enfin à répondre. Elle le fit d'une voix forte, presque rauque :

— Je ne sais rien. *Rien !*

— Peut-être me suis-je mal exprimé. Vous ne le savez pas, mais vous vous en *doutez,* madame. Je suis sûr que vous vous en doutez.

— Ce que vous dites est – pardonnez-moi – grotesque !

— Ce n'est pas grotesque – c'est tout autre chose. C'est *dangereux.*

— Dangereux ? Pour qui ?

— Pour vous, madame. Aussi longtemps que vous garderez pour vous ce que vous savez, vous serez en danger. Je connais mieux que vous les assassins, madame.

— Je vous ai dit que je ne savais rien.

— Vous soupçonnez, si vous préférez...

— Je ne soupçonne personne.

— Pardonnez-moi, madame, mais cela n'est pas vrai.

— Parler sur la foi de simples soupçons serait une mauvaise action... ce serait se conduire en être malfaisant.

Poirot se pencha encore plus en avant :

— Aussi malfaisant que celui qui a tué ici il y a tout juste un peu plus d'un mois ?

Elle se recroquevilla dans son fauteuil. Il l'entendit murmurer :

— Ne me parlez pas de cela.

Puis elle ajouta, après un profond soupir qui parut la secouer tout entière :

— De toute façon, ce qui est fait est fait. C'est fini... réglé.

— Comment pouvez-vous dire cela, madame ? Je puis vous assurer, sur la foi de mon expérience, que rien n'est jamais *réglé* avec un assassin.

Elle secoua la tête :

— Si. Si, c'est la fin. Et il n'est d'ailleurs rien que *je* puisse faire. Rien.

Il se leva. Et il continuait à la regarder quand elle dit, avec une sorte d'irritation :

— Après tout, même la police a renoncé.

Il fit un geste de dénégation :

— Oh ! non, madame, c'est ce qui vous trompe. La police ne renonce pas comme ça.

Puis il ajouta :

— Et moi non plus, je ne renonce pas. Souvenez-vous-en, madame. Moi, Hercule Poirot, je ne renonce pas.

C'était là une sortie bien digne de lui.

17

En quittant Nasse, Poirot se rendit au village où, après s'être renseigné, il trouva le cottage occupé par les Tucker. Les coups qu'il frappa à la porte demeurèrent un bon moment sans réponse, noyés qu'ils étaient par les récriminations de Mrs Tucker dont la voix haut perchée lui parvenait à travers le battant :

— ... et où qu'c'est-y qu'tu t'crois, Jim Tucker, à v'nir traîner tes bottes sur mon beau linoléum ? Si que j'te l'ai pas dit cent fois, c'est que j'te l'ai dit cent mille ! Ma matinée, que j'l'ai passée à l'faire briller, et v'là c'que t'en fais !

Un faible grognement trahit la réaction de Mr Tucker à cette diatribe. Un grognement manifestement destiné à calmer le jeu.

— T'as pas à oublier ! Et tout ça, de peur d'manquer les nouvelles sportives à la radio ! Saperlotte ! te faudrait pas deux minutes pour t'les ôter, ces bottes ! Et toi, Gary, fais un peu attention avec ta sucette ! Des marques de doigts poisseux, j'veux pas avoir ça sur ma théière en argent ! Marilyn, ça doit êt'quéqu'un à la porte, va voir qui qu'c'est !

La porte s'entrouvrit avec précaution et une fillette de douze ou treize ans posa un regard méfiant sur Poirot. Elle avait la joue gonflée par un bonbon, de minuscules yeux bleus dans un visage grassouillet et, somme toute, une joliesse de porcelet.

— C't'un m'sieur, m'man ! couina-t-elle.

Mrs Tucker, mèches pendouillantes sur son visage congestionné, apparut à son tour.

— Pourquoi qu'c'est-y ? fit-elle sèchement. Z'avons pas besoin de...

Elle se tut, parut hésiter :

— Attendez voir... Ça s'rait-y pas vous que j'ai vu avec le policier, l'aut'jour ?

— Pardonnez-moi, madame, de vous ramener à ces pénibles instants, dit Poirot en franchissant le seuil d'un pas décidé.

Mrs Tucker ne put s'empêcher de jeter sur son pied un regard angoissé, mais les bottines vernies à bout pointu d'Hercule Poirot n'avaient foulé que le macadam de la grand-route. Nulle parcelle de boue ne risquait d'offenser le linoléum impeccablement ciré de Mrs Tucker.

— Entrez donc, m'sieur, faites ! pépia-t-elle en s'effaçant pour lui livrer passage avant d'ouvrir d'une main preste une porte à sa gauche.

Poirot pénétra dans une petite pièce à vivre d'une propreté qui confinait à l'angoissant. Elle sentait l'encaustique et le Miror, et renfermait un lourd mobilier de chêne patiné, une table ronde, deux géraniums en pot, un pare-feu en cuivre tarabiscoté et une ribambelle de bibelots de porcelaine.

— Asseyez-vous, m'sieur. Faites donc ! J'me rappelle plus votre nom. J'crois même bien que j'l'ai jamais entendu.

— Je m'appelle Hercule Poirot, indiqua très vite Poirot. Comme je suis à nouveau de passage dans la région, je tenais à vous présenter mes condoléances et à vous demander s'il y avait eu de nouveaux développements. Je veux croire qu'on a mis la main sur le meurtrier de votre fille ?

— Sur rien de rien, qu'on a mis la main ! grinça Mrs Tucker, amère. Même que c't'une honte, si vous voulez qu'j'vous dise. M'est avis qu'la police, elle s'donne pas beaucoup d'mal quand c'est qu'y s'agit d'gens comme nous. C'est qui, d'ailleurs, la police ? S'ils sont tous comme Bob Hoskins, faudra pas s'étonner d'avoir des crimes dans tout l'pays. Tout ce qu'il sait faire, Bob Hoskins, c'est d'aller se rincer l'œil dans les voitures garées l'soir aux Pâtis !

Mr Tucker, ayant ôté ses bottes, apparut à cet instant sur le seuil en chaussettes. C'était un grand costaud au visage rougeaud et aux manières placides.

— Elle est très bien, la police, s'insurgea-t-il d'une voix enrouée. Parc'que faut ben voir qu'y z'ont leurs problèmes comme tout l'monde. Les détraqués, question d'ça, c'est pas facile d'les repérer. C'est des gens comme vous et moi, si vous voyez c'que j'veux dire, ajouta-t-il en s'adressant directement à Poirot.

La fillette qui avait ouvert la porte à Poirot pointait son nez au niveau du coude gauche de son père, et son petit frère se haussait derrière elle pour regarder le visiteur. Tous fixaient sur Poirot des yeux brillants de curiosité.

— Voici votre plus jeune fille, je suppose ? s'enquit Poirot.

— C'est Marilyn, ça, fit Mrs Tucker. Et ça, c'est Gary. Viens dire bonjour, Gary. Et tiens-toi bien !

Gary battit promptement en retraite.

— C'est l'genre timide, çui-là ! commenta la mère.

— C'est ben aimable à vous, pour sûr, d'être venu nous d'mander rapport à Marlene, s'émut Mr Tucker. Pour sûr qu'ç'a été une sale affaire.

— Je viens de voir Mrs Folliat, enchaîna Poirot. Je l'ai trouvée bien abattue.

— Elle s'en remet pas, la pauvre, gémit Mrs Tucker. C'est qu'elle est plus toute jeune, voyez-vous, et qu'ça lui a fait un choc, en plus, qu'ça soye arrivé chez elle.

Poirot remarqua une fois de plus que tout le monde, inconsciemment, continuait à considérer Mrs Folliat comme la propriétaire de Nasse House.

— Elle se sent responsable, question d'ça, renchérit Mr Tucker, alors qu'elle y est vraiment pour rien.

— Qui a eu l'idée de confier à Marlene le rôle de la victime ? demanda Poirot.

— La dame de Londres, celle qu'écrit des livres, répondit vivement Mr Tucker.

— Mais elle n'est pas d'ici. Elle ne connaissait même pas Marlene.

— C'est Mrs Masterton qu'a engagé les filles, rectifia Mrs Tucker. Alors, ça sera elle qu'aura pensé à Marlene. Et j'dois dire que ça lui plaisait bien, à la petite, d'faire ça.

Une fois de plus, Poirot eut l'impression de se heurter à un mur invisible. Mais il comprenait, maintenant, ce qu'avait ressenti Mrs Oliver au moment où elle s'était décidée à l'appeler. Quelqu'un avait œuvré dans l'ombre, avait fait exécuter ses volontés par d'autres. Mrs Oliver, Mrs Masterton... Autant de paravents !

— Je me demandais, Mrs Tucker, reprit-il, si Marlene n'aurait pas déjà eu un contact avec ce... détraqué.

— Quelqu'un comme ça aurait pas été dans ses fréquentations ! s'indigna vertueusement Mrs Tucker.

— Ah ! fit Poirot. Mais c'est que, comme le disait justement votre mari, ces gens-là ne sont pas toujours faciles à repérer. Ils sont comme... euh... comme vous et moi. Quelqu'un a pu aborder Marlene pendant la kermesse, ou même bien avant. Gagner son amitié de la façon la plus naturelle qui soit. Par des cadeaux, par exemple.

— Oh ! non, m'sieur, il aurait pas été question d'ça ! Marlene aurait jamais accepté d'cadeaux d'un inconnu. C'est pas comme ça que j'l'ai élevée.

— Mais elle aurait pu ne pas y voir de mal, insista Poirot. Supposons que la personne qui lui ait fait ces cadeaux ait été une dame comme il faut.

— Vous voulez dire, quelqu'un comme Mrs Legge, celle qu'a loué Mill Cottage ?

— Oui, acquiesça Poirot. Quelqu'un dans ce genre-là.

— L'a donné un bâton d'rouge à Marlene, un jour, admit Mrs Tucker. Même que j'en étais hors de moi. Tu t'mettras pas d'ces saletés-là sur la figure, Marlene ! que j'y ai dit. Pense un peu à c'que dirait ton père ! C'est la dame du cottage qui me l'a donné, qu'elle m'répond, effrontée comme pas deux, et même qu'elle m'a dit qu'ça m'allait bien ! Eh ben t'as pas à les écouter, ces dames de Londres, que j'y ai fait. C'est leur affaire si ça leur plaît d'se peinturlurer la figure et d'se mettre du noir sur les cils et tout partout ! Mais toi, t'es une fille honnête, que j'y ai dit, et tu vas m'faire le plaisir de t'laver la figure à l'eau et au savon et d'rester comme t'es en attendant d'être grande !

— Je suppose qu'elle n'a pas été d'accord avec vous ? sourit Poirot.

— Quand j'dis quéqu'chose, c'est pour qu'on m'écoute ! rétorqua Mrs Tucker.

La grosse Marilyn, soudain, pouffa de rire. Poirot lui jeta un bref regard.

— Mrs Legge a-t-elle donné d'autres choses à Marlene ? demanda-t-il.

— Une écharpe, j'crois bien, une écharpe qu'elle avait plus besoin, dit Mrs Tucker. Du machin voyant, mais question qualité, c'était pas ça. J'sais reconnaître la qualité quand j'la vois, dit Mrs Tucker en hochant la tête. J'travaillais à Nasse House, du temps qu'j'étais gamine. Fallait voir c'qu'elles portaient, les dames, dans c'temps-là. C'était pas des couleurs tape-à-l'œil et du nylon ou de la rayonne comme au jour d'aujourd'hui – non : de la bonne vraie soie ! Et des robes en taffetas qu'elles tenaient debout toutes seules !

— Les filles, elles aiment bien les fanfreluches, sourit Mr Tucker, bienveillant. Les couleurs vives, c'est pas pour m'gêner. Mais j'veux point de c'te saleté d'rouge à lèvres !

— J'lui secouais p't-être ben un peu trop les puces, à Marlene, renifla Mrs Tucker, dont les yeux, soudain, s'étaient embués. J'l'ai regretté, après qu'elle est partie de c'te façon affreuse. Ah! les peines et les enterrements, nous autres, on en a eu not'compte! Un malheur, il arrive jamais seul, à c'qu'on dit, et c'est ma foi ben vrai.

— Vous avez souffert d'autres deuils? s'enquit poliment Poirot.

— Oui, l'père à ma femme, expliqua Mr Tucker. L'est tombé à l'eau un soir en rentrant des *Trois Chiens* avec son bateau. C'est un faux pas qu'il a dû faire, et il aura manqué l'bord du quai. Sûr qu'à son âge, l'aurait mieux fait d'rester à la maison. Mais allez faire entendre raison à ces vieux-là! Tout le temps à traîner sur l'quai, qu'il était.

— Mon père, il savait s'occuper des bateaux comme personne, intervint Mrs Tucker. C'était déjà lui qui les gardait du temps de m'sieur Folliat, y'a des années et des années. C'est pas qu'sa mort soye une si grande perte, ajouta-t-elle sans s'émouvoir, vu qu'il avait grandement passé les quatre-vingt-dix ans et qu'il avait plus toute sa tête, et qu'c'était pas rien les bêtises qu'y débitait tout l'temps. Valait mieux qu'il s'en aille. N'empêche qu'il a fallu lui faire un enterrement à lui aussi, et qu'deux enterrements à la suite ça vous coûte des mille et des cents.

Poirot ne s'arrêta pas à ces considérations économiques. Il venait de faire un rapprochement :

— Un vieil homme... sur le quai? Je me souviens de lui. Comment s'appelait-il?

— Merdell, m'sieur. C'était mon nom d'jeune fille.

— Votre père, si mes souvenirs sont bons, avait été chef jardinier à Nasse House ?

— Non. Ça, c'était mon frère aîné. Moi, j'étais la plus jeune de la famille – on était onze enfants à la maison, faut vous dire, ajouta-t-elle non sans une certaine fierté. Pendant des années, y'aura eu des Merdell à Nasse House, mais maintenant, ils sont tous éparpillés. C'était mon père l'dernier.

— *Des Folliat, il y en aura toujours à Nasse House*, cita Poirot à mi-voix.

— J'vous demande pardon, m'sieur ?

— Je répétais ce que votre père m'a dit, le jour où je l'ai rencontré sur le quai.

— Ah ! pour ça, il en disait, des bêtises ! Combien d'fois que j'l'ai pas fait taire !

— Ainsi, Marlene était la petite-fille du vieux Merdell, murmura Poirot. Oui, je commence à comprendre.

Il se tut un instant, en proie à une intense émotion :

— Votre père, me disiez-vous, s'est noyé en tombant dans le fleuve ?

— Oui, m'sieur. L'aurait bu un coup d'trop, à c'qui paraîtrait. D'où c'est-y qu'il tenait l'argent pour ça, j'voudrais bien l'savoir. Oh ! y s'faisait bien quéqu'pourboires en donnant un coup d'main pour amarrer les bateaux. Et y m'cachait ses sous, le vieux grigou ! Oui, ce soir-là, paraîtrait qu'il avait bu un coup d'trop. L'aurait fait un faux pas, comme qui dirait, et l'aurait manqué l'bord du quai. C'qui fait qu'il est tombé à l'eau et qu'il s'est noyé. Son corps, l'courant l'a rejeté à Helmmouth le lendemain. C'était déjà miracle, vous m'direz, qu'ça soye pas arrivé plus tôt, vu qu'il allait quand même sur ses quatre-vingt-treize ans et qu'il était d'jà plus qu'à moitié aveugle de toute façon.

— Il n'en demeure pas moins que cela ne lui était *jamais* arrivé...

— Hé ! oui. Les accidents, ça vous arrive comme ça. Si c'est pas aujourd'hui, ce s'ra demain.

— Un accident, médita Poirot. Je me demande...

Il se leva. Sans pour autant cesser de marmonner :

— J'aurais dû m'en douter. Depuis longtemps. La gamine me l'avait presque dit...

— J'vous demande pardon, m'sieur ?

— Rien, mentit Poirot. Recevez encore mes condoléances. Pour la mort de votre fille et pour celle de votre père.

Il leur serra la main et sortit. Il ne cessait de se parler à lui-même :

— Je me suis montré stupide... absolument stupide ! J'ai tout pris dans le mauvais sens, par le côté qu'il ne fallait pas !

— Hep ! m'sieur...

On l'appelait tout bas. Poirot regarda autour de lui. Marilyn, la petite boulotte, se tenait dans l'ombre du mur de la maison. Elle lui fit signe d'approcher et se mit à chuchoter, très vite :

— Elle sait pas tout, m'man. C'est pas la dame du cottage qu'a donné l'écharpe à Marlene.

— Comment l'a-t-elle eue ?

— Elle l'a achetée à Torquay. Et du rouge à lèvres, aussi, et même du parfum : « Nuit de Paris », que ça s'appelait. Et un pot de fond de teint, comme elle avait vu sur une réclame.

Elle gloussa un peu, puis dit encore :

— M'man en sait rien. Elle planquait tout dans le fond de son tiroir, Marlene, sous ses tricots. Quand elle allait au cinéma, elle se maquillait en cachette dans les toilettes de l'arrêt d'autobus !

Elle gloussa de plus belle :

— Maman, elle s'en est jamais doutée !

— Et elle a trouvé toutes ces choses après la mort de ta sœur ?

Marilyn secoua vivement sa tête blonde auréolée de bouclettes :

— Non ! C'est moi qui les ai, maintenant – dans mon tiroir. Elle en sait rien, m'man.

Poirot la regarda avec considération :

— Tu m'as l'air d'être une sacrée maligne, Marilyn.

Marilyn eut un petit sourire penaud :

— Miss Bird, elle dit que c'est même pas la peine que j'essaie d'entrer à la grande école.

— Il n'y a pas que la grande école, dans la vie, dit Poirot. Dis-moi, Marilyn : comment Marlene a-t-elle eu l'argent pour acheter ces objets ?

Marilyn se mit à regarder obstinément la gouttière.

— Ch'sais pas, dit-elle enfin.

— Moi, je crois pourtant que tu le sais, dit Poirot.

Sans s'embarrasser de scrupules, il tira de sa poche une demi-couronne, puis une autre :

— J'ai entendu parler d'un nouveau rouge à lèvres très joli – le « Rouge baiser ».

— Ça doit être formidable, avec un nom pareil ! s'enthousiasma Marilyn en tendant sa petite main vers les pièces.

Puis, baissant la voix d'un ton :

— Elle espionnait un peu tout le monde, Marlene. Elle épiait tout ce qui se fricotait dans le coin... vous savez quoi. Après, elle promettait de rien dire. Alors, les gens, ils lui donnaient un petit cadeau, vous comprenez ?

Poirot lâcha les cinq shillings.

— Je comprends, dit-il.

Il salua Marylin. Et, tout en s'éloignant, il répéta pour lui-même, mais cette fois d'un ton pénétré :

— Je comprends !

Les pièces du puzzle s'ordonnaient. Pas toutes. Et l'image était encore loin d'être nette – mais il était sur la bonne voie. Une voie royale, tracée devant lui depuis le premier jour, et qu'il aurait vue s'il avait été un peu plus malin ! Sa première conversation avec Mrs Oliver, quelques mots prononcés par Michael Weyman, sa rencontre avec Merdell, sur le quai, et ce que lui avait dit ce jour-là le vieil homme, une phrase limpide dans la bouche de miss Brewis, l'arrivée d'Étienne de Sousa...

Une cabine téléphonique jouxtait le bureau de poste du village. Il s'y engouffra et composa un numéro. Quelques minutes plus tard, il était en communication avec l'inspecteur Bland.

— Monsieur Poirot ? D'où m'appelez-vous ?

— De Nassecombe.

— Mais vous étiez à Londres hier après-midi ?

— Il ne faut guère plus de trois heures et demie pour arriver ici, pour peu qu'on prenne le bon train, fit remarquer Poirot. J'ai une question à vous poser.

— Oui ?

— Sur quel genre de yacht Étienne de Sousa naviguait-il ?

— Je crois comprendre pourquoi vous me demandez cela, monsieur Poirot, mais je peux tout de suite vous répondre par la négative : il n'y avait ni doubles cloisons ni compartiment secret. Nous les aurions trouvés. Il n'y avait pas le moindre recoin où dissimuler un cadavre.

— Vous vous trompez, mon tout bon, ce n'est pas ce qui m'intéresse. Je vous demande seulement quel genre de yacht : petit, grand ?

— Oh ! c'était un superbe bateau. Il a dû coûter les yeux de la tête. Le summum du luxe, impeccablement entretenu et somptueusement aménagé.

— Voilà qui me comble ! s'exclama Poirot.

Il y avait dans sa voix une telle jubilation que l'inspecteur Bland en demeura pantois :

— Où voulez-vous en venir, monsieur Poirot ?

— Étienne de Sousa est richissime. Et cela, mon bon ami, revêt pour moi une importance capitale.

— Pourquoi ?

— Parce que cela cadre avec ma dernière hypothèse.

— Vous avez donc une hypothèse ?

— Oui. J'en ai une enfin ! Jusqu'ici, je me suis comporté comme le dernier des imbéciles.

— Dois-je en conclure que nous nous sommes *tous* comportés comme les derniers des imbéciles ?

— Non, dit Poirot. C'est de moi que je parle. J'ai eu la chance inouïe qu'une piste d'une aveuglante évidence se déroule devant moi... et je n'ai pas su la voir.

— Tandis que maintenant, vous êtes certain de posséder la clé de l'énigme ?

— Je le crois, en effet.

— Écoutez, monsieur Poirot…

Mais Poirot avait déjà raccroché. Et, après avoir cherché de la monnaie au fond de ses poches, il demanda à entrer en communication avec Mrs Oliver au numéro londonien de cette dernière.

— Mais, s'empressa-t-il, ce faisant, de préciser à l'opératrice, ne dérangez à aucun prix cette personne si elle est en train de travailler.

Il ne se souvenait que trop des amers reproches de Mrs Oliver l'accusant, un jour, de l'avoir stoppée en plein élan créateur, privant ainsi et à jamais le monde d'une fabuleuse énigme policière tout entière centrée sur un gilet de laine à manches longues tricoté à l'ancienne. Mais l'opératrice ne s'émut pas de tels scrupules.

— Au bout du compte, s'énerva-t-elle, vous voulez parler à cette dame, ou vous ne voulez pas ?

— Je veux lui parler ! trancha Poirot, sacrifiant le génie créateur de Mrs Oliver sur l'autel de son impatience.

Il respira cependant mieux quand il entendit la voix de la romancière au bout du fil. Elle coupa court à ses excuses :

— Votre appel tombe à pic ! trémola-t-elle. Je m'apprêtais à partir pour donner une conférence intitulée *Comment j'écris mes livres*. Maintenant, je vais pouvoir charger ma secrétaire de téléphoner que je suis inopinément retenue.

— Mais, madame, je m'en voudrais de vous empêcher de…

— Vous ne m'empêchez de rien du tout ! se réjouit bruyamment Mrs Oliver. Au contraire, ç'aurait été tragique ! Je me serais ridiculisée ! Car, après tout, que peut-on bien trouver à *dire* sur la façon dont on écrit ses livres ? Enfin quoi, il faut d'abord chercher une idée, et puis quand on l'a trouvée, il faut s'obliger à s'asseoir à sa table et à l'écrire. C'est tout ! Il ne m'aurait pas fallu trois minutes pour expliquer ça, la conférence se serait achevée là, et toute l'assistance m'aurait regardée de travers. Je ne comprends pas pourquoi tout le monde exige à tout propos que les écrivains *parlent* d'écriture. J'ai toujours eu plutôt tendance à estimer que le métier d'écrivain consistait non pas à parler mais à écrire !

— Et c'est pourtant là-dessus que je voulais vous interroger.

— Allez-y toujours, consentit Mrs Oliver, mais je serais étonnée que vous soyez satisfait de la réponse. On s'assied, et on écrit. Oh ! un quart de seconde... j'ai sur la tête un chapeau d'un grotesque achevé que j'avais mis pour cette conférence... et il *faut* que je l'enlève. J'en ai le front qui me démange.

Un court silence suivit, après lequel Mrs Oliver reprit, soulagée :

— Les chapeaux, de nos jours, ne sont plus que des symboles, vous ne trouvez pas ? C'est vrai, ça, on ne les porte plus pour des raisons raisonnables, pour se tenir la tête au chaud ou pour la protéger du soleil, ou encore pour se cacher des gens par qui on ne veut pas être reconnu... Pardonnez-moi, monsieur Poirot, vous disiez quelque chose ?

— Non, c'était une simple exclamation. C'est extraordinaire, avoua Poirot non sans une certaine stupéfaction dans la voix. Vous me donnez toujours des idées ! Comme le faisait mon bon ami Hastings, que je n'ai pas revu depuis des années et des années. Vous venez de me fournir la solution à l'un des aspects de mon problème. Mais laissons cela de côté. Et venons-en à la question que j'ai à vous poser. Connaissez-vous un savant atomiste, madame ?

— Si je connais un savant atomiste ? s'étonna Mrs Oliver. Je n'en sais rien. Ça n'est pas impossible. Je connais pas mal de professeurs et de gens dans ce genre-là, de chercheurs. Mais je n'ai jamais très bien su ce qu'ils faisaient *au juste.*

— Vous avez cependant introduit un personnage de Savant atomiste dans votre Course à l'Assassin ?

— Ah, *ça* ! C'était simplement pour faire moderne. Vous savez, quand j'ai voulu acheter des cadeaux pour mes neveux, à Noël dernier, je n'ai vu dans les magasins que de la science-fiction et des jouets supersoniques, si bien qu'au moment d'imaginer cette Course à l'Assassin, je me suis dit : « Soyons modernes, prenons un savant atomiste comme suspect numéro un. » Je savais qu'après tout, pour le jargon technique, je pourrais toujours faire appel à Alec Legge.

— Alec Legge... le mari de Sally Legge ? C'est un spécialiste de l'atome ?

— Mais bien sûr ! Il travaille... Non, pas à Harwell. À Wales quelque chose. À Cardiff. Ou ne serait-ce pas plutôt Bristol ? Ce qu'il y a de sûr, c'est qu'ils n'ont loué ce cottage que pour y passer des vacances. Mais enfin bref, maintenant que vous m'y faites penser, je *connais* après tout bel et bien un savant atomiste !

— Et c'était peut-être le fait de l'avoir rencontré à Nasse House qui vous aura mis cette idée en tête ? Mais sa femme n'est pas yougoslave.

— Ah, ça, *non !* clama Mrs Oliver. Sally est aussi anglaise qu'on peut l'être. Même vous, vous avez dû vous en rendre compte ?

— D'où vous est venue, alors, cette idée de l'épouse yougoslave ?

— Je n'en sais vraiment rien... Des réfugiées, peut-être ? Ou des étudiantes ? Toutes ces étrangères de l'Auberge de Jeunesse qui passent leur temps à envahir la propriété par les bois et qui parlent un anglais de cuisine.

— Je saisis... Oui, je saisis maintenant tout un tas de choses.

— Ce n'est pas trop tôt, ronchonna Mrs Oliver.

— Je vous demande bien pardon ?

— Je disais que ça n'était pas trop tôt. Que vous commenciez à saisir ce qui s'est passé, veux-je dire. Parce que enfin, jusqu'ici, vous ne donniez pas l'impression d'avoir fait grand-chose.

— On ne résout pas ce genre de problème en un tournemain, se défendit Poirot. La police elle-même y perd son latin.

— Oh ! la police... renifla Mrs Oliver. Tant qu'on ne mettra pas une femme à la tête de Scotland Yard...

Reconnaissant un air bien connu. Poirot se hâta de l'interrompre :

— C'était une affaire compliquée. Extrêmement compliquée. Mais cette fois – que cela reste entre nous –, je tiens le bon bout !

Mrs Oliver resta de glace :

— J'observe quand même qu'il aura fallu attendre pour ça que deux personnes soient assassinées.

— Trois, rectifia Poirot.

— Trois ? Qui est la troisième ?

— Un vieil homme – un dénommé Merdell, répondit Poirot.

— Je n'étais pas au courant, s'indigna Mrs Oliver. Les journaux n'en ont pas parlé ?

— Non, dit Poirot. Jusqu'ici, personne n'a soupçonné que cela pouvait être autre chose qu'un accident.

— Or, ce n'en était pas un ?

— Non, répéta Poirot.

— Mais alors, qui est-ce qui a fait le coup ? Qui est-ce qui a fait *les* coups, devrais-je dire ? À moins que vous ne puissiez pas me dévoiler tout cela au bout du fil ?

— Ce n'est effectivement pas le genre de choses dont on peut discuter au téléphone, s'empressa de décréter Poirot.

— Dans ce cas, je raccroche ! menaça Mrs Oliver. Vous me mettez au supplice !

— Attendez quand même un petit peu, tenta de la tempérer Poirot. Il y a encore quelque chose d'autre que je voulais vous demander. Allons, bon ! Qu'est-ce que cela pouvait bien être au juste ?

— C'est l'âge qui veut ça, s'émut Mrs Oliver. Ça m'arrive à moi aussi. On pense aux choses, et puis on les oublie...

— Il s'agissait d'un petit rien... d'un détail qui me tracassait. J'étais dans l'abri à bateaux...

Il battit le rappel de ses souvenirs. La pile de bandes dessinées. Les petites phrases griffonnées par Marlene dans les marges : « Albert couche avec Doreen. » Il avait eu le sentiment que quelque chose manquait… et qu'il fallait qu'il interroge Mrs Oliver sur la question.

— Vous êtes toujours là, monsieur Poirot ? s'inquiéta Mrs Oliver.

Au même moment, la voix de l'opératrice retentit sur la ligne. Elle exigeait d'autres pièces.

Poirot s'exécuta, puis s'enquit :

— Vous êtes toujours en ligne, madame ?

— Bien sûr que j'y suis ! glapit Mrs Oliver. Ne continuons pas à gaspiller tout votre argent à nous demander l'un l'autre si nous sommes là ! De quoi s'agissait-il ?

— D'un élément très important. Vous avez toujours en mémoire le scénario de votre Course à l'Assassin ?

— Bien sûr que je l'ai encore en mémoire ! Est-ce que ce n'est pas précisément ce dont nous étions en train de parler ?

— J'ai commis une grave erreur, confessa Poirot. Je n'ai pas lu le texte que vous aviez remis aux participants. La découverte du crime a fait passer ce type de préoccupations au second plan. Or, vous êtes un être sensible, madame. Les ambiances, la personnalité des gens que vous rencontrez exercent sur vous leur influence. Et cela, vous nous le rendez dans vos livres. Non pas de manière évidente et grossière, mais comme une sorte de terreau sur lequel votre cerveau fertile cultive son inspiration.

— Voilà qui est fort joliment formulé, observa Mrs Oliver. Mais que voulez-vous dire au juste ?

— Que vous en avez toujours su davantage sur ce crime que vous ne vous en rendiez compte. Mais venons-en maintenant à la question que je veux vous poser – aux deux questions, en fait ; mais la première est d'une importance extrême. Avez-vous, quand vous avez imaginé cette Course à l'Assassin, décidé dès le début qu'on découvrirait le corps de la victime dans l'abri à bateaux ?

— Non, pas du tout.

— Où aviez-vous prévu que cela se passerait ?

— Dans cet amusant petit salon d'été enfoui sous les massifs de rhododendrons, non loin de la maison. Cela me paraissait l'endroit idéal. Mais quelqu'un, je ne sais plus au juste qui, s'est aussitôt mis à insister sur le fait qu'il vaudrait mieux qu'on le découvre dans la Folie. Bon, ça, c'était, bien évidemment, une idée *absurde* ! N'importe qui pouvait y entrer par hasard et tomber sur le cadavre sans avoir trouvé le moindre indice ni suivi la filière. Les gens sont d'une bêtise ! Il n'était, cela va sans dire, pas question que j'accepte *ça*.

— Ce qui fait que, de guerre lasse, vous avez accepté l'abri à bateaux ?

— Oui, c'est bien comme ça que ça s'est passé. Je continuais à penser que le petit salon d'été aurait beaucoup mieux convenu, mais je n'avais pas d'objection majeure concernant l'abri à bateaux.

— Eh oui ! Je reconnais bien là la technique dont nous avons déjà parlé le premier jour. Autre chose encore : vous m'avez bien dit que le dernier indice était une phrase écrite sur l'un des recueils de bandes dessinées confiés à Marlene pour l'aider à passer le temps ?

— Oui, bien sûr.

— Dites-moi, était-ce quelque chose comme (Poirot se concentra pour retrouver les termes exacts des gribouillis qu'il avait déchiffrés dans les marges des recueils en question) : « Albert couche avec Doreen – Georgie Porgie embrasse les auto-stoppeuses dans les bois – Peter pince les fesses des filles au cinéma » ?

— Seigneur Dieu, non ! s'écria Mrs Oliver, un tantinet choquée. Ça n'avait rien d'aussi bébête que ça ! Non, en ce qui me concerne, il s'agissait d'un indice franc et sincère.

Elle baissa la voix pour énoncer, d'un ton mystérieux :

— *Regardez dans le sac à dos de la touriste.*

— Épatant ! applaudit Poirot. É-pa-tant ! Il va de soi qu'*il fallait* que le recueil portant cette inscription disparaisse. Il aurait pu donner des idées à quelqu'un !

— Le sac à dos était par terre, à côté du corps, et...

— Ah ! mais c'est à un autre sac à dos que je suis en train de penser !

— Vous m'embrouillez, avec tous vos sacs à dos, larmoya Mrs Oliver. Il n'y en avait qu'un dans mon scénario policier. Vous ne voulez pas savoir ce qu'il contenait ?

— Certainement pas ! coupa Poirot. C'est-à-dire, s'empressa-t-il d'ajouter poliment, que je serais ravi de le savoir, bien sûr, mais que...

Mrs Oliver balaya le « mais que » :

— C'était très astucieux, à *mon* avis, ronronna-t-elle, toute sa vanité d'auteur retrouvée. Car voyez-vous, dans le sac à dos de Marlene, censé être le sac à dos de l'épouse yougoslave, si vous me suivez...

— Oui, oui, balbutia Poirot, sentant qu'il allait, une fois encore, se perdre dans les brumes.

— Eh bien, il y avait dedans une fiole de médicament contenant du poison qui avait servi au châtelain du lieu pour assassiner sa femme. Car, voyez-vous, la Yougoslave, qui était venue autrefois en Angleterre faire ses études d'infirmière, avait travaillé au château à l'époque où le colonel Blunt empoisonnait sa femme pour s'approprier sa fortune. Et elle, l'infirmière, avait fait main basse sur ladite fiole avant de repartir pour son pays, d'où elle était ensuite revenue histoire de le faire chanter. Ce qui est d'ailleurs, bien évidemment, la raison pour laquelle il l'avait tuée. Est-ce que ça cadre, monsieur Poirot ?

— Cadre avec quoi ?

— Eh bien, avec vos idées ! s'énerva Mrs Oliver.

— Pas du tout ! riposta Poirot avant d'ajouter précipitamment : Mes félicitations, tout de même, madame. Votre Course à l'Assassin était si ingénieusement ficelée que je parie que personne n'a remporté le prix.

— Mais si ! se rengorgea Mrs Oliver. Assez tard, vers 7 heures. Une vieillarde opiniâtre que tout le monde croyait gâteuse. Elle a trouvé un à un tous les indices, a trottiné, triomphante, jusqu'à l'abri à bateaux… et y est tombée dans les bras de la police. Ce qui fait qu'elle y a découvert qu'un meurtre avait effectivement eu lieu mais qu'elle a été la dernière de toute la kermesse à le savoir. En tout cas, on lui a décerné le prix.

Et d'ajouter, avec satisfaction :

— Quant à l'affreux énergumène bourré de taches de rousseur qui prétendait que je buvais comme un trou, il n'est pas allé plus loin que le bosquet de camélias !

— Il faudra, madame, que vous me racontiez un jour votre scénario dans ses moindres détails.

— En réalité, se rebiffa Mrs Oliver, j'envisage d'en tirer un roman. Ce serait dommage d'éventer le sujet.

Peut-être ne serait-il pas mauvais de signaler ici que, quelque trois ans plus tard, il arriva parfois à Hercule Poirot, plongé dans la lecture de *La Femme dans le bois,* d'Ariadne Oliver, de se demander s'il rêvait ou si un certain nombre de personnages et de faits ne lui étaient pas vaguement familiers.

18

Le soleil se couchait quand Poirot arriva devant ce qu'on appelait, selon les cas, Mill Cottage ou « le Cottage rose, du côté de la crique des Lawder ». Il frappa, et la porte s'ouvrit avec une violence qui le fit sursauter. Le jeune homme furibond qui apparut sur le seuil le dévisagea un moment sans le reconnaître. Puis il laissa échapper un ricanement bref :

— Ah ! Ce n'est que notre limier ! Entrez donc, monsieur Poirot. J'étais en train de boucler mes valises.

Poirot accepta l'invitation. Le cottage était assez vilainement meublé et, présentement, les effets personnels d'Alec Legge y tenaient une place incongrue. Livres, revues, vêtements s'étalaient partout, et une valise ouverte était posée à même le sol.

— Tout ce qu'il reste d'une vie de couple ! marmonna Alec Legge. Sally m'a plaqué. Vous le saviez, sans doute ?

— Non, absolument pas.

Alec Legge éclata de nouveau de son petit ricanement saccadé :

— Ravi qu'il y ait au moins quelque chose que vous ne saviez pas. Eh bien, oui : elle en a eu assez de notre existence à deux. Elle va refaire sa vie avec cet architecte à la noix.

— Vous m'en voyez désolé, compatit Poirot.

— Je ne vois pas en quoi ça pourrait vous désoler.

— Je le suis pourtant, insista Poirot en repoussant deux bouquins et une chemise pour s'asseoir sur un coin du divan. Parce que je ne pense pas qu'elle sera heureuse avec lui comme elle aurait pu l'être avec vous.

— On ne peut pas dire qu'elle ait été particulièrement heureuse avec moi depuis six mois.

— Six mois ne représentent pas grand-chose quand on songe à ce que peut être le bonheur d'une longue vie à deux.

— Vous prêchez comme un cureton !

— Peut-être bien. Mais permettez-moi de vous dire, Mr Legge, que si votre femme ne s'est pas sentie heureuse avec vous, c'était probablement plus de votre faute que de la sienne.

— C'est en tout cas sûrement ce qu'elle pense. Tout est de ma faute, sans doute.

— Pas tout. Mais une bonne partie.

— Allez-y, collez-moi sur le dos la responsabilité pleine et entière ! Je ne sais pas ce qui me retient d'aller piquer une tête dans ce foutu fleuve et d'en finir une bonne fois pour toutes.

Poirot l'observait, pensif.

— J'ai plaisir à constater, remarqua-t-il, que vous êtes désormais plus préoccupé de vos propres malheurs que de ceux de l'humanité.

— Qu'elle aille au diable, l'humanité ! tempêta Mr Legge.

Sur quoi il ajouta avec amertume :

— J'ai bien l'impression que je n'ai pas cessé de me conduire comme un imbécile.

— Exact, en convint Poirot. Mais je dirais que vous avez été plus malchanceux que réellement à blâmer.

Alec Legge releva la tête pour regarder Poirot bien en face :

— Qui vous a payé pour surveiller mes faits et gestes ? Sally ?

— Qu'est-ce qui vous fait croire ça ?

— Il n'y a pas eu de poursuite officielle. J'en ai conclu que votre mission de surveillance était d'ordre privé.

— Vous vous êtes fourré le doigt dans l'œil, dit Poirot. Je ne suis jamais venu à Nasse pour surveiller vos faits et gestes, comme vous dites. En arrivant ici, j'ignorais jusqu'à votre existence.

— Comment savez-vous alors que j'ai joué de malchance, ou que je me suis conduit comme un imbécile ?

— Parce que j'observe et que je réfléchis. Me permettez-vous de vous dire ce que j'ai cru comprendre, et me répondrez-vous franchement ?

— Dites toujours, répondit Alec Legge. Mais ne comptez pas sur moi pour vous aider.

— Je pense, dit Poirot, que vous avez, il y a quelques années, éprouvé de l'intérêt et de la sympathie pour un certain parti politique. Comme, d'ailleurs, bon nombre de jeunes gens et de chercheurs de votre génération. Mais dans la profession que vous exercez, ce genre de sympathies vous rend automatiquement suspect. Je ne crois pas que vous ayez été sérieusement compromis, mais je *présume* que des pressions ont été exercées sur vous pour vous inciter à vous engager plus avant et d'une manière qui ne vous plaisait pas. Comme vous tentiez de vous y soustraire, on vous a menacé. On vous a fixé un rendez-vous. Je ne connaîtrai sans doute jamais le nom de l'individu que vous deviez rencontrer. Il restera pour moi *le garçon à la chemise aux tortues*.

Alec Legge partit soudain d'un grand éclat de rire :

— J'imagine que cette chemise était censée avoir un côté gag. Mais sur le moment, je n'avais pas trouvé ça drôle du tout !

Hercule Poirot poursuivit :

— Entre votre souci de l'avenir de l'humanité et les angoisses nées de votre engagement politique, vous êtes devenu, si je puis dire, impossible à vivre pour votre femme. Vous ne vous êtes jamais confié à elle. C'est bien dommage, car je la crois loyale, et si elle avait pu savoir à quel point vous étiez désespéré, elle aurait été à vos côtés pour vous soutenir dans cette épreuve. Faute de quoi, elle s'est tournée vers l'un de ses anciens soupirants, Michael Weyman, et la comparaison n'a pas joué en votre faveur.

Il se leva :

— Je vous conseille, Mr Legge, de boucler vos bagages au plus vite, de rejoindre votre femme à Londres et de lui demander de vous pardonner en lui racontant tout ce qui vous est arrivé.

— C'est ça ce que vous me conseillez, hein ? grinça Alec Legge. Et en quoi, s'il vous plaît, tout cela vous regarde-t-il ?

— En rien, dit Hercule Poirot en se dirigeant vers la porte. Seulement il se trouve que j'ai toujours raison.

Il y eut un moment de silence. Puis Alec Legge se remit à rire à gorge déployée :

— Je crois bien, figurez-vous, monsieur Poirot, que je vais suivre votre conseil ! Divorcer coûte les yeux de la tête. Et puis de toute façon, une fois qu'on a déniché la femme que l'on voulait, il y aurait quelque chose d'humiliant à ne pas être capable de la retenir. Je vais filer tout droit jusqu'à son appartement de Chelsea, et si je trouve Michael Weyman sur les lieux, je me ferai une joie de l'étrangler avec cette cravate tricotée de tapette qui lui pendouille toujours autour du cou. Ça me fera un sacré bien ! Oh ! oui, ma parole ! Un sacré bien !

Ses traits, soudain, s'illuminèrent d'un sourire qui le transfigura :

— Pardon pour mon caractère de cochon. Et merci mille fois.

Ce disant, il administra une grande claque sur l'épaule de Poirot. Et il s'en fallut de peu que ce dernier, surpris par la violence du coup, ne perde l'équilibre.

L'amitié de Mr Legge se révélait plus redoutable, au fond, que son inimitié.

— Et maintenant, grommela Hercule Poirot en s'éloignant de Mill Cottage, les pieds plus douloureux que jamais et les yeux tournés vers les cieux qui s'assombrissaient, quelle direction dois-je prendre ?

19

En entendant annoncer Hercule Poirot, le chef de la police du comté et l'inspecteur Bland sautèrent sur leurs pieds. Le major Merrall n'était pas de très bonne humeur. Et il avait fallu toute la tranquille obstination de Bland pour le convaincre de renoncer au dîner auquel il était convié ce soir-là.

— Je sais, Bland, je sais, avait-il dit d'un ton agacé. Ce petit Belge était un aigle, en son temps – mais ça ne date pas d'hier, mon vieux ! Quel âge peut-il avoir ?

Bland avait, avec tact, éludé cette question dont il ne connaissait d'ailleurs pas la réponse. Poirot lui-même restait toujours d'une discrétion extrême sur le sujet.

— Ce que je vois, monsieur, c'est qu'il était *présent*... sur les lieux. Or, nous n'avons pas progressé d'un pouce sur cette affaire. Devant un mur, voilà où nous en sommes.

Le chef de la police s'était mouché avec irritation :

— Je sais. Je sais. Je finirai par croire à la thèse de l'obsédé sexuel chère à notre Mrs Masterton. Je serais même prêt à lui fournir ses chiens de Saint-Hubert si je savais sur quelle piste les lancer.

— Des chiens courants, ça ne peut pas suivre une piste bien loin dans l'eau.

— Oui. Je sais ce que vous pensez depuis le début, Bland. Et je serais tenté d'être d'accord avec vous. Mais il n'y a pas le moindre mobile, et vous le savez. Pas l'ombre d'un mobile.

— Il est peut-être à rechercher plus loin, ce mobile. Dans les îles...

— Vous voulez dire que Hattie Stubbs aurait su quelque chose sur Sousa concernant sa vie là-bas ? Ce n'est pas tout à fait impossible, compte tenu de ce qu'elle était. Un peu simplette, à en croire l'opinion générale. Capable de dire ce qu'elle savait à tout moment et à n'importe qui. C'est comme ça que vous voyez les choses ?

— Plus ou moins.

— Dans ce cas, il aura mis longtemps à traverser l'Océan pour régler le problème.

— On peut supposer qu'il ne savait pas très bien ce qu'elle était devenue. Selon sa propre version, c'est par le plus grand des hasards qu'il serait tombé, dans les potins mondains d'un magazine à la mode, sur un écho relatif à Nasse House et à sa superbe *châtelaine*. (Ce qui pour moi, avait ajouté Bland entre parenthèses, avait toujours été une espèce de machin en orfèvrerie que les femmes s'accrochaient à la ceinture du temps de mon arrière-grand-mère et où elles fourraient leurs montres, leurs clés et leurs instruments de couture. Bonne idée d'ailleurs. Si elles avaient gardé ça, ces gourdes ne seraient pas constamment en train d'abandonner leur sac à main dans tous les coins. Cela dit, il semble cependant que, chez les membres de notre gratin francophile, ce terme de *châtelaine* désigne la maîtresse de maison.) Cette histoire de magazine est peut-être exacte, et il n'est après tout, pas formellement exclu qu'il ignorait où se trouvait sa cousine, et ne savait pas non plus, jusqu'à cette lecture, si elle était mariée ou non.

— Sur quoi, l'ayant appris, il aurait hissé la grand-voile et cinglé jusqu'ici sur son superbe yacht pour l'assassiner ? Cela me paraît tiré par les cheveux, Bland. Vraiment tiré par les cheveux.

— Mais pas rigoureusement impossible, monsieur.

— Et que diable cette fille aurait donc pu savoir sur son compte ?

— Souvenez-vous de ce qu'elle a dit à son mari : « Il tue les gens. »

— Elle aurait été témoin d'un meurtre ? Quand elle avait treize ou quatorze ans ? Et elle serait la seule à pouvoir le dénoncer ? Vous ne croyez pas qu'il s'en serait éperdument fichu ?

— Nous ignorons les faits, avait insisté Bland, têtu. Or, vous savez mieux que quiconque, monsieur, qu'une fois que l'on sait *qui* a commis un délit, on a de grandes chances, en recherchant des preuves, *de les trouver.*

— Hum ! Nous avons enquêté sur Sousa – discrètement, par les canaux habituels, et cela ne nous a menés nulle part.

— C'est précisément pourquoi, monsieur, ce drôle de petit Belge peut peut-être nous tirer une épine du pied. Il était sur les lieux – voilà ce qui me paraît primordial. Lady Stubbs lui a parlé. Dans le flot de futilités qu'elle lui a sans doute débitées, il a pu relever certains éléments qui l'auront aiguillé sur une piste. Ce qu'il y a de sûr, c'est qu'il vient de passer la majeure partie de la journée à Nassecombe.

— Et il vous a appelé pour vous demander quel genre de yacht possédait Étienne de Sousa ?

— Ça, ç'avait été son premier coup de fil, oui. Le second, c'était pour me prier d'organiser ce rendez-vous.

— En tout cas, avait grommelé le chef de la police en jetant un coup d'œil à sa montre, s'il n'est pas ici dans cinq minutes...

Mais c'est à cet instant précis qu'on avait fait entrer Hercule Poirot.

Son apparence n'était pas aussi soignée que de coutume. Ramollis par l'atmosphère humide du Devonshire, les crocs de sa moustache pendouillaient tristement. Ses bottines vernies à bout pointu étaient maculées de boue. Il claudiquait en marchant et avait le cheveu ébouriffé.

— Ainsi donc, vous êtes M. Poirot, dit le chef de la police du comté en lui serrant la main. Nous sommes fascinés par vos mérites, nous trépignons d'impatience à la perspective d'entendre ce que vous avez à nous dire.

L'ironie perçait sous les mots, mais Poirot, pour trempé qu'il fût, n'était pas d'humeur à se laisser démonter par la froideur de cet accueil.

— Je n'arrive pas à comprendre, dit-il, comment j'ai pu être aveugle à ce point.

Le chef de la police resta de marbre :

— Est-ce à dire que vous y voyez clair désormais ?

— Oui, à quelques détails près. Mais je commence à avoir une assez bonne idée d'ensemble.

— Il nous faut plus que des idées, rétorqua sèchement le chef de la police. Il nous faut des preuves. En avez-vous découvert, monsieur Poirot ?

— Je peux vous dire où les trouver.

— Par exemple ? intervint l'inspecteur Bland.

Poirot, se tournant vers lui, répondit par une question :

— Étienne de Sousa, je suppose, a quitté le pays ?

— Il y a quinze jours, gémit Bland. Et nous ne remettrons pas facilement la main sur lui.

— On pourrait l'inciter à revenir...

— L'inciter ? Cela signifierait-il qu'il n'y aura pas suffisamment de preuves pour justifier une demande d'extradition ?

— Il n'est pas question de demander son extradition. Quand il connaîtra les faits...

— Mais *quels* faits, monsieur Poirot ? s'écria le chef de la police avec irritation. Quels *sont-ils,* ces fameux faits dont vous semblez vous gargariser ?

— Le fait qu'Étienne de Sousa soit arrivé à bord d'un yacht luxueux, prouvant par là que sa famille est riche ; le fait que le vieux Merdell n'était autre que le grand-père de Marlene Tucker – ce que j'ignorais jusqu'à ce jour – ; le fait que lady Stubbs raffolait des chapeaux de coolie chinois ; le fait que Mrs Oliver, en dépit de son imagination débordante et regrettablement débridée, soit, sans le savoir, fine psychologue ; le fait que Marlene Tucker cachait des bâtons de rouge à lèvres et des flacons de parfum dans le tiroir de sa commode ; le fait que miss Brewis nous ait affirmé qu'elle avait apporté un plateau à Marlene Tucker à la demande de lady Stubbs.

— Des faits ? fulmina le chef de la police, les yeux hors de la tête. Vous appelez cela des *faits* ? Mais il n'y a rien, là-dedans, que nous ne sachions déjà !

— Vous préféreriez des preuves – des preuves irréfutables ? Par exemple, le cadavre de lady Stubbs ?

C'était au tour de Bland, maintenant, d'avoir les yeux qui lui sortaient de la tête :

— Vous avez trouvé le cadavre de lady Stubbs ?

— Je ne l'ai pas, à proprement parler, trouvé... *mais je sais où il est caché.* Vous n'avez qu'à y aller et, une fois que vous l'aurez mis au jour, alors... *alors,* vous l'aurez, votre preuve – et toutes les autres preuves que vous pouvez souhaiter. Car il n'y a qu'une seule personne qui ait pu le cacher là.

— Et qui donc ?

Hercule Poirot sourit – du sourire satisfait du matou qui vient de laper une assiettée de crème :

— La première personne sur laquelle doivent toujours se porter les soupçons. Le *mari.* Sir George Stubbs a assassiné sa femme.

— Mais ça, c'est impossible, monsieur Poirot ! Nous *savons* que c'est impossible !

— Oh ! non, dit Poirot. Ce n'est pas impossible du tout. Écoutez, et je vais vous expliquer pourquoi.

20

Hercule Poirot s'arrêta un instant devant le lourd portail de fer forgé pour contempler l'allée qui s'incurvait en direction de la demeure. Les dernières feuilles mordorées tombaient des frondaisons. Les cyclamens n'étaient plus qu'un souvenir.

Poirot soupira. Puis, obliquant vers le petit pavillon au portique blanc, il toqua doucement à la porte.

Un moment s'écoula avant qu'il n'entende des pas à l'intérieur, des pas lents et hésitants. La porte s'ouvrit sur Mrs Folliat. Il ne fut pas surpris, cette fois, de la trouver aussi frêle et vieillie.

— Monsieur Poirot ? souffla-t-elle. Encore vous ?
— Puis-je entrer ?
— Bien sûr.

Il la suivit jusque dans son petit salon.

Elle lui proposa du thé, qu'il refusa. Puis elle demanda d'une voix tranquille :

— Pourquoi êtes-vous venu ?
— Je crois que vous vous en doutez, madame.

Elle biaisa :

— Je suis très fatiguée.

— Je le sais.

Il poursuivit, après un bref silence :

— Il y a déjà trois morts. Hattie Stubbs, Marlene Tucker, le vieux Merdell...

— Merdell ? se hérissa-t-elle. C'était un accident. Il a manqué le bord du quai. Il était vieux, à moitié aveugle, et il revenait d'une beuverie à son pub.

— Ce n'était pas un accident. Merdell en savait trop.

— Qu'est-ce qu'il savait ?

— Il avait reconnu un visage, une démarche, une voix peut-être... J'ai un peu bavardé avec lui, là en bas, le jour de mon arrivée. Il m'a parlé de la famille Folliat – de votre beau-père, de votre mari et de vos deux fils morts à la guerre. Seulement... ils n'ont pas été tués *tous les deux,* n'est-ce pas ? Votre fils Henry a coulé avec son bateau, mais son cadet, James, n'a pas été tué. Il a déserté. L'armée l'a sans doute à l'époque déclaré *Porté disparu,* et vous avez par la suite dit à tout le monde qu'il avait réellement été *tué.* Il ne serait venu à l'esprit de personne de contester une telle affirmation.

Poirot se tut un instant avant de reprendre :

— Ne croyez pas que je manque de compassion à votre égard, madame. La vie ne vous a pas épargnée, je le sais. Vous ne vous berciez sans doute guère d'illusions au sujet de votre fils cadet, mais c'était quand même votre fils, et vous l'aimiez. Vous avez fait tout ce qui était en votre pouvoir pour lui offrir une autre vie. Vous aviez la charge d'une jeune fille, attardée mentale, mais très riche. Oh ! oui, elle était riche... Vous avez fait courir le bruit que ses parents avaient perdu toute leur fortune, qu'elle était sans le sou, et que vous lui aviez conseillé d'épouser un homme fortuné beaucoup plus vieux qu'elle. Qui aurait songé à mettre en doute ce que vous disiez ? Son père, sa mère et ses plus proches parents étaient morts. Les notaires parisiens ont suivi les instructions de leurs collègues de San Miguel. Une fois mariée, elle entrait en possession de son héritage. Elle était, comme vous me l'avez dit vous-même, docile, aimable et influençable. Elle a signé tout ce que son mari lui demandait de signer. Les valeurs ont probablement été vendues et échangées plusieurs fois, jusqu'au résultat recherché. Sous sa nouvelle identité de sir George Stubbs, votre fils était désormais riche, et sa femme complètement dépossédée. Il n'y a rien de délictueux à se parer d'un titre de noblesse si l'on ne s'en sert pas pour commettre des escroqueries. Un titre inspire la confiance, il suggère, sinon la naissance, du moins une certaine fortune. Ainsi, le riche sir George Stubbs, vieilli et méconnaissable sous sa barbe, a-t-il pu acheter Nasse House et venir vivre sur la terre de ses aïeux. Après les vides et les bouleversements causés par la guerre, il n'y restait plus personne susceptible de l'identifier. Plus personne, sauf le vieux Merdell... Il a gardé cela pour lui, mais il s'est tout de même laissé aller à un petit écart le jour où il m'a dit, non sans finesse, *qu'il y aurait toujours des Folliat à Nasse House.*

» Tout, ainsi, avait fini par s'arranger – ou du moins vous le pensiez. Car je suis persuadé que vous n'aviez pas l'intention d'en faire plus. Votre fils était désormais à la tête d'une fortune considérable, il avait récupéré la demeure de ses ancêtres, et sa femme, bien qu'anormale, était d'une grande beauté et d'un caractère docile. Vous espériez qu'il la traiterait bien, et qu'elle serait heureuse auprès de lui.

Mrs Folliat dit, à voix basse :

— C'est ce que j'espérais, en effet. Je comptais veiller sur Hattie et lui prodiguer mon affection. Je n'aurais jamais cru...

— Vous n'auriez jamais cru – et votre fils s'était bien gardé de vous le dire – qu'au moment où il épousait Hattie, *il était déjà marié*. Nos recherches ont confirmé ce que nous pressentions : votre fils avait épousé à Trieste une fille des bas-fonds auprès de laquelle il avait trouvé refuge après sa désertion. Elle n'avait pas plus l'intention de se séparer de lui qu'il n'avait l'intention de l'abandonner. Il a accepté le mariage avec Hattie pour s'approprier sa fortune, mais son plan était déjà arrêté pour la suite.

— Non, non, je ne peux pas croire cela ! Je ne peux pas le croire... Ce n'est pas lui ! C'est cette femme, cette affreuse créature...

Poirot poursuivit, inexorable :

— Il pensait déjà au *meurtre*. Hattie n'avait plus de famille, très peu d'amis. Dès son retour en Angleterre, il l'a amenée ici. Les domestiques n'ont fait que l'apercevoir, ce premier soir, *et la femme qu'ils ont vue le lendemain n'était pas Hattie,* mais l'épouse italienne déguisée en Hattie et imitant les gestes de Hattie. Tout aurait pu continuer ainsi. La fausse Hattie aurait vécu à la place de l'autre, et on aurait vu, sans doute, ses facultés mentales s'éveiller à la suite d'un prétendu « traitement moderne ». La secrétaire, miss Brewis, n'a pas été longue à constater que lady Stubbs n'avait en effet rien d'une attardée mentale.

» Mais c'est alors qu'un fait imprévu s'est produit. Un cousin de Hattie lui a écrit pour lui annoncer qu'il venait en Angleterre sur son yacht. Bien qu'il ne l'ait pas vue depuis plusieurs années, il y avait peu de chances qu'il se laisse prendre à la supercherie.

» Ce qui est étrange, reprit Poirot après un silence, c'est que si j'ai pensé un moment que Sousa n'était peut-être pas Sousa, il ne m'est jamais venu à l'esprit que Hattie n'était pas la véritable Hattie.

Il poursuivit :

— On aurait pu trouver d'autres manières de faire face au danger. Lady Stubbs aurait pu éviter la rencontre avec son cousin en prétextant une quelconque indisposition. Seulement, pour peu que Sousa prolonge son séjour en Angleterre, la situation serait devenue intenable. Et une autre complication venait de surgir : le vieux Merdell, que son grand âge rendait de plus en plus bavard, parlait souvent avec sa petite-fille. Marlene était probablement la seule à l'écouter, même si elle le considérait comme un peu « timbré » et ne faisait pas grand cas de ses bavardages. Toutefois, quelques phrases à propos d'un « cadavre de femme dans les bois » et de sir George « qui était en réalité Mr James » ont suffisamment frappé son imagination pour qu'elle risque quelques allusions en présence de sir George. Et ce faisant, bien sûr, elle signait son arrêt de mort. Sir George et sa femme ne pouvaient se permettre de laisser courir de telles rumeurs. Il a commencé, je pense, par lui donner de petites sommes d'argent pour acheter son silence, tout en mûrissant un plan.

» Un plan que le couple allait établir avec un soin minutieux. Ils connaissaient déjà la date de l'arrivée d'Étienne de Sousa. Celle-ci coïncidait avec la date de la kermesse. Ils se sont donc arrangés pour que Marlene soit tuée et que lady Stubbs « disparaisse » en faisant peser les soupçons sur Étienne de Sousa. D'où les propos le décrivant comme « un homme méchant », un « être malfaisant », qui « tuait les gens ». Lady Stubbs devait disparaître à tout jamais (peut-être sir George aurait-il un jour l'occasion d'identifier comme celui de Hattie quelque cadavre méconnaissable) afin que, plus tard, une autre femme – l'Italienne – puisse prendre sa place. La fausse Hattie devait simplement jouer un double rôle pendant un peu plus de vingt-quatre heures. Ce qui, avec la complicité de sir George, ne présentait guère de difficultés. Le jour de mon arrivée, « lady Stubbs » est donc restée dans sa chambre jusqu'à l'heure du thé. Personne ne l'a vue pendant ce temps, hormis sir George. En réalité, elle s'était glissée hors de la maison pour prendre un bus ou un train jusqu'à Exeter et, de là, revenir vers Nassecombe en compagnie d'une autre fille, une étudiante, à laquelle elle a raconté l'histoire de son amie malade pour avoir mangé du pâté de veau. Sitôt arrivée à l'Auberge de Jeunesse, elle réserve sa place et ressort pour « visiter les environs ». Et quand arrive l'heure du thé, elle est là pour jouer son rôle de « lady Stubbs ». Après le dîner, « lady Stubbs » monte se coucher tôt – mais miss Brewis la surprendra quelques instants plus tard alors qu'elle quitte la maison. Elle passe la nuit à l'Auberge de Jeunesse, mais revient à Nasse House pour y prendre son petit déjeuner en compagnie de « ses » invités. Puis elle retourne s'enfermer dans sa chambre en prétextant une « migraine » et ressort, à nouveau transformée, pour jouer les touristes égarées dans le parc tandis que sir George, penché à la fenêtre de sa femme et se retournant de temps à autre pour parler à la chambre vide, interpelle violemment l'intruse. Les changements de costume n'étaient pas difficiles à réaliser : un short et une chemisette portés sous les robes à fanfreluches qu'affectionnait lady Stubbs. Un maquillage pâle pour le visage de « lady Stubbs » en partie dissimulé sous un immense chapeau de coolie ; et pour la jeune Italienne, un foulard de couleurs vives, un teint bronzé et des boucles rousses encadrant le visage. Qui pouvait se douter qu'il n'y avait là qu'une seule et même femme ?

» Et c'est ainsi que le drame final a été mis en scène. Peu avant 4 heures, lady Stubbs a envoyé miss Brewis porter un plateau à Marlene Tucker. Tout simplement parce qu'elle craignait que miss Brewis n'y pense d'elle-même et qu'il eût été catastrophique que cette dernière arrive à l'abri à bateaux au mauvais moment. Peut-être, aussi, prenait-elle un malin plaisir à envoyer la secrétaire sur le lieu du crime approximativement à l'heure où il serait commis. Puis, profitant de ce que la tente de la diseuse de bonne aventure était vide, notre fausse lady Stubbs y est entrée pour en ressortir aussitôt par l'arrière et filer, sous les massifs de rhododendrons, jusqu'au petit salon d'été abandonné où elle avait laissé le sac à dos contenant son costume de touriste italienne. Se glissant alors jusqu'à l'abri à bateaux, elle a appelé Marlene qui lui a ouvert la porte sans méfiance, et a étranglé la malheureuse. Il ne lui restait plus qu'à changer de tenue, à jeter son chapeau de coolie dans le fleuve et à fourrer sa robe de crêpe Georgette cyclamen et ses chaussures à talons aiguilles dans le sac à dos pour, redevenue une jeune touriste italienne, retourner sur la pelouse et y retrouver l'amie hollandaise avec laquelle, un peu plus tard, elle prendrait le bus comme prévu. Où se trouve aujourd'hui la fausse lady Stubbs, je n'en sais rien. À Soho, sans doute, où elle aura gardé, de son passé tumultueux, quelques contacts susceptibles de lui procurer de faux papiers d'identité. Et d'ailleurs, ce n'est pas une Italienne que cherche la police, mais une jeune attardée mentale du nom de Hattie Stubbs...

» Mais la pauvre Hattie Stubbs est morte, comme vous-même, madame, ne le savez que trop. Vous me l'avez laissé deviner le jour de la kermesse, quand nous avons échangé quelques mots dans le salon de Nasse House. La mort de Marlene Tucker vous avait bouleversée, car vous ne vous étiez jamais doutée de ce qui se tramait. Mais vous m'avez clairement laissé entendre – même si, sur le moment, j'ai été assez obtus pour ne pas le comprendre – que lorsque vous parliez de « Hattie », il s'agissait de *deux personnes différentes :* l'une était une femme que vous n'aimiez pas, dont vous affirmiez « qu'il aurait mieux valu qu'elle soit morte », et « qu'il ne fallait pas croire un mot de ce qu'elle disait », et l'autre une « enfant » dont vous parliez au passé avec une tendre affection.

Je crois, madame, que vous aimiez beaucoup la pauvre Hattie...

Il y eut un long silence.

Mrs Folliat restait muette et immobile dans son fauteuil. Puis elle se leva et, quand elle se décida à parler, ce fut d'une voix glaciale :

— Ce que vous racontez là est absolument invraisemblable, monsieur Poirot. Je crois, vraiment, que vous perdez la raison... Tout cela n'est qu'une vue de l'esprit. Vous n'avez pas la moindre preuve.

Poirot se leva à son tour, se dirigea vers l'une des fenêtres et l'ouvrit :

— Écoutez cela madame. Qu'entendez-vous ?

— Je suis un peu dure d'oreille... Que devrais-je entendre ?

— *Des coups de pioche dans du béton*... On est en train de défoncer le soubassement de la Folie... Quel bon endroit pour cacher un cadavre – quand un arbre a été déraciné et que la terre est bien meuble. Un peu plus tard, on coulera une dalle en béton, et on érigera dessus une Folie...

Il se tut un instant avant d'ajouter doucement :

— La Folie de sir George... la Folie du maître de Nasse House.

Mrs Folliat laissa échapper un long soupir tremblé.

— Nasse House, un si bel endroit... murmura Poirot. Il n'y a qu'une chose de laide : l'âme de son propriétaire.

— Je sais.

Elle parlait d'une voix rauque, avec difficulté :

— Je l'ai toujours su... Enfant, déjà, il me faisait peur... Brutal... Impitoyable... Sans scrupule...

Mais c'était mon fils, et je l'aimais... Je n'aurais pas dû me taire, après la mort de Hattie... Mais c'était mon fils. Comment le dénoncer, *moi*, sa mère ? Et maintenant, à cause de mon silence, cette pauvre enfant est morte... et le vieux Merdell... Où se serait-il arrêté ?

— Un assassin ne s'arrête jamais, dit Poirot.

Elle baissa la tête et resta ainsi un long moment, en se couvrant les yeux de ses mains.

Puis Mrs Folliat de Nasse House, héritière d'une longue lignée d'ancêtres valeureux, se redressa, regarda Poirot bien en face et articula d'un ton d'une politesse glaciale :

— Merci, monsieur Poirot, d'être venu vous-même me dire tout cela. Vous voudrez bien me laisser, maintenant ? Il est des instants auxquels on ne peut faire face que dans la solitude absolue...

Cartes sur table

TRADUIT DE L'ANGLAIS PAR ALEXIS CHAMPION

AVANT-PROPOS DE L'AUTEUR

On estime le plus souvent qu'un roman policier ressemble plus ou moins à une course de plat : on a un certain nombre de partants – des chevaux et des jockeys favoris. « Tu payes et tu mises ! » Le cheval d'arrivée doit, d'un commun accord, être n'importe qui sauf le favori de la course en question. En d'autres termes, ce sera probablement un parfait outsider. Mettez le doigt sur la personne la moins soupçonnable d'avoir commis le crime et, neuf fois sur dix, vous avez tapé dans le mille.

Comme je ne veux pas que mes fidèles lecteurs rejettent ce livre d'un air dégoûté, je préfère les prévenir que *ce n'est pas le genre de celui-ci*. Il n'y a que *quatre* partants et chacun d'eux, *dans certaines conditions*, pourrait avoir commis le crime. Ce qui met l'élément de surprise forcément hors jeu. Je pense néanmoins qu'on doit pouvoir s'intéresser de manière égale à ces quatre personnages qui, tous, ont commis un meurtre et qui, tous, seraient capables d'en commettre d'autres. Tous quatre sont de type radicalement différent. Les raisons qui les poussent au crime sont propres à chacun, et chacun devrait normalement employer sa propre méthode. En conséquence, le raisonnement sera exclusivement *psychologique*. Mais l'intérêt n'en aura pas diminué pour autant car, tout étant dit et fait, c'est sur *ce qui se passe dans la tête* du meurtrier que se portera l'intérêt suprême.

Pour ajouter un dernier argument en faveur de cette histoire, je préciserai qu'elle fait partie des affaires préférées d'Hercule Poirot. Et pourtant, quand il l'a racontée à son ami le capitaine Hastings, celui-ci l'a trouvée extrêmement ennuyeuse. Je me demande bien avec lequel des deux mes lecteurs tomberont d'accord ?

1

Mr SHAITANA

— Mon cher monsieur Poirot !

La voix était douce et ronronnante – une voix sans aucune spontanéité, dont on se servait délibérément comme d'un instrument.

Hercule Poirot se retourna.

Il s'inclina.

Il serra cérémonieusement la main tendue.

Il avait dans l'œil une lueur inhabituelle. On aurait dit que cette rencontre imprévue éveillait en lui des sentiments qu'il avait rarement l'occasion d'éprouver.

— Mon cher Mr Shaitana ! fit-il avec l'effroyable accent qui faisait désormais partie de son personnage.

Ils se turent. Comme deux duellistes en garde.

Nonchalante, la foule élégante des Londoniens tournoyait autour d'eux. On entendait murmurer :

« Chéri… C'est exquis ! »

« C'est tout bonnement divin, n'est-ce pas, très cher ? »

Il s'agissait de l'Exposition des tabatières, à Wessex House. Droit d'entrée : une guinée, au profit des hôpitaux de Londres.

— Mon cher monsieur Poirot, dit Mr Shaitana, quel plaisir de vous voir ! Vous ne pendez pas, vous ne guillotinez pas en ce moment ? C'est la morte-saison dans le monde du crime ? Ou bien est-ce qu'on s'attend à un vol, ici, cet après-midi ? Ce serait trop beau !

— Hélas, monsieur, je suis venu à titre purement privé, baragouina Poirot.

Mr Shaitana fut distrait un instant par une jeune et ravissante créature, qui avait une touffe de bouclettes d'un côté de la tête et trois cornes d'abondance en paille noire de l'autre.

Il lui dit :

— Chère amie, pourquoi n'êtes-vous pas venue à ma soirée ? Elle a été absolument merveilleuse ! Un tas de gens m'ont adressé la parole ! Une femme m'a même dit : « Bonjour », « Au revoir », et « Merci beaucoup », mais, évidemment, elle débarquait d'une cité-jardin, la pauvre !

Pendant que la jeune et ravissante créature cherchait une réponse appropriée, Poirot s'autorisa une étude approfondie de l'appareillage aussi pileux qu'agressif qui ornait la lèvre supérieure de Mr Shaitana.

Une belle moustache, une très belle moustache, la seule moustache à Londres, peut-être, à pouvoir rivaliser avec celle de M. Hercule Poirot.

« Mais elle n'est pas aussi fournie, se murmura-t-il à lui-même. Non, décidément elle est inférieure en bien des aspects. Tout de même, elle attire le regard. »

Toute la personne de Mr Shaitana attirait le regard ; il avait tout conçu à cet effet. Il se donnait volontairement l'allure d'un Méphistophélès. Grand et mince, il avait un visage long et mélancolique, des sourcils épais d'un noir de jais, une moustache aux pointes gominées et une barbiche à l'impériale, noire elle aussi. Quant à ses vêtements délicieusement bien coupés, c'était des œuvres d'art, avec une touche d'excentricité.

À sa vue, tout Anglais sain d'esprit était saisi d'une sérieuse et ardente envie de lui botter le derrière ! Ils disaient tous, avec un singulier manque d'originalité : « Tiens, voilà Shaitana, ce fichu métèque ! »

Quant à leurs femmes, filles, sœurs, tantes, mères et même grands-mères, elles disaient – en substance – les expressions variant selon les générations : « Je sais, mon cher. Bien sûr, il est absolument épouvantable. Mais si riche ! Il donne des soirées merveilleuses ! Et il a toujours quelque chose de drôle et de méchant à raconter sur tout le monde. »

Personne ne savait si Mr Shaitana était argentin, portugais, grec, ou d'une autre de ces nationalités méprisées par les insulaires britanniques.

Mais trois choses étaient sûres :

Il menait un train de vie fastueux dans un luxueux appartement de Park Lane.

Il donnait de magnifiques soirées, soirées avec foule, soirées intimes, soirées *macabres* ou respectables, mais soirées toujours résolument « bizarres ».

C'était quelqu'un dont tout le monde avait un peu peur.

Pourquoi ? Personne n'aurait pu l'exprimer avec précision. Parce qu'il en savait peut-être un peu trop sur tout un chacun ? Parce que son sens de l'humour avait quelque chose d'étrange ?

Les gens pressentaient presque toujours que mieux valait ne pas offenser Mr Shaitana.

Cet après-midi-là, Mr Shaitana paraissait d'humeur à tourmenter ce petit bonhomme ridicule qu'était Hercule Poirot.

— Alors, même les détectives ont besoin de récréation ? Vous vous intéressez à l'art sur vos vieux jours, monsieur Poirot ?

Poirot eut un sourire bon enfant.

— Vous-même, vous avez prêté trois tabatières pour cette exposition, j'ai vu ça.

Mr Shaitana fit un geste de dédain.

— On ramasse des riens ici et là. Vous devriez venir chez moi, un jour. J'ai quelques pièces intéressantes. Je ne me limite à aucune période ou à aucune sorte d'objets en particulier.

— Vous avez des goûts éclectiques, sourit Poirot.

— Comme vous dites.

Soudain, le regard de Mr Shaitana s'anima, les coins de ses lèvres se retroussèrent et ses sourcils adoptèrent une courbe étonnante.

— Je pourrais même vous montrer des objets en rapport avec votre domaine, monsieur Poirot !

— Vous avez votre « musée des horreurs » privé, alors ?

— Bah ! fit Mr Shaitana en faisant claquer ses doigts avec mépris. La tasse du meurtrier de Brighton, la pince-monseigneur d'un cambrioleur célèbre... enfantillages absurdes ! Je ne m'encombrerais jamais de bêtises pareilles. Je ne collectionne que le meilleur.

— Et qu'est-ce que vous considérez comme le meilleur, artistiquement parlant, dans le domaine du crime ?

Mr Shaitana posa deux doigts sur l'épaule de Poirot et déclara de façon théâtrale :

— Les êtres humains qui les ont commis, monsieur Poirot.

Poirot leva quelque peu les sourcils.

— Ha ! ha ! je vous ai surpris, dit Mr Shaitana. Mon cher, cher monsieur, vous et moi, nous envisageons les choses de points de vue radicalement opposés. Pour vous, c'est de la routine : un meurtre, une enquête, une piste et enfin – car vous avez indiscutablement du talent – une condamnation. Ces banalités ne m'intéressent pas. Je ne m'intéresse pas aux échantillons de second choix. Et un meurtrier qui se fait prendre est nécessairement un raté. C'est du second choix. Non, je considère ça d'un point de vue artistique. Je ne collectionne que ce qu'il y a de mieux.

— Le mieux étant... ?

— Mon cher ami... *ceux qui s'en tirent* ! Les gagnants ! Les criminels qui mènent une vie agréable sans que l'ombre d'un soupçon ne les effleure. Avouez que c'est un passe-temps amusant.

— Amusant... Je pensais plutôt à un autre mot.

— J'ai une idée ! s'écria Shaitana sans prêter attention à la réponse de Poirot. Un petit dîner ! Un dîner pour vous faire rencontrer ceux que j'expose ! Quelle idée amusante ! Comment n'y ai-je pas pensé plus tôt ? Oui... oui... Je vois ça d'ici... je le vois exactement... Mais il faut me donner un peu de temps... pas la semaine prochaine, disons la semaine suivante. Vous êtes libre ? Quel jour vous conviendrait ?

— N'importe quel jour de la semaine qui suit la prochaine, répondit Poirot avec une courbette.

— Bon, alors disons vendredi ! Ce sera le vendredi 18. Je vais le noter immédiatement dans mon agenda. En vérité, cette idée me plaît énormément.

— En ce qui me concerne, je ne suis pas très sûr qu'elle me plaise, déclara posément Poirot. Je ne veux pas dire par là que votre amabilité ne me touche pas, non, ce n'est pas ça...

Shaitana l'interrompit.

— Mais cela choque votre sensibilité bourgeoise ? Mon cher ami, il faut vous libérer des contraintes de la mentalité policière.

— Il est vrai que j'ai, vis-à-vis du meurtre, une attitude cent pour cent bourgeoise.

— Mais, mon cher, pourquoi ? C'est stupide, c'est du gâchis, de la boucherie, je vous l'accorde. Mais le meurtre peut aussi être un art ! Un meurtrier peut être un artiste !

— Oh, je le reconnais.

— Eh bien, alors ? demanda Shaitana.

— C'est quand même un meurtrier !

— Mais, cher monsieur Poirot, une chose suprêmement bien faite trouve sa justification en elle-même ! Vous n'avez pas d'imagination. Vous voudriez attraper tous les meurtriers, leur passer les menottes, les enfermer et, enfin, leur rompre le cou aux premières heures du jour. À mon avis, l'heureux auteur d'un crime devrait bénéficier d'une pension prise sur les deniers publics et être invité partout à dîner.

Poirot haussa les épaules.

— Je ne suis pas aussi insensible à l'art du crime que vous le croyez. Je peux admirer le parfait meurtrier comme j'admire le tigre, ce magnifique fauve rayé. Mais je l'admire de l'extérieur de sa cage. Je n'y entre pas. À moins, bien sûr, d'y être forcé par le devoir. Parce que, voyez-vous, Mr Shaitana, un tigre peut bondir...

Mr Shaitana se mit à rire.

— Je vois. Et le criminel ?

— Il peut commettre un crime, répondit Poirot d'un ton grave.

— Mon cher ami, quel alarmiste vous faites ! Vous ne viendrez pas voir ma collection de... tigres ?

— Bien au contraire. J'en serai enchanté.

— Quel courage !

— Vous ne me comprenez pas, Mr Shaitana. Mes propos constituent un avertissement. Vous m'avez demandé de reconnaître que votre idée d'une collection d'assassins était amusante. Je vous ai répondu que je pensais plutôt à un autre mot. Dangereux, voilà le mot auquel je pensais. Je crois, Mr Shaitana, que votre passe-temps peut se révéler dangereux.

Mr Shaitana éclata de rire, d'un rire très méphistophélique.

Il demanda :

— Je peux compter sur vous le 18 ?

Poirot s'inclina.

— Vous pouvez compter sur moi le 18. Mille mercis.

— J'organiserai une petite soirée, dit Shaitana, songeur. N'oubliez pas. 8 heures.

Il s'éloigna. Poirot le suivit des yeux un instant. Puis lentement, il secoua la tête, pensif.

2

UN DÎNER CHEZ Mr SHAITANA

La porte de l'appartement de Mr Shaitana s'ouvrit sans bruit. Un majordome aux cheveux grisonnants écarta le battant pour laisser entrer Poirot. Il le referma sans plus de bruit et débarrassa prestement l'invité de son pardessus et de son chapeau.

Il murmura d'une voix basse et sans expression :
— Qui dois-je annoncer ?
— M. Hercule Poirot.

Un brouhaha de conversations envahit le hall quand le majordome ouvrit une porte et annonça :
— M. Hercule Poirot.

Un verre de sherry à la main, Shaitana vint à sa rencontre. Il était, comme d'habitude, habillé à la perfection. Son côté Méphistophélès paraissait encore renforcé ce soir, et la courbe moqueuse de ses sourcils encore accentuée.

— Permettez-moi de vous présenter... vous connaissez Mrs Oliver ?

Son goût pour la mise en scène fut récompensé par le petit sursaut de surprise de Poirot.

Mrs Ariadne Oliver était un auteur très connu pour ses romans policiers et autres histoires à sensation. Elle écrivait aussi des articles bavards – et dont la syntaxe laissait à désirer – sur *La Pulsion criminelle, Les Crimes passionnels célèbres* ou *Le Meurtre par amour par opposition au Meurtre par intérêt*. C'était de surcroît une féministe fervente et chaque fois qu'un meurtre d'importance faisait la une des journaux, on pouvait être sûr d'y trouver une interview de Mrs Oliver, laquelle avait une fois de plus déclaré : « Si seulement nous avions une *femme* à la tête de Scotland Yard ! » Elle faisait de l'intuition féminine un credo.

Au demeurant, c'était une femme d'âge mûr assez plaisante, d'une beauté sans apprêt, avec de jolis yeux, de larges épaules et une tignasse grisonnante et rebelle avec laquelle elle ne cessait de se livrer à des expériences. Tantôt elle apparaissait en intellectuelle typique, les cheveux tirés en arrière et roulés en un gros chignon sur la nuque, tantôt avec des ondulations de madone ou des masses de boucles en désordre. Ce soir-là, Mrs Oliver avait essayé la frange.

De sa belle voix grave, elle salua Poirot qu'elle avait déjà rencontré à un dîner littéraire.

— ... Et le superintendant Battle, que vous connaissez certainement, poursuivit Mr Shaitana.

C'était un homme à la forte carrure, au visage de bois. Non seulement le superintendant Battle donnait l'impression que son visage avait été taillé dans le bois, mais il s'arrangeait pour que celui-ci paraisse avoir été pris dans le bois de construction d'un vaisseau de guerre.

Le superintendant Battle passait pour le plus parfait représentant de Scotland Yard. L'air toujours imperturbable et passablement borné.

— Je connais M. Poirot, dit-il.

Son visage de bois se plissa dans un sourire et reprit aussitôt son apparence inexpressive.

— Le colonel Race, poursuivit Mr Shaitana.

Sans l'avoir jamais rencontré, Poirot avait entendu parler de lui. C'était un bel homme d'une cinquantaine d'années, brun, boucané, comme on les trouve d'habitude aux confins de l'Empire, en particulier là où l'on s'attend à des troubles. « Service secret » a une résonance plutôt mélodramatique mais évoque assez bien pour le profane la nature et le champ des activités du colonel Race.

Poirot avait déjà eu le temps de saisir et d'apprécier l'humour particulier des intentions de son hôte ce soir-là.

— Nos autres invités sont en retard, dit Mr Shaitana. C'est sans doute ma faute. J'ai dû leur dire 8 heures et quart.

Mais au même moment, la porte s'ouvrit et le majordome annonça :

— Le Dr Roberts.

Le nouveau venu entra d'un pas qui parodiait assez bien celui du médecin faisant sa visite à l'hôpital. C'était un homme mûr, jovial et pittoresque. Il avait de petits yeux brillants, un début de calvitie, une tendance à l'embonpoint et le côté astiqué et aseptisé du praticien. Il était enjoué et sûr de lui. On avait l'impression que ses diagnostics devaient être justes, ses traitements faciles et agréables – « Un peu de champagne pour vous rétablir, peut-être » ... Bref, un homme du monde !

— J'espère que je ne suis pas en retard, dit-il d'un ton cordial.

Il serra la main de son hôte et on fit les présentations. Il sembla particulièrement heureux de rencontrer Battle.

— Oh ! mais vous êtes une huile de Scotland Yard, n'est-ce pas ? C'est très intéressant ! Vous n'avez sans doute pas envie de parler boutique, mais je vous préviens, je vais essayer. Le crime m'a toujours passionné. Fâcheux pour un médecin, peut-être. Il ne faut pas le dire à mes malades des nerfs... ha ! ha !

La porte s'ouvrit de nouveau.

— Mrs Lorrimer.

Mrs Lorrimer était une femme élégante d'une soixantaine d'années. Elle avait des traits délicats, des cheveux gris merveilleusement bien coiffés, une voix claire et incisive.

— Je ne suis pas en retard, j'espère ? dit-elle à son hôte.

Puis elle salua le Dr Roberts qu'elle connaissait déjà.

Le majordome :

— Le major Despard.

Le major Despard était un bel homme, grand, maigre, qui avait une cicatrice à la tempe. Les présentations terminées, il se retrouva tout naturellement à côté du colonel Race, et les deux hommes se mirent bien vite à parler chasse et à comparer leurs expériences en matière de safari.

La porte s'ouvrit pour la dernière fois et le majordome annonça : « Miss Meredith. »

Une jeune fille d'une vingtaine d'années entra. Jolie, de taille moyenne. Des boucles brunes rassemblées sur la nuque, de grands yeux gris très écartés. Le visage poudré mais non maquillé. Elle parlait lentement, avec une certaine timidité.

— Oh, mon Dieu, je suis la dernière ?

Mr Shaitana l'accueillit avec un verre de sherry et une réponse fleurie et louangeuse. Il faisait les présentations de façon formaliste et presque cérémonieuse.

Il abandonna miss Meredith, qui sirotait son sherry, en compagnie de Poirot.

— Notre ami est très à cheval sur l'étiquette, déclara Poirot en souriant.

— Je sais, reconnut la jeune fille. De nos jours, on ne s'embarrasse guère de présentations. On dit : « Je suppose que vous connaissez tout le monde », et on s'en tient là.

— Que vous les connaissiez ou non ?

— Que vous les connaissiez ou non. C'est très gênant, quelquefois, mais ça, c'est encore plus impressionnant.

Elle hésita puis demanda :

— C'est Mrs Oliver, la romancière ?

À cet instant, la voix de basse de Mrs Oliver se fit entendre. Elle parlait au Dr Roberts :

— Vous ne mettrez jamais l'intuition féminine en défaut, docteur. Les femmes *sentent* ces choses-là.

Oubliant qu'elle n'avait plus de front, elle tenta de renvoyer ses cheveux en arrière, mais la frange retomba.

— Oui, c'est Mrs Oliver, confirma Poirot.

— Celle qui a écrit *Le Cadavre dans la bibliothèque* ?
— Celle-là même.

Miss Meredith fronça les sourcils.

— Et cet homme qui a l'air en bois, c'est un superintendant, d'après Mr Shaitana ?
— Oui, à Scotland Yard.
— Et vous ?
— Moi ?
— Je vous connais très bien, monsieur Poirot. C'est vous qui avez bel et bien élucidé le mystère d'ABC.
— Mademoiselle, vous me plongez dans l'embarras. Miss Meredith plissa le front.
— Mr Shaitana... préluda-t-elle, puis elle s'interrompit et reprit : Mr Shaitana...
— Est un individu dont on pourrait dire qu'il a des « intentions criminelles », enchaîna Poirot. Il souhaite sans aucun doute que nous nous disputions. Il a déjà aiguillonné Mrs Oliver et le Mr Roberts. Ils sont en train de débattre des poisons indécelables.
— Quel homme étrange ! dit miss Meredith avec un léger soupir.
— Le Dr Roberts ?
— Non, Mr Shaitana. Je le trouve un peu inquiétant, ajouta-t-elle avec un frisson. On ne sait jamais ce qui va l'amuser. Cela peut très bien être... quelque chose de cruel.
— La chasse au renard, par exemple, hein ? Miss Meredith lui lança un regard de reproche.
— Je veux dire... oh ! quelque chose *d'oriental* !
— Il a peut-être le goût tortureux, hasarda Poirot dont l'anglais ne s'améliorait décidément pas.
— Vous voulez dire tortueux ?

— J'ai dit tortueux, mentit effrontément Poirot, vexé.

— Je crois que je ne l'aime pas beaucoup, confessa miss Meredith en baissant la voix.

— En revanche, le dîner vous plaira, affirma Poirot. Il a un merveilleux cuisinier.

Elle le regarda d'un air de doute, puis éclata de rire.

— Au fond, s'exclama-t-elle, vous êtes tout ce qu'il y a d'humain !

— Mais bien sûr que je suis humain !

— C'est que... toutes ces célébrités sont plutôt intimidantes.

— Vous ne devriez pas être intimidée, mademoiselle, vous devriez être surexcitée. Vous devriez déjà avoir votre stylo et votre carnet d'autographes à la main.

— C'est-à-dire... je ne m'intéresse pas outre mesure au crime, comme les femmes, en général. Ce sont toujours les hommes qui lisent des romans policiers.

Poirot soupira du fond du cœur.

— Hélas ! Que ne donnerais-je pas à cette minute pour être un acteur de cinéma, même de dernier ordre !

Le majordome ouvrit grand la porte :

— Le dîner est servi.

Les pronostics de Poirot se trouvèrent amplement confirmés. Le repas était délicieux et le service parfait. Lumières tamisées, table cirée, reflets bleutés du cristal irlandais. En bout de table, dans la pénombre, Mr Shaitana semblait plus diabolique que jamais.

Avec élégance, il fit des excuses pour la représentation inégale des deux sexes.

Mrs Lorrimer trônait à sa droite, Mrs Oliver à sa gauche. Miss Meredith était assise entre le superintendant Battle et le major Despard, Poirot entre Mrs Lorrimer et le Dr Roberts.

Ce dernier lui murmura en plaisantant :

— Nous ne vous laisserons pas monopoliser la seule jolie fille toute la soirée. Vous ne perdez pas de temps, vous, les Français !

— Il se trouve que je suis belge, rectifia Poirot.

— En ce qui concerne les femmes, c'est la même chose, mon vieux, répliqua le médecin.

Puis, renonçant aux facéties pour adopter un ton plus professionnel, il engagea une discussion avec le colonel Race sur les nouveaux traitements de la maladie du sommeil.

Mrs Lorrimer se tourna vers Poirot pour l'entretenir des derniers succès de la saison théâtrale. Ses jugements étaient judicieux et ses critiques pertinentes. De là ils passèrent aux livres, puis à la vie politique. Il la trouva bien informée et très intelligente.

De l'autre côté de la table, Mrs Oliver demandait au major Despard s'il connaissait un poison rare, hors des sentiers battus.

— Eh bien, il y a le curare.

— Mon pauvre ami, c'est dépassé ! On l'a déjà utilisé des centaines de fois. Je pensais à quelque chose de *nouveau* !

— Les tribus primitives sont plutôt démodées, répliqua le major Despard d'un ton ironique. Elles s'en tiennent aux bonnes vieilles méthodes de leurs grands-pères et arrière-grands-pères.

— C'est assommant ! J'aurais cru qu'elles passaient leur temps à faire des expériences avec toutes sortes d'herbes pilées. J'ai toujours pensé que c'était une veine pour les explorateurs. En rentrant, ils pouvaient tuer tous leurs oncles à héritage avec une nouvelle drogue dont personne n'avait entendu parler.

— Pour ça, tournez-vous plutôt vers la civilisation que vers les sauvages, répliqua Despard. Vers les laboratoires modernes, par exemple. On y cultive des germes à l'air bien innocent qui provoquent de très graves maladies.

— Cela ne plairait pas à *mon* public, répondit Mrs Oliver. Et puis, c'est si facile de se tromper avec ces noms... staphylocoques, streptocoques et tout ça... Ma secrétaire s'y perdrait, et quel ennui aussi, vous ne trouvez pas ? Qu'en pensez-vous, superintendant ?

— Dans la réalité, les gens ne s'embarrassent pas de toutes ces subtilités, Mrs Oliver. Ils s'en tiennent en général à l'arsenic, c'est commode, et si facile à se procurer !

— Ridicule ! dit Mrs Oliver. C'est parce qu'il existe toute une flopée de crimes que Scotland Yard n'a jamais découverts. Bien sûr, si vous aviez une *femme* là-bas...

— Justement, nous avons...

— Ah oui ! Ces horribles bonnes femmes avec des drôles de chapeaux qui persécutent les gens dans les jardins publics ! Moi, je vous parle d'une femme qui prendrait le commandement. Les femmes s'y connaissent en crimes.

— Elles font généralement d'heureuses criminelles, reconnut bien volontiers le superintendant. Elles gardent la tête froide. L'aplomb avec lequel elles mentent est proprement stupéfiant.

Mr Shaitana rit doucement.

— Le poison est l'arme de prédilection des femmes, dit-il. Il doit y avoir beaucoup d'empoisonneuses qui n'ont jamais été démasquées.

— Bien sûr, dit Mrs Oliver, ravie, en se servant de mousse de foie gras.

— Les médecins aussi sont bien placés, poursuivit Mr Shaitana, l'air songeur.

— Je proteste ! s'écria le Dr Roberts. Si nous empoisonnons nos patients, c'est seulement par accident !

Il rit de bon cœur.

— Si je devais commettre un crime... reprit Mr Shaitana.

Il s'arrêta et quelque chose, dans son silence, força l'attention.

Tous les regards convergèrent vers lui.

— ... Je pense que j'irais au plus simple... Il y a toujours des accidents... un accident de chasse, par exemple... ou un accident « domestique »...

Il haussa les épaules et attrapa son verre de vin.

— Mais qui suis-je pour m'avancer ainsi, devant tant d'experts ?...

Il but. La lumière de la bougie projeta une ombre rouge sur son visage à la moustache cirée, à la barbiche à l'impériale, aux étranges sourcils...

Il y eut un moment de silence.

Mrs Oliver demanda :

— Il est 20 ou moins 20 ? Un ange passe... Mes jambes ne sont pas croisées... ça doit être un ange noir !

3

UNE PARTIE DE BRIDGE

Une table de bridge avait été installée au salon. On servit le café.

— Qui joue au bridge ? demanda Mr Shaitana. Mrs Lorrimer, je sais. Et le Dr Roberts. Jouez-vous, miss Meredith ?

— Oui. Mais plutôt mal.

— Parfait. Et vous, major Despard ? Bien. Si vous vous installiez ici tous les quatre ?

— Heureusement qu'il va y avoir un bridge, glissa en aparté Mrs Lorrimer à Poirot. Je suis la bridgeuse la plus enragée que la terre ait jamais portée. Cela ne me lâche plus. C'est bien simple, je refuse maintenant tout dîner, s'il n'est pas suivi par un bridge. Sinon, je m'endors. J'en ai honte, mais c'est comme ça.

Ils tirèrent au sort les partenaires. Mrs Lorrimer fut accouplée à Anne Meredith contre le major Despard et le Dr Roberts.

— Les hommes contre les femmes, remarqua Mrs Lorrimer en s'asseyant et en se mettant à battre les cartes en experte. Les cartes bleues, qu'en pensez-vous, mademoiselle ? Je suis une partenaire combative.

— Tâchez de gagner, dit Mrs Oliver dont les sentiments féministes s'exaspéraient. Montrez aux hommes qu'ils doivent compter avec nous.

— Ils n'ont aucune chance, les pauvres, plaisanta le Dr Roberts en battant l'autre jeu. C'est à vous de distribuer, Mrs Lorrimer, je crois ?

Le major Despard mit du temps à s'asseoir. Il dévisageait Anne Meredith comme s'il venait seulement de découvrir qu'elle était remarquablement jolie.

— Coupez, je vous en prie, dit Mrs Lorrimer avec impatience.

Il sursauta, s'excusa et coupa le jeu qu'elle lui présentait.

Mrs Lorrimer distribua les cartes d'une main experte.

— Il y a une seconde table de bridge dans l'autre pièce, déclara Mr Shaitana.

Il précéda les quatre derniers convives dans un petit fumoir confortablement meublé où une table de jeu avait été dressée.

— Il faut tirer au sort, dit le colonel Race.

Mr Shaitana secoua la tête.

— Je ne joue pas. Le bridge ne fait pas partie des jeux qui m'amusent.

Les autres prétendirent que, dans ce cas, ils préféraient ne pas jouer mais il s'y opposa avec fermeté et ils finirent par s'asseoir, Poirot et Mrs Oliver contre Battle et Race.

Mr Shaitana les observa un instant, sourit à sa manière méphistophélique en découvrant avec quel jeu Mrs Oliver déclarait deux sans atout, puis retourna sans bruit dans la pièce voisine.

Là, pris par le jeu, les joueurs avaient le visage grave, et les annonces se succédaient rapidement : « Un cœur », « Passe », « Trois trèfles », « Trois piques », « Quatre carreaux », « Contre », « Quatre cœurs ».

Mr Shaitana les regarda un moment en souriant.

Puis il alla s'asseoir dans un grand fauteuil près de la cheminée. Sur une table voisine se trouvait un plateau chargé de boissons. Les flammes se reflétaient dans les bouchons de cristal.

Artiste en éclairage, Mr Shaitana avait réussi à donner l'impression d'une pièce illuminée seulement par le feu. Une petite lampe à abat-jour, à hauteur d'épaule, lui permettait de lire s'il le désirait. De discrets projecteurs diffusaient une lumière tamisée. Une source lumineuse un peu plus forte brillait au-dessus de la table de jeu d'où jaillissaient sans discontinuer des exclamations monotones.

Mrs Lorrimer, d'une voix claire et décidée :

— Un sans atout.

Le Dr Roberts, agressif :

— Trois cœurs.

Anne Meredith, paisible :

— Je passe.

Un court silence, toujours, avant qu'on n'entende la voix de Despard. Non qu'il eût l'esprit lent, mais il ne parlait jamais sans avoir pris le temps de la réflexion.

— Quatre cœurs.

— Je contre.

Le visage éclairé par les flammes dansantes, Mr Shaitana sourit.

Il souriait, continuait à sourire. Il cligna des paupières... La soirée l'amusait.

— Cinq carreaux. Manche et robre, annonça le colonel Race. Bravo, partenaire ! lança-t-il à Poirot. Je n'aurais pas cru que vous réussiriez. Heureusement qu'ils n'ont pas joué pique.

— Je crois que cela n'aurait pas changé grand-chose, dit le superintendant Battle, magnanime.

Il avait fait un appel à pique. Sa partenaire, Mrs Oliver, avait bien un pique, mais « quelque chose lui avait dit » de jouer trèfle – ce qui avait été désastreux.

Le colonel Race consulta sa montre.

— Minuit 10. On en fait une dernière ?

— Vous m'excuserez, intervint le superintendant Battle, mais je suis un couche-tôt.

— Moi aussi, déclara Poirot.

— Faisons les comptes, alors, dit Race.

Le résultat des cinq parties donna une victoire écrasante au sexe fort. Mrs Oliver devait trois livres et sept shillings aux trois autres. Le grand vainqueur était le colonel Race.

Si Mrs Oliver jouait mal au bridge, c'était une bonne perdante. Elle s'acquitta avec entrain de sa dette.

— Tout a été de travers pour moi ce soir, déclara-t-elle. Cela arrive parfois. Hier, j'ai eu des cartes extraordinaires. Cent cinquante d'honneurs trois fois de suite.

Elle se leva, ramassa son sac du soir brodé, et se retint juste à temps de renvoyer ses cheveux en arrière.

— J'imagine que notre hôte est dans la pièce à côté, dit-elle.

Suivie des autres joueurs, elle franchit la porte de communication.

Mr Shaitana était toujours dans son fauteuil près du feu. Les bridgeurs étaient absorbés par le jeu.

— Je contre les cinq trèfles, disait Mrs Lorrimer de son ton froid et incisif.

— Cinq sans atout.

— Contrés !

Mrs Oliver s'approcha de la table. La partie s'annonçait passionnante.

Le superintendant Battle la suivit.

Le colonel Race se dirigea vers Mr Shaitana, Poirot sur ses talons.

— Je dois partir, Shaitana, dit Race.

Shaitana ne répondit pas. La tête inclinée sur la poitrine, il semblait endormi. Race jeta un coup d'œil à Poirot et se rapprocha. Soudain, il poussa un cri étouffé et se pencha sur Shaitana. À l'instant même Poirot l'avait rejoint et regardait lui aussi ce qu'il désignait du doigt, quelque chose qui aurait pu être un bouton de chemise particulièrement ouvragé, mais n'en était pas un...

Poirot se pencha à son tour, souleva la main de Mr Shaitana et la laissa retomber. Croisant le regard interrogateur de Race, il hocha la tête. Celui-ci éleva la voix.

— Superintendant Battle, une minute s'il vous plaît !

Le superintendant arriva. Mrs Oliver continua à surveiller le déroulement des cinq sans atouts contrés.

Battle, en dépit de son flegme apparent, était rapide.

— Quelque chose ne va pas ? leur demanda-t-il à voix basse.

D'un signe de tête, le colonel Race lui indiqua la silhouette, immobile dans son fauteuil.

Comme Battle se penchait sur elle, Poirot considéra d'un air pensif ce qu'il apercevait du visage de Mr Shaitana. Il avait l'air plutôt stupide, maintenant, la mâchoire pendante et sans son expression démoniaque.

Hercule Poirot secoua la tête.

Le superintendant se redressa. Il avait examiné, sans le toucher, ce qui ressemblait à un bouton supplémentaire sur la chemise de Mr Shaitana... et qui n'était pas un bouton supplémentaire. Il avait soulevé la main flasque et l'avait laissée retomber.

Impassible, efficace, service-service, il se leva, prêt à prendre la situation en charge.

— Un instant, s'il vous plaît, dit-il.

Ce ton officiel était si surprenant que toutes les têtes se tournèrent vers lui et que la main de miss Meredith resta suspendue sur un as de pique du mort.

— J'ai le regret de vous informer que notre hôte, Mr Shaitana, est mort, déclara Battle.

Mrs Lorrimer et le Dr Roberts se levèrent. Despard ouvrit de grands yeux et fronça les sourcils. Anne Meredith poussa un petit cri.

Le Dr Roberts, l'instinct professionnel en éveil, traversa la pièce du pas bondissant du médecin arrivant au chevet d'un mourant.

L'imposante carrure du superintendant l'arrêta dans son élan.

— Une minute, Mr Roberts. Pouvez-vous me dire d'abord qui est entré et sorti de cette pièce, ce soir.

Roberts écarquilla les yeux.

— Entré et sorti ? Je ne comprends pas. Personne.
— Est-ce exact, Mrs Lorrimer ?
— Tout à fait.
— Personne ? Ni le majordome, ni aucun domestique ?
— Non. Le majordome a apporté ce plateau quand nous nous sommes assis pour jouer. Il n'est pas revenu depuis.

Battle interrogea du regard Despard qui confirma d'un signe de tête.

— Oui... oui, c'est exact, dit Anne, le souffle court.
— Pourquoi tout ça, mon vieux ? demanda Roberts, agacé. Laissez-moi l'examiner. Il n'est peut-être qu'évanoui.

— Il n'est pas évanoui, je regrette... *mais personne ne touchera le corps avant l'arrivée du médecin légiste. Mesdames et messieurs, Mr Shaitana a été assassiné.*

Un gémissement horrifié et incrédule d'Anne :

— Assassiné ?

Un regard vide, tout ce qu'il y a de vide, de Despard.
Une vive exclamation de Mrs Lorrimer :

— Assassiné ?

Un « bon dieu de bois ! » du Dr Roberts.

Le superintendant Battle hocha lentement la tête. Le visage dénué d'expression, il ressemblait à un mandarin chinois en porcelaine.

— Poignardé, déclara-t-il. Voilà ce qui lui est arrivé. Poignardé.

Puis il posa une question :

— L'un de vous a-t-il quitté la table de bridge pendant la soirée ?

Il vit quatre visages défaits. Il lut l'hésitation, la peur, la compréhension, l'indignation, le désarroi, l'horreur... Il ne vit rien qui pût vraiment l'aider.

— Eh bien ?

Il y eut un silence, puis le major Despard déclara posément (il s'était levé et se tenait comme un soldat à la parade, son visage étroit et intelligent tourné vers Battle) :

— Je pense que chacun de nous, à un moment quelconque, a quitté la table, soit pour chercher à boire, soit pour mettre du bois dans la cheminée. J'ai fait l'un et l'autre. Quand je me suis approché du feu, Shaitana dormait dans son fauteuil.

— Dormait ?

— C'est ce que j'ai pensé..., oui.

— C'est possible, déclara Battle. À moins qu'il n'ait été déjà mort. Nous verrons ça... Je vous demanderai de bien vouloir aller dans la pièce à côté... Colonel Race, voulez-vous les accompagner ?

Race fit un petit signe d'agrément.

— D'accord, superintendant.

Les quatre bridgeurs passèrent lentement dans l'autre pièce.

Mrs Oliver s'assit tout au bout, dans un fauteuil, et se mit à pleurer en silence.

Battle parla un instant au téléphone. Puis il déclara :

— La police locale sera bientôt là. Le quartier général a donné des ordres pour que je prenne l'affaire en main. Le médecin légiste va arriver d'une minute à l'autre. D'après vous, à quand remonte la mort, monsieur Poirot ? Pour ma part, je dirais plus d'une heure...

— C'est aussi mon avis.

— Dommage qu'on ne puisse pas être plus précis, qu'on ne puisse pas dire : « Cet homme est mort depuis une heure, vingt-cinq minutes et quarante secondes. »

Battle hocha la tête, l'air absent.

— Il était assis près du feu, ce qui fait une légère différence. Plus d'une heure... pas plus de deux heures et demie. C'est ce que nos médecins vont dire. J'en suis sûr. Et personne n'aura rien vu, et personne n'aura rien entendu. Stupéfiant ! Quel risque insensé ! Il aurait pu crier.

— Mais il n'a pas crié. L'assassin a eu de la chance. Comme vous dites, mon ami, c'était une entreprise insensée.

— Une idée du mobile, monsieur Poirot ? Rien de ce genre ?

— Si, répondit lentement Poirot, j'ai quelque chose à dire à ce sujet. Mr Shaitana vous a-t-il laissé entendre à quelle sorte de soirée il vous avait invité ?

Le superintendant Battle le regarda avec curiosité.

— Non, monsieur Poirot. Il ne m'a rien dit du tout. Pourquoi ?

Un coup de sonnette retentit au loin, suivi d'un bruit de heurtoir.

— Voilà nos amis, déclara le superintendant Battle. Je vais leur ouvrir. Vous me raconterez votre histoire plus tard. Place à la routine.

Poirot approuva d'un signe de tête.

Battle quitta la pièce.

Mrs Oliver pleurait toujours.

Poirot s'approcha de la table de bridge. Sans rien toucher, il étudia les marques. Il secoua plusieurs fois la tête.

— Quel pauvre petit bout d'homme stupide ! Mon Dieu, quel pauvre petit bout d'homme stupide ! murmura-t-il. Se donner des airs de démon pour effrayer son monde... Quel enfantillage !

La porte s'ouvrit. Le médecin légiste entra, sa trousse à la main. Il était suivi de l'inspecteur divisionnaire, qui s'entretenait avec Battle. Un photographe venait ensuite... Un policier en uniforme était resté dans le hall.

La routine de détection criminelle était en marche.

4

PREMIER ASSASSIN ?

Une heure plus tard, Hercule Poirot, Mrs Oliver, le colonel Race et le superintendant Battle étaient assis autour de la table de la salle à manger.

Le corps avait été examiné, photographié et emporté. Un expert en empreintes digitales était venu et reparti.

Le superintendant regarda Poirot.

— Avant que je ne fasse entrer nos quatre personnages, je voudrais entendre ce que vous avez à me raconter. D'après vous, la petite réunion de ce soir cachait quelque chose ?

Poirot lui répéta, posément, et en détail, la conversation qu'il avait eue avec Shaitana à Wessex House.

Battle serra les lèvres. C'est tout juste s'il ne siffla pas.

— Des pièces de collection, hein ? Des assassins vivants ? Tiens donc ! Et vous pensez qu'il parlait sérieusement ? Vous ne croyez pas qu'il se payait votre tête ?

Poirot dodelina du chef.

— Oh ! non, il était sérieux. Mr Shaitana était fier de son attitude méphistophélique envers la vie. C'était un homme très vaniteux. Et non moins stupide. Voilà pourquoi il est mort.

— Je vois, déclara Battle en réfléchissant. Une réunion de huit personnes, plus lui-même. Quatre « limiers », si l'on peut dire, et quatre criminels !

— C'est impossible ! s'écria Mrs Oliver. Absolument impossible ! Aucun ne peut être un criminel !

— À votre place, je n'en serais pas si sûr, Mrs Oliver, objecta Battle, pensif. Les assassins ressemblent au commun des mortels et se comportent de la même façon. Ils sont le plus souvent gentils, tranquilles, bien élevés et corrects.

— Dans ce cas, c'est le Dr Roberts, dit fermement Mrs Oliver. J'ai tout de suite vu qu'il avait quelque chose de bizarre. Mon instinct ne me trompe jamais.

Battle se tourna vers le colonel Race.

— Qu'en pensez-vous, monsieur ?

Race haussa les épaules. Il comprenait que la question se référait aux déclarations de Poirot et non aux soupçons de Mrs Oliver.

— C'est possible, dit-il. Très possible. Cela prouve que Shaitana avait raison au moins sur un point ! Après tout, il pouvait *soupçonner* ces gens-là d'être des assassins, il ne pouvait pas en être *sûr*. *Il pouvait* avoir raison dans les quatre cas, il pouvait n'avoir raison que dans un seul cas – et il a eu raison dans *un* cas. Sa mort est là pour l'attester.

— L'un d'entre eux lui a réglé son compte, c'est bien ça, monsieur Poirot ?

Poirot hocha la tête.

— Feu Mr Shaitana était célèbre pour son redoutable sens de l'humour. Et il avait la réputation d'être impitoyable. Sa victime a pensé que Shaitana s'offrait une soirée divertissante, au terme de laquelle il la remettrait entre les mains de la police... entre les vôtres ! Il – ou elle – a cru que Shaitana détenait des preuves irréfutables.

— Et il en détenait ?

Poirot haussa les épaules.

— Ça, nous ne le saurons jamais.

— C'est le Dr Roberts ! répéta Mrs Oliver avec assurance. Un homme si chaleureux ! Les meurtriers le sont souvent. C'est une façade. À votre place, superintendant Battle, je l'arrêterais sur-le-champ.

— C'est ce que nous ferions si nous avions une femme à la tête de Scotland Yard, répondit Battle, avec une lueur passagère dans son regard impassible. Mais, comme vous voyez, les responsables n'étant que des hommes, nous devons nous montrer prudents. Avancer lentement.

— Ah, les hommes ! soupira Mrs Oliver qui se mit à composer un article dans sa tête.

— Je ferais bien de les appeler, maintenant, déclara le superintendant Battle. Il ne faut pas que je les fasse attendre trop longtemps.

— Si vous préférez qu'on vous laisse..., commença le colonel Race en faisant mine de se lever.

Le superintendant croisa le regard éloquent de Mrs Oliver et hésita un instant. Il connaissait la situation officielle du colonel. Quant à Poirot, il avait maintes fois collaboré avec la police. Mais permettre à Mrs Oliver de rester, c'était une autre histoire. Battle était un brave type. Il se rappela qu'elle avait perdu trois livres et sept shillings au bridge avec bonne humeur.

— Pour ma part, vous pouvez tous rester, dit-il. Mais, s'il vous plaît, qu'on ne m'interrompe pas (il regarda Mrs Oliver), et pas un mot de ce que M. Poirot vient de nous raconter. C'est le petit secret de Shaitana et, en fait, il est mort avec lui. Vous avez bien compris ?

— Parfaitement, dit Mrs Oliver.

Battle gagna la porte et appela le policier qui montait la garde dans le hall.

— Allez au fumoir. Vous y trouverez Anderson avec les quatre invités. Priez le Dr Roberts d'être assez aimable pour nous rejoindre.

— Je l'aurais gardé pour la fin..., objecta Mrs Oliver. Dans un roman, bien sûr, ajouta-t-elle, confuse.

— Dans la vie, c'est différent, remarqua Battle.

— Je sais, répondit Mrs Oliver. Elle est mal construite.

Le Dr Roberts entra, son pas élastique légèrement retenu.

— Quelle foutue histoire, Battle ! Mille excuses, Mrs Oliver, mais c'est pourtant vrai. En tant que médecin, j'ai peine à y croire. Poignarder un homme à quelques mètres de trois autres personnes. Brrr ! Je n'aurais pas aimé faire ça !... Que puis-je dire ou faire pour vous convaincre que je n'y suis pour rien ? ajouta-t-il avec un sourire plutôt pâlichon.

— Eh bien, il y a le mobile, Mr Roberts.

Le médecin secoua la tête avec emphase.

— C'est clair, je n'avais pas l'ombre d'un motif pour supprimer ce pauvre Shaitana. Je ne le connaissais même pas très bien. Il m'amusait... C'était un type si bizarre. Avec un côté oriental. Bien sûr, vous allez examiner de près mes relations avec lui. Je m'y attends, je ne suis pas stupide. Mais vous ne trouverez rien. Je n'avais aucune raison de tuer Shaitana et je ne l'ai pas tué.

Imperturbable, le superintendant Battle hocha la tête.

— Très bien, Mr Roberts. Vous êtes un homme raisonnable. Je dois mener mon enquête, comme vous le savez. Alors pouvez-vous me dire quelque chose à propos des trois autres ?

— Pas grand-chose, hélas ! J'ai rencontré Despard et miss Meredith pour la première fois ce soir. Je savais qui était Despard... j'avais lu son récit de voyage... Une drôlement bonne histoire !

— Saviez-vous que Mr Shaitana et lui se connaissaient ?

— Non. Shaitana ne m'en avait jamais parlé. Comme je vous l'ai dit, je connaissais son existence mais je ne l'avais jamais rencontré, miss Meredith non plus. Et je connaissais vaguement Mrs Lorrimer.

— Que savez-vous d'elle ?

Roberts haussa les épaules.

— Elle est veuve. Relativement riche, intelligente, bien élevée. Joueuse de bridge de première classe. En fait, c'est comme ça que je l'ai rencontrée, à un bridge.

— Mr Shaitana ne vous avait jamais parlé d'elle non plus ?

— Non.

— Hum !... Voilà qui ne nous aide pas beaucoup. À présent, Mr Roberts, seriez-vous assez aimable pour rassembler vos souvenirs et me dire combien de fois vous avez quitté votre place et tout ce que vous pouvez vous rappeler des mouvements des autres joueurs ?

Le Dr Roberts prit quelques minutes pour réfléchir.

— C'est difficile à dire, répondit-il franchement. Je me souviens plus ou moins de mes propres allées et venues. Je me suis levé trois fois, c'est-à-dire qu'à trois occasions, quand j'ai fait le mort, j'ai quitté mon siège pour me rendre utile. Une fois je suis allé mettre du bois dans le feu. Une fois j'ai apporté à boire aux deux femmes. Et une autre fois je me suis servi un whisky.

— Vous rappelez-vous à quels moments ?

— Très vaguement. Nous avons commencé la partie vers 9 heures et demie, je crois. Je dirais que je me suis occupé du feu environ une heure plus tard. Très peu de temps après – deux tours plus tard, je pense – je suis allé chercher à boire. Et il était peut-être 11 heures et demie quand je me suis versé mon whisky. Mais c'est très approximatif. Je n'en jurerais pas.

— Les alcools étaient sur la table qui se trouvait de l'autre côté de Mr Shaitana, n'est-ce pas ?

— Oui. Autrement dit, je suis passé tout près de lui trois fois.

— Et à chaque fois, autant que vous ayez pu en juger, il dormait ?

— C'est ce que j'ai pensé la première fois. La deuxième fois, je ne l'ai même pas regardé. La troisième, je me suis dit : « Qu'est-ce qu'il dort, le bonhomme ! » Mais je ne suis pas allé y voir de plus près.

— Très bien. À présent, quand vos partenaires ont-ils quitté leur place ?

Le Dr Roberts fronça les sourcils.

— Difficile... très difficile à dire. Despard est allé chercher un cendrier, je crois. Ensuite un verre. Avant moi, parce que je me souviens qu'il m'a demandé si j'en voulais un et que je lui ai répondu : « Pas pour l'instant. »

— Et les femmes ?

— Mrs Lorrimer a été une fois jusqu'au feu. Elle l'a tisonné, il me semble. Je crois qu'elle a parlé à Shaitana, mais je n'en suis pas certain. Je jouais un sans atout plutôt retors, à ce moment-là.

— Et miss Meredith ?

— Elle s'est levée au moins une fois. Nous étions partenaires et elle est venue regarder mon jeu. Ensuite, elle a regardé ce que les autres avaient en main et elle a circulé dans la pièce. Je ne sais pas ce qu'elle a fait exactement. Je n'y ai pas prêté attention.

Le superintendant Battle demanda, songeur :

— Tels que vous étiez assis, l'un de vous était-il juste en face de la cheminée ?

— Non, nous étions plutôt sur le côté, et il y avait une grande vitrine entre la cheminée et nous – avec de très belles pièces chinoises. Évidemment, je constate qu'il n'était pas difficile de poignarder ce pauvre diable. Après tout, quand on joue au bridge, on joue au bridge. On ne regarde pas ce qui se passe autour de soi. La seule personne disposée à le faire, c'est le mort. Auquel cas...

— Auquel cas, bien entendu, c'est le mort l'assassin, approuva le superintendant.

— Tout de même, dit Roberts, cela demande des nerfs solides, vous savez. Après tout, comment être sûr que quelqu'un ne va pas lever la tête au moment critique ?

— Oui, reconnut Battle, le risque était énorme. Il fallait que le motif soit impérieux. J'aimerais bien le connaître ! ajouta-t-il, mentant avec aplomb.

— Vous finirez par le découvrir, dit Roberts. Vous allez passer ses papiers et tout ça au peigne fin. Vous y trouverez sans doute une piste.

— Espérons, dit le superintendant d'un air sombre.

Il lança au Dr Roberts un regard pénétrant.

— Auriez-vous l'obligeance, Mr Roberts, de me donner votre opinion, d'homme à homme.

— Bien sûr.

— À votre avis, lequel des trois ?

— Rien de plus facile. Spontanément, je dirais Despard. Il possède le cran nécessaire, et il a le réflexe rapide qu'une vie dangereuse vous oblige à acquérir. Le risque ne lui fait pas peur. Je ne vois pas très bien des femmes là-dedans. J'imagine que cela exige une certaine force.

— Moins que vous le pensez. Regardez.

Avec des airs de prestidigitateur, Battle présenta tout à coup un instrument fin et long, en métal brillant coiffé par un joyau.

Le Dr Roberts s'en empara et l'examina avec une admiration professionnelle. Il éprouva la pointe et siffla.

— Quel outil ! Mon Dieu, quel outil ! Un petit joujou conçu pour le crime. Il a dû entrer comme dans du beurre... absolument comme dans du beurre. Il l'a apporté avec lui, je suppose.

Battle secoua la tête.

— Non. Il appartenait à Mr Shaitana. Il se trouvait sur la table, près de l'entrée, avec toutes sortes d'autres bibelots.

— Alors le meurtrier n'a eu qu'à se servir. Une chance, de tomber sur un instrument pareil !

— Évidemment, c'est une façon de voir, dit lentement Battle.

— Bien sûr, pas une chance pour Mr Shaitana, le pauvre !

— Ce n'est pas ce que je voulais dire, Mr Roberts. Je pensais qu'on pouvait voir les choses sous un autre angle. Il m'est venu à l'esprit que c'était peut-être en apercevant cette arme que l'idée du crime avait germé dans la tête de l'assassin.

— Vous pensez à une inspiration soudaine ? Le crime n'aurait pas été prémédité ? L'assassin en aurait conçu le projet après être arrivé ici ? D'où vous est venue cette idée ?

Il regardait Battle avec curiosité.

— C'est juste une hypothèse, répondit Battle avec flegme.

— C'est une possibilité, bien sûr, reconnut lentement Roberts.

Le superintendant Battle s'éclaircit la gorge.

— Bien, je ne vous retiendrai pas plus longtemps, docteur. Merci pour votre aide. Soyez assez aimable pour nous laisser votre adresse.

— Certainement. 200 Gloucester Terrace, W.2. Et mon téléphone : Bayswater 23896.

— Je vous remercie. Il se peut que je passe chez vous bientôt.

— Je serai toujours heureux de vous voir. J'espère que les journaux n'en parleront pas trop. Je ne voudrais pas inquiéter mes malades aux nerfs fragiles.

Le superintendant chercha Poirot des yeux.

— Monsieur Poirot, si vous avez des questions à poser, je suis sûr que le docteur y répondra avec plaisir.

— Mais bien sûr, bien sûr ! Je suis un de vos grands admirateurs, monsieur Poirot. Petites cellules grises... ordre et méthode... Je connais tout de vous. Je suis convaincu que vous allez me poser une question très bizarre.

Poirot écarta les mains de façon typiquement non anglaise.

— Non, non. Je voudrais seulement que tout soit bien clair dans mon esprit. Par exemple, combien avez-vous joué de parties ?

— Trois, répondit tout de suite Roberts. Et nous étions à une manche partout dans la quatrième lorsque vous êtes arrivés.

— Et qui a joué avec qui ?

— Première partie : Despard et moi contre les femmes. Elles nous ont battus, Dieu les bénisse. Haut la main. Nous n'avons pas touché une carte.

» Seconde partie : miss Meredith et moi contre Despard et Mrs Lorrimer. Troisième partie : Mrs Lorrimer et moi contre miss Meredith et Despard. Nous tirions chaque fois mais cela a fonctionné comme un pivot. Quatrième partie : miss Meredith et moi, de nouveau.

— Qui a gagné et qui a perdu ?

— Mrs Lorrimer a gagné toutes les parties, miss Meredith a gagné la première et perdu les deux autres. En fin de compte, j'ai gagné un peu et Despard et miss Meredith ont dû perdre.

— Ce bon superintendant vous a demandé qui, de vos partenaires, était votre candidat favori au crime, dit Poirot en souriant. Moi, je vous demanderai ce que vous pensez d'eux en tant que bridgeurs.

— Mrs Lorrimer est une joueuse de première classe, répondit le Dr Roberts sans hésiter. Je suis prêt à parier que le bridge lui rapporte un bon petit revenu annuel. Despard est un bon joueur, lui aussi... ce que j'appelle un joueur solide – qui voit loin. De miss Meredith on pourrait dire qu'elle est prudente. Elle ne commet pas d'impair, mais elle n'est pas brillante.

— Et vous-même, docteur ?

L'œil du Dr Roberts pétilla.

— J'ai tendance à surestimer mon jeu, c'est ce qu'on me dit. Mais cela m'a toujours réussi.

Poirot sourit.

Le Dr Roberts se leva.

— Autre chose ?

Poirot secoua la tête.

— Eh bien, bonsoir. Bonne nuit, Mrs Oliver. Vous allez sûrement en tirer de la copie. C'est meilleur que vos histoires de poisons indécelables, non ?

Pour quitter la pièce, le Dr Roberts avait retrouvé son pas élastique. La porte refermée sur lui, Mrs Oliver déclara avec amertume :

— De la copie ! De la copie, je vous demande un peu ! Les gens sont d'une bêtise ! Je peux à tout instant inventer un meurtre plus sensationnel qu'un vrai. Je ne suis jamais en mal d'intrigues. Et mes lecteurs adorent les poisons indécelables !

5

DEUXIÈME ASSASSIN ?

Mrs Lorrimer entra dans la salle à manger en grande dame. Elle était un peu pâle, mais calme.

— Je suis désolé de vous ennuyer, commença le superintendant Battle.

— Vous devez faire votre devoir, c'est évident, répondit-elle posément. La situation n'est pas très agréable, mais il ne sert à rien de se voiler la face. Je comprends très bien qu'un de nous quatre doit être le coupable. Si je vous dis que ce n'est pas moi, je ne m'attends pas à ce que vous preniez ça pour argent comptant.

Elle accepta le fauteuil que lui offrait le colonel Race et s'assit en face du superintendant Battle. Son regard gris et intelligent croisa le sien. Attentive, elle attendit.

— Vous connaissiez bien Mr Shaitana ? poursuivit Battle.

— Pas très bien. J'étais en relation avec lui depuis quelques années, mais nous n'avons jamais été très intimes.

— Où l'avez-vous rencontré ?

— Dans un hôtel, en Égypte... le *Winter Palace*, à Louxor, je crois.

— Que pensiez-vous de lui ?

Mrs Lorrimer haussa les épaules.

— Eh bien – autant le dire – je le tenais plutôt pour un charlatan.

— Pardonnez-moi de vous poser cette question, mais vous n'aviez aucune raison de souhaiter sa disparition ?

Mrs Lorrimer parut amusée.

— Vraiment, superintendant Battle, vous pensez que je l'avouerais si c'était le cas ?

— Pourquoi pas ? Quelqu'un de vraiment intelligent pourrait comprendre que ça se saurait tôt ou tard.

Mrs Lorrimer inclina la tête, songeuse.

— Oui, bien sûr... Non, superintendant Battle, je n'avais aucune raison de souhaiter sa disparition. En fait, qu'il soit mort ou vivant m'est indifférent. Je le considérais comme un poseur, aux goûts théâtraux, et il m'agaçait parfois. Telle est – ou était – mon attitude envers lui.

— Très bien. À présent, Mrs Lorrimer, pouvez-vous me dire quelque chose de vos trois partenaires ?

— Je crains que non. J'ai rencontré le major Despard et miss Meredith ce soir pour la première fois. Je les ai trouvés charmants tous les deux. Je connaissais vaguement le Dr Roberts. Je crois que c'est un médecin très connu.

— Ce n'est pas le vôtre ?

— Oh, non !

— Maintenant, Mrs Lorrimer, pouvez-vous me dire combien de fois vous avez quitté votre place, ce soir, et pouvez-vous me décrire aussi les mouvements des autres joueurs ?

Mrs Lorrimer ne prit même pas le temps de la réflexion.

— Je m'attendais à cette question et j'ai essayé d'y répondre. Je me suis levée une fois, lorsque j'ai fait le mort. Je suis allée à la cheminée. Mr Shaitana était encore en vie. Je lui ai fait remarquer combien ce feu de bois était plaisant.

— Et il a répondu ?

— Qu'il détestait les radiateurs.

— Quelqu'un d'autre a-t-il entendu votre conversation ?

— Je ne pense pas. J'avais baissé la voix pour ne pas déranger les joueurs. En réalité, vous n'avez que ma parole pour vous assurer que Mr Shaitana était en vie à ce moment-là et m'a parlé, ajouta-t-elle, ironique.

Le superintendant Battle ne protesta pas. Il poursuivit son interrogatoire calme et méthodique.

— Quelle heure était-il ?

— Nous devions jouer depuis un peu plus d'une heure.

— Et les autres ?

— Le Dr Roberts est allé me chercher un verre. Il en a pris un pour lui aussi, mais plus tard. Le major Despard est allé également chercher à boire... vers 11 heures un quart, je dirais.

— Une seule fois ?

— Non, deux fois, il me semble. Les hommes ont beaucoup bougé, mais je n'ai pas prêté attention à ce qu'ils faisaient. Miss Meredith ne s'est levée qu'une fois, je crois. Elle est allée regarder le jeu de son partenaire.

— Alors elle est restée près de la table de bridge ?

— Je n'en sais rien. Elle a pu s'éloigner.

Battle hocha la tête.

— Tout cela est bien vague, grommela-t-il.

— Désolée.

Battle refit son numéro d'illusionniste et sortit son fin et délicat stylet.

— Voulez-vous regarder ça, Mrs Lorrimer ?

Elle le saisit sans sourciller.

— L'aviez-vous déjà vu ?

— Non, jamais.

— Et pourtant, il était posé sur la table du salon.

— Je ne l'avais pas remarqué.

— Vous vous rendez compte, Mrs Lorrimer, qu'avec une arme pareille, une femme pouvait tuer aussi facilement qu'un homme.

— Sans doute, répondit tranquillement Mrs Lorrimer.

Elle lui rendit l'élégant objet.

— De toute façon, reprit Battle, il fallait qu'elle soit au désespoir. Le risque était immense.

Il attendit un instant, mais Mrs Lorrimer ne souffla mot.

— Que savez-vous des relations de Mr Shaitana avec les trois autres ?

Elle secoua la tête.

— Rien du tout.

— Me direz-vous qui, à votre avis, est le coupable le plus vraisemblable ?

Mrs Lorrimer se dressa :

— Je ne vous dirai certainement rien de ce genre. Je trouve votre question tout à fait déplacée.

Le superintendant prit l'air honteux d'un enfant grondé par sa grand-mère.

— Votre adresse, s'il vous plaît, marmonna-t-il en sortant son calepin.

— 111 Cheyne Lane, à Chelsea.

— Numéro de téléphone ?

— Chelsea 45632.

Mrs Lorrimer se leva.

— Avez-vous des questions, monsieur Poirot ? se hâta de demander Battle.

Mrs Lorrimer attendit, la tête légèrement inclinée.

— Trouveriez-vous aussi ma question déplacée, madame, si je vous demandais ce que vous pensez de vos partenaires, non pas en tant qu'assassins éventuels, mais en tant que joueurs de bridge ?

— Je n'y vois aucune objection, répondit froidement Mrs Lorrimer. Si toutefois cela a quelque chose à voir avec cette affaire... ce que j'ai du mal à imaginer.

— Laissez-moi en juger, madame. Contentez-vous de répondre, s'il vous plaît.

Du ton d'un adulte se pliant aux caprices d'un enfant stupide, Mrs Lorrimer répliqua :

— Le major Despard est un bon et solide bridgeur. Le Dr Roberts fait des annonces trop fortes mais joue brillamment. Miss Meredith est une bonne petite joueuse, mais trop prudente. Autre chose ?

Jouant à son tour les illusionnistes, Poirot sortit quatre marques de bridge froissées.

— L'une de ces marques, madame, a-t-elle été faite par vous ?

Mrs Lorrimer les examina.

— Celle-ci est de mon écriture. C'est la marque de la troisième partie.

— Et celle-là ?

— Ça doit être celle du major Despard. Il barre les scores au fur et à mesure.

— Et celle-ci ?

— Celle de miss Meredith. C'est la première partie.

— Celle qui n'est pas terminée est donc celle du Dr Roberts ?

— Oui.

— Merci, madame. Ce sera tout.

— Bonne nuit, Mrs Oliver. Bonne nuit, colonel Race.

Et après leur avoir serré la main à tous, Mrs Lorrimer prit congé.

6

TROISIÈME ASSASSIN ?

— Nous n'avons rien pu tirer d'elle, commenta Battle. Et elle m'a remis joliment à ma place. Elle est de la vieille école, pleine de considération pour les autres mais arrogante en diable ! Je ne pense pas qu'elle soit coupable, mais sait-on jamais ? C'est une personne très décidée. Pourquoi vous intéressez-vous aux marques de bridge, monsieur Poirot ?

Poirot les étala sur la table.

— Elles sont parlantes, vous ne trouvez pas ? Que cherchons-nous dans cette affaire ? La clef d'une personnalité. Pas d'une seule, de quatre personnalités. Et c'est là que nous avons des chances de la trouver, dans ces gribouillis de chiffres. Voici la première partie, une histoire bien ordonnée, vite terminée. Des petits chiffres bien nets, avec des additions et des soustractions proprement alignées... c'est la marque de miss Meredith. Elle jouait avec Mrs Lorrimer. Elles avaient du jeu et elles ont gagné.

NOUS	VOUS
MRS LORRIMER	MAJOR DESPARD
MISS MEREDITH	DR ROBERTS
700	
300	
50	
50	
30	
HONNEURS	
120 LEVÉES	
120	
1370	

1ᵉʳ ROBRE
(MARQUE DE MISS MEREDITH)

NOUS	VOUS
MAJOR DESPARD	DR ROBERTS
MRS LORRIMER	MISS MEREDITH
ⓘ	
1060	
~~450~~	
~~410~~	
~~440~~	
~~540~~	
~~440~~	
~~560~~	
~~500~~	
~~50~~	
HONNEURS	
~~40~~ LEVÉES ~~120~~	
100	
70	30
80	

2ᵉᵐᵉ ROBRE
(MARQUE DU MAJOR)

Cartes sur table   339

NOUS	VOUS
DR ROBERTS	MAJOR DESPARD
MRS LORRIMER	MISS MEREDITH
500	200
1500	100
100	200
100	100
300	100
500	50
250	50
200	50
30	
HONNEURS	
LEVÉES	
	30
	120
100	
280	
3810	1000

3ème ROBRE
(MARQUE DE MRS LORRIMER)

NOUS	VOUS
DR ROBERTS	MAJOR DESPARD
MISS MEREDITH	MRS LORRIMER
50	
100	
100	
50	100
200	50
	100
50	50
50	
HONNEURS	
LEVÉES	
30	70

4ème ROBRE
(INACHEVÉ)
(MARQUE DU DR ROBERTS)

» La seconde partie est plus difficile à suivre à cause des ratures. Mais cela nous apprend peut-être quelque chose sur Despard – un homme qui veut savoir, du premier coup d'œil, où il en est. Les chiffres sont petits et pleins de caractère.

» La marque suivante est celle de Mrs Lorrimer (le Dr Roberts et elle contre les deux autres)... un combat homérique. Les chiffres s'accumulent de chaque côté. Le docteur force ses annonces et ils chutent, mais comme ce sont tous deux d'excellents joueurs, ils ne chutent jamais de beaucoup. Si les annonces forcées du docteur amènent l'adversaire à surenchérir avec imprudence, il leur reste alors la ressource de contrer. Regardez, ces chiffres indiquent qu'ils ont chuté de plusieurs levées contrées. L'écriture est caractéristique, gracieuse, et très lisible.

» Voici la dernière marque, celle de la partie interrompue. J'ai une marque de la main de chacun, comme vous voyez. Plutôt flamboyant, le tracé de ces chiffres. Les scores ne sont pas aussi élevés que dans la partie précédente, probablement parce que le docteur avait miss Meredith, une joueuse prudente, pour partenaire. Les annonces du Dr Roberts devaient l'inciter à plus de prudence encore.

» Vous pensez peut-être que mes questions ne mènent à rien ? Vous faites erreur. Je cherche à connaître le caractère de ces quatre joueurs et quand les questions ne concernent que le bridge, ils sont disposés à parler.

— Je n'ai jamais pensé que vos questions ne menaient à rien, monsieur Poirot, protesta Battle. Je vous ai déjà vu à l'œuvre. À chacun ses méthodes.

Je le sais bien. Je laisse toujours une grande liberté à mes inspecteurs. Chacun doit trouver lui-même la méthode qui lui convient le mieux. Mais ce n'est pas le moment d'en parler. Faisons entrer la fille.

Anne Meredith semblait bouleversée. Elle s'arrêta à la porte, le souffle court.

Le superintendant Battle se montra aussitôt paternel. Il se leva et disposa un fauteuil pour elle, légèrement de biais.

— Asseyez-vous, miss Meredith, asseyez-vous. Ne vous inquiétez pas. Tout cela a l'air assez terrifiant, mais ce n'est pas si grave, en réalité.

— Oh, rien ne peut être pire, dit-elle à voix basse. C'est affreux... affreux, de penser que l'un de nous... l'un de nous...

— Laissez-moi la charge de penser, dit Battle gentiment. Et maintenant, miss Meredith, commencez par me donner votre adresse.

— Wendon Cottage, Wallingford.

— Vous n'avez pas d'adresse à Londres ?

— Non, je suis descendue à mon club pour un jour ou deux.

— Et votre club, c'est... ?

— Le *Ladies'Naval and Military*.

— Bon. À présent, connaissiez-vous bien Mr Shaitana ?

— Pas bien du tout. J'ai toujours trouvé que c'était un homme terrifiant.

— Pourquoi ?

— Mais parce qu'il *était* terrifiant ! Cet affreux sourire ! Et cette manière qu'il avait de se pencher sur vous... comme s'il allait vous mordre !

— Le connaissiez-vous depuis longtemps ?

— Environ neuf mois. Je l'avais rencontré en Suisse, aux sports d'hiver.

— Je n'aurais jamais pensé qu'il pratiquait les sports d'hiver, déclara Battle, surpris.

— Il faisait seulement du patin. C'était un excellent patineur. Il exécutait toutes sortes de figures acrobatiques.

— Oui, ça lui ressemble davantage. L'avez-vous revu souvent ensuite ?

— Eh bien... assez souvent. Il m'invitait à des soirées. C'était très amusant.

— Mais lui-même, il ne vous plaisait pas ?

— Non. Il me donnait la chair de poule.

— Vous n'aviez aucune raison particulière d'avoir peur de lui ? demanda Battle.

— Une raison particulière ? répéta Anne Meredith en levant vers lui ses grands yeux limpides. Oh, non !

— Très bien. Venons-en à ce soir. Avez-vous quitté votre place à un moment quelconque ?

— Je ne crois pas... Ah, si ! J'ai dû le faire une fois. Je suis allée regarder les autres jeux.

— Mais vous êtes restée près de la table ?

— Oui.

— Vous en êtes sûre, miss Meredith ?

La jeune fille rougit brusquement.

— Non, non. Il me semble que je me suis un peu promenée.

— Bien. Excusez-moi, miss Meredith, mais essayez de dire la vérité. Je vois que vous êtes nerveuse, et, quand on est nerveux, on a tendance à... eh bien, à dire les choses comme on voudrait qu'elles soient. Mais en fin de compte, on n'y gagne rien. Vous vous êtes promenée. Êtes-vous allée du côté de Mr Shaitana ?

La jeune fille resta silencieuse une minute, puis répondit :

— Franchement… *franchement*…, je ne m'en souviens pas.

— Bon, nous dirons que c'est possible. Que savez-vous des trois autres ?

La jeune fille secoua la tête.

— Je ne les avais jamais vus.

— Que pensez-vous d'eux ? L'un d'eux vous paraît-il un assassin vraisemblable ?

— Je ne le crois pas. Je ne peux pas le croire. Cela ne peut pas être le major Despard. Je ne pense pas que cela puisse être le Dr Roberts… après tout, un médecin a des façons plus simples de tuer. Il a des drogues, des choses comme ça…

— Dans ce cas, vous choisiriez plutôt Mrs Lorrimer ?

— Oh, *non* ! Je suis sûre que non. Elle est si charmante, et c'est si agréable de jouer au bridge avec elle ! Elle est très forte et pourtant, elle ne vous rend pas nerveuse, elle ne souligne jamais vos erreurs.

— Pourtant, vous l'avez citée en dernier, remarqua Battle.

— Oui, mais parce que le poignard est plutôt une arme de femme.

Battle refit son numéro d'illusionniste. Anne Meredith recula d'effroi.

— Oh, c'est horrible ! Est-ce que je dois… le prendre ?

— J'aimerais bien.

Il l'observa tandis qu'elle s'emparait du stylet avec précaution, le visage crispé de dégoût.

— Avec cette petite chose... avec cette...

— Qui s'enfonce comme dans du beurre, dit vivement Battle. Un enfant aurait pu y arriver.

— Vous voulez dire..., fit-elle, ses grands yeux terrifiés fixés sur lui, vous voulez dire que j'aurais pu le faire ? Mais je ne l'ai pas fait ! Je ne l'ai pas fait ! Pourquoi l'aurais-je fait ?

— C'est justement ce que nous aimerions savoir. Quel est le motif ? Pourquoi quelqu'un a-t-il voulu tuer Shaitana ? C'était un personnage pittoresque, certes, mais il n'était pas dangereux, autant que je sache.

Avait-elle retenu sa respiration ?... Sa poitrine s'était-elle légèrement soulevée ?

— Ce n'était pas un maître chanteur, par exemple, ou un individu dans ce genre-là, poursuivit Battle. Et de toute façon, miss Meredith, vous n'avez pas l'air de quelqu'un qui cache de coupables secrets.

Elle sourit pour la première fois, rassurée par sa cordialité.

— Non, je n'en ai pas. Je n'ai même pas de secrets du tout.

— Alors, ne vous inquiétez pas, miss Meredith. Nous aurons sans doute d'autres questions à vous poser plus tard, mais par pure routine.

Il se leva.

— Vous pouvez partir, à présent. Mon planton va vous appeler un taxi. Et n'allez pas passer une nuit blanche à vous tourmenter. Prenez deux comprimés d'aspirine.

Il l'accompagna à la porte. À son retour, le colonel Race, amusé, lui dit à voix basse :

— Battle, quel merveilleux comédien vous faites ! Votre air paternel n'a jamais eu son pareil !

— Inutile de nous éterniser avec elle, colonel Race. Ou la pauvre gosse est terrorisée à mort, et dans ce cas ce serait pure cruauté – or je ne suis pas cruel, je ne l'ai jamais été – ou c'est une actrice accomplie et nous n'en aurions rien tiré de plus, quand bien même nous l'aurions gardée ici toute la nuit.

Mrs Oliver soupira et passa la main dans sa frange jusqu'à en faire une coiffure en brosse, ce qui lui donna l'air d'une ivrogne.

— Vous savez, dit-elle, je tendrais maintenant à croire que c'est elle ! Encore heureux qu'on ne soit pas dans un roman. Les lecteurs n'aiment pas beaucoup que le coupable soit une jeune et ravissante jeune fille. Et pourtant je pense bien que c'est elle. Et vous, monsieur Poirot ?

— Moi, je viens juste de faire une découverte.

— Toujours dans vos marques de bridge ?

— Oui. Miss Anne Meredith a retourné sa feuille, tracé des lignes et écrit de l'autre côté.

— Et qu'est-ce que cela signifie ?

— Cela signifie qu'elle a l'habitude de la pauvreté, ou alors qu'elle est spontanément économe.

— Elle porte pourtant des vêtements coûteux, remarqua Mrs Oliver.

— Faites entrer le major Despard, dit le superintendant Battle.

7

QUATRIÈME ASSASSIN ?

Despard entra dans la pièce d'un pas sautillant, qui rappela quelque chose ou quelqu'un à Poirot.
— Je suis désolé de vous avoir fait attendre si longtemps, major Despard, dit Battle, mais je voulais libérer ces dames le plus vite possible.
— Ne vous excusez pas. Je comprends.
Il s'assit et regarda le superintendant d'un air interrogateur.
— Oui ou non, connaissiez-vous bien Mr Shaitana ? commença Battle.
— Je l'avais rencontré deux fois, déclara le major d'un ton cassant.
— Deux fois, seulement ?
— Oui, c'est tout.
— À quelles occasions ?
— Nous avons dîné chez des amis communs il y a environ un mois. La semaine suivante, il m'a invité à un cocktail.
— Ce cocktail a eu lieu ici ?
— Oui.

— Où ça ? Dans cette pièce, ou dans le salon ?
— Dans tout l'appartement.
— Vous aviez remarqué cette babiole ?

Une fois de plus, Battle exhiba le stylet.

Le major Despard émit un léger sifflement.

— Non, répondit-il. Je ne l'avais pas repéré à cette occasion pour un usage futur.

— Inutile d'aller au-delà de ce que je dis, major Despard.

— Je vous demande pardon. La déduction était assez évidente.

Après un silence, Battle reprit son interrogatoire.

— Aviez-vous des raisons de détester Mr Shaitana ?

— Toutes les raisons du monde.

— Hein ? s'écria le superintendant Battle, désarçonné.

— De le détester, pas de le tuer ! Je n'avais pas la moindre envie de le tuer, mais je lui aurais volontiers botté le derrière. Dommage. Il est trop tard, maintenant.

— Et pourquoi auriez-vous aimé lui botter le derrière, major Despard ?

— Parce que c'est le genre de métèque qui en a drôlement besoin. À sa vue, le bout de ma chaussure me démangeait.

— Savez-vous quelque chose sur lui ? Quelque chose de déshonorant, j'entends.

— Il était trop bien habillé, il avait les cheveux trop longs et il empestait le parfum.

— Et pourtant vous avez accepté son invitation à dîner ?

— Si je devais dîner seulement chez les gens à qui je n'ai rien à reprocher, je ne dînerais pas souvent dehors, superintendant, ironisa Despard.

— Vous aimez la société mais vous la condamnez ? suggéra Battle.

— Je l'aime pendant un bout de temps. Les salons, les lumières, les femmes élégantes, la danse, la bonne chère, les rires... Cela me plaît lorsque je débarque de la brousse. Et puis la fausseté de tout ça commence à m'écœurer et à me donner envie de repartir.

— Vous devez mener une vie pleine de dangers, major Despard, à circuler dans ces pays sauvages...

Despard haussa les épaules avec un petit sourire.

— Mr Shaitana ne menait pas une vie dangereuse et il est mort, alors que je suis vivant !

— Sa vie était peut-être plus dangereuse que vous ne le pensez, répliqua Battle d'un air entendu.

— Que voulez-vous dire ?

— Feu Mr Shaitana était un fouinard, déclara Battle.

Le major se pencha vers lui :

— Vous entendez par là qu'il fourrait son nez dans la vie d'autrui ? qu'il avait découvert... quoi ?

— En vérité, je voulais dire qu'il était peut-être le genre d'homme à fourrer son nez... euh... eh bien, du côté des femmes.

Le major Despard s'adossa de nouveau dans son fauteuil et, amusé, partit d'un grand éclat de rire.

— Je ne pense pas que les femmes pouvaient prendre un pareil charlatan au sérieux !

— Qui l'a tué, à votre avis, major Despard ?

— Ma foi, je sais que ce n'est pas moi. La petite miss Meredith non plus. Je n'arrive pas à imaginer Mrs Lorrimer faisant ça... elle me rappelle la plus dévote de mes tantes. Cela nous laisse ce pékin de toubib.

— Pouvez-vous me décrire vos mouvements et ceux des autres au cours de la soirée ?

— Je me suis levé deux fois, une fois pour aller chercher un cendrier et attiser le feu, une autre fois pour me verser à boire.

— À quels moments précis ?

— Je ne sais pas au juste. La première fois, il devait être environ 10 heures et demie, la seconde 11 heures, mais c'est pure supposition. Mrs Lorrimer est allée une fois jusqu'à la cheminée et a parlé à Shaitana. Je ne l'ai pas entendu répondre mais je n'y ai pas fait attention et je ne pourrais pas jurer qu'il ne l'a pas fait. Miss Meredith a marché un moment de long en large, mais je ne pense pas qu'elle se soit approchée de la cheminée. Roberts a passé son temps à se lever et à s'asseoir – il l'a fait au moins trois ou quatre fois.

— Je vais vous poser la question de M. Poirot, dit Battle avec un sourire. Quelle est votre opinion sur vos partenaires... en tant que bridgeurs ?

— Miss Meredith joue assez bien. Roberts surestime son jeu de façon ridicule. Il mériterait de chuter plus qu'il ne le fait. Mrs Lorrimer est diablement forte.

Battle se tourna vers Poirot.

— Vous avez d'autres questions ?

Poirot fit un signe de dénégation.

Despard leur donna comme adresse l'*Albany*, leur souhaita bonne nuit et s'en fut.

Comme il refermait la porte derrière lui, Poirot fit un geste.

— Qu'y a-t-il ? demanda Battle.

— Rien. Je viens de me rendre compte qu'il a la démarche d'un tigre... oui, c'est comme ça que le tigre se déplace, avec aisance et souplesse.

— Hum !... Eh bien, dit Battle en regardant ses trois compagnons tour à tour, *lequel d'entre eux a fait le coup ?*

8

LEQUEL ?

Battle les dévisagea à tour de rôle. Seule Mrs Oliver répondit à la question. Jamais avare de ses opinions, elle s'empressa de parler.

— La fille ou le docteur, déclara-t-elle.

Battle interrogea les autres du regard. Mais les deux hommes n'étaient pas disposés à se prononcer. Race secoua la tête. Poirot passait soigneusement la main sur les marques chiffonnées.

— L'un d'eux est pourtant coupable, reprit Battle, songeur. L'un d'eux ment de façon éhontée. Mais lequel ? Ce n'est pas facile... pas facile du tout.

Après un silence, il reprit :

— Si l'on s'en tient à ce qu'ils nous racontent, le toubib pense que c'est Despard, Despard pense que c'est le toubib, la fille pense que c'est Mrs Lorrimer... et Mrs Lorrimer ne se prononce pas. Rien de bien éclairant dans tout ça.

— Peut-être... remarqua Poirot.

Battle lui lança un rapide coup d'œil.

— Vous y voyez quelque chose, vous ?

Poirot fit un geste vague.

— Une impression fugitive, sans plus. Rien sur quoi s'appuyer.

— Ces deux messieurs ne nous livrent guère le fond de leur pensée, grogna Battle.

— Manque de preuve, laissa tomber Race.

— Oh ! vous, les *hommes* ! soupira Mrs Oliver, pleine de mépris pour cette retenue.

— Faisons en gros le tour des possibilités, proposa Battle... Je mettrais le médecin en premier. Drôle d'oiseau celui-là. Aurait su évidemment où planter son couteau. Mais cela ne prouve rien. Ensuite, Despard. Un homme aux nerfs solides. Habitué à prendre des décisions rapides et pour qui le danger est le pain quotidien. Mrs Lorrimer ? Elle aussi a les nerfs solides, et c'est le genre de femme à avoir un secret dans sa vie. Elle a l'air de quelqu'un qui a eu des ennuis. D'un autre côté, c'est ce que j'appellerais une femme pleine de principes qui serait à sa place en directrice d'école. On l'imagine mal plantant un couteau dans qui que ce soit. En vérité, je ne crois pas qu'elle l'ait fait. Reste la petite miss Meredith. Nous ne savons rien d'elle. Elle a tout de la jolie fille sans histoire et plutôt timide. Mais comme je le disais, nous ne savons rien d'elle.

— Nous savons tout de même que Shaitana la soupçonnait de meurtre, intervint Poirot.

— Un démon sous une figure d'ange, dit Mrs Oliver d'un ton songeur.

— Où cela nous mène-t-il, Battle ? demanda Race.

— Spéculations stériles, c'est ce que vous pensez, monsieur ? Ma foi, dans un cas comme celui-là, nous y sommes bien obligés.

— Ne serait-il pas préférable d'enquêter sur ces personnes ?

Battle sourit.

— Oh, c'est ce que nous allons faire. Et vous pourrez nous y aider.

— Bien sûr. Mais comment ?

— Prenons le major Despard. Il a pas mal voyagé à l'étranger, en Amérique du Sud, en Afrique de l'Est et de l'Ouest… Des endroits que vous connaissez. Vous pourriez obtenir des informations sur lui.

Race hocha la tête.

— Ce sera fait. On m'enverra tous les renseignements disponibles.

— Oh ! s'écria Mrs Oliver, j'ai une idée. Nous sommes quatre… quatre limiers, comme vous disiez… et *ils* sont quatre ! Parions chacun sur le nôtre. Le major Race prend Despard, le superintendant Battle, le Dr Roberts, je prends Anne Meredith et M. Poirot prend Mrs Lorrimer. Chacun suit sa piste.

Le superintendant Battle secoua la tête avec énergie.

— C'est impossible, Mrs Oliver. Il s'agit d'une affaire officielle. Je dois suivre *toutes* les pistes. D'autre part, c'est bien beau de dire « parions chacun sur le nôtre ». Nous pouvons être deux à parier sur le même cheval. Le colonel Race n'a jamais prétendu qu'il soupçonnait Despard. Et M. Poirot ne mettrait peut-être pas son argent sur Mrs Lorrimer.

Mrs Oliver soupira.

— C'était un si beau plan ! Si *net* ! Mais vous ne voyez pas d'inconvénient à ce que je me livre à une petite enquête personnelle, n'est-ce pas ? demanda-t-elle en reprenant espoir.

— Non, répondit lentement Battle. Je n'y vois pas d'objection. En fait, je n'ai pas le pouvoir de vous en empêcher. Comme vous avez assisté à la soirée, vous êtes libre de faire tout ce que votre curiosité vous inspire. Mais je vous préviens, Mrs Oliver, que vous auriez intérêt à être prudente.

— Je serai la discrétion en personne. Je ne soufflerai pas un mot de... de rien..., dit-elle sans conviction.

— Je ne crois pas que ce soit exactement ce que le superintendant voulait dire, rectifia Poirot. Il voulait souligner que vous allez avoir affaire à quelqu'un qui, pour autant que nous le sachions, a déjà tué deux fois. Quelqu'un qui, par conséquent, n'hésiterait pas à tuer une troisième fois... s'il pensait que c'était nécessaire.

Mrs Oliver le regarda, songeuse. Puis elle lui fit un charmant sourire, le sourire d'une petite fille effrontée.

— Vous aurez été prévenue, cita-t-elle. Merci, monsieur Poirot. Je prendrai bien garde où je mettrai les pieds. Mais je veux être de l'histoire.

Poirot s'inclina avec grâce.

— Permettez-moi de vous féliciter, madame : vous êtes belle joueuse.

— J'imagine, reprit Mrs Oliver en se redressant et en adoptant un style gourmé – très présidente de comité directeur – que toutes les informations que nous recevrons seront centralisées, autrement dit que nous n'en conserverons aucune pour nous-mêmes. Bien entendu, nous aurons le droit de garder pour nous nos impressions et nos déductions.

Le superintendant Battle soupira.

— Il ne s'agit pas d'un roman policier, Mrs Oliver.

Race intervint.

— Toutes les informations devront bien évidemment être transmises à la police.

Après avoir dit cela d'un ton éminemment service-service, il ajouta avec un petit clin d'œil :

— Je suis sûr que vous jouerez franc-jeu, Mrs Oliver... le gant taché, les empreintes sur le verre à dents, le fragment de papier calciné, vous communiquerez tout ça à Battle.

— Vous pouvez rire ! riposta Mrs Oliver. Mais l'intuition féminine...

Elle hocha la tête d'un air péremptoire.

Race se leva.

— Je vais me renseigner sur Despard. Cela prendra sans doute un peu de temps. Je ne peux rien faire d'autre ?

— Je ne pense pas, monsieur, merci. Vous n'avez pas de suggestion à me faire ? Cela me rendrait service.

— Hum ! Eh bien, à votre place, je jetterais un œil sur les accidents de chasse, les empoisonnements, mais j'imagine que vous y avez déjà pensé.

— Oui, monsieur, j'ai noté ça.

— Bravo, Battle. Je n'ai pas besoin de vous apprendre votre métier. Bonne nuit, Mrs Oliver. Bonsoir, monsieur Poirot.

Et, sur un dernier signe de tête à Battle, le colonel Race sortit.

— Qui est-ce ? demanda Mrs Oliver.

— Il a de brillants états de service, répondit Battle. Il a pas mal bourlingué aussi. Il y a peu d'endroits dans le monde qui lui soient inconnus.

— Services secrets, je suppose, dit Mrs Oliver. Vous ne pouvez pas me le dire, je sais, mais sinon il n'aurait pas été invité ce soir. Les quatre assassins et les quatre limiers : Scotland Yard, les services secrets, un privé et une romancière. Quelle idée géniale !

Poirot secoua la tête.

— Vous vous trompez, madame. L'idée était *stupide*. Le tigre a été mis en alerte – et le tigre a bondi.

— Le tigre ? Quel tigre ?

— Par le tigre, j'entends le meurtrier, répondit Poirot.

— Monsieur Poirot, demanda Battle sans détour, à votre idée, quelle ligne de conduite devrions-nous adopter ? Ça, c'est ma première question. Mais j'aimerais aussi connaître votre opinion sur la psychologie de ces quatre personnes. Vous y attachez beaucoup d'importance, non ?

Tout en caressant toujours ses marques, Poirot acquiesça.

— C'est juste, le facteur psychologique compte énormément. Nous savons quel *genre* de meurtre a été commis et la *manière* dont il a été commis. Si nous avions affaire à quelqu'un qui, d'un point de vue psychologique, ne pourrait pas avoir commis un crime de ce style-là, il faudrait le rayer de notre liste. Nous savons déjà *quelque chose* de ces gens. Nous avons notre propre estimation sur leur compte, nous connaissons la ligne de défense que chacun d'eux a adoptée, et nous avons une idée de leur caractère par leur manière de jouer au bridge et par l'étude de leurs écritures. Mais hélas ! il est bien difficile de se prononcer avec certitude. Ce meurtre a exigé de l'audace, des nerfs – quelqu'un capable de prendre des risques. Eh bien, nous avons le Dr Roberts, un *bluffeur* qui fait des annonces supérieures à son jeu et qui fait totalement confiance à son habileté pour se sortir d'une situation risquée. Un caractère tout à fait conforme au crime. On pourrait dire aussi que miss Meredith, automatiquement, en sort lavée. Elle est timide, timorée au jeu, prudente, économe, et elle manque de confiance en elle. Ce serait bien la dernière à tenter un coup aussi risqué. Mais la panique peut également amener une personne timide à tuer. Quelqu'un qui a les nerfs fragiles et qui se sent fait comme un rat peut, par désespoir, se mettre tout à coup à montrer les dents. Miss Meredith, à supposer qu'elle ait déjà commis un meurtre auparavant, et qu'elle ait pensé que Mr Shaitana était au courant et s'apprêtait à la livrer à la justice, aurait pu devenir folle de terreur et ne reculer devant rien pour se tirer de ce mauvais pas. Le résultat aurait été le même, mais engendré de façon toute différente : non plus par l'audace et la maîtrise de soi, mais par un état de panique désespérée. Voyons maintenant le major Despard, un être froid, plein de ressources, capable de prendre un grand risque s'il pense que c'est vital. Après avoir pesé le pour et le contre, il pourrait décider que le jeu en vaut la chandelle, car c'est un homme qui préfère l'action à l'expectative, un homme qui n'hésitera jamais devant le danger s'il voit une chance de réussite. Enfin, il y a Mrs Lorrimer, une femme d'âge mûr mais en pleine possession de ses moyens. Une femme de sang-froid. Une femme logique. La plus intelligente des quatre sans doute. Je dois avouer que si c'est Mrs Lorrimer qui a commis ce crime, je pencherai pour la *préméditation*. Je la vois très bien organisant son crime avec lenteur et prudence, s'assurant que son plan ne comporte pas de faille. C'est pour cette raison qu'elle me semble un suspect nettement moins vraisemblable que les trois autres. Elle a toutefois la plus forte personnalité du lot et, quoi qu'elle entreprenne, elle le mènera sans doute à bien. C'est une femme pour qui l'efficacité compte avant tout.

Il s'arrêta un instant.

— Vous voyez, reprit-il, cela ne nous aide pas beaucoup. La seule méthode à suivre dans cette affaire, c'est de fouiller le passé.

Battle soupira.

— Vous l'avez dit, murmura-t-il.

— Dans l'esprit de Mr Shaitana, ils avaient tous les quatre commis un meurtre. Avait-il des preuves ? Etait-ce de simples soupçons ? C'est impossible à dire, mais cela m'étonnerait qu'il ait eu de véritables preuves dans chacun des cas...

— Je suis d'accord avec vous, dit Battle en hochant la tête. Ce serait une coïncidence trop extraordinaire.

— Voilà comment j'envisage les choses : on parle de meurtre, ou d'un certain genre de meurtre, et Mr Shaitana surprend un regard chez quelqu'un. Il était vif, sensible aux expressions. Il s'amuse à lancer des ballons d'essai – à sonder les gens en douceur au cours d'une conversation à bâtons rompus. Il cherche à saisir un tressaillement, une réserve, un désir de détourner la conversation. Oh, ce n'est pas compliqué. Si vous soupçonnez quelque chose, rien n'est plus facile que de voir vos soupçons confirmés. À chaque fois qu'un mot touche à ce que vous attendez, vous le remarquez aussitôt.

— C'est un jeu qui a dû beaucoup distraire feu notre ami, dit Battle en hochant la tête.

— Supposons donc qu'il ait appliqué ce procédé dans un ou deux cas. Dans un troisième, il a pu tomber sur une preuve solide et remonter la piste. Mais quel que soit le cas, je doute qu'il ait jamais réuni des preuves suffisantes pour pouvoir, par exemple, les transmettre à la police.

— À moins que l'affaire elle-même ne s'y prête pas, remarqua Battle. Il nous arrive souvent de tomber sur des affaires très louches dans lesquelles il est impossible de rien prouver. Quoi qu'il en soit, la marche à suivre est claire. Nous devons fouiller le passé de tout le monde et noter tous les décès qui pourraient être significatifs. J'imagine que vous avez remarqué, tout comme le colonel, ce que Shaitana a dit pendant le dîner.

— L'ange noir, murmura Mrs Oliver.

— Il a fait de très nettes allusions au poison, aux facilités offertes aux médecins, aux accidents en général et aux accidents de chasse en particulier. Je ne serais pas surpris qu'en disant cela, il ait signé son arrêt de mort.

— Il y a eu une sorte de lourd silence, remarqua Mrs Oliver.

— Oui, dit Poirot, ces mots ont atteint au moins une personne – laquelle a sans doute pensé que Shaitana en savait beaucoup plus qu'il ne le laissait entendre. Cette personne a cru que c'était le prélude de la fin, que la soirée était un jeu cruel dont le clou serait l'arrestation du criminel. Oui, comme vous l'avez dit, il a signé son arrêt de mort en donnant ces mots à gober à ses invités.

Il y eut un silence.

— Ce sera long, soupira Battle. Nous ne trouverons pas en un clin d'œil tout ce que nous cherchons, et il nous faudra être prudents. Aucun des quatre suspects ne doit se douter de ce que nous faisons. Toutes nos questions devront avoir l'air de porter uniquement sur *ce* meurtre-*ci*. On ne doit pas nous soupçonner d'avoir une hypothèse sur le mobile du crime. Et le pire, c'est que nous avons non pas un, mais quatre meurtres à retrouver dans le passé.

— Notre cher ami n'était pas infaillible, objecta Poirot. Il a pu – ce n'est qu'une éventualité – se tromper.

— Pour les quatre ?

— Non, il était plus intelligent que ça.

— Cinquante, cinquante, alors ?

— Même pas. Je dirais une fois sur quatre.

— Un innocent et trois coupables ? Ce n'est déjà pas mal. Mais le pire, c'est que si nous découvrons la vérité, nous n'en serons peut-être pas plus avancés. Même si quelqu'un a poussé sa grand-tante dans l'escalier en 1912, à quoi cela nous servira-t-il en 1937 ?

— Si, si, cela nous sera utile, déclara Poirot, encourageant. Vous le savez. Vous le savez aussi bien que moi.

Battle hocha lentement la tête.

— Je vois ce que vous voulez dire. La même méthode ?

— Vous pensez que la première victime a été poignardée, elle aussi ? demanda Mrs Oliver.

— Non, ce n'est pas aussi grossier, rectifia Battle en se tournant vers elle. Mais nul doute qu'il s'agira du même *genre* de crime. Les *détails* seront peut-être différents, mais l'essentiel y sera. Aussi étrange que cela paraisse, c'est toujours ainsi qu'un criminel se trahit.

— L'homme est une créature dénuée d'originalité, remarqua Poirot.

— Les femmes sont capables de variations infinies, affirma Mrs Oliver. Pour ma part, je ne commettrais jamais le même genre de crime deux fois de suite.

— Vous n'employez jamais deux fois de suite le même scénario ? demanda Battle.

— *Le Crime du Lotus* et *L'Énigme de la chandelle de cire*, murmura Poirot.

Mrs Oliver lui lança un regard approbateur.

— Félicitations, monsieur Poirot, c'est très malin de votre part. Bien sûr, ces deux livres sont basés sur le même scénario, mais personne d'autre ne s'en est aperçu. Dans l'un, on dérobe des documents au cours d'une réception au ministère, dans l'autre il s'agit d'un meurtre à Bornéo dans une plantation d'hévéas.

— Oui, mais le point essentiel sur lequel repose l'histoire est le même, déclara Poirot. C'est une de vos plus ingénieuses combines. Le planteur met au point son propre meurtre et le ministre arrange le vol de ses propres documents. À la dernière minute arrive un tiers qui découvre la fraude.

— J'ai beaucoup aimé votre dernier roman, Mrs Oliver, déclara le superintendant Battle. Celui où tous les commissaires de police sont tués en même temps. Vous vous êtes seulement trompée une ou deux fois sur des points de détail. Comme je connais votre souci d'exactitude, je me suis demandé si...

Mrs Oliver l'interrompit.

— En réalité, je me moque de l'exactitude comme de l'an quarante. Qui s'en soucie aujourd'hui ? Personne. Quand un journaliste raconte qu'une jolie fille de vingt-deux ans est morte en ouvrant le gaz après avoir regardé la mer et embrassé son labrador favori : « Adieu, Bob ! » – est-ce que quelqu'un proteste sous prétexte que la fille avait en réalité vingt-six ans, que la pièce ne donnait pas sur la mer et que le chien était un terrier baptisé Bonnie ? Si un journaliste peut faire ça, je ne vois pas pourquoi je n'aurais pas le droit de me tromper dans les grades de la police, de dire un revolver quand il s'agit d'un automatique, un dictaphone alors qu'il s'agit d'un phonographe, et d'utiliser un poison qui vous permet à peine de prononcer encore une phrase. Ce qui compte, c'est la quantité de cadavres. Quand on commence à s'ennuyer, un peu de sang supplémentaire, ça vous ragaillardit. Quelqu'un va parler... mais on le tue avant qu'il ait pu le faire. Ça marche toujours. Je l'utilise dans tous mes livres, sous différents camouflages, bien sûr. Les lecteurs adorent les poisons indécelables, les inspecteurs de police stupides, les filles attachées dans des caves pleines de gaz méphitique ou se remplissant d'eau – manière bien mal commode de tuer quelqu'un en réalité – et le héros qui vient tout seul à bout de trois à sept méchants. J'ai écrit jusqu'à présent trente-deux romans tous identiques en réalité, comme M. Poirot paraît être le seul à l'avoir remarqué, mais mon unique regret, c'est d'avoir fait de mon détective un Finlandais. Je ne sais rien des Finlandais et je reçois des paquets de lettres de Finlande me soulignant qu'il est impossible qu'il ait dit ou fait ceci ou cela. On jurerait qu'ils lisent des masses de romans policiers, là-bas. Ce doit être à cause des longues journées d'hiver boréal. Les Bulgares et les Roumains n'ont pas l'air de lire du tout. J'aurais été mieux inspirée d'en faire un Bulgare...

Elle s'interrompit.

— Désolée. Je parle boutique, alors qu'il s'agit d'un vrai crime. (Son visage s'éclaira.) Quelle bonne idée ce serait si personne ne l'avait tué ! S'il avait invité tout le monde et qu'il se soit suicidé tranquillement, juste pour flanquer la pagaille.

Poirot hocha la tête, approbateur.

— Admirable solution. Élégante. Spirituelle... Hélas ! ce n'était pas le genre de Mr Shaitana. Il aimait la vie.

— Je ne pense pas qu'il ait été vraiment sympathique, déclara Mrs Oliver.

— Il n'était pas sympathique, non, reconnut Poirot. Mais il était en vie – et maintenant il est mort. Et comme je le lui ai dit une fois, j'ai une attitude très *bourgeoise* à l'égard du meurtre. Je le désapprouve.

Il ajouta d'une voix douce :

— C'est pourquoi... je suis prêt à pénétrer dans la cage du tigre...

9

LE Dr ROBERTS

— Bonjour, superintendant Battle.

Le Dr Roberts se leva de son fauteuil et lui tendit une grande main rose fleurant un mélange de bon savon et de phénol.

— Où en êtes-vous arrivé ? demanda-t-il.

Avant de répondre, le superintendant examina d'un coup d'œil le confortable cabinet de consultation.

— Eh bien, Dr Roberts, à parler franc, je ne suis arrivé nulle part. Je piétine.

— J'ai été bien content de voir qu'on en a peu parlé dans les journaux.

— *Mort soudaine du fameux Mr Shaitana au cours d'une réception qu'il donnait dans ses appartements.* C'en est là pour l'instant. Nous avons eu les résultats de l'autopsie. Je vous en ai apporté une copie. J'ai pensé que cela vous intéresserait...

— C'est très aimable à vous... Cela devrait... hum !... hum ! Oui, c'est très intéressant...

Il la lui rendit.

— Et nous avons interrogé le notaire de Mr Shaitana. Nous connaissons maintenant les termes de son testament. Il ne nous a rien appris. Il semble qu'il ait de la famille en Syrie. Et, bien entendu, nous avons examiné ses papiers personnels.

Était-ce un effet de son imagination ou ce visage large et glabre s'était-il vraiment figé, ossifié ?

— Et alors ?

— Rien, dit le superintendant en épiant ses réactions.

Aucun signe de soulagement visible. Rien d'aussi flagrant. Mais la silhouette du docteur sembla s'étaler un petit peu plus confortablement dans son fauteuil.

— Vous êtes donc venu me trouver ?

— Comme vous dites, je suis venu vous trouver.

Le docteur haussa les sourcils et plongea ses yeux perçants dans ceux de Battle.

— Et maintenant vous voudriez examiner mes papiers personnels ?

— C'était plus ou moins l'idée.

— Vous avez un mandat de perquisition ?

— Non.

— Ma foi, vous pourriez en obtenir un sans problème, j'imagine. Je n'ai pas l'intention de vous créer des difficultés. Évidemment, ce n'est jamais agréable d'être soupçonné de meurtre, mais je ne peux pas vous en vouloir de faire votre travail.

— Merci monsieur, répondit Battle avec une réelle gratitude. J'apprécie beaucoup votre attitude. J'espère que les autres se montreront aussi raisonnables.

— À mauvais jeu, il faut faire bonne figure, répondit le médecin avec bonne humeur.

» J'ai terminé mes consultations, poursuivit-il. J'allais partir faire mes visites. Je vais vous laisser mes clefs et prévenir ma secrétaire pour que vous puissiez travailler à votre aise.

— Voilà qui est très gentil de votre part. Mais avant que vous ne partiez, j'aimerais vous poser quelques questions.

— À propos de l'autre soir ? Je vous ai déjà dit tout ce que je savais.

— Non, pas à propos de l'autre soir. À propos de vous.

— Eh bien, allez-y, mon vieux ! Que voulez-vous savoir ?

— J'aimerais avoir un bref aperçu de votre vie, Dr Roberts. Naissance, mariage, etc.

— Cela me servira d'entraînement pour le *Who's Who*, répliqua le médecin d'un ton ironique. Ma vie s'est déroulée sans incident. Je viens du Shropshire, je suis né à Ludlow. Mon père exerçait là-bas. Il est mort lorsque j'avais quinze ans. J'ai fait mes études de médecine comme lui, à Shrewsbury. J'ai été interne à St. Christopher… mais vous êtes déjà en possession de tous les détails de ma carrière, je suppose.

— Oui, j'ai déjà cherché, monsieur. Êtes-vous fils unique, ou avez-vous des frères ou des sœurs ?

— Je suis fils unique. Mes parents sont morts tous les deux et je suis célibataire. Cela vous suffit-il ? Je me suis associé avec le Dr Emery. Il a pris sa retraite il y a une quinzaine d'années. Il vit en Irlande. Je vous donnerai son adresse si vous le désirez. J'habite ici avec une cuisinière, une femme de chambre et une gouvernante. Ma secrétaire vient tous les jours. Je gagne bien ma vie et je ne tue qu'un nombre raisonnable de patients. Cela vous va comme ça ?

Le superintendant Battle sourit.

— Cela me paraît assez complet, Dr Roberts. Je suis ravi que vous ayez le sens de l'humour. Maintenant, je vais encore vous poser une question.

— Ma moralité est irréprochable, superintendant.

— Oh, je ne pensais pas à ça. Non, je voulais juste vous demander le nom de quatre de vos amis… de gens qui vous connaîtraient intimement depuis de longues années. En guise de référence, si vous voyez ce que je veux dire.

— Oui, je pense. Laissez-moi réfléchir… Vous préférez qu'ils habitent Londres, j'imagine ?

— Ce serait plus simple, mais cela n'a pas vraiment d'importance.

Le Dr Roberts réfléchit un moment puis, avec son stylo, griffonna quatre noms et adresses sur une feuille de papier qu'il tendit à Battle.

— Est-ce que ceux-ci vous iront ? C'est ce que j'ai trouvé de mieux pour l'instant.

Battle lut les noms avec attention, hocha la tête en signe d'approbation et rangea la feuille dans une de ses poches intérieures.

— C'est une question d'élimination, expliqua-t-il. Plus vite je peux éliminer une personne et passer à la suivante, mieux cela vaudra pour tout le monde. Il faut que je m'assure que vous n'étiez pas en mauvais termes avec Mr Shaitana, que vous n'étiez pas en rapports intimes ou en affaire avec lui, qu'il ne vous avait jamais offensé et que vous n'aviez aucun grief contre lui. Même si je vous crois lorsque vous affirmez que vous le connaissiez à peine, la question n'est pas là. Je dois en être *sûr*.

— Oh, je comprends très bien. Jusqu'à ce que vous puissiez prouver qu'il dit la vérité, vous êtes obligé de considérer chacun comme un menteur. Voici mes clefs, superintendant. Celle-ci ouvre les tiroirs, celle-là le bureau, et la petite est celle de l'armoire aux poisons. Refermez-la bien. Il vaudrait peut-être mieux que je dise un mot à ma secrétaire.

Il sonna.

La porte s'ouvrit presque immédiatement et une jeune femme à l'air compétent apparut.

— Vous m'avez appelée, docteur ?

— Voici miss Burgess... le superintendant Battle, de Scotland Yard.

Miss Burgess considéra Battle d'un œil froid. Son regard semblait dire :

« Mon Dieu, quelle espèce d'animal est-ce là ? »

— Vous me ferez plaisir, miss Burgess, en répondant à toutes les questions que le superintendant Battle pourra vous poser et en l'aidant de votre mieux.

— Bien sûr, comme vous voudrez, docteur.

— Eh bien, dit Roberts en se levant, je dois vous quitter. Avez-vous mis de la morphine dans ma trousse ? J'en aurai besoin pour Lockaert.

Il sortit d'un air affairé tout en continuant de parler, et miss Burgess le suivit.

Elle revint une minute après.

— Si vous avez besoin de moi, voulez-vous appuyer sur ce bouton, superintendant Battle ?

Battle la remercia, promit de le faire, et se mit au travail.

Il procéda avec ordre et méthode, bien qu'il n'espérât rien trouver d'important. Roberts avait accepté l'idée avec trop d'empressement pour qu'il lui reste la moindre chance. Roberts était loin d'être un imbécile. Il devait avoir compris qu'une fouille était inévitable et il avait certainement tout prévu en conséquence. Mais comme le Dr Roberts ne connaissait pas le véritable objet de ses recherches, il restait cependant une très vague possibilité de tomber sur des bribes d'informations intéressantes.

Le superintendant ouvrit et referma les tiroirs, vida les casiers, feuilleta les carnets de chèques, fit le compte des factures impayées, nota l'objet de ces factures, étudia le livret bancaire, parcourut les notes destinées aux dossiers des clients, bref ne laissa pas passer un seul papier. Le résultat fut extrêmement maigre. Il examina ensuite l'armoire à poisons, nota le nom des laboratoires avec lesquels Roberts travaillait, le système de contrôle, referma l'armoire et s'attaqua au bureau. Celui-ci contenait des papiers plus personnels, mais rien qui se rapportât à ce qu'il cherchait. Il secoua la tête, s'assit dans le fauteuil du médecin et appuya sur la sonnette.

Miss Burgess accourut avec une louable promptitude.

Le superintendant la pria poliment de s'asseoir et l'étudia un moment avant de décider de quelle manière attaquer. Il avait tout de suite senti une hostilité latente et il hésitait entre encourager cette hostilité pour l'empêcher de surveiller ses paroles, ou tenter une méthode d'approche plus douce.

— Vous savez sans doute de quoi il s'agit, miss Burgess ? dit-il enfin.

— Le Dr Roberts me l'a raconté, répondit-elle brièvement.

— Cette histoire est très délicate...

— Ah, bon ?

— C'est une sale affaire. Il y a quatre suspects, et l'un d'entre eux est le coupable. Je voudrais savoir si vous avez jamais vu Mr Shaitana.

— Jamais.

— Vous n'avez jamais entendu le Dr Roberts en parler ?

— Jamais. Non, je me trompe. Il y a une semaine environ, le Dr Roberts m'a demandé de noter une invitation à dîner dans son carnet de rendez-vous. Mr Shaitana, à 8 heures un quart le 18.

— C'est la première fois qu'il était question de lui ?

— Oui.

— Vous n'avez jamais vu son nom dans les journaux ? On le trouvait souvent dans les potins mondains.

— J'ai mieux à faire que de lire les potins mondains.

— Je l'espère bien. Oh, oui, je l'espère bien, dit Battle avec gentillesse. Enfin, poursuivit-il, voilà comment se présente la situation. Les suspects nient tous avoir bien connu Mr Shaitana, et pourtant l'un d'eux le connaissait assez pour le tuer. Mon travail consiste à découvrir lequel.

Un silence infructueux s'installa. Miss Burgess se fichait éperdument du travail de Battle. Son travail à elle consistait à obéir aux ordres de son employeur, à rester plantée là, à écouter ce que le superintendant Battle pouvait avoir à dire et à répondre à toute question directe qu'il pourrait lui poser.

— Vous savez, miss Burgess, dit Battle, sans se laisser décourager par l'ampleur de sa tâche, je doute que vous soyez, ne fût-ce qu'à moitié, consciente des difficultés de notre travail. Par exemple, les gens nous racontent tout un tas de choses. Même si nous n'en croyons pas un traître mot, nous devons en tenir compte. C'est particulièrement frappant dans un cas comme celui-ci. Je ne voudrais pas médire de votre sexe, mais il ne fait aucun doute qu'une femme, quand elle est prise de panique, est capable de se répandre en invectives. Elle se livre à des accusations sans fondement, insinue tout et le contraire, et revient sur de vieux scandales qui n'ont sans doute rien à voir avec l'affaire.

— Est-ce que vous prétendriez, demanda miss Burgess, que l'une de ces autres personnes aurait porté des accusations à l'encontre du Dr Roberts ?

— Pas exactement *porté*, répondit Battle avec prudence. Mais quand même, je dois en tenir compte. Des circonstances étranges auraient entouré la mort d'un patient. Ce sont probablement des bruits ridicules. J'aurais honte d'importuner le docteur avec ça.

— J'imagine que quelqu'un a entendu courir des bruits à propos de Mrs Graves, dit miss Burgess, courroucée. La façon dont les gens parlent de ce qu'ils ne connaissent pas est insensée. Il y a un tas de vieilles femmes comme ça – elles pensent que tout le monde cherche à les empoisonner : leur famille, leurs domestiques, et même leur médecin. Mrs Graves avait déjà vu trois médecins avant le Dr Roberts, et quand elle s'est mise à délirer de la même façon à son propos il l'a volontiers abandonnée au Dr Lee. Le Dr Roberts dit que c'est la seule solution dans ces cas-là. Après le Dr Lee, elle a eu le Dr Steele, ensuite le Dr Farmer... jusqu'à ce qu'elle meure, la pauvre vieille.

— Vous seriez surprise de voir comment une brouille peut donner naissance à toute une histoire. Quand un médecin tire un bénéfice de la mort d'un de ses patients, il se trouve toujours quelqu'un pour débiter des horreurs. Et pourtant, pourquoi un patient reconnaissant ne léguerait-il pas un petit quelque chose, ou même un grand quelque chose, à son médecin de famille ?

— Ce sont les parents, répliqua miss Burgess. Il n'y a rien de tel que la mort pour mettre au jour la mesquinerie humaine. Le corps n'est pas encore froid qu'ils se disputent pour savoir à qui ira quoi. Heureusement, le Dr Roberts n'a jamais eu d'ennuis de ce genre. Il dit toujours qu'il espère bien que ses patients ne lui laisseront rien. Je crois qu'au total il a bénéficié un jour d'un legs de cinquante livres, et une autre fois de deux cannes et d'une montre en or, un point c'est tout.

— Ah, la vie d'une sommité médicale n'est pas une sinécure ! soupira Battle. Le médecin n'est jamais à l'abri d'un chantage. Les événements les plus innocents prennent parfois des allures de scandale. Un médecin, ça doit se tenir prudemment à l'écart de toute tentation... ce qui signifie qu'un médecin, ça doit savoir faire preuve d'intelligence et de discernement.

— Il y a du vrai dans ce que vous dites, reconnut miss Burgess. Les femmes hystériques leur donnent du fil à retordre, aux médecins !

— Les femmes hystériques. Très juste. C'était bien à elles que je pensais.

— Vous pensiez à cette horrible Mrs Craddock ?

Battle fit semblant de réfléchir.

— Attendez... C'était il y a trois ans ? Non, plus.

— Quatre ou cinq, je crois. C'était une cinglée ! J'ai été soulagée quand elle est partie pour l'étranger, et le Dr Roberts aussi. Elle racontait des mensonges atroces à son mari... c'est ce qu'elles font toujours. Le pauvre, il n'était plus lui-même, il était tombé malade. Il est mort d'une tumeur charbonneuse, vous savez, à cause d'un blaireau infecté.

— J'avais oublié ça, dit Battle avec une parfaite mauvaise foi.

— Alors elle est partie pour l'étranger et elle est morte peu de temps après. J'ai toujours pensé que c'était une femme pas bien du tout... une nymphomane, vous voyez.

— Je vois le genre, répliqua Battle. Elles sont très dangereuses. Un médecin devrait les éviter à tout prix. Où est-elle morte, déjà ? Il me semble que je m'en souviens...

— En Égypte, je crois. D'un empoisonnement du sang... un virus local.

— Une autre difficulté pour un médecin, dit Battle en changeant de sujet, c'est lorsqu'il soupçonne qu'un de ses patients est empoisonné par quelqu'un de sa famille. Que peut-il faire ? Il faut qu'il soit sûr de son fait ou alors qu'il tienne sa langue. Et s'il s'est tu et qu'ensuite on découvre qu'il y avait du louche, il se retrouve dans une situation délicate. Je me demande si le Dr Roberts a jamais rencontré un cas de ce genre ?

— Je ne crois pas, répondit miss Burgess en faisant un effort de mémoire. Je ne l'ai jamais entendu parler de ça.

— D'un point de vue statistique, il serait intéressant de savoir combien de décès se produisent chaque année dans la clientèle d'un médecin. Par exemple, maintenant que vous travaillez pour le Dr Roberts depuis quelques années...

— Sept ans.

— Sept ans. Eh bien, combien de décès avez-vous enregistrés dans ce laps de temps ?

— C'est difficile à dire, répondit miss Burgess en calculant. (Elle était tout à fait dégelée et sans méfiance, à présent.) Sept, huit... je ne m'en souviens plus au juste. En tout cas, pas plus de trente.

— Alors, je suppose que le Dr Roberts est meilleur que la plupart, déclara Battle d'un ton aimable. Je suppose aussi que ses patients font presque tous partie des classes très aisées. Ils ont les moyens de se soigner.

— C'est un médecin très recherché. Il a un si remarquable diagnostic !

Battle se leva en soupirant.

— Je crains de m'être bien écarté de ma tâche, à savoir trouver un lien entre le Dr Roberts et ce Mr Shaitana. Ce n'était pas un de ses patients, vous en êtes sûre ?

— Sûre et certaine.

— Sous un autre nom, peut-être ? Vous ne le reconnaissez pas ? demanda-t-il en lui montrant une photographie.

— Quel air théâtral il a ! Non, je ne l'ai jamais vu ici.

— Eh bien, voilà, soupira Battle. Je suis très reconnaissant au Dr Roberts de m'avoir si gentiment facilité le travail. Remerciez-le de ma part, voulez-vous ? Dites-lui bien que je passe au n° 2. Au revoir, miss Burgess et merci de votre aide.

Il lui serra la main et s'en fut. Dans la rue, tout en marchant, il sortit un calepin de sa poche et inscrivit, sous la lettre R :

Mrs Graves ? Peu probable.
Mrs Craddock ?
Pas d'héritages.
Pas de femmes. (Dommage.)
Enquêter sur la mort des patients. Ardu.

Il referma son calepin et se rendit à Lancaster Gate, dans la filiale de la London & Wessew Bank.

Sur présentation de sa carte, il eut droit à un entretien privé avec le directeur.

— Bonjour, monsieur. Je crois savoir que le Dr Geoffroy Roberts est un de vos clients.

— En effet, superintendant.

— J'aimerais obtenir quelques renseignements sur le compte de ce monsieur, en remontant plusieurs années.

— Je vais voir ce que je peux faire pour vous.

S'ensuivit une demi-heure bien remplie. Finalement, avec un soupir, Battle empocha une feuille de papier couverte de chiffres.

— Vous avez trouvé ce que vous vouliez ? lui demanda le directeur avec curiosité.

— Non. Pas une seule piste engageante. Mais merci quand même.

Au même moment, le Dr Roberts, tout en se lavant les mains dans son cabinet de consultation, disait à miss Burgess :

— Que voulait notre flegmatique détective ? A-t-il retourné la maison de haut en bas, et vous comme un gant ?

— Il n'a pas tiré grand-chose de moi, je peux vous l'assurer, répondit miss Burgess en pinçant les lèvres.

— Ma chère petite, inutile de jouer les huîtres. Je vous avais recommandé de lui dire tout ce qu'il voudrait savoir. À propos, que voulait-il savoir ?

— Oh, il n'a pas cessé de me demander si vous connaissiez ce Shaitana... il a même suggéré qu'il aurait pu venir vous consulter sous un autre nom. Il m'a montré une photo de lui. Quel air théâtral il avait !

— Shaitana ? Oh ! oui. Il jouait au Méphistophélès moderne. Ça prenait assez bien, en général. Qu'est-ce que Battle vous a demandé d'autre ?

— Pas grand-chose, excepté... ah ! oui, quelqu'un lui avait raconté des inepties à propos de

Mrs Graves... vous savez, la façon qu'elle avait de pousser sa brouette.

— Graves, Graves ? Ah, oui, la vieille Mrs Graves ! Ça, c'est tordant ! C'est vraiment tordant ! dit le médecin en riant.

Et il alla déjeuner, de très bonne humeur.

10

Dr ROBERTS *(suite)*

Le superintendant Battle déjeunait avec Hercule Poirot.

Le premier avait l'air abattu, le second compatissait.

— Ainsi, votre matinée n'a pas été très fructueuse, dit Poirot, songeur.

Battle secoua la tête.

— Le travail s'annonce difficile, monsieur Poirot.

— Que pensez-vous de lui ?

— Du médecin ? Eh bien, pour être franc, je pense que Shaitana avait raison. C'est un tueur. Il me rappelle Westaway... et aussi cet avocat de Norfolk. Même chaleur, même assurance. Et même succès. C'était deux diables d'hommes, tout comme Roberts. Bien entendu, il ne s'ensuit pas qu'il ait tué Shaitana – en réalité, je ne pense pas qu'il l'ait fait. Il connaissait trop le risque, et mieux qu'un avocat : Shaitana pouvait se réveiller et pousser des hurlements. Non, je ne crois pas que Roberts l'ait assassiné.

— Mais vous pensez qu'il a tué quelqu'un d'autre ?

— Probablement un tas de gens. C'est ce que Westaway avait fait. Mais ce ne sera pas facile de s'en assurer. J'ai vérifié son compte bancaire, rien d'anormal, pas de grosses rentrées d'argent soudaines. En tout cas, au cours des sept dernières années, pas de legs provenant d'un patient. Cela exclut l'assassinat pour un bénéfice direct. Il n'a jamais été marié – quel dommage ! Pour un médecin, tuer sa propre femme, c'est l'idéal ! Il est riche, mais il faut avouer que sa clientèle n'est pas précisément dans la misère.

— En fait, il a l'air de mener une vie sans reproche, et c'est peut-être bien le cas.

— Peut-être, mais je préfère envisager le pire… Il y a eu des rumeurs de scandale à propos d'une femme, une de ses patientes, une dénommée Craddock. Cela mérite d'être approfondi, je crois. Je vais mettre quelqu'un là-dessus tout de suite. La femme est morte en Égypte d'une maladie locale, si bien que je ne m'attends pas à trouver quelque chose là-bas, mais cela peut nous éclairer en gros sur son caractère et sa moralité.

— Elle avait un mari ?

— Oui. Mort du charbon.

— Du charbon ?

— Oui, il y a eu beaucoup de blaireaux de mauvaise qualité sur le marché à ce moment-là, dont certains infectés. Cela faisait régulièrement scandale, à l'époque.

— Très pratique, insinua Poirot.

— C'est aussi ce que j'ai pensé. Pour peu que le mari ait menacé de faire des histoires… Mais ce n'est qu'une simple hypothèse. Rien où poser un pied avec certitude.

— Courage, mon bon ami. Je connais votre obstination. En définitive, vous allez vous retrouver avec autant de pieds qu'un mille-pattes.

— Et je me retrouverai dans le fossé à force d'y penser, déclara Battle en souriant.

Puis il demanda avec curiosité :

— Et vous ? Vous allez nous prêter la main ?

— Je passerai peut-être chez le Dr Roberts, moi aussi.

— Deux dans la même journée... Cela risque d'éveiller ses soupçons.

— Oh ! je serai très discret. Je ne le questionnerai pas sur son passé.

— Je serais curieux de connaître votre ligne de conduite. Mais ne me le dites pas si vous ne le voulez pas.

— Du tout... du tout. Je n'y vois aucune objection. Nous parlerons bridge, un point c'est tout.

— Encore le bridge ! Décidément, vous y tenez !

— Je trouve le sujet bien commode !

— Ma foi, chacun son goût. Je n'utilise guère ces approches sophistiquées. Ce n'est pas mon style.

— Et quel est votre style, superintendant ?

Les deux hommes échangèrent un regard pétillant de malice.

— L'inspecteur zélé, honnête et direct, qui fait son devoir de façon laborieuse – c'est ça mon style. Pas de chichis. Pas de fantaisie dans le travail. Une bonne suée. Du flegme avec un brin de stupidité. Voilà mes caractéristiques.

Poirot leva son verre.

— À nos méthodes respectives ! Et puisse le succès couronner nos efforts conjoints !

— J'espère que le colonel Race nous dénichera quelque chose d'utile sur Despard. Il a de nombreuses sources d'informations.

— Et Mrs Oliver ?

— Là, c'est jouer à pile ou face. Cette femme me plaît assez. Elle débite un grand nombre de bêtises, mais elle a du cran. Et une femme obtient des renseignements sur ses consœurs qu'un homme n'obtiendrait jamais. Elle peut mettre le doigt sur un point intéressant.

Ils se séparèrent. Battle rentra à Scotland Yard pour distribuer ses instructions. Poirot se rendit au 200 Gloucester Terrace.

Le Dr Roberts l'accueillit en levant les sourcils de façon comique.

— Deux limiers le même jour ? D'ici ce soir, on me passera les menottes, j'imagine.

Poirot sourit.

— Je vous garantis, Dr Roberts, que je me partage également entre vous quatre.

— Cela mérite ma gratitude, en tout cas. Cigarette ?

— Si vous permettez, je préfère les miennes.

Poirot alluma une de ses minuscules cigarettes russes.

— Que puis-je pour vous ? demanda Roberts.

Poirot tira une ou deux bouffées en silence, puis il dit :

— Êtes-vous un bon observateur de la nature humaine, docteur ?

— Je ne sais pas. Je suppose que oui. C'est le métier qui veut ça.

— C'est exactement ce que je me suis dit. J'ai pensé : « Un médecin passe son temps à étudier ses patients. Leur expression, leur teint, la vitesse à laquelle ils respirent, le moindre signe d'inquiétude, le médecin remarque tout ça sans même remarquer qu'il le remarque. Le Dr Roberts doit pouvoir m'aider. »

— Je ne demande pas mieux. Quel est le problème ?

Poirot sortit d'un élégant petit portefeuille trois marques de bridge pliées avec soin.

— Voici les trois premières parties de l'autre soir, expliqua-t-il. Prenez la première, qui est de l'écriture de miss Meredith. Maintenant, pouvez-vous me dire, en vous aidant de ces marques pour vous rafraîchir la mémoire, quelles ont été les annonces et ce que chacun a joué ?

Roberts le regarda avec stupéfaction.

— Vous plaisantez, monsieur Poirot. Comment pourrais-je m'en souvenir ?

— Vous ne pouvez pas ? Je vous serais si reconnaissant d'essayer... Prenez cette partie. La première annonce a dû se faire à cœur ou à pique, sinon un des deux camps aurait chuté de cinquante.

— Montrez... Oui, c'est la première. Ils avaient annoncé pique, en effet.

— Et dans la partie suivante ?

— L'un de nous a dû chuter de cinquante, mais je ne me rappelle plus qui, ni sur quoi. Vraiment, monsieur Poirot, vous ne pouvez quand même pas espérer que je m'en souvienne ?

— Vous ne vous rappelez aucun autre jeu, ni aucune annonce ?

— J'ai demandé un grand chelem, ça je m'en souviens. J'ai été contré. Et je me rappelle aussi avoir pris une dégelée... c'était en jouant trois sans atout, je crois. Mais cela s'est passé plus tard.

— Vous rappelez-vous avec qui vous jouiez ?

— Avec Mrs Lorrimer. Je me souviens qu'elle avait l'air plutôt furibonde. Elle n'avait pas dû apprécier ma surenchère, je suppose.

— Vous ne vous rappelez aucune autre annonce ou aucun autre jeu ?

Roberts éclata de rire.

— Cher monsieur Poirot, l'espériez-vous vraiment ? D'abord, il y a eu le meurtre, ce qui suffirait à vous chasser de l'esprit les coups les plus spectaculaires et, de plus, j'ai joué au moins une demi-douzaine de parties depuis.

Poirot parut quelque peu déconfit.

— Désolé, dit Roberts.

— Cela ne fait rien, répliqua lentement Poirot. J'avais espéré que vous vous souviendriez d'une partie ou deux parce que je pensais que ce serait un bon point de repère pour d'autres choses.

— Quelles autres choses ?

— Ma foi, vous auriez pu remarquer, par exemple, que votre partenaire a cafouillé en jouant un simple sans atout, ou encore qu'un de vos adversaires vous offrait deux levées inattendues pour n'avoir pas joué une carte évidente.

Le Dr Roberts devint soudain sérieux. Il se pencha vers Poirot.

— Ah, je comprends maintenant où vous voulez en venir. Excusez-moi, j'ai d'abord cru que vous teniez des propos ridicules. Vous pensez que le meurtre... sa réalisation parfaite... aurait pu influencer le jeu du coupable ?

Poirot hocha la tête.

— Vous avez saisi l'idée. Si vous aviez eu l'habitude de jouer ensemble, cela aurait pu être un indice de première importance. Un changement, une soudaine absence de réflexe, une occasion manquée, vous auraient immédiatement frappé. Malheureusement, vous étiez tous des étrangers les uns pour les autres. Les changements dans la manière de jouer sont moins perceptibles. Mais réfléchissez bien, docteur, je vous supplie de *réfléchir*. Vous rappelez-vous le moindre changement de rythme, la moindre erreur soudaine et flagrante, dans le jeu de l'un ou l'autre ?

Le Dr Roberts resta silencieux un instant, puis il secoua la tête.

— Non. Je ne peux pas vous aider, déclara-t-il avec franchise. Je ne me souviens de rien. Je ne peux que vous répéter ce que je vous ai déjà dit : Mrs Lorrimer est une joueuse de première classe, elle n'a commis aucune erreur. Elle a été brillante du début à la fin. Le jeu de Despard a été uniformément bon. C'est un joueur beaucoup plus conventionnel. Il n'enfreint jamais les règles. Il ne prend pas de risques inutiles. Miss Meredith…

Il hésita.

— Oui. Miss Meredith ? insista Poirot.

— Elle a fait des fautes… une ou deux fois… je m'en souviens. Vers la fin de la soirée. Mais peut-être simplement parce qu'elle était fatiguée. Elle manque d'expérience. Sa main tremblait aussi…

Il s'arrêta.

— À quel moment sa main a-t-elle tremblé ?

— À quel moment ? Je ne m'en souviens plus. Je pense qu'elle était juste un peu nerveuse, monsieur Poirot. Vous me forcez à imaginer je ne sais quoi.

— Pardonnez-moi. Mais il y a encore un point pour lequel j'ai besoin de votre aide.

— Oui ?

— C'est difficile, dit lentement Poirot. Je ne voudrais pas vous poser carrément la question, vous comprenez. Si je vous demande : avez-vous remarqué ceci ou cela... eh bien, je vous aurai mis cette idée dans la tête. Votre réponse ne sera pas aussi valable. Laissez-moi y arriver par un autre chemin. Soyez assez aimable, Dr Roberts, pour me décrire le contenu de la pièce où vous vous trouviez.

Roberts parut médusé.

— Le contenu de la pièce ?

— S'il vous plaît.

— Mon cher ami, je ne sais même pas par où commencer !

— Commencez où bon vous chante.

— Eh bien... il y avait pas mal de meubles...

— Non, non, non ! Soyez précis, je vous en supplie.

Le Dr Roberts soupira.

Il commença drôlement, à la manière d'un commissaire-priseur :

— Un grand canapé recouvert de brocart couleur ivoire, un vert idem, quatre ou cinq grands fauteuils. Huit ou neuf tapis persans, un ensemble de douze chaises dorées Empire. Un bureau William & Mary (je me fais l'effet d'un crieur de salle des ventes). Un très beau meuble chinois. Un grand piano. Il y avait d'autres meubles mais je n'y ai pas fait attention. Six estampes japonaises rarissimes, deux peintures sur verre chinoises. Cinq ou six ravissantes tabatières. Quelques figurines japonaises en ivoire posées sur un guéridon. De l'argenterie : des timbales Charles Ier, je crois. Un ou deux émaux de Battersea...

— Bravo, bravo ! applaudit Poirot.

— Un couple d'oiseaux en vieille céramique anglaise... et, je crois, une sculpture de Ralph Wood. Il y avait aussi des objets orientaux en argent ciselé. Quelques bijoux aussi, mais je n'y connais pas grand-chose. Quelques oiseaux de Chelsea, je m'en souviens. Oh, et aussi des miniatures dans un coffret, assez jolies, je trouve. Ce n'est pas tout, mais c'est tout ce que je me rappelle pour l'instant.

— C'est fantastique ! fit Poirot, admiratif. On peut dire que vous possédez un véritable don d'observation.

Le médecin demanda avec curiosité :

— Ai-je cité l'objet que vous aviez en tête ?

— C'est justement ce qui est intéressant. J'aurais été très surpris que vous le mentionniez. À mon avis, vous ne pouviez pas le mentionner.

— Pourquoi ?

L'œil de Poirot s'alluma.

— Peut-être parce qu'il n'y était pas.

Roberts le regarda fixement.

— Cela me rappelle quelque chose...

— Cela vous rappelle Sherlock Holmes, n'est-ce pas ? La curieuse histoire du chien dans la nuit. Ce chien n'aboie pas la nuit. C'est justement ce qui est étonnant ! Ma foi, je ne me gêne pas pour voler les trucs des autres, vous savez.

— Où voulez-vous en venir, monsieur Poirot ? Je nage en plein brouillard.

— C'est très bien, ça ! Confidence pour confidence, c'est comme ça que j'obtiens mes meilleurs effets.

Poirot se leva en souriant et, comme le médecin avait l'air de plus en plus ahuri, il lui dit :

— Vous pouvez au moins comprendre ceci : ce que vous m'avez raconté va m'être très utile au cours de mon prochain entretien.

Roberts se leva, lui aussi.

— Je ne vois pas comment, mais je vous crois sur parole.

Ils se serrèrent la main.

Poirot sortit et héla un taxi.

— 111 Cheyne Lane, à Chelsea, ordonna-t-il au chauffeur.

11

Mrs LORRIMER

Cheyne Lane était une rue calme et le 111, une petite maison d'apparence coquette. Les marches du perron étaient remarquablement blanches, la porte peinte en noir, et le cuivre de la poignée et du heurtoir brillait au soleil de l'après-midi.

Une femme de chambre d'un certain âge, à la coiffe et au tablier d'un blanc immaculé, vint ouvrir.

À la question de Poirot, elle répondit que sa maîtresse était chez elle.

Elle le précéda dans un escalier étroit.

— Quel nom, monsieur ?

— M. Hercule Poirot.

Elle le fit entrer dans un classique salon en L. Poirot regarda autour de lui, notant chaque détail. Beau mobilier de famille, amoureusement encaustiqué. Chintz brillant sur les fauteuils et les canapés. Çà et là, quelques photographies dans des cadres en argent à l'ancienne mode. Sinon, de l'espace, de la lumière, et de magnifiques chrysanthèmes dans un grand vase.

Mrs Lorrimer vint à sa rencontre.

Elle lui serra la main sans manifester la moindre surprise, lui désigna un fauteuil, prit place elle-même et fit un commentaire approprié sur le temps.

Un silence suivit.

— J'espère, madame, que vous me pardonnerez cette visite.

Mrs Lorrimer le regarda bien en face et demanda :

— Est-ce une visite professionnelle ?

— Je l'avoue.

— Vous comprendrez, j'imagine, monsieur Poirot, que je suis disposée à donner au superintendant Battle et à la police officielle tous les renseignements et toute l'aide dont ils pourraient avoir besoin, mais que je ne suis pas tenue de traiter de la même façon un enquêteur non officiel ?

— J'en suis tout à fait conscient, madame. Si vous me montrez la porte, je marcherai droit sur elle avec soumission.

Mrs Lorrimer esquissa un sourire furtif.

— Je ne suis pas encore prête à ces extrémités, monsieur Poirot. Je peux vous accorder dix minutes. Après cela, je dois me rendre à un bridge.

— Dix minutes seront amplement suffisantes. Je voudrais, madame, que vous me décriviez la pièce dans laquelle vous avez joué au bridge l'autre soir, celle où Mr Shaitana a été tué.

Mrs Lorrimer leva les sourcils :

— Quelle étrange question ! Je n'en saisis pas le but.

— Quand vous jouez au bridge, madame, si quelqu'un vous demandait : « Pourquoi jouez-vous cet as ? », ou « Pourquoi mettez-vous le valet sur la table, qui va être pris par la dame, au lieu du roi qui l'aurait emporté ? », la réponse à pareilles questions risquerait d'être longue et fastidieuse, non ?

Mrs Lorrimer sourit.

— Ce qui signifie que, dans le jeu qui vous occupe, c'est vous l'expert et moi la novice ? Très bien. (Elle réfléchit un instant.) C'était une grande pièce, bourrée de choses.

— Pourriez-vous m'en décrire quelques-unes ?

— Il y avait des fleurs en verre... modernes... assez jolies... Je crois qu'il y avait aussi des estampes chinoises ou japonaises. Et puis un vase rempli de petites tulipes rouges, étonnamment précoces d'ailleurs.

— Rien d'autre ?

— Je n'ai pas bien fait attention aux détails.

— Et le mobilier... vous souvenez-vous de la couleur des tissus ?

— Une matière soyeuse, il me semble. C'est tout ce que je peux dire.

— Avez-vous remarqué les bibelots ?

— Non. Il y en avait tellement ! Je sais que j'en ai été frappée. On aurait dit l'antre d'un collectionneur.

Après un silence, Mrs Lorrimer reprit, avec un léger sourire :

— Je crains de ne pas vous avoir été très utile.

— Encore autre chose, dit Poirot en sortant ses marques de bridge. Voici les trois premières parties. Pourriez-vous, à l'aide de ces scores, m'aider à reconstituer les jeux ?

— Laissez-moi voir, dit Mrs Lorrimer, l'air très intéressé. Celle-là, c'est la première partie. Je jouais avec miss Meredith contre les deux hommes. Nous avons d'abord demandé quatre piques, que nous avons gagnés avec une levée de mieux. Le jeu suivant s'est arrêté à deux carreaux et le Dr Roberts a chuté d'un. Je me rappelle que le troisième coup a donné lieu à de nombreuses annonces : miss Meredith a passé. Le major Despard a demandé un cœur. J'ai passé. Le Dr Roberts a sauté à trois trèfles. Miss Meredith a demandé trois piques. Le major Despard, quatre carreaux. J'ai contré. Le Dr Roberts a demandé quatre cœurs à la place. Il a chuté d'un.

— Épatant ! s'écria Poirot. Quelle mémoire !

Mrs Lorrimer poursuivit, sans faire attention à lui.

— La fois suivante, le major Despard a passé et j'ai ouvert d'un sans atout. Le Dr Roberts a demandé trois cœurs. Ma partenaire n'a rien dit. Despard a poussé son partenaire jusqu'à quatre. J'ai contré et ils ont chuté de deux levées. Ensuite, j'ai distribué les cartes et nous avons réussi quatre piques.

Elle prit la seconde feuille.

— Elle est difficile, celle-là, dit Poirot. Le major Despard barre les scores au fur et à mesure.

— Je crois que chaque camp a perdu cinquante points pour commencer, ensuite le Dr Roberts est monté à cinq carreaux, nous avons contré et l'avons fait chuter de trois. Puis nous avons réussi trois trèfles, mais, tout de suite après, les autres ont emporté à pique. Nous avons gagné la seconde manche avec cinq trèfles. Puis nous avons chuté de cent. Les autres ont réussi un cœur, nous deux sans atout et finalement nous avons gagné la partie sur une annonce de quatre trèfles.

Elle s'empara de la feuille suivante.

— Je me souviens que cette partie a été très disputée. Elle avait débuté de façon insipide. Le major Despard et miss Meredith avaient commencé par un cœur. Ensuite, nous avons chuté deux fois en essayant quatre cœurs et quatre piques. Puis les autres ont réussi la manche à pique – rien à faire pour les contrer. Après ça nous avons chuté trois fois de suite, mais non contrés. Puis nous avons gagné la seconde manche à sans atout. C'est alors qu'une bataille royale s'est engagée. Chaque camp a chuté à tour de rôle. Le Dr Roberts forçait ses annonces, mais bien qu'il ait lourdement chuté une ou deux fois, sa méthode a porté ses fruits car il a réussi à effrayer miss Meredith et à l'empêcher d'annoncer. Ensuite, il a demandé deux piques, je lui ai répondu par trois carreaux, il a répliqué par quatre sans atout, j'ai demandé cinq piques et, tout à coup, il a grimpé à sept carreaux. On nous a contrés, bien entendu. Rien ne l'autorisait à faire une annonce pareille. Par une espèce de miracle, nous l'avons emporté. Je n'aurais jamais cru que ce serait faisable quand il a étalé son jeu. Si nos adversaires avaient entamé à cœur, nous aurions chuté de trois levées. Mais ils ont joué le roi de trèfle et j'ai gagné. Le jeu a été passionnant.

— Je crois bien... un grand chelem vulnérable et contré ! Cela crée des émotions ! J'avoue que, moi, je n'ose jamais demander le grand chelem. Je me contente du jeu normal.

— Oh, mais vous avez tort ! s'écria Mrs Lorrimer avec énergie. Il faut jouer le jeu.

— Prendre des risques, vous voulez dire ?

— Si les annonces sont justes, il n'y a aucun risque. Cela tient de la certitude mathématique. Malheureusement, les bons annonceurs sont rares. Ils savent ouvrir, mais ensuite ils perdent la tête. Ils sont incapables de distinguer un jeu avec des cartes gagnantes d'un jeu avec des cartes non perdantes – mais je ne vais pas vous faire un cours sur le bridge, ou sur la manière de perdre, monsieur Poirot.

— Cela améliorerait certainement mon jeu, madame.

Mrs Lorrimer se remit à l'étude des scores.

— Après un pareil émoi, les autres parties ont paru fades. Avez-vous la quatrième ? Ah, oui. Un combat acharné – personne ne se laissait jamais distancer.

— C'est souvent le cas lorsque la soirée se prolonge.

— Oui, on commence sagement, puis on se déchaîne.

Poirot reprit ses feuilles et s'inclina.

— Je vous félicite, madame. Votre mémoire du jeu est prodigieuse... tout bonnement prodigieuse ! Vous vous rappelez, pour ainsi dire, chaque carte jouée !

— Je crois, oui.

— La mémoire est un don merveilleux. Avec elle, le passé n'est jamais du passé... J'imagine, madame, que le passé se déroule devant vous comme si tous les événements avaient eu lieu hier ? C'est bien ça ?

Elle lui jeta un rapide coup d'œil, le regard sombre.

Cela ne dura qu'un instant, elle reprit aussitôt ses manières de femme du monde, mais Poirot en fut certain : son coup avait porté.

Mrs Lorrimer se leva.

— Il faut que je me sauve. Je suis désolée mais je ne peux pas arriver en retard...

— Oh, mais bien sûr, bien sûr. Pardonnez-moi d'avoir abusé de votre temps.

— Je regrette de n'avoir pas pu vous être plus utile.

— Mais vous m'avez été très utile.

— J'ai du mal à vous croire.

Elle avait parlé d'une voix ferme.

— Mais si. Vous m'avez dit quelque chose que je voulais savoir.

Elle ne demanda pas de quoi il s'agissait.

Poirot lui tendit la main.

— Merci pour votre patience, madame.

Tout en la lui serrant, elle dit :

— Vous êtes un homme extraordinaire, monsieur Poirot.

— Je suis tel que le bon Dieu m'a fait, madame.

— Comme nous tous, j'imagine.

— Pas du tout, madame. Certains d'entre nous essaient d'améliorer Son modèle. Mr Shaitana, par exemple.

— En quel sens ?

— Il avait un goût très sûr pour les objets d'art et le bric-à-brac, il aurait dû s'en contenter. Au lieu de quoi, il a collectionné d'autres choses.

— Quel genre de choses ?

— Eh bien... est-il permis de dire... les sensations ?

— Et vous ne pensez pas que c'était dans sa nature ?

Poirot secoua la tête avec gravité.

— Il jouait trop bien les démons. Mais ce n'était pas un démon. Au fond, il était stupide. Et... il en est mort.

— Parce qu'il était stupide ?

— C'est un péché qui est toujours puni et jamais pardonné, madame.

Il y eut un silence. Puis Poirot déclara :

— Je m'en vais. Mille mercis pour votre amabilité, madame. À moins que vous ne m'envoyiez chercher, je ne reviendrai plus.

Elle leva les sourcils.

— Seigneur Dieu, monsieur Poirot, pourquoi vous enverrais-je chercher ?

— Cela pourrait se faire. Une idée comme ça. Dans ce cas, je viendrais. Souvenez-vous-en.

Il s'inclina encore une fois et s'en fut.

Arrivé dans la rue, il se dit :

« J'ai raison... Je suis sûr que j'ai raison... Cela *doit* être ça. »

12

ANNE MEREDITH

Mrs Oliver s'extirpa non sans difficulté de son petit coupé automobile. Il faut bien avouer d'entrée de jeu que les constructeurs de voitures modernes s'imaginent que seuls des genoux de sylphides se glisseront sous le volant. Et c'est aussi la mode que d'être assis très bas. Cela étant, pour une femme d'âge mûr, aux proportions généreuses, sortir de sous ce volant exigeait des contorsions surhumaines. En second lieu, le siège du passager était encombré de cartes routières, d'un sac à main, de trois romans et d'un grand sac de pommes. Mrs Oliver avait un faible pour les pommes, et on racontait qu'elle s'était laissée aller jusqu'à en manger trois kilos d'affilée en imaginant le scénario compliqué de *Meurtre dans les égouts*. Dans un sursaut – et sous le coup des premiers effets d'un dérangement intestinal –, elle était revenue sur terre une heure et dix minutes après le rendez-vous fixé pour un banquet donné en son honneur.

Après un dernier effort et une vigoureuse poussée du genou contre une portière récalcitrante, Mrs Oliver déboula un peu trop brusquement sur le trottoir, devant la barrière de Wendon Cottage, accompagnée d'une pluie de trognons de pommes.

Elle poussa un profond soupir, rejeta en arrière son chapeau de feutre qui prit un angle incongru, regarda avec satisfaction le tailleur de tweed qu'elle avait pensé à mettre, fronça les sourcils en voyant qu'elle avait conservé par distraction ses chaussures de ville à talons hauts, et, ouvrant la barrière de Wendon Cottage, marcha dans l'allée pavée jusqu'à la porte d'entrée. Elle appuya sur la sonnette et exécuta un joyeux toc-toc-toc avec le heurtoir – objet au charme vieillot en forme de tête de crapaud.

Comme rien ne se passait, elle réitéra son manège.

Après une nouvelle attente d'une minute et demie, Mrs Oliver partit d'un pas vif pour un voyage d'exploration autour de la maison.

Derrière la villa, elle trouva un petit jardin à l'ancienne, fleuri d'asters d'automne et de chrysanthèmes épars. Au-delà, un champ. Et au-delà du champ, une rivière. Le soleil était chaud pour un jour d'octobre.

Deux jeunes filles venaient vers elle à travers champs. La première à franchir la barrière du jardin s'arrêta net.

Mrs Oliver alla à sa rencontre.

— Comment allez-vous, miss Meredith ? Vous vous souvenez de moi, non ?

— Oh, mais bien sûr, répondit celle-ci en lui tendant la main.

Elle ouvrait de grands yeux étonnés. Mais elle se ressaisit bien vite.

— Voici miss Dawes, l'amie qui habite avec moi. Rhoda, je te présente Mrs Oliver.

Rhoda était grande, brune et bien plantée. Elle s'écria, ravie :

— Oh ! vous êtes *la* Mrs Oliver ? Ariadne Oliver ?

— C'est bien moi, répondit cette dernière, qui ajouta pour Anne : Allons nous asseoir quelque part, mon petit. J'ai beaucoup de choses à vous dire.

— Bien sûr. Nous allons prendre le thé...

— Le thé peut attendre, répliqua Mrs Oliver.

Anne la conduisit jusqu'à un petit groupe de fauteuils en osier, tous plutôt délabrés. Mrs Oliver, qui avait connu des infortunes diverses avec des meubles de jardin décatis, prit bien garde de choisir le plus solide.

— Et maintenant, mon petit, dit-elle avec vivacité, ne tournons pas autour du pot. Il s'agit du meurtre de l'autre soir. Il faut nous y mettre, faire quelque chose.

— Faire quelque chose ? répéta Anne.

— Évidemment. Je ne sais pas ce que *vous* pensez, mais moi je n'ai pas le moindre doute. Le coupable, c'est le médecin. Comment s'appelle-t-il déjà ? Roberts. C'est ça, Roberts. Un nom gallois. Je ne fais pas confiance aux Gallois. J'ai eu une nurse galloise. Elle m'a emmenée à Harrogate un jour, et elle est rentrée en m'ayant perdue en route. Une instable. Mais peu importe. C'est Roberts le coupable – voilà toute la question, et nous devons joindre nos efforts pour le prouver.

Rhoda Dawes éclata soudain de rire – puis rougit.

— Pardonnez-moi. Mais vous êtes... vous êtes si différente de ce que j'imaginais !

— Vous êtes déçue, je présume, déclara Mrs Oliver avec sérénité. J'ai l'habitude. Peu importe. Ce qu'il faut que nous fassions, c'est prouver que Roberts est bien celui qui a fait le coup.

— Mais comment ça ? demanda Anne.

— Allons ! ne sois pas si défaitiste, Anne ! s'écria Rhoda Dawes. Mrs Oliver est merveilleuse ! Évidemment, elle connaît l'art et la manière. Elle va faire exactement comme Sven Hjerson.

Mrs Oliver rougit quelque peu en entendant mentionner son célèbre détective finlandais.

— Il faut agir, reprit-elle. Je vais vous dire pourquoi, mon enfant. Vous ne voudriez pas qu'on pense que c'est *vous* ?

— Pourquoi penserait-on ça ? demanda Anne, le feu aux joues.

— Vous savez comment sont les gens ! répliqua Mrs Oliver. Les trois innocents seront aussi suspects que le coupable.

— Je ne vois toujours pas pourquoi vous êtes venue me voir *moi*, Mrs Oliver, dit Anne d'un air malheureux.

— Parce que, à mon avis, les deux autres n'ont aucune importance ! Mrs Lorrimer est une de ces femmes qui passent leur vie dans leur club de bridge. Les femmes de cette espèce sont *forcément* protégées par un blindage, elles sont en mesure de se défendre toutes seules. De toute façon, elle est vieille. Qu'on la croie coupable n'a plus guère d'importance. Pour une jeune fille, c'est différent. Elle a sa vie devant elle.

— Et le major Despard ? demanda Anne.

— Bah ! C'est un homme ! Je ne me fais jamais de souci pour les hommes. Qu'ils se débrouillent tout seuls. Ils font ça remarquablement bien, si vous voulez mon avis. D'ailleurs, le major Despard adore le danger. Et comme ça, il trouve son plaisir à domicile, au lieu d'aller le chercher sur l'Irrawaddy... à moins que ce ne soit le Limpopo ? Vous savez, ce fleuve jaunâtre, en Afrique, dont les hommes raffolent tellement. Non, je ne me casse pas la tête pour ces deux-là.

— Vous êtes trop gentille pour moi, murmura Anne.

— Ce crime est une atrocité, décréta Rhoda. Anne, qui est très sensible, en a été retournée. Et je pense que vous avez raison, Mrs Oliver. Il vaut mieux faire quelque chose que de rester plantée là comme une souche, à remuer tout ça dans sa tête.

— Mais bien sûr, répliqua Mrs Oliver. Pour vous avouer toute la vérité, je ne me suis jamais trouvée face à un vrai meurtre. Et pour ne pas cesser de dire la vérité, je ne crois pas qu'un vrai meurtre soit tout à fait de mon ressort. J'ai tellement l'habitude de truquer les cartes, si vous voyez ce que je veux dire. Mais je ne vais tout de même pas rester en dehors de tout ça et laisser tout le plaisir aux trois hommes. J'ai toujours dit que s'il y avait une femme à la tête de Scotland Yard...

— Oui ? demanda Rhoda en se penchant, bouche bée. Si vous étiez à la tête de Scotland Yard, vous feriez quoi ?

— J'arrêterais illico le Dr Roberts...

— Ah bon ?

— Enfin bref, je ne suis pas à la tête de Scotland Yard, dit Mrs Oliver, en se retirant de ce terrain mouvant. Je ne suis qu'une citoyenne moyenne...

— Oh, ce n'est vraiment pas le mot ! s'écria Rhoda, qui ne possédait qu'imparfaitement l'art de manier les compliments.

— Nous voici donc, trémola Mrs Oliver, trois citoyennes moyennes – trois femmes, en un mot. Voyons un peu jusqu'où nous saurons nous élever en joignant nos trois cerveaux.

Songeuse, Anne Meredith s'enquit :

— Pourquoi pensez-vous qu'il s'agit du Dr Roberts ?

— Parce que c'est le genre d'homme à ça, répliqua aussitôt Mrs Oliver, catégorique.

— Vous ne croyez pourtant pas..., hésita Anne. Est-ce qu'un médecin... je veux dire que du poison ou quelque chose dans ce goût-là serait beaucoup plus facile pour lui.

— Pas du tout ! Un poison... ou n'importe quelle drogue désignerait aussitôt le médecin. Rappelez-vous comme ils sont toujours en train d'abandonner des poisons dangereux dans leur voiture, à travers tout Londres, rien que pour le plaisir de se les faire voler. Non, c'est justement parce qu'il est médecin qu'il a pris soin d'éviter tout procédé médical.

— Je vois, dit Anne, sceptique... Mais pourquoi voulait-il tuer Mr Shaitana ? Vous en avez une idée ?

— Une idée ? J'ai un tas d'idées. C'est justement mon problème. C'est ça qui a toujours été mon problème. Je n'ai jamais été capable d'imaginer un scénario à la fois. Il m'en vient toujours quatre ou cinq, et c'est un drame d'avoir à choisir entre eux. J'ai six merveilleuses explications du meurtre. L'ennui, c'est que je n'ai aucun moyen de savoir laquelle est la bonne. Primo, Mr Shaitana était peut-être un usurier. Il avait un côté très onctueux. Il tenait Roberts dans ses griffes et celui-ci l'a tué parce qu'il ne pouvait pas le rembourser. Ou alors, Shaitana avait ruiné sa sœur ou sa fille. Ou encore Roberts était bigame, et Shaitana le savait. Il n'est également pas exclu que Roberts ait épousé la petite cousine de Shaitana et que, grâce à elle, il devait hériter de toute sa fortune. Ou bien... j'en suis à combien ?

— Quatre, dit Rhoda.

— Ou bien – en voilà une excellente – supposons que Shaitana ait découvert un secret dans le passé de Roberts. Vous ne l'avez peut-être pas remarqué, mon petit, mais Shaitana a dit quelque chose d'assez bizarre pendant le dîner, juste avant un étrange silence.

Anne, qui taquinait une chenille, s'arrêta.

— Je ne m'en souviens pas, déclara-t-elle.

— Qu'est-ce qu'il a dit ? demanda Rhoda.

— Quelque chose à propos... de quoi déjà ?... d'un accident et d'un empoisonnement.

La main d'Anne se crispa sur le bras de son fauteuil.

— Je me rappelle en effet quelque chose de ce genre, dit-elle d'un ton posé.

— Ma chérie, dit soudain Rhoda, tu devrais mettre un manteau. On n'est plus en été, tu sais. Va en chercher un.

Anne secoua la tête.

— Je n'ai pas froid, dit-elle.

Mais elle frissonnait.

— Vous comprenez ma théorie ? poursuivit Mrs Oliver. Un des patients du docteur s'empoisonne par accident. Mais bien sûr, en réalité, c'est l'œuvre du docteur. Il a sans doute tué un grand nombre de gens de cette façon-là.

Anne s'empourpra soudain.

— Est-ce que les médecins ont l'habitude de tuer leurs patients en masse ? Cela n'aurait-il pas un effet regrettable sur la clientèle ?

— Il devait bien y avoir une raison, cela va de soi, répondit Mrs Oliver en restant dans le vague.

— Je pense que c'est une idée absurde, décréta Anne d'un ton cassant. D'une absurdité totale et mélodramatique.

— Oh, Anne ! s'écria Rhoda, au supplice.

Elle regarda Mrs Oliver. Comme ceux d'un épagneul, ses yeux tentaient de lui transmettre un message ! « Essayez de comprendre. Essayez de comprendre », répétaient-ils.

— Je pense que c'est une idée de génie, Mrs Oliver, dit Rhoda du ton le plus sérieux. Et un médecin est à même de se procurer des trucs tout à fait indécelables, non ?

— Oh ! s'exclama Anne.

Les deux autres tournèrent la tête vers elle.

— Il me revient autre chose, dit-elle. Mr Shaitana a parlé du champ de possibilités que les laboratoires offrent aux médecins. Il devait bien avoir une idée derrière la tête en disant ça.

Mrs Oliver secoua la tête.

— Ce n'est pas Mr Shaitana qui a abordé le sujet des laboratoires. C'est le major Despard.

Elle se retourna en entendant un bruit de pas dans l'allée.

— Ça, par exemple ! s'exclama-t-elle. Quand on parle du loup…

Le major Despard venait de tourner le coin de la maison.

13

DEUXIÈME VISITEUR

En apercevant Mrs Oliver, le major Despard fut un peu interloqué. Un violent rouge brique apparut sous son bronzage. Il s'adressa à Anne. L'embarras lui donnait un débit saccadé.

— Excusez-moi, miss Meredith, j'ai sonné. Personne n'a répondu. Je passais par là, j'ai pensé que je pouvais vous faire une visite.

— Désolée, répondit Anne. Nous n'avons pas de bonne – seulement une femme de ménage le matin.

Elle le présenta à Rhoda.

— Allons prendre le thé, déclara vivement celle-ci. Il commence à ne pas faire chaud. Il vaut mieux rentrer.

Ils pénétrèrent tous dans la maison. Rhoda disparut dans la cuisine.

— Quelle coïncidence, cette rencontre générale, ici, remarqua Mrs Oliver.

— Oui, répondit Despard avec lenteur.

Il l'observait d'un air songeur.

— Je disais à miss Meredith, poursuivit Mrs Oliver qui paraissait au comble de la satisfaction, que nous devions adopter un plan de campagne. À propos du meurtre, j'entends. Bien sûr, c'est le médecin qui a fait le coup. Vous n'êtes pas d'accord avec moi ?

— Difficile à dire... Ça manque d'indices, cette histoire.

Mrs Oliver prit son expression signifiant : « Ah, ces hommes ! »

Une certaine tension s'était instaurée. Mrs Oliver la ressentit assez vite. Quand Rhoda revint avec le thé, elle se leva et déclara qu'elle devait retourner en ville. Non, c'était très aimable, mais elle ne prendrait pas le thé.

— Je vais vous laisser ma carte, dit-elle à Anne. La voilà, avec mon adresse. Venez me voir quand vous serez à Londres. Nous discuterons de tout ça et nous trouverons une astuce pour découvrir le fin mot de l'histoire.

— Je vous raccompagne, dit Rhoda.

Comme elles arrivaient à la barrière, Anne les rejoignit en courant.

— J'ai réfléchi, dit-elle.

Elle avait un air décidé très inhabituel.

— Oui, mon petit ?

— C'est très gentil de votre part de vous donner tout ce mal, Mrs Oliver, mais je préférerais ne rien entreprendre du tout. Je veux dire... tout cela est si horrible... Je voudrais tout oublier.

— Mais, ma chère enfant, la question est plutôt de savoir si on vous permettra de tout oublier !

— Oh, je me doute bien que la police ne va pas lâcher prise. Ils vont probablement venir me poser toutes sortes de questions. Je m'y attends. Mais moi, je préfère ne pas y penser et qu'on ne me le rappelle pas sans cesse. C'est sans doute de la lâcheté, mais c'est comme ça.

— Oh, Anne ! s'écria Rhoda.

— Je comprends très bien votre point de vue, répondit Mrs Oliver, mais je ne suis pas du tout sûre que ce soit sage. Livrée à elle-même, la police ne découvrira probablement jamais la vérité.

Anne Meredith haussa les épaules.

— Qu'est-ce que ça peut faire ?

— Comment, qu'est-ce que ça peut faire ? s'exclama Rhoda. Mais bien sûr que ça *fait*. N'est-ce pas, Mrs Oliver ?

— C'est bien le moins qu'on puisse dire ! trancha Mrs Oliver.

— Je ne suis pas d'accord, s'obstina Anne. Parmi mes amis et connaissances, personne ne me soupçonnera. Je ne vois pas pourquoi je m'en mêlerais. Trouver la vérité, c'est l'affaire de la police.

— Oh, Anne, ça, c'est de la lâcheté ou je ne m'y connais pas !

— C'est en tout cas ma façon de voir. Merci beaucoup, Mrs Oliver, dit-elle en lui tendant la main. C'est très gentil de votre part de vous donner tout ce mal.

— Évidemment, si vous le prenez ainsi, je n'ai plus rien à ajouter, déclara gaiement Mrs Oliver. En tout cas, moi, je ne resterai pas les deux pieds dans le même sabot. Au revoir, mon petit. Venez me voir si vous changez d'avis.

Elle monta dans sa voiture et démarra en agitant la main.

Soudain Rhoda courut après la voiture et sauta sur le marchepied.

— Lorsque vous avez parlé de vous rendre visite à Londres, dit-elle, hors d'haleine, cela s'adressait seulement à Anne, ou bien à moi aussi ?

Mrs Oliver freina.

— À vous deux, bien sûr.

— Oh, merci ! Non, ne vous arrêtez pas... Je... je viendrai peut-être un jour... Il y a quelque chose... Non, ne vous arrêtez pas. Je peux sauter en marche.

Ce qu'elle fit. Et, agitant la main, elle retourna en courant jusqu'à la barrière où Anne l'attendait.

— Bon sang ! qu'est-ce que tu... commença-t-elle.

— C'est un amour ! s'écria Rhoda avec enthousiasme. Elle me plaît beaucoup. Elle avait de drôles de bas, tu as remarqué ? Je suis sûre qu'elle est terriblement intelligente. Elle doit l'être, pour écrire tous ces livres. Quelle histoire si elle découvrait la vérité tandis que la police et tous les autres s'embourberaient.

— Pourquoi est-elle venue ? demanda Anne.

Rhoda ouvrit de grands yeux.

— Ma chérie... elle t'a dit...

Anne fit un geste d'impatience.

— Il faut rentrer. J'ai oublié. Je l'ai laissé seul.

— Le major Despard ? Il a drôlement belle allure, non ?

— Oui, peut-être bien.

Elles remontèrent l'allée ensemble.

Le major Despard était debout près de la cheminée, sa tasse de thé à la main.

Il coupa court aux excuses d'Anne.

— Miss Meredith, laissez-moi vous expliquer ma présence...

— Oh... mais...

— Je vous ai dit que je passais par là, ce qui n'est pas tout à fait exact... Je suis venu exprès.

— Comment avez-vous eu mon adresse ?

— Par le superintendant Battle.

Comme Anne avait un léger mouvement de recul, il poursuivit très vite :

— Battle sera là d'une minute à l'autre. Je l'ai rencontré à Paddington. J'ai pris ma voiture et je me suis précipité. Je savais que je pouvais arriver plus vite que le train.

— Mais pourquoi ?

Despard n'hésita qu'un instant.

— C'est sans doute présomptueux de ma part, mais j'avais l'impression que vous étiez peut-être, comme on dit, « seule au monde ».

— Et moi, alors ? intervint Rhoda.

Despard lui lança un rapide coup d'œil. Cette jeune fille racée et un peu garçonnière qui l'écoutait avec attention, accoudée au manteau de la cheminée, lui plaisait. Elles étaient très séduisantes toutes les deux.

— Je suis certain qu'elle ne pourrait avoir amie plus dévouée, miss Dawes, dit-il avec courtoisie, mais il m'a semblé que dans des circonstances pareilles, les conseils d'un homme d'expérience ne seraient pas de trop. À parler franc, la situation est la suivante : miss Meredith est soupçonnée de meurtre. Ce qui vaut aussi pour moi, et pour les deux autres personnes présentes ce soir-là. C'est une situation très désagréable, qui présente des dangers et des difficultés que pourrait méconnaître quelqu'un d'aussi jeune et inexpérimenté que vous, miss Meredith. À mon avis, vous devriez vous en remettre à un bon avocat. Peut-être l'avez-vous déjà fait ?

Anne Meredith secoua la tête.

— Je n'y ai même pas pensé.

— C'est ce que je craignais. Connaissez-vous quelqu'un de bien à Londres ?

De nouveau, Anne secoua la tête.

— Je n'ai jamais eu besoin d'avocat.

— Il y a bien Me Bury, intervint Rhoda. Mais il a cent vingt ans et il est gâteux.

— Si vous me permettez un conseil, miss Meredith, je vous suggérerais d'aller voir Me Mytherne, mon propre avocat. Jacobs, Peel & Jacobs, c'est le nom de son cabinet. Ce sont des gens de grande compétence, qui connaissent toutes les ficelles.

Anne avait pâli. Elle s'assit.

— Est-ce vraiment nécessaire ? demanda-t-elle à voix basse.

— Je suis formel. La loi fourmille d'embûches.

— Ces gens sont-ils... très chers ?

— Quelle importance, Anne ? s'écria Rhoda. Cela ira très bien, major Despard. Tout ce que vous dites est juste. Il faut qu'Anne soit protégée.

— Leurs honoraires seront tout à fait raisonnables, assura le major. Je pense vraiment que c'est la sagesse, miss Meredith, ajouta-t-il gravement.

— Très bien, répondit Anne. Je le ferai, si vous y tenez.

— Parfait.

— C'est très gentil de votre part, major Despard, dit Rhoda avec chaleur. Vraiment très, très gentil.

— Merci, murmura Anne...

Après avoir hésité, elle ajouta :

— Vous avez dit que le superintendant Battle allait arriver ?

— Oui. Ne vous inquiétez pas. C'est inévitable.

— Oh, je sais. D'ailleurs, je m'y attendais.

— Pauvre chérie, ça l'a anéantie, cette histoire, s'emporta Rhoda. C'est honteux… Et tellement injuste !

— Je suis d'accord, répondit le major. C'est ignoble d'entraîner une jeune fille dans une affaire de ce genre. Quitte à planter un couteau dans le corps de Shaitana, on aurait pu choisir un autre endroit, ou un autre moment.

— Qui a fait le coup, selon vous ? demanda carrément Rhoda. Le Dr Roberts, ou cette Mrs Lorrimer ?

Un vague sourire agita la moustache du major.

— Ça pourrait être moi, pour ce que vous en savez.

— Oh, non ! se récria Rhoda. Anne et moi savons très bien que ce n'est pas vous.

Il les regarda d'un œil bienveillant.

« De braves filles. Touchantes de confiance. Une petite créature timide, cette jeune Meredith. Ça ne fait rien, Mytherne verra clair en elle. L'autre est une bagarreuse. À la place de son amie, elle ne se serait sans doute pas laissé démonter. Gentilles filles. Il faudrait en savoir plus sur leur compte. »

Ces idées lui traversèrent l'esprit. Puis, tout haut, il déclara :

— Ne prenez jamais rien pour argent comptant, miss Dawes. Je n'accorde pas autant de valeur à la vie humaine que la plupart des gens. Tous ces comptes rendus hystériques que l'on fait à propos des morts sur la route, par exemple. Circulation, microbes, n'importe quoi, l'homme est perpétuellement en danger. Mourir de ça ou d'autre chose, cela revient au même. Mais à partir du moment où l'on se dorlote, où l'on a comme devise : « Sécurité avant tout », on est déjà mort, à mon avis.

— Oh ! je suis bien d'accord avec vous ! s'écria Rhoda. Je trouve qu'on devrait affronter de terribles dangers... à condition d'en avoir l'occasion, bien sûr. La vie est plutôt fade, dans l'ensemble.

— Cela dépend des moments.

— Pour vous, oui. Vous allez dans des coins perdus, vous vous faites lacérer par des tigres, vous tirez sur tout ce qui passe, les poux des sables s'enfoncent dans vos doigts de pied, vous êtes piqué par les insectes, c'est très inconfortable mais terriblement excitant !

— Eh bien, miss Meredith a eu aussi sa part d'excitation. Je ne pense pas que vous ayez eu souvent l'occasion de vous trouver dans la pièce même où un meurtre se commettait...

— Oh, arrêtez ! s'écria Anne.

— Désolé, s'excusa précipitamment le major.

Mais Rhoda déclara en soupirant :

— Évidemment, c'est atroce !... mais tellement excitant d'un autre côté ! Je crains qu'Anne n'apprécie pas beaucoup cet autre aspect. En revanche, je pense que Mrs Oliver est folle de joie d'avoir assisté à cette soirée.

— Mrs... ? Ah oui, votre volumineuse amie qui écrit les aventures de ce Finlandais au nom imprononçable. Est-ce qu'elle essaye de se faire la main en jouant au détective pour de vrai ?

— Elle en a bien l'intention.

— Eh bien, souhaitons-lui bonne chance. Ce serait drôle qu'elle dame le pion à Battle & Co.

— À quoi ressemble le superintendant Battle ? demanda Rhoda, curieuse.

— C'est un homme extraordinairement astucieux, répondit Despard avec sérieux. Un homme d'une remarquable habileté.

— Ah ! fit Rhoda. Anne dit qu'il a l'air plutôt stupide.

— Cela fait partie des trucs du métier, j'imagine. Mais ne nous y trompons pas. Battle est loin d'être un imbécile.

Il se leva.

— Bon, il faut que je m'en aille. J'aimerais vous dire encore une chose.

Anne s'était levée aussi.

— Oui ? dit-elle en lui tendant la main.

Despard resta un instant silencieux, à choisir ses mots avec soin. Il garda sa main dans la sienne et la regarda droit dans ses beaux yeux gris.

— N'y voyez pas d'offense, dit-il, mais je voudrais vous dire ceci : il est humainement possible que vous ne teniez pas à ce que certains aspects de vos relations avec Shaitana paraissent au grand jour. Dans ce cas – ne vous fâchez pas, s'il vous plaît (il avait senti qu'elle retirait instinctivement sa main) – vous êtes dans votre droit en refusant de répondre aux questions de Battle en dehors de la présence de votre avocat.

Anne reprit sa main. Ses yeux gris étaient devenus noirs de colère.

— Il n'y a rien... absolument *rien*. Je connaissais à peine ce sale type.

— Excusez-moi, dit le major Despard. Il m'a semblé que je devais vous le signaler.

— C'est vrai, intervint Rhoda. Anne ne le connaissait presque pas. Elle ne l'aimait pas beaucoup, mais il donnait de si belles réceptions !

— Cela semble bien avoir été la seule justification de l'existence de feu Mr Shaitana, répliqua le major d'un air sombre.

— Le superintendant Battle peut me demander tout ce qu'il voudra, déclara Anne d'un ton froid, je n'ai rien à cacher... *rien*.

— Je vous en prie, pardonnez-moi, dit gentiment le major.

Elle le regarda. Sa colère tomba. Elle sourit... un sourire charmant.

Elle lui rendit sa main. Il la prit et déclara :

— Nous sommes dans le même bateau, vous savez. Nous devrions être amis...

Ce fut Anne qui l'accompagna à la porte. En revenant, elle aperçut Rhoda qui regardait par la fenêtre en sifflotant. Celle-ci se retourna quand elle l'entendit entrer dans la pièce.

— Il est terriblement séduisant, Anne !

— Il est sympathique, non ?

— Bien plus que ça... Je suis en train de devenir folle de lui. Pourquoi n'étais-je pas à ta place à cette fichue soirée ? Cela m'aurait tellement plu ! Le filet qui se resserre autour de moi... l'ombre de l'échafaud...

— Ça m'étonnerait, grinça Anne. Tu dis vraiment n'importe quoi.

Elle poursuivit d'une voix plus douce :

— C'est très gentil à lui d'avoir fait tout ce chemin pour une étrangère... pour une fille qu'il n'avait vue qu'une fois.

— Tu lui as tapé dans l'œil. C'est manifeste. Les hommes n'ont jamais de ces gentillesses totalement désintéressées. Il ne serait pas venu traîner ses guêtres dans les parages si tu louchais et si tu étais couverte de boutons.

— Tu ne crois pas ?

— Bien sûr que non, grosse bête. Mais Mrs Oliver est beaucoup plus désintéressée, elle.

— Je ne l'aime pas, dit Anne tout à trac. Elle me fait une drôle d'impression... Je me demande pourquoi elle est venue.

— Voilà bien le proverbial manque de confiance envers son propre sexe. Le major y avait sans doute lui aussi un intérêt, si on va par là.

— Je suis sûre que non ! répliqua Anne avec chaleur. Puis elle rougit tandis que Rhoda Dawes éclatait de rire.

14

TROISIÈME VISITEUR

Le superintendant Battle arriva à Wallingford vers 6 heures. Avant d'interroger Anne Meredith, il avait l'intention de faire son profit des ragots locaux.

Il n'eut aucune difficulté à glaner des renseignements. Sans se laisser aller à la moindre déclaration compromettante, le superintendant s'arrangea pour donner des aperçus variés de sa situation dans l'existence.

Deux personnes au moins auraient pu jurer leurs grands dieux qu'il était un entrepreneur londonien venu voir comment ajouter une nouvelle aile au cottage, un autre vous aurait garanti qu'il était « un de ces amateurs de week-ends à la recherche d'une maison meublée » et deux autres encore auraient certifié qu'il était le représentant d'une société de construction de courts de tennis en dur.

Toutes les informations que le superintendant put réunir se révélèrent favorables.

« Wendon Cottage ? Oui, bien sûr, c'est sur la route de Malbury. Vous ne pouvez pas le rater. Oui, deux jeunes filles. Miss Dawes et miss Meredith. Des jeunes filles très charmantes. Le genre sans histoire. »

« Si elles sont là depuis longtemps ? Ben, non, pas si longtemps que ça. Un peu plus de deux ans. Elles sont arrivées en septembre. Elles ont acheté sa maison au vieux Pickersgill. Il n'y mettait plus beaucoup les pieds depuis la mort de sa femme. »

L'informateur du superintendant n'avait jamais entendu dire qu'elles étaient du Northumberland. Lui, il aurait parié qu'elles venaient de Londres. Elles étaient bien vues dans les environs, même s'il y avait encore des gens vieux jeu pour estimer que deux jeunes filles ne devraient pas vivre seules. En tout cas elles étaient tout ce qu'il y a de convenables. Elles ne faisaient pas partie de ces bandes de soiffards du week-end. Miss Dawes était la plus délurée, miss Meredith la plus tranquille. Oui, c'était miss Dawes qui payait les factures. C'était elle qui avait l'argent.

L'enquête du superintendant le conduisit inévitablement, au bout du compte, chez Mrs Astwell, qui « vaquait » chez les demoiselles de Wendon Cottage.

Mrs Astwell était loquace.

« Oh, non, monsieur. Ça m'étonnerait qu'elles veuillent vendre. Pas si vite. Elles ne sont là que depuis deux ans. Oui, monsieur, je m'occupe d'elles depuis le début. De 8 à 12, voilà mes heures... Très gentilles, très vivantes aussi, toujours prêtes à rire ou à plaisanter. Pas chichiteuses pour deux sous. »

« Ma foi, je ne sais pas trop si c'est la miss Dawes que *vous* connaissiez, monsieur... la même *famille*, je veux dire. Il me semble qu'elle est du Devonshire.

Elle reçoit de temps en temps de la crème de là-bas et elle dit que ça lui rappelle son enfance. Alors je pense que ça doit être ça. »

« Comme vous dites, monsieur, c'est triste de voir de nos jours tant de jeunes filles obligées de gagner leur pain quotidien. Ces demoiselles ne sont pas ce qu'on appelle riches, mais elles mènent une bonne petite vie. C'est miss Dawes qui a l'argent, bien sûr. Miss Anne est sa demoiselle de compagnie, comme qui dirait. Le cottage appartient à miss Dawes. »

« Je ne sais pas au juste d'où vient miss Anne. Je l'ai entendue parler de l'île de Wight et je sais qu'elle n'aime pas le nord de l'Angleterre. Je sais aussi qu'elle est allée avec miss Dawes dans le Devon parce que je les ai entendues plaisanter à propos des collines et parler des criques et des plages. »

Elle était intarissable. De temps en temps, le superintendant prenait mentalement quelques notes. Plus tard, il gribouilla deux ou trois signes sibyllins sur son calepin.

À 8 heures et demie, ce soir-là, il s'engagea dans l'allée qui menait à Wendon Cottage et frappa à la porte.

Une grande fille brune en robe de cretonne orange vint lui ouvrir.

— Miss Meredith habite bien ici ? demanda le superintendant Battle.

Il avait plus que jamais son air service-service et son visage de bois.

— Oui.

— J'aimerais lui parler, s'il vous plaît. Superintendant Battle.

Il fut aussitôt gratifié d'un regard inquisiteur.

— Entrez, dit Rhoda Dawes en s'effaçant.

Assise au coin du feu dans un bon fauteuil, Anne Meredith buvait son café à petites gorgées. Elle portait un ensemble d'intérieur en crêpe de Chine brodé.

— C'est le superintendant Battle, dit Rhoda en introduisant son hôte.

Anne se leva et alla à sa rencontre, la main tendue.

— Il est un peu tard pour une visite, s'excusa Battle. Mais je voulais être sûr de vous trouver, et avec ce beau temps...

Anne sourit.

— Vous voulez un peu de café ? Va chercher une autre tasse, Rhoda.

— C'est très aimable à vous, miss Meredith.

— Nous sommes assez fières de notre café, dit Anne.

Le superintendant prit place dans le fauteuil qu'elle lui indiqua. Rhoda apporta une tasse et Anne servit le policier. Le crépitement du feu et les fleurs dans les vases firent bonne impression sur le superintendant.

L'atmosphère était charmante. Anne semblait à son aise, et l'autre fille continuait à le dévorer des yeux.

— Nous vous attendions, dit Anne.

Elle s'était presque exprimée sur un ton de reproche. « Pourquoi m'avez-vous négligée ? » semblait-elle dire.

— Désolé, miss Meredith. J'ai été débordé par mon enquête.

— Fructueux, le résultat ?

— Pas particulièrement. Mais il faut ce qu'il faut. J'ai retourné le Dr Roberts sur le gril, si j'ose dire.

De même Mrs Lorrimer. Et à présent c'est votre tour, miss Meredith.

Anne sourit.

— Je suis prête.

— Et le major Despard ? demanda Rhoda.

— On ne l'oubliera pas. Je vous le promets.

Il posa sa tasse et tourna les yeux vers Anne. Celle-ci se redressa légèrement dans son fauteuil.

— Je suis tout à vous, superintendant. Que voulez-vous savoir ?

— En gros, tout de vous, miss Meredith.

— Je suis quelqu'un de très respectable, fit Anne en souriant.

— Sa vie a été irréprochable, intervint Rhoda. J'en réponds.

— C'est très gentil de votre part, voulut bien admettre le superintendant Battle. Vous connaissez donc miss Meredith depuis longtemps ?

— Nous avons été à l'école ensemble. On dirait qu'il y a de ça des siècles, n'est-ce pas, Anne ?

— Il y a si longtemps que vous vous en souvenez à peine j'imagine, dit Battle en riant. Et maintenant, miss Meredith, j'ai bien peur d'avoir à rivaliser avec ces formulaires qu'on remplit pour obtenir un passeport.

— Je suis née... commença Anne.

— De parents pauvres mais honnêtes, déclara Rhoda.

Le superintendant Battle leva la main d'un air de reproche.

— Voyons, voyons, jeune fille.

— Rhoda chérie, la gronda Anne. Ce n'est pas le moment de plaisanter.

— Pardonnez-moi.

— Alors, miss Meredith, vous êtes née... où ça ?

— À Quetta, aux Indes.

— Ah, je vois. Vous êtes d'une famille de militaires ?

— Oui. Mon père était le major John Meredith. Ma mère est morte quand j'avais onze ans. Mon père a pris sa retraite lorsque j'avais quinze ans et s'est installé à Cheltenham. J'avais dix-huit ans quand il est mort en me laissant pratiquement sans le sou.

Battle hocha la tête avec sympathie.

— Cela a dû être un choc pour vous, j'imagine.

— Plutôt. J'ai toujours su que nous n'étions pas riches, mais de là à découvrir que je n'avais pratiquement rien...

— Qu'avez-vous fait, miss Meredith ?

— J'ai dû trouver un emploi. On ne m'avait rien appris du tout et je n'étais pas très maligne. Je ne savais pas taper à la machine, je ne connaissais ni la sténo, ni quoi que ce soit. Une amie m'a trouvé une place chez des amis à elle : il s'agissait d'aider la maîtresse de maison, et de garder ses deux petits garçons pendant les vacances.

— Son nom, je vous prie ?

— Mrs Eldon, les Larches, Ventnor. J'y suis restée deux ans, puis les Eldon sont partis pour l'étranger. Alors j'ai travaillé chez Mrs Deering.

— Ma tante, précisa Rhoda.

— Oui, c'est Rhoda qui m'avait trouvé cette place. J'y ai été très heureuse. Rhoda venait souvent y passer quelques jours et nous nous amusions beaucoup.

— Quelle était votre situation, là ? Demoiselle de compagnie ?

— Oui, c'est à peu près ça.

— Plutôt aide-jardinière, intervint Rhoda. Ma tante Emily est folle de jardinage, expliqua-t-elle. Anne passait le plus clair de son temps à désherber et à planter des oignons dans tous les coins.

— Et vous avez quitté Mrs Deering ?

— Sa santé s'est aggravée et elle a eu besoin d'une véritable infirmière.

— Elle a un cancer, dit Rhoda. La pauvre, il lui faut de la morphine et tout un tas de cochonneries comme ça !

— Elle avait été très bonne pour moi. J'ai été désolée de la quitter, poursuivit Anne.

— Moi, je cherchais une maison, dit Rhoda, et quelqu'un pour la partager avec moi. Papa s'était remarié avec une femme qui n'était pas du tout mon genre.

Alors j'ai demandé à Anne de venir vivre avec moi et, depuis, elle ne m'a plus quittée.

— Voilà qui m'a tout l'air d'une vie irréprochable, dit Battle. Précisons quand même les dates. Vous m'avez dit que vous aviez passé deux ans chez Mrs Eldon. À propos, quelle est son adresse actuelle ?

— Elle vit en Palestine. Son mari travaille pour le gouvernement, je ne sais pas au juste à quoi.

— Je n'aurai pas de mal à le trouver. Après cela, vous êtes allée chez Mrs Deering ?

— J'y suis restée trois ans. Son adresse est Marsh Dene, Little Hembury, Devon.

— Bien. Vous avez donc vingt-cinq ans maintenant, miss Meredith. Reste encore un détail : le nom et l'adresse de deux personnes de Cheltenham qui vous auraient connus, vous et votre père.

Anne les lui fournit.

— À présent, parlons de votre voyage en Suisse – de votre rencontre avec Mr Shaitana. Vous étiez partie seule, ou avec miss Dawes ?

— Nous sommes parties ensemble. Nous sommes allées rejoindre des amis. Nous étions un groupe de huit personnes.

— Racontez-moi votre rencontre avec Mr Shaitana.

Anne fronça les sourcils.

— Il n'y a pas grand-chose à en dire. Il était là, c'est tout. Nous le connaissions comme on connaît les gens dans un hôtel. Il avait gagné le premier prix au bal costumé. Il était déguisé en Méphistophélès.

Le superintendant Battle soupira.

— Oui, ç'a toujours été son numéro favori.

— Il était vraiment extraordinaire, dit Rhoda. Il avait à peine besoin de maquillage.

Battle regarda tour à tour les deux jeunes filles.

— Laquelle de vous deux le connaissait le mieux ?

Anne hésita. Rhoda répondit :

— Au début, autant l'une que l'autre. C'est-à-dire très peu. Nous étions avec un groupe de skieurs, nous partions en randonnée toute la journée et, le soir, nous allions danser. Puis Shaitana a paru se toquer d'Anne. Il s'est mis à lui débiter des compliments à tout propos – et hors de propos ! Inutile de dire que nous en avons tous fait des gorges chaudes.

— Je suis persuadée qu'il se livrait à ce numéro exprès pour m'ennuyer, dit Anne. Parce que je ne l'aimais pas. Je pense que ça l'amusait de me mettre dans l'embarras.

Rhoda éclata de rire.

— Nous expliquions à Anne qu'elle tenait là le beau mariage. Ça la rendait folle de rage.

— Si vous me donniez les noms des autres membres de votre groupe ? demanda Battle.

— Vous ne faites pas une confiance aveugle aux gens, on dirait, remarqua Rhoda. Pour vous, chacun des mots que nous prononçons est un mensonge pur et simple ?

L'œil du superintendant Battle s'alluma.

— En tout cas, je vais m'assurer qu'ils n'en sont pas, répliqua-t-il.

— Vous êtes vraiment du genre soupçonneux, repartit Rhoda.

Elle inscrivit quelques noms sur une feuille de papier qu'elle lui tendit.

Battle se leva.

— Eh bien, je vous remercie, miss Meredith. Comme dit miss Dawes, il semble que vous ayez mené une vie particulièrement irréprochable. Je ne pense pas que vous ayez beaucoup de soucis à vous faire. C'est bizarre, cette façon qu'a eue Mr Shaitana de changer d'attitude à votre égard. Pardonnez-moi cette question, mais vous a-t-il demandée en mariage... ou, euh... importunée d'une manière quelconque ?

— Il n'a pas tenté de la violer, si c'est ce que vous voulez dire, intervint Rhoda.

Anne avait rougi.

— Il ne s'est rien passé de ce genre, affirma-t-elle. Il a toujours été très poli et... très cérémonieux.

C'était seulement ses manières étudiées qui me mettaient mal à l'aise.

— Et les petites choses qu'il disait, ses insinuations ?

— Oui... ou plutôt, non. Il n'insinuait rien.

— Pardonnez-moi. C'est ce que font généralement les séducteurs professionnels. Eh bien, bonsoir, miss Meredith. Et merci encore. Excellent café. Bonsoir, miss Dawes.

— Et voilà, dit Rhoda quand Anne revint après avoir accompagné Battle à la porte. C'est fini, et cela n'a pas été si terrible. Il est gentil et paternel, et il ne te soupçonne pas le moins du monde. Je m'attendais à bien pire.

Anne se laissa tomber dans son fauteuil avec un soupir.

— Ça a marché comme sur des roulettes. C'était idiot de ma part d'en faire toute une histoire. Je m'imaginais qu'il allait essayer de m'avoir à l'intimidation... comme l'avocat de la couronne dans les pièces policières.

— Il a l'air de quelqu'un de sensé, répliqua Rhoda. Il doit très bien comprendre que tu n'es pas une meurtrière... Au fait, Anne, ajouta-t-elle après une hésitation, tu ne lui as pas dit que tu avais été à Combeacre. Tu as oublié ?

— Je ne pense pas que ce soit important, répondit lentement Anne. Je n'y suis restée que quelques mois. Et il n'y a plus personne qui me connaisse, là-bas. Je peux lui envoyer un mot pour le lui dire si tu crois que c'est nécessaire. Mais je ne pense pas que ce soit le cas. Laissons tomber.

— D'accord, si c'est comme ça que tu vois les choses.

Rhoda se leva et brancha la radio.

Une voix tonitruante annonçait :

« Vous venez d'entendre les Black Nubians qui vous ont interprété leur dernier succès *Pourquoi tu mens, poupée ?* »

15

LE MAJOR DESPARD

Le major Despard sortit de l'*Albany*, tourna dans Regent Street et sauta dans un autobus.

C'était l'heure creuse et de nombreux sièges étaient libres sur l'impériale. Despard alla s'installer à l'avant.

Il était monté dans l'autobus en marche. Celui-ci prit quelques passagers à l'arrêt suivant et poursuivit son chemin dans Regent Street.

Un deuxième voyageur grimpa les marches de l'impériale et alla s'asseoir à l'avant, de l'autre côté de la travée.

Despard n'avait pas fait attention à lui. Mais au bout de quelques minutes, une voix engageante murmura :

— Du haut d'un bus, on a une très bonne vue de Londres, n'est-ce pas ?

Despard tourna la tête. D'abord surpris, son visage s'éclaira soudain.

— Pardonnez-moi, monsieur Poirot, je ne vous avais pas reconnu. Vous avez raison, on a d'ici une excellente vue panoramique. Mais c'était encore mieux autrefois, avant qu'on ait construit ces cages vitrées.

— Vous avez beau dire, soupira Poirot, ce n'était pas toujours agréable quand il pleuvait et que l'intérieur était bondé. D'autant que, dans ce pays, les jours de pluie sont ce qui manque le moins.

— Bah ! la pluie n'a jamais fait de mal à personne.

— Vous faites erreur, répliqua Poirot. On a tôt fait d'attraper une fluxion de poitrine.

Despard sourit.

— Je vois que vous êtes un partisan du « couvrez-vous bien », monsieur Poirot.

Poirot était en effet bien équipé pour affronter les traîtrises de l'automne : il portait houppelande et cache-nez.

— C'est plutôt bizarre de tomber sur vous comme ça ! déclara Despard.

Il ne vit pas le sourire de Poirot dissimulé par son écharpe. Il n'y avait rien de bizarre dans cette rencontre. Ayant calculé l'heure à laquelle Despard devait quitter ses appartements, il l'avait attendu. Évitant prudemment de prendre l'autobus en marche, il avait couru après et était monté à l'arrêt suivant.

— C'est bien vrai, dit-il. Nous ne nous étions pas revus depuis cette soirée chez Mr Shaitana.

— Vous ne prêtez pas la main à l'enquête ? demanda Despard.

Poirot se gratta délicatement l'oreille.

— Je réfléchis, je réfléchis beaucoup. Courir à droite à gauche, enquêter, ça non. Cela ne convient ni à mon âge, ni à mon tempérament, ni à mon personnage.

— Vous réfléchissez, hein ? répliqua Despard de façon inattendue. Vous pourriez faire pire. On se hâte trop, de nos jours. Si on prenait le temps de réfléchir à un problème avant de s'y attaquer, il y aurait moins de gâchis.

— Est-ce comme ça que vous procédez dans la vie, major ?

— Le plus souvent, répondit l'autre avec simplicité. « Étudie la direction du vent, choisis ta route, pèse le pour et le contre, prends une décision... et n'en dévie pas. »

Sa bouche avait une expression résolue.

— Et, après ça, plus rien ne peut vous détourner de votre chemin ?

— Oh ! je n'ai pas dit ça. Rien ne sert de s'entêter. Si on a commis une erreur, il faut le reconnaître.

— Mais j'imagine que vous commettez rarement des erreurs, major Despard.

— Nous en commettons tous, monsieur Poirot.

— Quelques-uns d'entre nous en commettent moins que d'autres, remarqua Poirot avec une certaine froideur, due sans doute au « tous » dont le major s'était servi.

Despard le regarda, sourit et demanda :

— Vous ne commettez donc jamais d'erreurs, monsieur Poirot ?

— J'ai commis la dernière il y a vingt-huit ans, répondit Poirot avec dignité. Et encore les circonstances étaient telles que... mais peu importe.

— C'est un bon score, remarqua Despard qui ajouta : Et la mort de Shaitana ? Elle ne compte pas, j'imagine, puisque vous n'êtes pas officiellement chargé de l'affaire.

— Cela ne me concerne pas, non, mais quand même, cela offense mon amour-propre. Qu'un meurtre soit perpétré sous mon nez... par quelqu'un qui se moque de mon habileté à le résoudre, je considère cela comme une insulte.

— Pas seulement sous *votre* nez, répliqua Despard d'un ton ironique. Sous le nez aussi de la police criminelle.

— Cela a probablement été une grave erreur. Ce brave superintendant Battle a peut-être l'air d'un crétin taillé dans du bois, mais ce qu'il a dans la tête, ce n'est pas du bois, et de loin.

— Je suis d'accord avec vous. Son flegme n'est qu'une façade. C'est un policier très intelligent et très capable.

— Et qui déploie une grande activité dans cette affaire.

— Oh, pour être actif, il est actif ! Vous voyez cet individu paisible à l'allure militaire, là-bas, dans le fond ?

Poirot tourna la tête.

— Il n'y a personne, à part nous deux.

— Eh bien, alors, c'est qu'il est en bas. Il ne me lâche pas d'une semelle. Un type très efficace. De temps à autre, il change de personnage. Du travail d'artiste.

— Oui, mais vous l'avez repéré. Vous avez l'œil vif et perçant.

— Je n'oublie jamais un visage, même celui d'un Noir. Tout le monde ne peut pas en dire autant.

— Vous êtes mon homme, déclara Poirot. Quelle chance de vous avoir rencontré ! Je cherche quelqu'un qui ait à la fois l'œil et la mémoire. Hélas, les deux vont rarement de pair. J'ai posé une question au Dr Roberts, sans résultat. Idem pour Mrs Lorrimer. Voyons si j'aurai plus de chance avec vous. Retournez en pensée dans la pièce où vous avez joué aux cartes chez Mr Shaitana, et dites-moi ce que vous vous rappelez.

Despard eut l'air un peu ahuri.

— Je ne comprends pas très bien...

— Décrivez-moi la pièce, les meubles, les objets.

— Je ne sais pas si je suis très doué pour ça, répondit Despard en réfléchissant. C'était un endroit pas net, de mon point de vue. Une pièce qui n'avait rien de masculin. Avec des brocarts, des soieries, tout un fourbi. Ça ressemblait bien à Shaitana.

— Vous ne pouvez pas préciser ?

Despard secoua la tête.

— Je n'ai pas fait très attention... Il y avait quelques beaux tapis. Deux Boukhara et trois ou quatre magnifiques persans, dont un Hamadan et un Tabriz. Une assez belle tête d'élan aussi – non, celle-là était dans l'entrée. Elle venait de chez Rowland, sans doute.

— Vous ne pensez pas que feu Mr Shaitana était du genre à aller abattre lui-même des animaux sauvages ?

— Certainement pas. Je suis prêt à parier qu'il n'a jamais abattu que des jeux qu'on peut jouer assis. Qu'y avait-il d'autre ? Désolé de vous décevoir, mais je ne vais pas vous être d'une grande aide. Il y avait un tel bric-à-brac... Les tables en étaient couvertes. La seule chose que j'aie remarquée c'est une idole assez gaillarde. De l'île de Pâques, à mon avis. En bois poli. On n'en voit pas beaucoup de pareilles. Il y avait aussi des bibelots de Malaisie... Non, j'ai bien peur de ne pas pouvoir beaucoup vous aider.

— Tant pis, dit Poirot, l'air un peu dépité. Vous savez, poursuivit-il, Mrs Lorrimer a une mémoire des cartes tout à fait surprenante. Elle se souvient des annonces et des jeux de presque toutes les parties. C'est stupéfiant.

Despard haussa les épaules.

— Il y a des femmes comme ça. Sans doute parce qu'elles jouent du matin au soir.

— Vous en seriez incapable, hein ?

Despard secoua la tête.

— Je ne me rappelle que deux coups. L'un où j'aurais pu gagner à carreau, mais le Dr Roberts a bluffé et m'en a empêché. Il a chuté mais malheureusement nous ne l'avions pas contré. Je me rappelle aussi un sans atout. Un coup très difficile. Toutes nos cartes étaient mauvaises. Nous avons chuté de deux, mais cela aurait pu être bien pire.

— Vous jouez souvent au bridge, major Despard ?

— Non, pas régulièrement. Mais c'est un jeu intéressant.

— Vous le préférez au poker ?

— Personnellement, oui. Le poker fait trop de place au hasard.

— Mr Shaitana ne jouait à rien, je pense, déclara Poirot songeur. À aucun jeu de cartes, je veux dire.

— Shaitana ne s'est jamais amusé qu'à un seul jeu, grommela Despard.

— Et c'est ?

— Le jeu du coup bas.

Après un silence, Poirot demanda :

— Est-ce quelque chose que vous *savez*, ou que vous *pensez* ?

Despard vira au rouge brique.

— Ce qui signifie qu'on ne devrait rien avancer sans indiquer le chapitre et le verset ? C'est sans doute vrai. C'est même on ne peut plus exact. Il se trouve que je le *sais*. Cependant, je n'en donnerai ni le chapitre ni le verset. Cette information m'a été communiquée à titre confidentiel.

— Autrement dit, cela concerne une femme ou des femmes.

— Oui. Le sale type qu'il était préférait s'en prendre aux femmes.

— Vous pensez que c'était un maître chanteur ? Voilà qui est intéressant.

Despard secoua la tête.

— Non, non, vous m'avez mal compris ! Shaitana était peut-être un maître chanteur, mais pas au sens habituel. Pas pour l'argent. C'était un maître chanteur spirituel, si tant est que ça existe.

— Et il en tirait… quoi ?

— Une excitation. Je ne vois pas comment appeler ça autrement. Ça l'émoustillait de lire la polémique dans le regard des gens. J'imagine qu'il se sentait ainsi moins répugnant et plus viril. C'est une attitude très efficace avec les femmes. Il n'avait qu'à leur laisser entendre qu'il savait tout – et elles se mettaient à lui raconter un tas de choses qu'il ignorait peut-être. Cela titillait son sens de l'humour. Ensuite, il se pavanait avec son air méphistophélique qui semblait dire : « Je sais tout ! C'est moi le grand Shaitana ! » Ce type était un monstre !

— Alors vous pensez qu'il a terrorisé miss Meredith de cette façon-là ?

— Miss Meredith ? Je ne pensais pas à elle. Ce n'est pas le genre à avoir peur d'un homme comme Shaitana.

— Pardon ! Vous parliez alors de Mrs Lorrimer ?

— Non, non, non ! Vous m'avez mal compris. Je parlais en général. Il ne serait pas facile de terroriser Mrs Lorrimer. Et ce n'est pas quelqu'un qu'on imagine traînant un secret coupable. Non, je ne pensais à personne en particulier.

— C'est la méthode en général à laquelle vous faites allusion ?

— Exactement.

— Il est certain, remarqua posément Poirot, que ce que vous appelez un métèque possède souvent une excellente connaissance des femmes. Il sait comment s'immiscer dans leur existence. Il connaît l'art de leur soutirer leurs secrets...

Il s'interrompit.

— C'est absurde ! s'emporta Despard. Ce type était un charlatan, il n'avait rien de bien dangereux. Et pourtant, les femmes avaient peur de lui. C'est grotesque.

Il bondit soudain.

— Bon sang ! J'ai raté ma station. J'étais trop pris par notre conversation. Au revoir, monsieur Poirot.

Jetez un coup d'œil en bas et vous allez voir mon ombre fidèle quitter le bus en même temps que moi.

Il se précipita dans l'escalier. Son coup de sonnette n'avait pas fini de retentir qu'un double coup de sonnette suivit...

En regardant dans la rue, Poirot vit Despard qui retournait à vive allure en arrière. Il ne prit pas la peine de repérer son suiveur. Il s'intéressait à tout autre chose.

« *Personne en particulier*, murmura-t-il en lui-même. Ça, je me le demande. »

16

LE TÉMOIGNAGE D'ELSIE BATT

Les collègues du sergent O'Connor l'avaient méchamment surnommé « Rêve ancillaire ».

Grand, droit, les épaules larges, il était incontestablement très bel homme. Cependant, c'était moins la régularité de ses traits que l'étincelle espiègle et téméraire qui brillait dans ses yeux que le sexe faible trouvait irrésistible. Le sergent O'Connor obtenait des résultats indubitables – et avec une vitesse remarquable.

Avec une vitesse telle que, quatre jours seulement après le meurtre de Mr Shaitana, il était assis dans un fauteuil à 3 shillings et 6 pence au *Willy Nilly Music-Hall* à côté de miss Elsie Batt, l'ancienne femme de chambre de Mrs Craddock, 117 North Audley Street.

Ayant mené ses travaux d'approche avec doigté, le sergent O'Connor s'apprêtait à lancer sa grande offensive.

— ... Ça me rappelle les histoires que me faisait mon ancien patron, disait-il. Il s'appelait Craddock. Un drôle d'individu, si vous voulez mon avis.

— Craddock ? dit Elsie. Moi aussi, j'ai servi chez des Craddock.

— Eh bien, ça, c'est la meilleure ! Et si c'était les mêmes ?

— Les miens habitaient dans North Audley Street, répondit Elsie.

— Les miens partaient pour Londres quand je les ai quittés, dit vivement O'Connor. Oui, je crois bien que c'était North Audley Street. Mrs Craddock s'intéressait beaucoup aux messieurs.

Elsie rejeta la tête en arrière.

— En boule, qu'elle me mettait. Toujours à critiquer et à ronchonner, comme si rien de ce que vous faisiez n'était bien.

— Son mari aussi en prenait pour son grade, non ?

— Elle prétendait qu'il la négligeait, qu'il ne la comprenait pas. Elle était tout le temps à se plaindre de sa santé, à gémir et à suffoquer. Mais elle n'était pas malade pour deux sous, je vous en fiche mon billet.

O'Connor se tapa sur les cuisses.

— J'y suis ! Est-ce qu'il ne s'est pas passé quelque chose entre elle et un certain toubib ? Ils seraient allés un peu trop loin, non ?

— Vous voulez parler du Dr Roberts ? Lui, c'était quelqu'un de bien. Et gentil, avec ça.

— Vous, les filles, vous êtes toutes les mêmes. Dès qu'un homme est un sale type, vous prenez sa défense. Je connais ce genre d'individu.

— Non, lui, vous ne le connaissez pas, vous vous mettez le doigt dans l'œil. Est-ce que c'était sa faute si Mrs Craddock l'envoyait chercher à tout bout de champ ? Ça doit agir comment, un docteur ? Si vous voulez mon avis, il ne s'intéressait à elle que comme patiente. Tout ça venait d'elle. Rien à faire pour qu'elle le laisse tranquille.

— Admettons, Elsie... Vous me permettez de vous appeler Elsie ? J'ai l'impression de vous connaître depuis toujours.

— Eh bien, ce n'est pas le cas. Elsie ! Non mais des fois !

Elle rejeta derechef la tête en arrière.

— Oh, très bien, miss Batt. Comme je le disais, admettons, reprit-il en lui jetant une œillade assassine, mais, le mari, ça le mettait quand même de mauvais poil, non ?

— Il s'est mis en rogne une fois, reconnut Elsie. Mais, si vous voulez mon avis, il était malade dans ce temps-là. Il est mort juste après, vous savez.

— Je m'en souviens... d'un truc bizarre, non ?

— Un truc japonais... tout ça à cause d'un nouveau blaireau... C'est terrible, non, qu'ils ne prennent pas plus de précautions ? Je n'ai plus rien acheté de japonais, depuis.

— « Acheter anglais », c'est ma devise, répliqua le sergent O'Connor, sentencieux. Vous disiez donc qu'il s'était engueulé avec le docteur ?

Elsie hocha la tête, enchantée de revivre les scandales passés.

— Ils y sont allés de bon cœur, répondit-elle. En tout cas, le patron. Le Dr Roberts a gardé son calme. Il a juste dit : « Ridicule. » Et aussi : « Qu'allez-vous imaginer ? »

— Ça s'est passé à la maison, sans doute ?

— Oui, elle l'avait envoyé chercher. Puis elle a commencé à se disputer avec le patron. Le Dr Roberts est arrivé au beau milieu et le patron s'est retourné contre lui.

— Il a dit quoi, au juste ?

— Évidemment, je n'étais pas censée écouter. Ça se passait dans la chambre de Madame. Je sentais qu'il y avait du grabuge dans l'air, alors j'ai pris mon ramasse-poussière et je me suis mise à nettoyer l'escalier. Je ne voulais pas rater ça.

Le sergent O'Connor l'approuva chaudement, tout en se félicitant de ne pas être entré en contact avec Elsie à titre officiel. Interrogée par le sergent O'Connor, de Scotland Yard, elle aurait juré ses grands dieux qu'elle n'avait rien entendu.

— Comme je disais, poursuivit Elsie, le Dr Roberts est resté très calme, c'est le patron qui braillait.

— Il braillait quoi ? demanda O'Connor, approchant pour la deuxième fois du point crucial.

— Qu'on s'était fichu de lui dans les grandes largeurs, répondit Elsie avec délectation.

— Qu'est-ce que vous entendez par là ?

Cette fille ne se déciderait-elle jamais à prononcer la moindre parole concrète ?

— Eh bien, je n'ai pas tout compris, avoua Elsie. Il employait des expressions compliquées, du genre « conduite non professionnelle », « prendre avantage », des trucs comme ça, et je l'ai entendu dire qu'il allait faire radier le Dr Roberts de l'Ordre des médecins. C'est possible, ça ?

— Je veux, oui ! répondit O'Connor. Il pouvait porter plainte auprès du Conseil de l'Ordre.

— Oui, il a dit quelque chose comme ça. Et Madame poussait des cris d'orfraie et couinait : « Tu ne t'es jamais occupé de moi. Tu me négliges. Tu me laisses seule. » Je l'ai entendue dire que le docteur avait été un ange de bonté pour elle.

» Alors le docteur est entré avec le patron dans le petit salon, il a fermé la porte de la chambre à coucher, et il lui a dit carrément :

» « Mon brave monsieur, vous ne voyez pas que votre femme est hystérique ? Elle ne sait pas ce qu'elle raconte. Je vous avoue franchement que c'est un cas compliqué et éprouvant. J'aurais abandonné depuis longtemps si j'avais jugé que c'était con… con… », un mot assez long ; ah ! oui, « compatible avec mon devoir ».

» Voilà ce qu'il a dit. Il a dit aussi un truc à propos des limites qu'il ne fallait pas franchir, quelque chose entre le docteur et son patient. Ça a un peu calmé le patron, alors il a ajouté :

» « Vous allez être en retard à votre bureau, vous feriez bien de partir. Réfléchissez à tout ça à tête reposée. Je pense que vous vous rendrez compte que toute cette histoire ne tient pas debout. Maintenant, je vais me laver les mains avant de me rendre chez mon prochain patient. Réfléchissez, mon vieux. Je vous assure que tout cela est sorti de l'imagination débridée de votre femme. »

» Alors, le patron a dit : « Je ne sais que penser. »

» Et il est sorti, et moi, bien sûr, je briquais l'escalier de toutes mes forces mais il ne m'a même pas remarquée. J'ai pensé alors qu'il avait mauvaise mine. Le docteur, il sifflotait gaiement en se lavant les mains dans le petit salon où il y avait de l'eau froide et puis de la chaude aussi. Après ça, il est sorti, lui aussi, avec sa sacoche ; il m'a parlé – bien poli comme toujours – et il est descendu tout guilleret comme d'habitude. Alors, vous voyez, je suis certaine qu'il n'avait rien fait de mal. Tout était de sa faute à elle.

— Et c'est après ça que Craddock a eu son histoire de charbon ?

— Bah ! je crois qu'il l'avait déjà. La patronne, elle l'a soigné avec beaucoup de dévouement, mais il est mort. Des couronnes, il y en a eu des superbes, à l'enterrement.

— Et après ? Roberts a remis les pieds à la maison ?

— Non, petit curieux ! Vous lui en voulez, hein ? Je vous ai dit qu'il n'avait rien fait de mal. Sinon, il l'aurait épousée après la mort du patron, pas vrai ? Il ne l'a jamais fait. Il n'était pas fou ! Il savait à qui il avait affaire. Elle lui téléphonait sans arrêt, pourtant, mais il n'était jamais là. Et puis, elle a vendu la maison, on a tous eu notre congé, et elle est partie pour l'Égypte.

— Et vous n'avez jamais revu le Dr Roberts ?

— Non. Elle, si, parce qu'elle est allée le voir pour se faire faire... comment qu'on appelle ça ? une inoculation contre la typhoïde. Elle est revenue avec le bras tout endolori. Si vous voulez mon avis, il lui a fait comprendre qu'il n'y avait rien à faire. Elle ne lui a plus téléphoné et elle est partie la mine enfarinée avec un tas de nouvelles robes très jolies, toutes de couleurs claires, et pourtant on était au milieu de l'hiver... mais elle disait que, là-bas, il y avait du soleil et qu'il faisait chaud.

— C'est vrai, approuva le sergent. Trop chaud même, parfois, à ce qu'on dit. Elle est morte là-bas. Je suppose que vous le savez ?

— Mais non, je n'en savais rien. Eh bien, ça alors ! Elle devait être plus malade que je ne pensais, la pauvre...

Elle ajouta avec un soupir :

— Je me demande ce qu'ils ont fait de toutes ces jolies robes. C'est des Noires, là-bas, elles ne peuvent pas les mettre.

— Vous auriez été à croquer, dedans, remarqua le sergent O'Connor.

— Effronté, va !

— Eh bien, vous n'allez pas avoir à supporter mon effronterie plus longtemps. Je dois partir pour un voyage d'affaires.

— Vous serez parti longtemps ?

— Il se peut que j'aille à l'étranger.

Le visage d'Elsie s'affaissa.

Bien que peu familière du célèbre poème de lord Byron, « Je n'ai jamais aimé une tendre gazelle », etc., elle éprouvait pour l'heure des sentiments du même ordre.

« C'est bizarre, plus ils sont beaux garçons, et moins ça marche, pensait-elle. Bah ! tant pis, il y a toujours Fred... »

Ce qui était rassurant. Cela prouvait que la soudaine incursion du sergent O'Connor dans la vie d'Elsie ne la marquerait pas à jamais. Qui sait ? « Fred » gagnerait peut-être même à l'affaire.

17

LE TÉMOIGNAGE DE RHODA DAWES

Rhoda Dawes sortit du *Debenham* et s'arrêta pour réfléchir. Ses traits expressifs trahissaient la moindre émotion passagère. Pour l'heure, c'était l'indécision qui était peinte sur son visage.

Ce visage, il disait clairement : « Oui ou non ? J'aimerais bien... mais il vaut peut-être mieux pas... »
— Taxi, miss ? demanda le chasseur.
Rhoda secoua la tête.
Une femme corpulente, chargée de paquets et dont le visage exprimait la radieuse satisfaction de celle qui fait déjà ses achats pour Noël, la heurta violemment, mais Rhoda resta clouée sur place, essayant toujours de prendre une décision.

Des pensées confuses lui traversaient l'esprit.

« Après tout, pourquoi pas ? Elle me l'a proposé... mais elle dit peut-être la même chose à tout le monde... Elle ne s'attend pas à ce qu'on la prenne au mot... Bon, Anne n'a pas voulu de moi. Elle m'a dit carrément qu'elle préférait aller seule avec le major Despard chez l'avocat... C'est son droit. Trois, cela fait tout de suite la foule... Et ses affaires ne me regardent pas. Ce n'est pas comme si je tenais particulièrement à voir le major Despard... Il est charmant, pourtant... Je crois qu'il est tombé amoureux d'Anne. Les hommes ne se coupent pas en quatre, à moins de... je veux dire, jamais par bonté d'âme... »

Un coursier la bouscula.

— Pardon, miss, dit-il d'un ton de reproche.

« Oh ! seigneur ! pensa Rhoda. Je ne peux pas rester plantée là toute la journée, juste parce que je suis tellement stupide que je n'arrive pas à me décider... Je crois que cette veste et cette jupe me vont très bien. Je me demande si le marron n'aurait pas été plus facile à porter que le vert ? Non, je ne crois pas. Bon, alors j'y vais, oui ou non ? 3 heures un quart... c'est une heure convenable... je veux dire, je n'aurai pas l'air de vouloir m'inviter à déjeuner ou quoi que ce soit de ce genre. Je peux toujours essayer, on verra bien... »

Elle plongea dans la circulation, traversa, tourna à droite, puis à gauche dans Harley Street, et s'arrêta devant l'immeuble que Mrs Oliver avait décrit comme « perdu parmi les cliniques ».

« Bon, elle ne va pas me manger », se dit Rhoda, et elle entra courageusement dans le bâtiment.

L'appartement de Mrs Oliver était au dernier étage. Elle prit l'ascenseur, et le liftier en uniforme la déversa sur une élégante moquette neuve, devant une porte d'un vert éclatant.

« C'est terrifiant, se dit Rhoda. Pire que le dentiste. Mais je ne peux plus reculer maintenant. »

Rouge de confusion, elle sonna.

Une domestique d'un certain âge lui ouvrit.

— Est-ce que… Puis-je… Mrs Oliver est là ?

La femme de chambre s'effaça pour la laisser entrer, et la conduisit dans un salon où régnait le plus grand désordre.

— Qui dois-je annoncer ?

— Oh… euh… miss Dawes… miss Rhoda Dawes.

La domestique se retira. Après ce qui lui sembla une éternité, mais qui dura en réalité une minute et quarante-cinq secondes, la femme de chambre revint.

— Par ici, mademoiselle.

Plus rouge que jamais, Rhoda la suivit. Elles enfilèrent un corridor, tournèrent un coin, et une porte s'ouvrit. Nerveuse, Rhoda entra dans ce qui, à ses yeux ahuris, lui apparut d'abord comme une forêt africaine.

Des oiseaux, des quantités d'oiseaux : des perroquets, des aras, des oiseaux inconnus des ornithologues zigzaguaient dans ce qui semblait être une forêt vierge. Au milieu de cette profusion d'oiseaux et de végétation, Rhoda aperçut une machine à écrire posée sur une vieille table de cuisine, des monceaux de feuilles tapées éparpillées sur le sol, et Mrs Oliver, échevelée, qui se levait d'un fauteuil bancal.

— Ma chère petite, comme je suis contente de vous voir ! dit-elle en lui tendant une main maculée de carbone et en essayant, de l'autre – tâche désespérée – de mettre un peu d'ordre dans sa coiffure.

Un sac en papier, qu'elle avait heurté au passage, tomba du bureau et des pommes roulèrent dans tous les coins.

— Laissez cela, mon petit, ne vous inquiétez pas, quelqu'un viendra bien les ramasser à un moment quelconque.

Haletante, Rhoda se releva avec cinq pommes dans les mains.

— Oh, merci... non, il ne faut pas les remettre dans le sac. Je crois qu'il est percé. Posez-les plutôt sur la cheminée. Très bien. Maintenant, asseyons-nous et causons.

Rhoda s'installa sur un second fauteuil bancal et demanda, le souffle court :

— Je suis affreusement confuse. Je ne vous ai pas interrompue, au moins ?

— Eh bien, oui et non, répondit Mrs Oliver, je travaille, comme vous voyez. Mais mon maudit Finlandais est dans une situation fâcheuse. Il avait fait une déduction très astucieuse à propos d'un plat de haricots verts, et maintenant il a découvert un poison mortel dans une oie farcie à l'oignon et à la sauge, préparée pour la Toussaint. Et voilà que je viens de me rappeler qu'à la Toussaint, la saison des haricots verts est finie.

Surexcitée par cette intrusion dans l'univers de la création littéraro-policière, Rhoda suggéra, pantelante :

— Cela pourrait être des haricots en boîte ?

— C'est possible, évidemment, remarqua Mrs Oliver, sceptique, mais cela gâcherait l'histoire. Je m'embrouille toujours dans les questions d'horticulture. Les gens m'écrivent pour me faire remarquer que les fleurs que j'ai fait pousser ensemble ne sont pas les bonnes... comme si cela avait de l'importance... De toute façon, on les trouve toutes ensemble chez les fleuristes de Londres.

— Bien sûr que cela n'a aucune importance, dit Rhoda en admiratrice énamourée. Oh, Mrs Oliver, ce doit être merveilleux d'écrire !

Mrs Oliver se frotta le front avec un doigt tout maculé de carbone.

— Pourquoi ?

— Oh !... fit Rhoda, un peu décontenancée, parce que ça doit l'être. Ça doit être merveilleux de se mettre à sa table et d'écrire un livre d'une seule traite.

— Cela ne ne passe pas exactement comme ça, répliqua Mrs Oliver. Il faut d'abord *penser*, vous savez. Et penser, c'est toujours très ennuyeux. Ensuite il faut faire un plan. Et on peut rester bloqué à des tas d'endroits, et avoir l'impression qu'on ne s'en sortira jamais... mais on finit quand même par s'en sortir ! Ce n'est pas particulièrement agréable d'écrire. C'est un travail difficile, comme tous les autres.

— Cela n'a pas l'air d'un travail.

— Pour vous, parce que vous n'avez pas à le faire. Pour moi, je vous garantis que c'est un vrai labeur. Il y a des jours où je ne peux avancer qu'en me répétant sans arrêt combien vont me rapporter les droits de mon prochain feuilleton. Ça vous aiguillonne, vous savez. Comme lorsque vous mesurez l'ampleur du découvert de votre compte en banque.

— Je n'aurais jamais pensé que vous tapiez vous-même vos livres à la machine. Je croyais que vous aviez une secrétaire.

— J'en ai eu une, et j'avais pris l'habitude de lui dicter, mais elle était si compétente que ça me déprimait. Elle en savait tellement plus que moi sur la grammaire anglaise, les points et les points-virgules, que cela me donnait une sorte de complexe d'infériorité. J'ai essayé alors une secrétaire totalement incompétente, mais, évidemment, elle n'a pas fait l'affaire non plus.

— Ça doit être merveilleux d'inventer des choses !
— Je peux toujours inventer des tas de trucs, déclara Mrs Oliver avec entrain. Ce qui est fatigant, c'est de les écrire. Je crois toujours que j'ai terminé et quand je recompte, je découvre que je n'ai écrit que trente mille mots au lieu des soixante mille nécessaires. Alors je dois introduire un nouveau meurtre et faire de nouveau kidnapper mon héroïne. C'est d'un ennui !

Rhoda ne répondit pas. Elle regardait Mrs Oliver avec la déférence d'un novice envers une célébrité, déférence légèrement teintée de désappointement.

— Aimez-vous mon papier peint ? demanda Mrs Oliver en agitant la main. J'adore les oiseaux. Le feuillage est censé être tropical. Ça me donne l'impression qu'il fait chaud, même quand il gèle. Je ne peux rien faire à moins d'avoir très, très chaud. Mais Sven Hjerson, lui, brise la glace de son bain tous les matins !

— Tout cela me paraît merveilleux, et c'est très gentil de me dire que je ne vous dérange pas.

— Nous allons prendre un café et des toasts. Un café très noir, et des toasts très chauds. Je suis toujours prête à en prendre, à n'importe quelle heure.

Elle alla à la porte et cria trois mots. Puis elle revint et demanda :

— Qu'est-ce qui vous amène en ville ? Des achats ?
— Quelques achats, oui.
— Miss Meredith est venue avec vous ?
— Oui. Elle est allée voir un avocat avec le major Despard.
— Un avocat, hein ?

Mrs Oliver haussa les sourcils.

— Oui. Le major Despard lui a conseillé d'en prendre un. Le major est fantastiquement gentil... vraiment gentil.

— Moi aussi, j'ai été très gentille, mais il ne semble pas qu'on l'ait pris comme ça. En fait, votre amie a été plutôt fâchée de ma visite.

— Oh, mais non, absolument pas, déclara Rhoda en se tortillant sur sa chaise, au comble de l'embarras. C'est d'ailleurs une des raisons pour lesquelles je voulais vous voir aujourd'hui... pour vous expliquer... J'ai bien vu que vous l'aviez mal comprise. Elle s'est montrée désagréable, mais pas à cause de ça. Je veux dire, pas à cause de votre visite. À cause de quelque chose que vous avez dit.

— Quelque chose que j'ai dit ?

— Oui. Vous ne pouviez pas le deviner, évidemment. Seulement c'est mal tombé.

— Qu'est-ce que j ai dit ?

— Vous ne devez même pas vous en souvenir. C'est surtout la façon dont vous l'avez dit. Vous avez parlé de poison et d'accident.

— Moi ?

— Je savais que vous ne vous en souviendriez pas. Vous comprenez, il lui est arrivé une fois quelque chose de très pénible. Elle vivait chez une dame qui s'est empoisonnée avec de la teinture pour chapeaux, je crois, qu'elle avait confondue avec Dieu sait quoi. Et elle en est morte. Ç'a été un choc terrible pour Anne. Elle ne supporte ni d'y penser ni d'en parler. Et ce que vous avez dit le lui a, bien sûr, rappelé ; alors elle s'est tue et elle est devenue froide et bizarre, comme à chaque coup. J'ai bien vu que vous l'aviez remarqué. Et je ne pouvais rien dire devant elle. Mais je voulais que vous sachiez que ce n'était pas de l'ingratitude.

Mrs Oliver regarda le visage rouge et animé de son interlocutrice, et dit d'un ton songeur :

— Je vois...

— Anne est terriblement sensible, reprit Rhoda. Et elle est incapable de... ma foi d'affronter les ennuis. Si quelque chose la tracasse, elle préfère ne pas en parler, bien que ce ne soit pas une solution – à mon avis du moins. Que vous en parliez ou non, les ennuis sont toujours là. Faire semblant qu'ils n'existent pas, c'est prendre la fuite. Aussi pénible que ce soit, pour ma part, je préférerais aller jusqu'au bout.

— Ah, répliqua Mrs Oliver, mais vous, vous êtes un petit soldat, mon enfant. Ce n'est pas le cas de votre Anne.

Rhoda rougit.

— Anne est un amour.

Mrs Oliver sourit.

— Je n'ai jamais dit le contraire. Je prétends simplement qu'elle n'a pas votre courage.

Elle soupira et demanda à brûle-pourpoint :

— Croyez-vous à la valeur de la vérité, mon enfant ?

— Bien sûr que oui, répondit Rhoda, surprise.

— C'est ce que vous dites, mais vous n'y avez jamais réfléchi, peut-être. La vérité blesse parfois, et détruit nos illusions.

— Ça ne fait rien, je préfère la connaître quand même.

— Moi aussi. Mais est-ce bien sage ?

— Vous ne parlerez pas à Anne de ce que je vous ai raconté ? demanda Rhoda gravement. Ça ne lui plairait pas.

— Cela ne me serait jamais venu à l'idée. Cette histoire, cela s'est passé il y a longtemps ?

— Environ quatre ans. C'est drôle comme les choses se répètent pour certaines personnes. J'avais une tante qui collectionnait les naufrages. Et voilà Anne, mêlée pour la deuxième fois à une mort brutale... sauf que celle-ci est pire. Le meurtre, c'est affreux, non ?

— Oui, affreux.

À cet instant, le café noir et les toasts beurrés firent leur apparition. Rhoda but et mangea avec un appétit d'enfant. Partager un repas dans l'intimité avec une célébrité, c'était follement exaltant.

Quand elles eurent terminé, elle se leva.

— J'espère ne pas vous avoir trop interrompue. Seriez-vous disposée à... Je veux dire, est-ce que cela vous dérangerait beaucoup si... Oh, si je vous envoyais un de vos livres, pourriez-vous me le dédicacer ?

Mrs Oliver se mit à rire.

— Je peux faire mieux que ça pour vous. (Elle alla ouvrir un placard à l'autre bout de la pièce.) Lequel préférez-vous ? Moi, j'ai un faible pour *L'Affaire du second poisson rouge*. Il est plutôt moins bête que les autres.

Un peu choquée d'entendre un auteur parler ainsi des enfants de sa plume, Rhoda accepta avec joie. Mrs Oliver prit le livre, y inscrivit son nom avec une dédicace élogieuse et le lui tendit.

— Voilà.

— Merci beaucoup. J'ai passé un moment merveilleux. Vous ne m'en voulez pas d'être venue ?

— Je ne demandais que ça, répondit Mrs Oliver.

Après un instant de silence, elle ajouta :

— Vous êtes une fille charmante. Au revoir. Et attention à vous.

« Pourquoi diable lui ai-je dit ça ? » se demanda-t-elle en refermant la porte.

Elle secoua la tête, s'ébouriffa les cheveux et retourna aux démêlés magistraux de Sven Hjerson avec sa farce à la sauge et à l'oignon.

18

L'INTERLUDE DU THÉ

Mrs Lorrimer sortit d'une maison de Harley Street.
Elle s'arrêta un instant sur le perron, puis descendit lentement.

Elle avait une curieuse expression, mélange de volonté inflexible et d'étrange indécision. Les sourcils légèrement froncés, elle semblait absorbée par un problème.

C'est alors qu'elle aperçut Anne Meredith, sur le trottoir d'en face.

Anne était en contemplation devant un grand immeuble, juste au coin de la rue.

Mrs Lorrimer hésita un instant puis traversa.

— Comment allez-vous, miss Meredith ?

Anne sursauta et se retourna.

— Oh ! Et vous ?

— Vous êtes restée à Londres ?

— Non. Je suis revenue pour la journée. Des papiers à signer.

Son regard s'égarait toujours sur le grand immeuble.

— Quelque chose vous tracasse ? demanda Mrs Lorrimer.

Anne sursauta, comme prise en faute.

— Me tracasse ? Oh, non, qu'est-ce qui pourrait bien me tracasser ?

— Vous sembliez préoccupée.

— Non... En fait, si, mais rien de grave, fit-elle avec un petit rire. C'est un truc idiot : j'ai cru apercevoir mon amie – la fille avec qui j'habite – entrer là et je me demandais si elle était allée voir Mrs Oliver.

— C'est là qu'elle vit ? Je l'ignorais.

— Oui. Elle nous a rendu visite l'autre jour ; elle nous a laissé son adresse et nous a invitées à passer chez elle. Je me demandais si c'était bien Rhoda que j'avais vue entrer.

— Vous voulez aller vous en assurer ?

— Non, pas question.

— Alors, venez prendre le thé avec moi. Je connais un endroit près d'ici.

— C'est très gentil de votre part, répondit Anne, hésitante.

Elles descendirent Harley Street côte à côte et bifurquèrent dans une ruelle adjacente. Elles pénétrèrent dans une pâtisserie où on leur servit du thé et des muffins.

Elles parlèrent peu. Elles appréciaient chacune le silence de l'autre.

— Mrs Oliver est venue vous voir vous aussi ? demanda soudain Anne.

— Non, personne n'est venu, à part M. Poirot.

— Je ne voulais pas dire par là que...

— Non ? Bien sûr que si, répliqua Mrs Lorrimer.

La jeune fille lui jeta un coup d'œil rapide, terrifié. Une expression sur le visage de Mrs Lorrimer la rassura.

— Il n'est pas venu me voir, dit-elle, songeuse.

Il y eut un silence.

— Et le superintendant Battle ? demanda Anne.

— Oh, oui, bien sûr, répondit Mrs Lorrimer.

— Quelles sortes de questions vous a-t-il posées ? balbutia Anne.

Mrs Lorrimer soupira bruyamment.

— Les questions habituelles, je suppose. La routine. Il a été charmant.

— J'imagine qu'il va interroger tout le monde.

— Oui, sans doute.

Nouveau silence.

— Mrs Lorrimer, croyez-vous qu'ils finiront par découvrir le coupable ?

Anne, les yeux rivés sur son assiette, ne vit pas l'étrange expression qui passa dans ceux de Mrs Lorrimer tandis qu'elle la regardait.

— Je n'en sais rien, répondit paisiblement cette dernière.

— Ce n'est pas... très agréable, non ? murmura Anne.

La même étrange expression, à la fois inquisitrice et compatissante, passa dans le regard de Mrs Lorrimer, qui lui demanda :

— Quel âge avez-vous, miss Meredith ?

— M... moi ? bafouilla Anne. Vingt-cinq ans.

— Et j'en ai soixante-trois, dit Mrs Lorrimer.

Elle poursuivit, songeuse :

— Vous avez presque toute votre vie devant vous...

Anne frissonna.

— Je peux passer sous un autobus en rentrant chez moi, dit-elle.

— Oui, c'est vrai. Et moi, je n'y ai pas droit ?

Elle avait dit ça d'une drôle de façon. Anne la regarda, étonnée.

— La vie n'est pas simple, reprit Mrs Lorrimer. Vous le découvrirez quand vous aurez mon âge. Elle exige un courage infini et une bonne dose d'endurance. Et, quand on arrive à la fin, on se demande : « Est-ce que cela en valait la peine ? »

— Oh, ne dites pas ça ! s'écria Anne.

Mrs Lorrimer se mit à rire, toute sa belle assurance retrouvée.

— C'est vrai, c'est trop facile de peindre la vie en noir !

Elle appela la serveuse et régla l'addition.

En sortant, elle héla un taxi.

— Je vous dépose quelque part ? Je vais vers le sud.

Le visage d'Anne s'était éclairé.

— Non, merci. J'aperçois mon amie au coin de la rue. Encore merci, Mrs Lorrimer, et au revoir.

Le taxi démarra. Anne pressa le pas.

En la voyant, Rhoda eut un petit air coupable.

— Tu as été chez Mrs Oliver ? demanda Anne.

— Eh bien... en effet.

— Et je t'attrape de justesse.

— Que veux-tu dire par « attrape » ? Tu étais sortie de ton côté avec ton admirateur. Je pensais qu'il t'inviterait au moins à prendre le thé.

Anne ne répondit pas tout de suite. Une voix résonnait encore à ses oreilles : « Ne pourrions-nous pas aller chercher votre amie quelque part et prendre le thé ensemble ? »

Et sa propre réponse, qu'elle avait faite sans même avoir eu le temps d'y penser :

« Merci beaucoup, mais nous sommes déjà invitées pour le thé. »

Un mensonge... et quel mensonge stupide ! Ce qu'on peut être bête de lancer la première ineptie qui vous passe par la tête, sans avoir pris une seconde pour réfléchir. C'eût été si simple de dire : « Merci, mais Rhoda est déjà invitée chez des amis » si vous n'aviez pas envie – comme c'était le cas – que Rhoda vous accompagne.

Plutôt bizarre, d'ailleurs, qu'elle n'ait pas voulu de Rhoda. Elle avait tenu à garder Despard pour elle toute seule. Elle était jalouse. Jalouse de Rhoda. Rhoda était si brillante, si sociable, si pleine de vie et d'enthousiasme. L'autre soir, le major avait semblé s'intéresser à elle. C'était du Rhoda tout craché, ça : elle ne le faisait pas exprès, mais elle vous reléguait à l'arrière-plan. Mais c'était pour elle, Anne Meredith, qu'il était venu ici. Non, décidément, elle n'avait pas voulu de Rhoda.

Mais elle s'était conduite de façon ridicule en s'affolant comme ça. Si elle s'était mieux débrouillée, elle serait en ce moment en train de boire le thé, avec le major, dans son club ou ailleurs.

Décidément, Rhoda lui pesait. Rhoda était encombrante. Et qu'avait-elle dans la tête en allant voir Mrs Oliver ?

— Pourquoi es-tu allée voir Mrs Oliver ? demanda-t-elle tout haut.

— Elle nous y avait invitées.

— Oui, mais je n'ai jamais pensé qu'elle en avait envie. Elle doit se croire obligée de dire ça à tout le monde.

— Elle était sincère. Elle a été terriblement gentille. Elle m'a fait cadeau d'un de ses livres. Regarde.

Rhoda brandit son trophée.

— De quoi avez-vous parlé ? demanda Anne, soupçonneuse. Pas de moi ?

— Regardez-moi cette prétentieuse !

— Vous avez parlé de moi ? Vous avez parlé... du meurtre ?

— Nous avons parlé de *ses* meurtres. Elle écrit un roman où il est question de sauge et d'oignons empoisonnés. Elle a été très simple, elle m'a expliqué le travail terrible que cela représente, elle m'a raconté comment elle s'emmêle dans ses intrigues, et nous avons bu du café noir avec des toasts beurrés, conclut Rhoda avec un accent de triomphe.

Puis elle ajouta :

— Oh, Anne, tu veux ton thé ?

— Non. Je l'ai déjà pris avec Mrs Lorrimer.

— Mrs Lorrimer ? Ce n'est pas celle... celle qui était là-bas ?

Anne hocha la tête.

— Où l'as-tu rencontrée ? Tu es allée la voir ?

— Non, je suis tombée sur elle dans Harley Street.

— Comment était-elle ?

— Je ne sais pas, répondit Anne en réfléchissant. Plutôt bizarre. Pas du tout comme l'autre soir.

— Tu penses toujours que c'est *elle* ? demanda Rhoda.

Anne resta un instant silencieuse avant de répondre :

— Je ne sais pas. N'en parlons plus, Rhoda. Tu sais que je déteste discuter de ce genre de choses.

— Comme tu voudras, chérie... À quoi ressemble ton avocat ? Très sec et très pointilleux ?

— Plutôt vif et juif.

— Ça, ça me paraît très bien.

Elle attendit un peu puis demanda :

— Et le major Despard ?

— Très gentil.

— Il est amoureux de toi, Anne. J'en suis sûre.

— Rhoda ! Ne dis pas de bêtises.

— Eh bien, tu verras.

Rhoda se mit à fredonner.

« Bien sûr qu'il est amoureux d'elle, songeait-elle. Anne est très jolie... un peu nunuche peut-être. Pas du genre à l'accompagner dans la brousse... Bon sang ! elle pousserait des hurlements si elle voyait un serpent... Les hommes s'entichent toujours des femmes qui ne leur conviennent pas. »

Et elle ajouta tout haut :

— Prenons ce bus, il va à Paddington. Nous attraperons le train de 16 h 48 au vol.

19

LA CONSULTATION

Le téléphone sonna chez Poirot. Respectueuse, une voix se fit entendre :

— Sergent O'Connor. Le superintendant Battle vous envoie ses compliments et vous demande si vous pourriez le rejoindre à Scotland Yard à 11 h 30 ?

Poirot répondit par l'affirmative et le sergent raccrocha.

Il était 11 h 30 tapant lorsqu'un taxi le déposa à la porte de New Scotland Yard. Il fut aussitôt happé par Mrs Oliver.

— Monsieur Poirot ! Vous tombez à pic ! Voulez-vous venir à mon secours ?

— Avec plaisir, chère madame. Que puis-je pour vous ?

— Payer mon taxi... Par je ne sais quel hasard, j'ai emporté le sac à main dans lequel je garde ma monnaie étrangère, et le bonhomme ne veut accepter ni francs, ni lires, ni marks !

Poirot sortit galamment de la monnaie, puis ils pénétrèrent ensemble dans le bâtiment.

On les conduisit dans le bureau privé du superintendant. Assis derrière une table, il avait l'air plus que jamais taillé dans du bois.

— On dirait une sculpture moderne, chuchota Mrs Oliver à Poirot.

Battle se leva, leur serra la main et tout le monde s'assit.

— J'ai pensé qu'il était temps de tenir une petite réunion, déclara Battle. Vous désirez sans doute savoir où j'en suis, et, de mon côté, j'aimerais savoir où vous en êtes. Nous n'attendons plus que le colonel Race et dès que…

À ce moment précis, la porte s'ouvrit et le colonel fit son entrée.

— Désolé d'être en retard, Battle. Comment allez-vous, Mrs Oliver ? Bonjour, monsieur Poirot. Navré de vous avoir fait attendre, mais je pars demain, et j'ai beaucoup de choses à régler.

— Où allez-vous ? demanda Mrs Oliver.

— Je vais chasser… du côté du Béloutchistan.

Poirot eut un sourire ironique :

— C'est un coin assez troublé, non ? Il va falloir vous montrer prudent.

— C'est bien mon intention, répondit Race avec gravité, mais l'œil brillant.

— Vous avez quelque chose pour nous ? demanda Battle.

— J'ai des informations sur Despard. Les voici… dit-il en poussant vers lui une liasse de papiers. Il y a des noms et des dates en quantité. La plupart n'offrent sans doute aucun intérêt. Il n'y a rien à lui reprocher. C'est un brave type. Son dossier est vierge. Pas de manquement à la discipline. Apprécié par les indigènes et ayant partout leur confiance. En Afrique, où cela se pratique, ils l'ont affublé d'un de leurs surnoms à n'en plus finir : « L'homme qui garde la bouche fermée et qui juge honnêtement. » Chez les Blancs, il est généralement considéré comme un Pukka Sahib. C'est un bon fusil. Une tête froide. Quelqu'un sur qui on peut compter.

Pas le moins du monde ébranlé par ce panégyrique, Battle demanda :

— Pas de morts soudaines dans son entourage ?

— J'ai particulièrement insisté sur ce point. Il a un sauvetage à son crédit. Un de ses camarades qui avait été attaqué par un lion.

— Ce ne sont pas des sauvetages que je cherche, soupira Battle.

— Vous avez de la suite dans les idées, Battle. Je n'ai déterré qu'un petit incident qui pourrait faire votre affaire. Un voyage à l'intérieur de l'Amérique du Sud. Despard accompagnait le Pr Luxmore, célèbre botaniste, et sa femme. Le professeur est mort des fièvres et a été enterré quelque part en Amazonie.

— Des fièvres, hein ?

— Oui. Mais je serai honnête avec vous. Un des porteurs indigènes – qui, d'ailleurs, a été chassé pour vol – a prétendu que le professeur n'était pas mort des fièvres mais tué par balle. Cette rumeur n'a jamais été prise au sérieux.

— Il serait peut-être temps, dans ce cas.

Race secoua la tête.

— Je vous ai donné les faits. Vous les avez réclamés et vous y avez droit, mais il y a très peu de chances pour que ce soit Despard qui se soit livré à cette sale besogne, l'autre soir. C'est un Blanc, Battle.

— Incapable de tuer, par conséquent ?

Le colonel Race hésita.

— Incapable de ce que j'appelle un meurtre, oui.

— Mais pas incapable de tuer un homme s'il pensait avoir de bonnes raisons pour ça, non ?

— Dans ce cas, ces raisons seraient *vraiment* bonnes, et de taille.

Battle secoua la tête.

— On ne peut pas permettre qu'un être humain juge un autre être humain et prenne la loi en main.

— Cela peut arriver, Battle. Cela peut arriver.

— Cela ne devrait pas arriver, voilà ce que j'en pense. Qu'en dites-vous, monsieur Poirot ?

— Je suis d'accord avec vous, Battle. J'ai toujours désapprouvé le meurtre.

— Quelle drôle de façon vous avez d'en parler, fit observer Mrs Oliver. Comme s'il s'agissait de chasser le renard, ou de tuer des oiseaux pour s'en planter les plumes dans le chapeau. Vous ne pensez pas que certaines personnes méritent d'être tuées ?

— Évidemment si.

— Eh bien alors ?

— Vous ne me comprenez pas. Ce n'est pas tant la victime qui me préoccupe. Ce sont les effets du crime sur la personnalité de l'assassin.

— Et la guerre, alors ?

— À la guerre, vous ne suivez pas votre jugement personnel. Car c'est bien *là* que réside le danger. Quand un homme se sent autorisé à décider qui a le droit et qui n'a pas le droit de vivre, il est en passe de devenir le plus dangereux tueur qui soit : le criminel arrogant qui tue non par intérêt, mais pour une idée. Il usurpe les prérogatives du Seigneur.

Le colonel Race se leva :

— Je suis désolé, je ne peux pas rester avec vous. Trop à faire. J'aurais aimé voir la fin de cette histoire. Mais je ne serais pas surpris que vous n'en voyiez jamais la fin. Même si vous découvrez le coupable, prouver que c'est lui qui a fait le coup sera une autre paire de manches. Je vous ai procuré tous les renseignements que vous vouliez, mais je ne crois pas que Despard soit votre homme. Selon moi, il n'a jamais tué personne. Shaitana a pu entendre d'obscures rumeurs à propos de la mort du Pr Luxmore, mais je ne pense pas que cela aille plus loin que ça. Despard est un Blanc, il n'a jamais été un assassin. C'est mon opinion. Et je connais les hommes !

— Comment est Mrs Luxmore ? demanda Battle.

— Elle vit à Londres, vous pourrez vous en assurer par vous-même. Son adresse est dans ces papiers. Quelque part du côté de South Kensington. Mais, encore une fois, Despard n'est pas votre homme.

Le colonel Race quitta la pièce d'un pas élastique et silencieux de chasseur.

Songeur, Battle l'avait suivi des yeux.

— Il a peut-être raison, déclara-t-il. Il connaît les hommes, le colonel Race. Tout de même, ce serait trop simple si on pouvait considérer qu'une chose va de soi.

Prenant à l'occasion quelques notes sur un bloc, il compulsa les documents que Race avait posés sur la table.

— Eh bien, superintendant, allez-vous nous dire enfin ce que vous avez fait ? demanda Mrs Oliver.

Il leva la tête, et sourit, d'un lent sourire qui fendit dans toute sa largeur son visage de bois.

— Tout cela n'est pas très régulier, Mrs Oliver. J'espère que vous vous en rendez compte.

— Allons donc ! répliqua Mrs Oliver. Vous ne nous direz rien que vous ne vouliez nous dire, j'en suis sûre.

Battle secoua la tête.

— Non. Cartes sur table. C'est la devise dans cette affaire. J'ai l'intention de jouer honnêtement.

Mrs Oliver rapprocha son fauteuil.

— Racontez ! supplia-t-elle.

Le superintendant commença lentement :

— Je vous dirai d'abord ceci : pour ce qui est du meurtre de Mr Shaitana, je n'ai pas avancé d'un pouce. Il n'y avait rien à trouver dans ses papiers, ni piste ni clef d'aucune sorte. Quant à nos quatre suspects, je les ai fait suivre, bien sûr, mais sans résultat. Il fallait s'y attendre. Non, comme l'a dit M. Poirot, notre seul espoir, c'est le passé. Il faut découvrir *exactement* quels crimes ces gens ont commis – si tant est qu'ils en aient commis ; après tout, Mr Shaitana a pu dire n'importe quoi pour impressionner M. Poirot. Cela nous apprendra peut-être qui l'a tué.

— Eh bien, vous avez découvert quoi ?

— J'ai un indice pour l'un d'entre eux.

— Lequel ?

— Le Dr Roberts.

Mrs Oliver le regarda avec une impatience fébrile.

— Comme M. Poirot le sait bien, j'ai envisagé toutes sortes d'hypothèses. Je me suis assuré qu'aucun de ses proches n'était mort de mort subite. J'ai examiné toutes les éventualités, et en fin de compte tout s'est ramené à une seule possibilité – plutôt lointaine d'ailleurs. Il y a quelques années, le Dr Roberts s'est rendu coupable à tout le moins d'imprudence avec une de ses patientes. Il est vraisemblable que les choses ne sont pas allées très loin. Mais la femme était du genre hystérique, de celles qui adorent faire des scènes, et soit le mari a eu vent de la chose, soit la femme s'est « confessée ». Toujours est-il qu'il y avait de l'huile sur le feu. Le mari furieux menaçait de porter plainte devant le Conseil de l'Ordre, ce qui aurait probablement ruiné la carrière de Roberts.

— Ça s'est terminé comment ? demanda Mrs Oliver, haletante.

— Apparemment, Roberts a réussi à apaiser pour un temps le gentleman courroucé – lequel mourut d'une tumeur charbonneuse juste après.

— Le charbon ? Mais c'est une maladie du bétail, non ?

Le superintendant sourit :

— Exact, Mrs Oliver. Rien à voir avec le poison indétectable des flèches des Indiens d'Amazonie ! Vous vous rappelez sans doute la panique qui régnait à l'époque à propos des blaireaux infectés. Eh bien, on a prouvé que le blaireau de Craddock était à l'origine de son infection.

— C'était le Dr Roberts qui le soignait ?

— Oh non. Il est trop malin pour ça. Je pense que de toute façon Craddock n'en aurait pas voulu.

La seule certitude que j'aie – et c'est bien peu – c'est qu'il y a bel et bien eu un diagnostic de bactéridie charbonneuse à l'époque parmi les patients de Roberts.

— Vous voulez dire que le médecin aurait contaminé le blaireau ?

— C'est l'idée. Mais attention, ce n'est qu'une idée. Rien là qui permette d'aller plus loin. Pure conjecture. Mais cela se pourrait...

— Il n'a pas épousé Mrs Craddock, après ça ?

— Mon Dieu, non ! Je serais porté à croire que les « sentiments » étaient plutôt du côté de la dame. D'après ce qu'on dit, elle s'est très nettement mise à faire les quatre cents coups, et puis un beau jour elle est partie toute guillerette pour l'Égypte, histoire d'y passer l'hiver. Elle est morte là-bas. D'un obscur empoisonnement du sang. Un truc qui porte un nom à coucher dehors, qui ne vous dirait rien de plus. Très rare dans nos pays, assez répandu parmi les autochtones.

— Ainsi, le docteur n'aurait pas pu l'empoisonner ?

— Je n'en sais rien, répondit Battle, songeur. J'en ai parlé avec un bactériologiste de mes amis, mais c'est la croix et la bannière de tirer un avis clair de ces gens-là. Ils sont incapables de répondre par oui ou par non. C'est toujours des : « C'est possible sous certaines conditions », « tout dépend du terrain pathologique du receveur », « on a déjà vu des cas semblables », « cela dépend de l'idiosyncrasie de chacun », rien que des trucs de cet acabit. Mais pour autant que j'aie pu le forcer à parler, le microbe ou les microbes, j'imagine, auraient pu lui être inoculés avant son départ pour l'Égypte. Les symptômes mettent un certain temps à apparaître.

— Mrs Craddock s'était-elle fait vacciner contre la typhoïde avant de partir ? demanda Poirot. La plupart des gens le font.

— Vous avez touché juste, monsieur Poirot.

— Et c'est le Dr Roberts qui l'avait vaccinée ?

— Exact. Mais, de nouveau, nous ne pouvons rien prouver. Elle a eu les deux injections habituelles qui, pour ce que nous en savons, peuvent avoir été des vaccins antityphoïdiques. Ou l'une des deux peut avoir été un vaccin et l'autre… quelque chose d'autre. Nous n'en savons rien. Nous n'en saurons jamais rien. Il ne s'agit que d'une hypothèse. Tout ce que nous pouvons dire c'est : cela aurait pu se passer comme ça.

Poirot hocha la tête d'un air pensif.

— Cela concorde très bien avec certaines remarques que m'a faites Mr Shaitana. Il portait aux nues le criminel triomphant, celui à qui on ne pourrait jamais imputer le crime.

— Comment Mr Shaitana l'a-t-il appris, alors ? demanda Mrs Oliver.

Poirot haussa les épaules.

— Nous ne le saurons jamais. Il avait séjourné en Égypte, lui aussi. C'est là qu'il avait rencontré Mrs Lorrimer. Il avait pu entendre un médecin du cru commenter les curieux aspects du cas de Mrs Craddock, intrigué par la façon dont l'infection avait débuté. Il se peut aussi qu'à un autre moment il ait eu vent de rumeurs concernant le Dr Roberts et Mrs Craddock. Il aurait pu s'amuser à faire quelques allusions devant Roberts et remarquer chez lui une expression de méfiance soudaine. Nous ne le saurons jamais. Certaines personnes ont le don mystérieux de découvrir les secrets. Mr Shaitana était de celles-là. Enfin, ce n'est pas notre affaire. Nous ne pouvons que dire : il l'avait deviné. Mais avait-il deviné juste ?

— Je pense que oui, déclara Battle. J'ai l'impression que notre jovial médecin n'est pas trop scrupuleux. J'en connais deux ou trois comme lui... C'est étonnant comme on retrouve certains types d'hommes. À mon avis, c'est un tueur. Il a tué Craddock. Il a pu tuer Mrs Craddock si elle le gênait et était une cause de scandale. *Mais a-t-il tué Shaitana ?* Voilà la vraie question. En comparant les crimes, j'ai plutôt tendance à en douter. Avec les Craddock, il a usé à chaque fois d'une méthode « médicale ». Les morts ont semblé résulter de causes naturelles. À mon avis, s'il avait tué Shaitana, il l'aurait fait de la même façon « médicale ». Il se serait servi d'un microbe et non d'un couteau.

— Je n'ai jamais pensé que cela pouvait être lui, remarqua Mrs Oliver. Pas une seconde. Ce serait trop évident, d'une certaine manière.

— Exit Roberts, murmura Poirot. Et les autres ?

Battle eut un geste agacé.

— J'ai fait chou blanc. Mrs Lorrimer est veuve depuis vingt ans. Elle vit à Londres la plupart du temps, part à l'occasion pour l'étranger l'hiver. Dans des lieux civilisés : la Riviera, l'Égypte, ces endroits-là. Je n'ai pu lui associer aucune mort mystérieuse. On dirait qu'elle a mené une vie tout ce qu'il y a de plus normale et respectable... la vie d'une femme de la bonne société. Tout le monde la respecte et a la plus haute opinion d'elle. Le pire qu'on puisse en dire c'est qu'elle supporte mal les imbéciles. Je dois reconnaître que j'ai été battu sur toute la ligne. Pourtant, il doit bien y avoir *quelque chose* ! C'est tout au moins ce que pensait Shaitana.

Il soupira, découragé.

— Passons à miss Meredith. On m'a transmis toute son histoire. Une histoire banale. Fille d'officier de carrière. Restée sans fortune. A dû gagner sa vie. N'avait aucune formation. J'ai fouillé dans son enfance à Cheltenham. Rien que de très normal. Tout le monde navré pour cette pauvre petite fille. Elle est allée ensuite chez des gens dans l'île de Wight. Genre nurse, gouvernante et aide familiale. Sa patronne est en Palestine, mais j'ai parlé à sa sœur, et elle dit que Mrs Eldon l'aimait beaucoup. Pas de mort mystérieuse ni rien de tel.

» Après le départ de Mrs Eldon, miss Meredith est allée dans le Devon en qualité de demoiselle de compagnie chez la tante d'une ex-camarade de classe. Cette amie est la fille avec laquelle elle habite maintenant, miss Rhoda Dawes. Elle est restée là deux ans, jusqu'à ce que Mrs Deering tombe malade et ait besoin d'une infirmière. Un cancer, je crois. Elle vit toujours, mais dans un état second. Je suppose qu'on la maintient sous morphine. Je l'ai interrogée. Elle se souvient d'Anne et dit que c'était une fille charmante. J'ai parlé aussi à un voisin, mieux en état de se rappeler ce qui est arrivé ces dernières années. Pas de morts dans la paroisse, à part quelques vieux villageois avec lesquels, pour autant que je sache, Anne Meredith n'avait jamais été en relation.

» Ensuite, elle s'est rendue en Suisse. J'espérais tomber sur un accident fatal, là-bas, mais je n'ai rien trouvé. Pas plus d'ailleurs qu'à Wallingford.

— Alors, miss Meredith est acquittée ? demanda Poirot.

Battle hésita.

— Je ne dirais pas ça. Il y a *quelque chose*... Elle a un air effrayé qu'on ne peut pas attribuer uniquement à cette horrible soirée. Elle est trop prudente, trop sur le qui-vive. Je parierais qu'il y a *quelque chose*. Mais, voilà, elle a mené une existence sans reproche.

Mrs Oliver respira profondément – respiration de pur contentement.

— Et pourtant, dit-elle, Anne Meredith était sur les lieux quand une femme est morte après avoir pris du poison par mégarde.

Elle ne pouvait pas se plaindre de l'effet que produisirent ses paroles. Le superintendant Battle pivota dans son fauteuil et la regarda, stupéfait.

— C'est vrai, ça, Mrs Oliver ? Comment le savez-vous ?

— J'ai fouiné, répondit Mrs Oliver. Je m'entends plutôt bien avec les jeunes filles en général. J'ai rendu visite à ces deux-là et je leur ai servi une histoire à dormir debout sur le Dr Roberts. La petite Rhoda a été très amicale et oh !... assez impressionnée à l'idée que j'étais une célébrité. La petite Meredith n'a pas du tout été contente de me voir et ne s'est pas gênée pour me le montrer. Elle était soupçonneuse. Pourquoi ça si elle n'avait rien à cacher ? Je les ai invitées toutes les deux à venir me voir à Londres. Rhoda l'a fait. Et elle m'a sorti toute l'histoire. Elle m'a expliqué qu'Anne avait été désagréable avec moi parce que j'avais dit quelque chose qui lui avait rappelé un incident pénible, à la suite de quoi elle m'a raconté l'incident en question.

— A-t-elle dit où et quand il s'est produit ?
— Il y a trois ans, dans le Devonshire.

Le superintendant Battle marmonna entre ses dents et gribouilla quelques mots sur son bloc. Son calme était ébranlé.

Mrs Oliver savourait son triomphe. Elle connut là un moment de grande plénitude.

Battle recouvra son flegme.

— Je vous tire mon chapeau, Mrs Oliver. Vous nous avez bien eus, cette fois. Voilà un renseignement d'importance. Cela montre combien il peut être facile de passer à côté de la vérité.

Il fronça les sourcils.

— Où que ce soit, elle n'a pas pu y rester longtemps. Un ou deux mois au maximum. Cela a dû se passer entre l'île de Wight et Mrs Deering. Oui, ça collerait. Évidemment, Mrs Eldon s'est rappelé seulement qu'elle était partie pour le Devonshire... elle ne se rappelait ni où ni chez qui exactement.

— Dites-moi, demanda Poirot, cette Mrs Eldon est-elle désordonnée ?

Battle lui jeta un coup d'œil surpris.

— C'est drôle que vous me posiez cette question, monsieur Poirot. Je ne comprends pas comment vous l'avez su. La sœur est une personne très méticuleuse. Je me souviens qu'elle m'a déclaré : « Ma sœur est si peu soigneuse, si négligente. » Mais vous, comment l'avez-vous deviné ?

— Parce qu'elle avait besoin d'une aide pour la maison, dit Mrs Oliver.

Poirot secoua la tête.

— Non, non, ce n'est pas pour ça. Cela n'a pas d'importance. C'était pure curiosité. Continuez, superintendant.

— De la même façon, poursuivit Battle, j'avais pris pour argent comptant que, de l'île de Wight, elle était allée directement chez Mrs Deering. Elle est rusée, cette fille. Elle m'a trompé. Elle a menti d'un bout à l'autre.

— Mentir n'est pas toujours un signe de culpabilité, remarqua Poirot.

— Je sais ça, monsieur Poirot. Il y a ceux qui ont le mensonge inné. J'aurais tendance à penser qu'elle en fait partie. Elle choisit toujours de dire ce qui sonne le mieux. Mais tout de même, c'est prendre un grave risque que d'omettre un fait de cette nature.

— Elle ne pouvait pas savoir que vous vous intéressiez à des crimes passés, remarqua Mrs Oliver.

— Raison de plus pour ne pas dissimuler ce petit bout de renseignement. On avait sans doute opté pour la version de la mort accidentelle, elle n'avait donc rien à craindre... *à moins qu'elle n'ait été coupable.*

— Oui, à moins qu'elle n'ait été coupable du crime du Devonshire, déclara Poirot.

Battle se retourna vers lui.

— Oh ! je sais. Mais même si cette mort accidentelle se révélait ne pas être aussi accidentelle que ça, *il ne s'ensuivrait pas nécessairement qu'elle a tué Shaitana*. Cependant, ces meurtres passés sont aussi des meurtres. Face à un crime, j'aime pouvoir l'attribuer à son auteur.

— Shaitana pensait que c'était impossible, remarqua Poirot.

— Ça l'est dans le cas de Roberts. Reste à savoir si ça l'est aussi dans celui de miss Meredith. Je vais faire demain un saut dans le Devon.

— Saurez-vous où aller ? demanda Mrs Oliver. Je n'ai pas osé demander plus de détails à Rhoda.

— Vous avez bien fait. Cela dit, ce ne sera pas bien difficile. Il a dû y avoir une enquête. Je dois pouvoir tout trouver dans les registres du coroner. Pour la police, c'est du travail de routine. Ces renseignements m'attendront, déjà tout tapés, demain matin.

— Et le major Despard ? demanda Mrs Oliver. Avez-vous trouvé quelque chose sur lui ?

— J'attendais le rapport du colonel Race. Je l'ai fait suivre, bien entendu. Il y a un détail assez intéressant : il est allé voir miss Meredith, à Wallingford. Rappelez-vous qu'il a prétendu ne l'avoir jamais rencontrée avant l'autre soir.

— C'est une très jolie fille, remarqua Poirot.

Battle se mit à rire.

— J'espère que cela ne va pas plus loin. Au fait, Despard ne prend pas de risques. Il a déjà consulté un avocat. On dirait qu'il s'attend à des ennuis.

— C'est un homme prévoyant. Un homme qui veut parer à toute éventualité.

— En conséquence, ce n'est pas le genre d'homme à planter un couteau entre les côtes de son prochain à la sauvette, dit Battle en soupirant.

— À moins qu'il n'ait pas eu le choix, répliqua Poirot. Il est capable d'agir vite, ne l'oubliez pas.

Battle le regarda.

— Eh bien, monsieur Poirot, quelles sont vos cartes ? Vous n'avez pas encore abattu votre jeu.

Poirot sourit.

— J'en ai si peu ! Vous croyez que je vous cache des faits ? Pas du tout. Je n'ai pas appris grand-chose. Je me suis entretenu avec le Dr Roberts, avec Mrs Lorrimer, avec le major Despard – je dois encore m'entretenir avec miss Meredith –, et qu'ai-je appris ? Que le Dr Roberts est un observateur pénétrant, que Mrs Lorrimer a un remarquable pouvoir de concentration, mais qu'en conséquence elle est presque aveugle à ce qui l'entoure, et qu'elle adore les fleurs. Despard ne remarque que ce qui l'intéresse, les tapis, les trophées de chasse. Il n'a ni le regard porté vers l'extérieur de celui qui voit tout ce qui se passe autour de lui et qu'on appelle un observateur, ni le regard porté vers l'intérieur – la concentration, la convergence de la pensée sur un seul objet. Sa vue est sciemment limitée. Il ne voit que ce qui s'harmonise avec ses penchants.

— Et c'est ce que vous appelez des faits, hein ? demanda Battle avec curiosité.

— Ce *sont* des faits. De toutes petites broutilles, c'est bien possible.

— Et miss Meredith ?

— Je l'ai gardée pour la fin. Mais je lui demanderai aussi ce qu'elle se rappelle avoir vu dans la pièce.

— Drôle de méthode d'approche, remarqua Battle, pensif. Purement psychologique... Et s'ils vous menaient tous en bateau ?

Poirot secoua la tête en souriant.

— Non, ça, c'est exclu. Qu'ils essaient de me faire obstacle ou de m'aider, ils me révèlent nécessairement leur tournure d'esprit.

— Oui, il y a du vrai là-dedans, dit Battle, songeur. Mais moi, je ne pourrais jamais travailler de cette façon-là.

— À côté de vous ou de Mrs Oliver, reprit Poirot toujours souriant, j'ai l'impression de m'être tourné les pouces. Sans parler du colonel Race. Les cartes que je place sur la table sont de toutes petites cartes.

Battle lui fit un clin d'œil :

— On pourrait répondre à ça que le deux de l'atout, qui est une petite carte, peut prendre n'importe lequel des trois autres as. Tout de même, je vais vous demander de faire quelque chose de pratique.

— C'est-à-dire ?

— J'aimerais que vous ayez un entretien avec la veuve du Pr Luxmore.

— Pourquoi ne le faites-vous pas vous-même ?

— Parce que, comme je vous l'ai dit, je pars pour le Devonshire.

— Pourquoi ne le faites-vous pas vous-même ? répéta Poirot.

— Vous ne vous laissez pas facilement décourager, hein ? Bon, je vais vous dire la vérité. Je ne pense pas que je pourrais en tirer autant que vous.

— Parce que mes méthodes sont moins directes ?

— On peut dire ça comme ça, répondit Battle en riant. L'inspecteur Japp prétend que vous avez l'esprit tortueux.

— Comme feu Mr Shaitana ?

— Vous pensez qu'il aurait été capable de lui tirer des renseignements ?

— Je pense plutôt qu'il lui avait *effectivement* tiré des renseignements.

— Qu'est-ce qui vous fait dire ça ? demanda vivement Battle.

— Une remarque fortuite du major Despard.

— Il se serait trahi ? Ce n'est pas son genre.

— Oh, mon cher ami, il est impossible de ne pas se trahir, à moins de ne jamais ouvrir la bouche. La parole est le plus fatal des révélateurs.

— Même quand on raconte des mensonges ? demanda Mrs Oliver.

— Oui, madame, parce qu'on s'aperçoit tout de suite que vous racontez *une certaine espèce de mensonges*.

— Vous me mettez mal à l'aise, déclara Mrs Oliver en se levant.

Le superintendant Battle la raccompagna à la porte et lui serra la main avec chaleur.

— Vous avez été épatante, lui dit-il. Vous êtes un bien meilleur détective que votre échalas de Lapon.

— Finlandais, corrigea Mrs Oliver. Évidemment, c'est un imbécile. Mais les gens l'adorent. Au revoir.

— Moi aussi, je dois partir, dit Poirot.

Battle nota une adresse sur un bout de papier qu'il lui fourra dans la main.

— Voilà. Allez la questionner.

Poirot sourit.

— Et que voulez-vous me voir trouver ?

— La vérité à propos de la mort du Pr Luxmore.

— Mon cher Battle ! Est-ce que quelqu'un connaît la vérité sur quoi que ce soit ?

— Eh bien, moi, je la connaîtrai pour ce qui est de cette histoire du Devon, répliqua Battle avec décision.

— Je me le demande, murmura Poirot.

20

LE TÉMOIGNAGE DE MRS LUXMORE

Chez Mrs Luxmore, la femme de chambre qui ouvrit la porte à Hercule Poirot le dévisagea d'un air hautement réprobateur. Elle ne fit pas mine de le laisser entrer.

Imperturbable, Poirot lui tendit sa carte.

— Donnez ceci à votre patronne. Je pense qu'elle me recevra.

C'était une de ses cartes les plus ostentatoires. Les mots « Détective privé » s'étalaient dans un angle. Il les avait fait graver spécialement afin d'obtenir des entrevues avec ce qu'il est convenu d'appeler le sexe faible. Innocentes ou coupables, la plupart des femmes étaient curieuses de voir un détective privé en chair et en os et de savoir ce qu'il cherchait.

Honteusement abandonné sur le paillasson, Poirot examina avec un profond dégoût le heurtoir mal entretenu.

« Ah ! de la pâte à reluire et un chiffon ! » murmura-t-il pour lui-même.

La servante revint, tout excitée, et le pria d'entrer.

Elle le conduisit dans une pièce du premier étage, sombre et qui sentait les fleurs fanées et le tabac froid. Les nombreux coussins de soie aux couleurs exotiques avaient tous besoin d'un bon nettoyage. Les murs étaient vert émeraude et le plafond en imitation cuivre.

Une grande et assez belle femme se tenait près de la cheminée. Elle vint à sa rencontre et demanda d'une voix rauque :

— Monsieur Hercule Poirot ?

Poirot s'inclina. Pas comme à son habitude. Non seulement à la manière d'un étranger, mais en forçant la note. Avec des gestes baroques. Qui rappelaient vaguement, très vaguement, ceux de feu Mr Shaitana.

— Pourquoi vouliez-vous me voir ?

Poirot s'inclina à nouveau.

— Puis-je m'asseoir ? J'en ai pour un petit moment…

Elle lui désigna un siège et s'assit elle-même au bord d'un canapé.

— Oui, eh bien ?

— Voilà, madame, je me livre à une enquête… une enquête privée, vous comprenez ?

Plus il retardait ses explications, plus elle s'impatientait.

— Oui… et alors ?

— J'enquête sur la mort de feu le Pr Luxmore.

Elle étouffa un cri. Son désarroi était visible.

— Mais pourquoi ? Que voulez-vous dire ? En quoi cela vous concerne-t-il ?

Poirot la regarda attentivement avant de poursuivre :

— C'est que, vous comprenez, on est en train d'écrire un livre. Sur votre éminent époux. L'auteur, bien sûr, tient beaucoup à l'exactitude des faits. Au moment de la mort de votre mari, par exemple...

Elle l'interrompit aussitôt :

— Mon mari est mort des fièvres... sur l'Amazone.

Poirot se renversa dans son fauteuil. Lentement, très très lentement, il secoua la tête, d'un mouvement monotone et exaspérant.

— Madame, madame... protesta-t-il.

— Mais je le sais ! J'y étais à ce moment-là.

— Ça, oui, bien entendu. Vous étiez *sur les lieux*. C'est ce que dit mon information.

— Quelle information ? s'écria-t-elle.

— L'information que m'a donnée feu Mr Shaitana, déclara Poirot sans la quitter des yeux.

Elle réagit comme sous l'action d'un fouet.

— Shaitana, murmura-t-elle.

— Oui, un homme qui avait de vastes connaissances. Un homme remarquable. Un homme qui était au courant de nombreux secrets.

— Sans doute, murmura-t-elle en humectant de la langue ses lèvres sèches.

Poirot se pencha vers elle et lui tapota le genou.

— Il savait, par exemple, que votre mari n'était pas mort des fièvres.

Elle le fixa d'un regard affolé, désespéré.

Il se renversa en arrière et observa l'effet de ses paroles.

Elle fit un effort pour se ressaisir.

— Je... je ne vois pas ce que vous voulez dire.

Elle avait déclaré ça sans conviction.

— Madame, je vais parler franchement. Je vais jouer cartes sur table, dit-il en souriant. Votre mari n'a pas été tué par les fièvres. *Il a été tué par une balle.*

— Oh ! s'écria-t-elle.

Elle se prit la tête dans les mains et se balança d'avant en arrière. Elle paraissait plongée dans l'affliction. Mais quelque part, au plus profond d'elle-même, elle se complaisait dans ses émotions. Poirot en était persuadé.

— En conséquence, madame, remarqua-t-il sans avoir l'air d'y toucher, vous feriez aussi bien de me raconter toute l'histoire.

Elle releva la tête :

— Cela ne s'est pas passé comme vous le pensez.

À nouveau, Poirot se pencha et lui tapota le genou.

— Vous m'avez mal compris, mal compris de bout en bout. Je sais très bien que ce n'est pas vous qui l'avez tué. C'est le major Despard. Mais vous en avez été la cause.

— Je ne sais pas. Je ne sais pas. Peut-être, oui. Tout cela a été tellement horrible. Je suis poursuivie par une espèce de fatalité.

— Ah ! c'est bien vrai, s'écria Poirot. Je l'ai remarqué je ne sais combien de fois. Il y a des femmes comme ça. Où qu'elles aillent, la tragédie marche dans leur sillage. Ce n'est pas leur faute. Les événements se produisent malgré elles.

Mrs Luxmore prit une profonde inspiration.

— Vous comprenez, je vois que vous comprenez. Tout est arrivé si naturellement...

— Vous voyagiez ensemble à l'intérieur du pays, n'est-ce pas ?

— Oui. Mon mari écrivait un livre sur diverses plantes rares. Le major Despard nous a été présenté comme un spécialiste de la région qui pourrait prendre l'expédition en charge. Il a beaucoup plu à mon mari et nous nous sommes mis en route.

Il y eut un silence. Poirot le laissa durer une minute et demie puis murmura, comme pour lui-même :

— Oui, je vois très bien la scène. Un fleuve qui roule ses eaux glauques... la nuit tropicale... le bourdonnement des insectes... le courageux militaire... la très jolie femme...

Mrs Luxmore soupira :

— Mon mari était beaucoup plus âgé que moi. J'étais encore une enfant quand je l'ai épousé. Je ne savais pas ce que je faisais...

Poirot secoua tristement la tête.

— Je sais. Je sais. Cela arrive. Cela arrive si souvent !

— Aucun de nous deux n'a voulu reconnaître la vérité, poursuivit Mrs Luxmore. John Despard n'a jamais ouvert la bouche. C'était l'honneur fait homme.

— Mais une femme ne l'ignore jamais, s'empressa de dire Poirot.

— Comme vous avez raison... Oui, une femme ne peut pas l'ignorer. Mais je ne lui ai jamais laissé voir que je le savais. Jusqu'à la fin, nous sommes restés l'un pour l'autre le major Despard et Mrs Luxmore. Nous étions tous deux déterminés à jouer le jeu.

Elle resta silencieuse, perdue dans l'admiration d'une si noble attitude.

— C'est vrai, murmura Poirot. Il faut être fair-play, comme au cricket. Comme le dit si joliment un de vos poètes : « Je ne t'aimerais pas tant, mon amour, si je n'aimais le cricket plus encore. »

— L'honneur, rectifia Mrs Luxmore en fronçant quelque peu le sourcil.

— Bien sûr, bien sûr... l'honneur. « Si je n'aimais l'honneur plus encore. »

— Cela aurait pu être écrit pour nous, murmura Mrs Luxmore. Quel qu'en soit le prix, nous étions tous deux décidés à ne jamais prononcer le mot fatal. Et puis...

— Et puis ? insista Poirot.

— Cette horrible nuit, dit Mrs Luxmore en frissonnant.

— Oui ?

— Je suppose qu'ils ont dû se disputer... le major Despard et Timothy, je veux dire. Je suis sortie de la tente... Je suis sortie de la tente...

— Oui ? Oui ?

Mrs Luxmore avait les yeux grands ouverts, le regard noir. Elle voyait la scène comme si elle se répétait devant elle.

— Je suis sortie de la tente, recommença-t-elle. John et Timothy étaient... Oh ! (Elle frissonna.) Je ne me souviens plus clairement. Je me suis interposée entre eux... J'ai dit : « Non... non, *ça n'est pas vrai !* » Timothy n'a rien voulu entendre. Il menaçait John. John a été obligé de tirer, pour sa propre sauvegarde. Ah ! s'écria-t-elle en se prenant la tête dans les mains. Il était mort... raide mort... touché au cœur.

— Un moment terrible pour vous, madame.

— Je ne l'oublierai jamais. John a été plein de noblesse. Il était décidé à se livrer. J'ai refusé d'en entendre parler. Nous avons discuté toute la nuit. « Faites-le pour moi », répétais-je. Il a fini par accepter. Il ne voulait pas que j'aie à en souffrir.

Imaginez les gros titres : *Passions primitives. Deux hommes et une femme dans la jungle.*

» J'ai laissé la décision à John. À la fin, il a cédé. Les porteurs n'avaient rien vu, rien entendu. Timothy avait eu un accès de fièvre. Nous avons prétendu qu'il en était mort. Nous l'avons enterré là, sur les rives de l'Amazone.

Elle poussa un profond et douloureux soupir.

— Et puis, retour à la civilisation... et séparation définitive.

— C'était nécessaire, madame ?

— Oui. Mort, Timothy s'interposait entre nous. Comme Timothy vivant... encore plus peut-être. Nous nous sommes dit adieu... pour toujours. Je rencontre parfois John Despard, dehors, dans le monde. Nous sourions, nous échangeons quelques politesses... personne ne pourrait deviner qu'il y a eu quoi que ce soit entre nous. Mais je lis dans ses yeux – et lui dans les miens – que nous n'oublierons jamais.

Il y eut un long silence. Poirot salua le baisser de rideau en prenant bien garde de ne pas rompre le silence en question.

Mrs Luxmore sortit un poudrier et se repoudra le nez... Le charme était brisé.

— Quelle tragédie ! remarqua Poirot, d'un ton plus normal.

— Vous voyez, monsieur Poirot, dit Mrs Luxmore avec sérieux, qu'il ne faut jamais raconter la vérité.

— Ce serait trop douloureux...

— Ce serait impossible. Cet ami, cet écrivain... il ne désire sûrement pas détruire la vie d'une femme rigoureusement innocente ?

— Ni même faire pendre un homme rigoureusement innocent ? murmura Poirot.

— C'est comme ça que vous voyez les choses ? J'en suis heureuse. Car il *est* innocent. Un crime passionnel n'est pas vraiment un crime. De toute façon, il était en état de légitime défense. Il *devait* tirer. Vous voyez bien, monsieur Poirot, que le monde doit continuer à penser que Timothy est mort des fièvres.

— Les écrivains sont parfois sans pitié, murmura Poirot.

— Votre ami serait-il misogyne ? Souhaiterait-il nous voir souffrir ? Vous ne le permettrez pas. Je ne vous le permettrai pas. Si c'est nécessaire, je prendrai la faute sur moi. Je dirai que c'est moi qui ai tiré sur Timothy.

Elle s'était levée, la tête rejetée en arrière.

Poirot se leva à son tour.

— Madame, dit-il en lui prenant la main, nous n'avons pas besoin d'un sacrifice aussi extraordinaire. Je ferai de mon mieux pour que la vérité ne soit jamais connue.

Le visage de Mrs Luxmore s'éclaira d'un doux sourire. Elle haussa la main de sorte que Poirot, quelle qu'ait été son intention, fut obligé de la lui baiser.

— Une femme malheureuse vous dit merci, monsieur Poirot.

C'était les derniers mots d'une reine persécutée à son courtisan favori, visiblement une phrase de congé. Poirot sortit donc aussitôt. Dehors, il prit une longue bouffée d'air pur.

21

LE MAJOR DESPARD

— Quelle femme ! murmura Hercule Poirot. Ce pauvre Despard ! Il a dû en voir de toutes les couleurs ! Quel voyage épouvantable !

Soudain, il éclata de rire.

Il était maintenant dans Brompton Road. Il s'arrêta, sortit sa montre et se livra à un rapide calcul.

— Mais oui, j'ai le temps. De toute façon, attendre un peu ne lui fera pas de mal. Je veux m'occuper d'abord de mon autre petit problème. Qu'est-ce donc que chantait ce policier anglais de mes amis – il y a combien de temps ?... quarante ans ? « Un brin de mouron pour l'oisillon » ...

Tout en fredonnant cet air depuis longtemps oublié, Hercule Poirot pénétra dans une luxueuse boutique consacrée à la vêture et à la parure des femmes en général et se dirigea vers le rayon des bas.

Il choisit une demoiselle à l'air sympathique et pas trop hautain pour lui faire part de ses souhaits.

— Des bas de soie ? Oh, mais oui, en voici de très beaux. Garantis pure soie.

Poirot les écarta du geste. Il déploya de nouveau toute son éloquence.

— Des bas français ? Avec les droits de douane, vous savez, ils reviennent très cher.

Elle lui ouvrit d'autres boîtes.

— Ils sont très jolis, mademoiselle, mais ce que j'ai en tête est d'une texture plus fine.

— Ceux-ci sont des quinze deniers. Nous en avons aussi, bien sûr, des extra-fins, mais ils coûtent hélas trente-cinq shillings la paire. Et, question solidité, ce n'est évidemment pas l'idéal. Du vrai fil d'araignée.

— C'est ce que je cherche. C'est exactement ce que je cherche.

La jeune femme reparut, cette fois, après une longue absence.

— Ils sont superbes, n'est-ce pas ?

D'une pochette arachnéenne, elle fit tendrement glisser des bas d'une finesse arachnéenne.

— Voilà ! C'est exactement ça !

— Ils sont splendides, n'est-ce pas ? Combien de paires, monsieur ?

— J'en voudrais... Laissez-moi réfléchir... dix-neuf paires.

La jeune vendeuse faillit tomber à la renverse derrière son comptoir et seul un long entraînement à dédaigner le client la maintint sur ses pieds.

— Pour deux douzaines, vous avez droit à une réduction, articula-t-elle avec peine.

— Non, j'en veux dix-neuf paires. De nuances légèrement différentes, s'il vous plaît.

La vendeuse s'empressa de les trier, en fit un paquet, prépara la facture.

Comme Poirot partait avec ses achats, la vendeuse du comptoir voisin remarqua :

— Je me demande qui est la fille qui a une chance pareille ? C'est sûrement un vieux dégoûtant. Oh ! mais elle le fait joliment bien marcher. Des bas à trente-sept shillings et six pence, tu te rends compte !

Sans savoir dans quelle estime le tenaient les vendeuses de chez Harvey Robinson, Poirot prit le chemin du retour.

Il était chez lui depuis environ une demi-heure quand on sonna à la porte. Le major Despard apparut un instant plus tard.

Visiblement, il avait du mal à se contenir.

— Pourquoi diable êtes-vous allé voir Mrs Luxmore ?

Poirot sourit.

— Je voulais connaître la vérité sur la mort du Pr Luxmore.

— La vérité ? Et vous croyez cette femme capable de dire la vérité sur quoi que ce soit ? demanda Despard, furibond.

— Eh bien, je m'interroge, reconnut Poirot.

— Je l'espère. Cette femme est folle à lier.

— Pas du tout. Elle est romanesque, voilà tout, objecta Poirot.

— Romanesque, mon œil ! Elle ment comme elle respire, oui ! Il m'arrive quelquefois de penser qu'elle croit à ses propres mensonges.

— C'est très possible.

— C'est une femme épouvantable. J'ai passé de sales quarts d'heure avec elle, là-bas.

— Ça aussi, je veux bien le croire.

Despard s'assit brusquement :

— Ecoutez, monsieur Poirot, je vais vous dire la vérité.

— C'est-à-dire que vous allez me donner votre version des faits ?

— Ma version à moi, ce sera la vraie version.

Poirot ne répondit pas.

Despard reprit d'un ton sec :

— Je me rends bien compte que je n'ai aucun mérite à vous raconter cela maintenant. Je vais vous dire la vérité parce que c'est la seule chose à faire, à ce stade. Que vous me croyiez ou non, c'est votre affaire. Je n'ai rien pour prouver que mon histoire est la bonne.

Il s'arrêta un instant avant de se lancer :

— J'ai organisé l'expédition des Luxmore. C'était un brave type, toqué de mousses, de plantes et de ce genre de trucs. Elle était... ma foi, elle était ce que vous avez sans aucun doute remarqué. L'expédition, ç'a été un cauchemar. Je ne m'intéressais pas du tout à cette bonne femme – en fait, elle me déplaisait plutôt. C'est le genre exalté et sentimental qui me hérisse le poil. Les premiers quinze jours se sont plutôt bien passés. Puis nous avons tous eu un accès de fièvre. Léger en ce qui nous concerne, elle et moi. Le vieux Luxmore, lui, était mal en point. Une nuit – maintenant il faut que vous écoutiez ceci attentivement – j'étais assis devant ma tente. Tout d'un coup, j'aperçois Luxmore au loin, titubant dans les buissons qui longeaient le fleuve. Il était en proie au délire et ne savait plus ce qu'il faisait. Encore quelques pas et il tombait à l'eau... et à cet endroit, il n'avait aucune chance de s'en tirer. Lui porter secours serait impossible et il était trop tard pour lui courir après. Il ne restait qu'une chose à faire. J'avais mon fusil à portée de la main, comme d'habitude. Je l'ai saisi. Je suis plutôt bon tireur. J'étais sûr de pouvoir l'arrêter, de le toucher à la jambe. Seulement au moment où je faisais feu, cette imbécile de bonne femme est sortie de je ne sais où en hurlant : « Ne tirez pas. Au nom du ciel, ne tirez pas ! » Elle m'avait attrapé le bras et l'a fait légèrement dévier, juste au moment où le coup partait – si bien que la balle l'a atteint dans le dos et l'a tué net.

» Inutile de vous dire que ç'a été un sale moment à passer. Et cette idiote ne comprenait toujours pas ce qu'elle avait fait. Sans voir qu'elle était responsable de la mort de son mari, elle était convaincue que j'avais voulu abattre le pauvre vieux de sang-froid... par amour pour elle, s'il vous plaît ! Nous avons eu une scène à tout casser : elle voulait qu'on dise qu'il était mort des fièvres, elle n'en démordait pas. J'étais désolé pour elle, surtout que je voyais bien qu'elle ne se rendait pas compte de ce qu'elle avait fait. Il faudrait pourtant bien qu'elle finisse par comprendre, le jour où la vérité éclaterait ! Et puis l'absolue certitude qu'elle avait que j'étais follement amoureux d'elle commençait à me taper sur les nerfs. J'allais être dans de beaux draps si elle se mettait à proclamer ça partout. À la fin, j'ai accepté de faire ce qu'elle voulait... en partie pour avoir la paix, je l'avoue. Après tout, fièvres ou accident, cela n'avait pas beaucoup d'importance. Même si c'était la reine des gourdes, je ne tenais pas à lui attirer un tas de désagréments. Le lendemain, j'ai expliqué que le professeur était mort des fièvres et nous l'avons enterré. Les porteurs connaissaient la vérité, bien sûr, mais je savais qu'ils m'étaient entièrement dévoués et qu'ils étaient prêts à jurer tout ce que je voudrais si c'était nécessaire. Nous avons enterré le pauvre Luxmore, et nous sommes revenus à la civilisation. Depuis, j'ai passé une bonne partie de mon temps à éviter cette femme.

Il s'arrêta, puis dit tranquillement :

— Voilà mon histoire, monsieur Poirot.

Poirot réfléchit et demanda :

— C'est à cet incident que Mr Shaitana faisait allusion, du moins l'avez-vous pensé ce soir-là ?

Despard hocha la tête.

— Mrs Luxmore avait dû lui en parler. Pas sorcier de la lui faire raconter. C'est le genre de truc qui devait l'amuser.

— Dans les mains de quelqu'un comme Shaitana, cela risquait d'être dangereux... pour vous.

Despard haussa les épaules.

— Je n'avais pas peur de Shaitana.

Poirot ne répondit pas.

— Là aussi vous allez devoir me croire sur parole, reprit Despard d'un ton posé. Dans un sens, c'est vrai que j'avais une raison de tuer Shaitana. Bon, la vérité a vu le jour, maintenant – à vous de l'accepter ou de la récuser.

Poirot lui tendit la main.

— Je l'accepte, major Despard. Je suis convaincu que tout s'est passé comme vous me l'avez raconté.

Le visage de Despard s'éclaira.

— Merci, dit-il, laconique.

Et il serra chaleureusement la main de Poirot.

22

LE TÉMOIGNAGE DE COMBEACRE

Le superintendant Battle se trouvait au poste de police de Combeacre.

L'inspecteur Harper, le visage rougeaud, parlait à la manière plaisante et lente du Devonshire.

— C'est comme ça que cela s'est passé, monsieur. C'était clair comme de l'eau de roche. Le docteur était satisfait, tout le monde était satisfait. Pourquoi pas ?

— Répétez-moi tout ce qui concerne les deux bouteilles. Je veux que ce soit bien clair.

— C'était du sirop de figue. Elle en prenait régulièrement, semble-t-il. Et puis, il y avait cette teinture pour chapeaux qu'elle avait utilisée – ou plutôt que la jeune demoiselle, sa dame de compagnie, avait utilisée pour elle. Pour raviver un chapeau de jardin. Il en restait pas mal et comme la bouteille s'était cassée, Mrs Benson elle-même lui avait dit : « Mettez-la dans cette vieille bouteille de sirop de figue. » Ça, c'est incontestable. Les domestiques l'ont entendu. La jeune demoiselle, miss Meredith, et la femme de ménage et aussi la femme de chambre, elles sont toutes d'accord là-dessus. On a versé la teinture dans la bouteille de sirop et on l'a rangée sur la plus haute étagère de la salle de bains, un vrai fourbi.

— Et on n'a pas changé l'étiquette ?

— Non ! C'est de la négligence, bien sûr. Le coroner en a fait tout un plat.

— Continuez.

— Cette nuit-là, la défunte est allée dans la salle de bains, a empoigné la bouteille de sirop de figue, et l'a bue. Dès qu'elle a compris ce qu'elle avait fait, on a envoyé chercher le médecin. Il était allé faire une visite et on a mis un certain temps à le joindre. On a eu beau faire, elle est morte.

— A-t-elle cru elle-même à un accident ?

— Oh oui, comme tout le monde. Dieu sait comment, les bouteilles avaient été interverties. Par la femme de ménage en époussetant, peut-être ? Mais elle a juré que non.

Silencieux, le superintendant Battle réfléchissait. Quelle simplicité. Une bouteille qu'on descend d'une étagère et qu'on met à la place d'une autre. Impossible de remonter à la source d'une erreur pareille. On avait opéré avec des gants, sans doute, et de toute façon les dernières empreintes auraient été celles de Mrs Benson elle-même. Oui, si simple... si facile. Mais un meurtre tout de même. Le crime parfait.

Mais pourquoi ? La question était toujours là... Pourquoi ?

— Cette jeune demoiselle de compagnie, cette miss Meredith, elle n'a rien touché à la mort de Mrs Benson ? demanda-t-il.

L'inspecteur Harper secoua la tête.

— Non. Elle n'était là que depuis environ six semaines. Une place pas commode, j'imagine. En général, les jeunes femmes n'y restaient pas longtemps.

Battle n'en était pas moins intrigué. Les jeunes filles ne restaient pas longtemps. Une femme difficile, de toute évidence. Mais si miss Meredith était malheureuse, elle pouvait s'en aller comme celles qui l'avaient précédée. Inutile de tuer – à moins que ce ne soit par pure vindicte ? Il secoua la tête. Cela ne sonnait pas juste.

— Qui a hérité de Mrs Benson ?

— Je ne sais pas au juste, monsieur, des neveux et nièces, je crois. Mais une fois le partage fait, il ne restait pas grand-chose. J'ai entendu dire que le principal de ses revenus provenait de son viager.

Donc, rien de ce côté-là. Mais Mrs Benson était morte. Et Anne Meredith ne lui avait pas dit qu'elle avait été à Combeacre.

Tout cela laissait comme un goût d'insatisfaction.

Il mena une rapide enquête. Le médecin fut formel. Il n'y avait aucune raison de ne pas conclure à un accident. Miss... il ne se souvenait pas de son nom... gentille fille, mais désarmée, avait été bouleversée. Le vicaire se rappelait la demoiselle de compagnie de Mrs Benson, une fille charmante, à l'air modeste. Elle accompagnait toujours Mrs Benson à l'église. Mrs Benson était... oh ! non, pas difficile, mais un peu sévère envers les jeunes. C'était le genre de chrétienne qui ne badine pas avec la religion.

Battle interrogea encore une ou deux personnes mais n'apprit rien d'intéressant. On se rappelait à peine Anne Meredith. Elle avait vécu parmi eux quelques semaines, c'était tout, et sa personnalité n'était pas assez forte pour avoir laissé une empreinte durable. Une gentille fille, c'était l'image qu'on gardait généralement d'elle.

Le portrait de Mrs Benson se dessinait peu à peu. Une virago, sûre d'elle, qui faisait trimer ses domestiques et en changeait souvent. Une femme déplaisante, mais sans plus.

Quoi qu'il en soit, Battle quitta le Devonshire avec la ferme impression que, pour une raison inconnue, Anne Meredith avait froidement assassiné sa patronne.

23

LE TÉMOIGNAGE
D'UNE PAIRE DE BAS DE SOIE

Tandis que le train du superintendant Battle roulait vers l'Est à travers l'Angleterre, Anne Meredith et Rhoda Dawes se trouvaient dans le salon d'Hercule Poirot.

Anne n'était pas disposée à accepter l'invitation qu'elle avait reçue par la poste ce matin-là, mais l'avis de Rhoda avait prévalu.

— Tu es lâche, Anne... oui, lâche. Ça ne sert à rien de jouer les autruches, de s'enfouir la tête dans le sable. Il y a eu meurtre et tu fais partie des suspects – la moins vraisemblable, peut-être – mais...

— Il ne manquerait plus que ça ! s'exclama Anne en plaisantant. C'est toujours la personne la moins vraisemblable qui est coupable.

— ... mais suspecte quand même, poursuivit Rhoda sans se laisser distraire par cette interruption. Alors, inutile de te pincer le nez comme si le meurtre sentait mauvais et ne pouvait en rien te concerner.

— Mais il ne me concerne en rien, persista Anne. Enfin, je veux bien répondre aux questions de la police. Mais ce type, Hercule Poirot, il n'a pas à se mêler de ce qui ne le regarde pas.

— Et que va-t-il se passer si tu l'évites et si tu refuses de répondre ? Il va penser que c'est la culpabilité qui t'étouffe.

— La culpabilité ne m'étouffe pas le moins du monde, décréta Anne froidement.

— Je sais bien, ma chérie. Même en te donnant un mal de chien, tu ne serais pas capable de tuer quelqu'un. Mais ces horribles étrangers soupçonneux l'ignorent. Nous devrions aller bien gentiment chez lui. Sinon il viendra ici et tentera de tirer les vers du nez des domestiques.

— Nous n'avons pas de domestiques.

— Nous avons la mère Astwell. C'est un moulin à paroles. Viens, Anne, allons-y. Ce sera même amusant.

— Je ne comprends pas pourquoi il veut me voir, gronda Anne, obstinée.

— Pour battre la police officielle, bien sûr, répondit Rhoda avec impatience. C'est toujours ce qu'ils font, les amateurs, si tu vois ce que je veux dire. Ils sont convaincus que Scotland Yard est peuplé de novices sans cervelle.

— Tu crois que ce Poirot est malin ?

— Il n'a pas l'air de Sherlock Holmes, répondit Rhoda. Il a peut-être été bon dans son temps. Maintenant, il est gâteux. Il doit avoir au moins soixante ans. Oh ! assez, Anne, viens. Allons voir ce vieux beau. Il nous racontera peut-être des horreurs sur les autres.

— Bon, dit Anne, qui ajouta : Tout ça *t'amuse*, Rhoda.

— Peut-être parce que ce n'est pas à moi qu'on veut passer la corde au cou. Tu as été bien gourde, Anne, de ne pas lever les yeux au bon moment. Si tu l'avais fait, tu pourrais vivre comme une duchesse le restant de ta vie en faisant du chantage.

Et c'est ainsi que cet après-midi-là, vers 3 heures, Rhoda Dawes et Anne Meredith s'étaient retrouvées dans le coquet salon de Poirot, piquées au bord de leur fauteuil et contraintes de boire du sirop de mûre – qu'elles détestaient, mais elles étaient trop bien élevées pour refuser – dans des verres démodés.

— C'est très aimable à vous d'avoir accédé à ma requête, mademoiselle.

— Je serai heureuse de vous aider dans la mesure du possible, murmura Anne sans conviction.

— Il s'agit d'une question de mémoire.

— De mémoire ?

— Oui, j'ai déjà posé cette question à Mrs Lorrimer, au Dr Roberts et au major Despard. Aucun d'eux, hélas, ne m'a donné la réponse que j'espérais.

Anne continua à le regarder d'un air interrogateur.

— Je voudrais, mademoiselle, que vous vous reportiez en esprit dans le salon de Mr Shaitana.

Une ombre de lassitude passa sur le visage d'Anne. Ne serait-elle jamais débarrassée de ce cauchemar ?

Poirot remarqua son expression.

— Je sais, mademoiselle, je sais, dit-il gentiment. C'est pénible, n'est-ce pas ? C'est bien naturel. Jeune comme vous l'êtes, vous trouver en contact pour la première fois avec l'horreur... Vous n'avez probablement jamais assisté à une mort violente.

Rhoda, mal à l'aise, agita les pieds.

— Eh bien ? fit Anne.

— Reportez-vous en arrière. Je voudrais que vous me disiez ce qu'il y avait dans cette pièce.

Anne le regarda, méfiante :

— Je ne comprends pas.

— Mais si. Les chaises, les tables, la décoration, le papier peint, les rideaux, les chenets. Vous avez vu tout ça. Vous ne pouvez pas me les énumérer ?

— Oh, je vois, répondit Anne en hésitant, sourcils froncés. C'est difficile. Je ne pense pas que je m'en souvienne. Je ne saurais pas dire comment était le papier. Je crois que les murs étaient peints... d'une couleur neutre. Il y avait des tapis sur le sol. Il y avait un piano... (Elle secoua la tête.) Je ne peux vraiment pas vous en dire plus.

— Mais vous n'essayez pas, mademoiselle. Vous devez bien vous rappeler ne serait-ce qu'un objet, un ornement, un bibelot quelconque ?

— Il y avait un coffret de bijoux égyptiens. Ça, je m'en souviens, fit lentement Anne. Près de la fenêtre.

— Ah, oui, à l'opposé de l'endroit où se trouvait la table avec le petit stylet.

Anne le dévisagea.

— On ne m'a jamais dit sur quelle table il se trouvait.

« Pas si bête que ça, la petite, se dit Poirot. Mais Hercule Poirot ne l'est pas non plus. Si elle me connaissait mieux, elle saurait que je ne tendrais jamais un piège aussi grossier que ça ! »

Tout haut, il reprit :

— Vous avez dit un coffret de bijoux égyptiens ?

Anne répondit avec un certain enthousiasme :

— Il y en avait de ravissants. Bleu et rouge. Des émaux. Une ou deux bagues. Et des scarabées... mais je n'aime pas beaucoup ça.

— Mr Shaitana était un grand collectionneur, murmura Poirot.

— Oui, sans doute. La pièce était bourrée d'objets en tous genres. On ne pouvait pas tout regarder.

— Alors, rien d'autre ne vous a particulièrement frappée ?

— Seulement un vase de chrysanthèmes dont l'eau aurait bien eu besoin d'être changée, déclara Anne avec un petit sourire.

— C'est vrai, ça, les domestiques ne s'en occupent pas toujours comme il faudrait.

Poirot resta silencieux un moment.

— Je crains de ne pas avoir remarqué... ce que vous vouliez que je remarque, fit Anne d'une voix timide.

— Peu importe, mon enfant, affirma Poirot en souriant. C'était une simple tentative. Dites-moi, avez-vous vu ce bon major Despard récemment ?

Le visage d'Anne se colora quelque peu.

— Il a promis de revenir nous voir bientôt.

— En tout cas, ce n'est pas lui ! s'écria Rhoda avec fougue. Anne et moi, nous en sommes tout à fait sûres.

Poirot les regarda, l'œil pétillant.

— Heureux homme d'avoir su convaincre deux si charmantes jeunes femmes de son innocence !

« Seigneur ! pensa Rhoda. Il va se mettre à faire le Français maintenant ! Il n'y a rien qui me gêne à ce point-là. »

Elle se leva et examina les gravures accrochées au mur.

— Elles sont très belles, dit-elle.

— Elles ne sont pas mauvaises, acquiesça Poirot. Il hésita, regarda Anne.

— Mademoiselle, dit-il enfin, puis-je vous demander de me rendre un immense service ?... Oh, cela n'a rien à voir avec le meurtre. Il s'agit d'une affaire tout ce qu'il y a de personnelle... d'intime, même.

Anne parut un peu surprise, Poirot poursuivit sur un ton qui trahissait un certain embarras :

— C'est que Noël approche, voyez-vous. Je dois faire des cadeaux à mes nombreuses nièces et petites-nièces. Il est bien difficile de savoir ce qui plaît aux jeunes filles, aujourd'hui. Mes goûts sont, hélas, bien démodés.

— Oui ? fit Anne gentiment.

— Eh bien, voilà... Les bas de soie... Est-ce un cadeau qui fait plaisir ?

— Bien sûr, c'est toujours agréable de recevoir des bas de soie.

— Vous me soulagez. Maintenant, voilà le service que je vous demande. J'en ai de différents tons. Environ quinze ou seize paires. Pourriez-vous être assez aimable pour y jeter un coup d'œil et en sélectionner une demi-douzaine, ceux qui vous paraissent les plus jolis ?

— Mais bien volontiers, dit Anne en riant.

Poirot la conduisit vers une petite table située dans une alcôve... une table où les objets qui s'étalaient en désordre contrastaient étrangement — ce qu'elle ignorait – avec la méticulosité bien connue d'Hercule Poirot. Il y avait là des bas empilés n'importe comment, des gants fourrés, des calendriers et des boîtes de bonbons.

— J'expédie mes cadeaux longtemps à l'avance, expliqua Poirot. Voici les bas, mademoiselle. Je vous en conjure, choisissez-m'en six paires.

Il se retourna et intercepta au passage Rhoda qui l'avait suivi.

— Quant à vous, mademoiselle, j'ai quelque chose pour vous – un petit plaisir qui n'en serait pas un pour vous, je pense, mademoiselle Meredith.

— Qu'est-ce que c'est ? s'écria Rhoda.

Il baissa la voix.

— Un couteau, mademoiselle, avec lequel douze hommes en ont un jour poignardé un autre. Il m'a été offert en souvenir par la Compagnie internationale des wagons-lits.

— Quelle horreur ! s'écria Anne.

— Oh ! Montrez-le-moi, dit Rhoda.

Tout en parlant, Poirot l'entraîna.

— Il m'a été offert par la Compagnie internationale des wagons-lits parce que...

Ils passèrent dans l'autre pièce.

Ils regagnèrent le salon trois minutes plus tard. Anne vint vers eux.

— Je crois que ces six paires-là sont les plus ravissantes, monsieur Poirot. Ces deux-là seront très bien pour le soir, et celles-ci, d'un ton plus clair, conviendront en été, lorsqu'il fait jour très tard.

— Mille remerciements, mademoiselle.

Il leur offrit encore du sirop, qu'elles refusèrent, et il les raccompagna à la porte en bavardant avec entrain.

Dès qu'elles furent parties, il alla droit à la petite table encombrée. Les bas étaient toujours empilés en désordre. Poirot compta les six paires choisies, puis compta les autres.

Il avait acheté dix-neuf paires. Il n'y en avait plus que dix-sept.

Lentement, il hocha la tête.

24

ÉLIMINATION DE TROIS MEURTRIERS ?

De retour à Londres, le superintendant Battle se rendit directement chez Poirot. Anne et Rhoda étaient parties depuis au moins une heure.

Sans plus de cérémonie, le superintendant relata le résultat de son enquête dans le Devonshire.

— Nous avons mis le doigt dessus, il n'y a aucun doute, conclut-il. C'est bien ce que Shaitana sous-entendait avec son accident « domestique ». Mais ce qui m'échappe, c'est le mobile. Pourquoi vouloir tuer cette femme ?

— Je crois que là, je peux vous aider, mon bon ami.

— Allez-y, monsieur Poirot.

— Cet après-midi, je me suis livré à une petite expérience. J'ai invité la demoiselle et son amie à venir ici. J'ai posé ma question habituelle à propos de ce qu'il y avait dans le salon ce soir-là.

Battle le regarda avec curiosité.

— Cette question vous passionne !

— Oui. Elle est très utile. Elle m'apprend beaucoup de choses ! Miss Meredith était méfiante, très méfiante... Cette jeune personne ne s'en laisse pas compter. Alors ce petit malin d'Hercule Poirot lui a joué un de ses meilleurs tours. Il lui tend d'abord un grossier piège d'amateur. La demoiselle mentionne un coffret de bijoux. Je lui demande s'il ne se trouvait pas à l'autre bout de la pièce, du côté opposé à la table où était le stylet. La demoiselle ne tombe pas dans le panneau. Elle l'évite habilement. Après quoi, rassurée, sa vigilance se relâche. Ainsi, c'était ça l'objet de la visite ?... Lui faire admettre qu'elle savait où se trouvait le stylet et qu'elle l'avait remarqué ?... Pensant qu'elle m'a battu, son moral remonte. Elle parle librement des bijoux. Elle se rappelle de nombreux détails. Elle ne se rappelle rien d'autre de la pièce, mis à part un vase de chrysanthèmes dont l'eau avait besoin d'être renouvelée.

— Eh bien ?

— Eh bien, c'est significatif, ça. Supposons que nous ignorions tout d'elle. Ses paroles nous donnent la clef de son caractère. Elle a remarqué les fleurs. Elle aime donc les fleurs ? Pas du tout, puisqu'elle n'a pas fait attention au grand vase de tulipes précoces qui auraient aussitôt attiré l'œil d'un amateur. Non, c'est la demoiselle de compagnie qui parle, celle que l'on paie pour mettre de l'eau fraîche dans les vases. Avec ça, voilà une fille qui aime les bijoux et les remarque. Est-ce que cela ne donne pas, pour le moins, à penser ?

— Je commence à voir où vous voulez en venir, remarqua Battle.

— Justement. Comme je vous l'ai dit l'autre jour, je joue cartes sur table. Lorsque vous avez résumé son histoire, et que Mrs Oliver nous a fait part de sa stupéfiante découverte, mon esprit s'est fixé aussitôt sur un point important. Le crime ne pouvait pas avoir été commis par intérêt puisque miss Meredith avait continué à travailler ensuite. Alors pourquoi ? J'ai analysé le personnage de miss Meredith tel qu'il apparaît superficiellement : une jeune fille plutôt timide, pauvre mais bien habillée, aimant les belles choses... Un caractère de voleur plus que de criminel. J'ai demandé aussitôt si Mrs Eldon était une femme ordonnée. Vous m'avez répondu que non. J'ai élaboré une hypothèse. Supposons que miss Meredith ait une faiblesse – qu'elle soit le genre de fille à commettre de menus larcins dans les grands magasins. Supposons que, pauvre, mais aimant les belles choses, elle dérobe une ou deux fois quelque chose à sa patronne. Une broche, peut-être, une pièce de monnaie ancienne par-ci, par-là, un collier de perles. Désordonnée, Mrs Eldon mettrait ces disparitions sur le compte de sa propre négligence. Elle ne soupçonnerait pas un instant sa gentille petite employée. Mais supposons qu'un autre genre de patronne – une de ces patronnes qui n'ont pas les yeux dans leur poche – accuse miss Meredith de vol. Ce serait un motif de meurtre. Comme je l'ai dit l'autre soir, seule la peur pourrait pousser miss Meredith à commettre un meurtre. Elle sait que son employeur pourra prouver le vol. Une seule chose peut la sauver : sa patronne doit mourir. Alors elle intervertit les bouteilles et Mrs Benson meurt, convaincue – ô ironie – qu'elle est responsable de sa propre mort, ne soupçonnant pas un instant que cette fille peureuse et terrorisée y est pour quelque chose.

— C'est possible, reconnut le superintendant Battle. Ce n'est qu'une hypothèse, mais c'est possible.

— C'est plus que possible, mon bon ami, c'est probable. Car cet après-midi, je lui ai tendu un joli petit piège... un vrai piège... après que le faux eut échoué. Si mes doutes étaient fondés, Anne Meredith ne résisterait jamais, au grand jamais, à la tentation d'une paire de bas de luxe. Je lui demande de m'aider. Je lui fais soigneusement comprendre que j'ignore le nombre exact de paires de bas que je possède, je la laisse seule dans la pièce... et le résultat, mon bon ami, c'est que j'ai maintenant dix-sept paires de bas au lieu de dix-neuf, et que deux paires sont parties dans le sac d'Anne Meredith.

— Pfff ! siffla Battle... Mais quel risque elle a pris !

— Pas du tout. De quoi pense-t-elle que je la soupçonne ? D'un meurtre. Que risque-t-elle alors à voler une ou deux paires de bas de soie ? Je ne recherche pas une voleuse. De toute façon, les voleurs et les kleptomanes sont toujours persuadés qu'ils s'en tireront.

Battle hocha la tête.

— C'est assez vrai. Remarquablement stupide, mais assez vrai. La cruche retourne toujours au puits. Bien, je crois qu'à nous deux nous avons découvert la vérité. Anne Meredith a été convaincue de vol. Anne Meredith a déplacé une bouteille d'une étagère sur une autre. Nous savons que c'est un meurtre... mais que je sois pendu si nous pouvons jamais le prouver. Crime parfait n° 2. Roberts s'en tire. Anne Meredith s'en tire. Et Shaitana ? Anne Meredith a-t-elle tué Shaitana ?

Il resta silencieux un moment puis secoua la tête.

— Non, ça ne colle pas, dit-il à contrecœur. Elle n'est pas du genre à prendre un risque. Intervertir deux bouteilles, soit. Elle savait qu'on ne pourrait pas lui en attribuer la faute. C'était absolument sans danger. N'importe qui aurait pu le faire. Bien sûr, cela aurait pu échouer. Mrs Benson aurait pu s'en apercevoir avant de boire, elle aurait pu ne pas mourir. C'est ce que j'appelle l'*espoir* de meurtre. Ça marche, ou ça ne marche pas. En fait, ça a marché. Mais Shaitana, c'est une autre paire de manches. C'est un meurtre audacieux, réfléchi, voulu.

Poirot hocha la tête.

— Je suis d'accord avec vous. Ce sont deux crimes de nature différente.

Battle se frotta le nez.

— Ce qui semble éliminer miss Meredith dans le cas de Shaitana. Et Despard ? Vous avez obtenu quelque chose de la veuve Luxmore ?

Poirot lui raconta son après-midi de la veille.

Battle sourit.

— Je connais le genre. Impossible de démêler la part du souvenir et la part de l'invention.

Poirot poursuivit. Il lui raconta la visite de Despard et l'histoire qu'il lui avait servie.

— Vous le croyez ? demanda Battle.

— Oui.

Battle soupira.

— Moi aussi. Ce n'est pas le genre à tirer sur un homme pour lui prendre sa femme. D'ailleurs, où est le mal à passer devant le juge des divorces ? On s'y bouscule... De plus, on ne peut pas dire que cela aurait nui à sa carrière. Non, à mon avis, notre regretté Mr Shaitana a fait fausse route avec Despard. Le meurtrier n° 3 n'était pas un meurtrier, après tout.

Il regarda Poirot.

— Ce qui nous laisse ?

— Mrs Lorrimer.

Le téléphone sonna. Poirot alla répondre. Il dit quelques mots, attendit, parla de nouveau. Puis il raccrocha et revint vers Battle.

Il avait le visage grave.

— C'était Mrs Lorrimer. Elle veut me voir... tout de suite.

Ils échangèrent un regard.

— Est-ce que je me trompe, ou espériez-vous quelque chose de ce genre ? demanda Battle.

— Je me le demandais, répondit Poirot. Je me le demandais, sans plus.

— Allez-y, dit Battle. Vous allez peut-être enfin découvrir la vérité.

25

MRS LORRIMER PARLE

Le ciel était couvert, le salon de Mrs Lorrimer triste et sombre. Elle-même avait la mine défaite et paraissait beaucoup plus âgée que lors de la précédente visite de Poirot.

Elle l'accueillit avec la même assurance souriante.

— Vous êtes très aimable d'être venu si vite, monsieur Poirot. Je sais que vous êtes un homme fort occupé.

— Toujours à vos ordres, madame, répondit Poirot en s'inclinant.

Mrs Lorrimer sonna.

— On va nous apporter du thé. J'ignore ce que vous en pensez, mais j'ai toujours considéré que c'était une erreur de précipiter les confidences sans avoir d'abord préparé le terrain.

— Parce qu'il doit y avoir confidences, madame ?

Mrs Lorrimer ne répondit pas car la femme de chambre venait d'entrer. Quand elle fut repartie avec ses instructions, Mrs Lorrimer déclara, narquoise :

— Quand vous étiez ici, la dernière fois, vous m'avez promis que vous viendriez si je vous le demandais. J'imagine que vous aviez une idée de la raison qui pourrait m'y pousser ?

On apporta le thé, et la question en resta là. Mrs Lorrimer, tout en faisant le service, parla avec intelligence de divers sujets d'actualité.

Profitant d'un silence, Poirot remarqua :

— J'ai appris que vous aviez pris le thé l'autre jour avec la petite Meredith.

— C'est exact. Vous l'avez vue récemment ?

— Cet après-midi même.

— Elle est à Londres, alors... ou bien êtes-vous allée à Wallingford ?

— Non. Son amie et elle ont eu la gentillesse de me rendre visite.

— Ah ! son amie. Je ne l'ai jamais rencontrée.

Poirot sourit.

— Ce meurtre a favorisé les rapprochements. Miss Meredith et vous avez pris le thé ensemble. Le major Despard, lui aussi, semble cultiver ses relations avec elle. Le Dr Roberts est peut-être le seul à se tenir à l'écart.

— Je l'ai rencontré à un bridge, l'autre jour. Il avait toujours l'air aussi jovial.

— Toujours passionné de bridge ?

— Oui... faisant des annonces plus extravagantes que jamais et s'en tirant presque toujours bien.

Elle resta un instant silencieuse, puis demanda :

— Avez-vous vu le superintendant Battle récemment ?

— Oui, cet après-midi. Il était chez moi quand vous avez appelé.

Protégeant de la main son visage des ardeurs du feu, Mrs Lorrimer s'enquit :

— Où en est-il ?

— Ce brave Battle n'est pas très rapide, répondit gravement Poirot. Il y va lentement, mais il y arrivera sûrement, madame.

— Je me le demande, dit-elle avec un petit sourire ironique. Il m'a accordé beaucoup d'attention. Il est remonté dans mon passé jusqu'à ma petite enfance. Il a interrogé mes amis, bavardé avec mes domestiques, ceux que j'ai actuellement et ceux que j'ai eus autrefois. Je ne sais pas ce qu'il espérait trouver mais il ne l'a certainement pas trouvé. Il aurait pu aussi bien s'en tenir à ce que je lui avais dit. C'était la vérité. Je connaissais à peine Mr Shaitana. Je l'avais rencontré à Louxor, et nos relations mondaines étaient restées à l'état de relations mondaines. Le superintendant Battle ne pourra jamais sortir de là.

— Peut-être.

— Et vous, monsieur Poirot, avez-vous mené votre enquête ?

— Sur vous, madame ?

— C'est bien le sens de ma question.

Poirot secoua lentement la tête.

— C'eût été en pure perte.

— Qu'entendez-vous par là, monsieur Poirot ?

— Je serai franc, madame. J'ai compris tout de suite que, des quatre personnes présentes le soir du meurtre, c'est vous qui aviez la tête la mieux faite, la plus froide, la plus logique. Si j'avais à parier sur celui de vous quatre qui serait le plus capable de projeter un crime et de s'en tirer avec succès, c'est sur vous que je placerais mon argent.

Mrs Lorrimer haussa les sourcils.

— Dois-je me sentir flattée ?

— Pour qu'un crime soit un beau crime – appelons ça un crime réussi, il est généralement nécessaire d'en prévoir jusqu'aux plus infimes détails. La moindre éventualité doit être prise en compte. Le *chronométrage* doit être rigoureux. La *mise en scène* impeccable. Le Dr Roberts serait capable de rater un crime par excès de hâte et de confiance en soi. Le major Despard est sans doute trop prudent pour en commettre un. Miss Meredith perdrait la tête et se trahirait. Vous, madame, vous ne feriez rien de tout ça. Vous garderiez la tête froide, vous auriez le caractère assez déterminé et vous pourriez être assez obsédée par une idée fixe pour oublier toute prudence. Vous n'êtes pas de celles qui perdent la tête.

Mrs Lorrimer resta silencieuse un moment, un étrange sourire aux lèvres. Puis elle déclara enfin :

— Voilà donc ce que vous pensez de moi, monsieur Poirot. Que je suis le genre de femme à commettre un crime idéal ?

— Vous avez au moins l'amabilité de ne pas vous en offusquer.

— Je trouve ça très intéressant. Ainsi, vous pensez que je suis la seule personne qui aurait pu réussir le meurtre de Shaitana ?

— Il reste toutefois un obstacle, madame, dit lentement Poirot.

— Vraiment ? Racontez-moi ça.

— Vous avez sans doute remarqué ce que j'ai dit, quelque chose comme : « Pour qu'un crime soit réussi, il est généralement nécessaire d'en prévoir jusqu'aux plus infimes détails. » Je voudrais attirer votre attention sur le mot « généralement ». Car il existe un autre genre de crime réussi. Vous n'avez jamais dit soudain : « Lance une pierre et vois si tu arrives à toucher cet arbre » à quelqu'un qui obéit immédiatement, sans réfléchir et, ô surprise ! *met en plein dans le mille* ? Mais si ce quelqu'un veut réitérer son geste, cela devient beaucoup plus difficile... parce qu'il commence à *réfléchir*. « Comme ça... non, pas si fort... un peu plus à droite... un peu plus à gauche. » La première action avait été presque inconsciente, le corps obéissant à l'esprit comme chez un animal. Eh bien, madame, il y a des meurtres de ce genre, commis sous l'impulsion du moment, sur une inspiration, un trait de génie, sans avoir eu le temps de réfléchir. Et c'est ainsi, madame, que Mr Shaitana a été tué. Une nécessité, une inspiration soudaine, une exécution foudroyante...

Il secoua la tête.

— Et ça, madame, ce n'est pas du tout votre genre de crime. Si vous aviez tué Shaitana, c'eût été un meurtre prémédité.

— Je vois, dit-elle en agitant la main pour se protéger de la chaleur de l'âtre. Et comme, bien entendu, ce n'était pas un meurtre prémédité, je ne peux pas l'avoir tué... C'est bien ça, monsieur Poirot ?

Poirot s'inclina.

— C'est exact, madame.

— Et pourtant...

Cessant de s'éventer, elle se pencha vers lui :

— ... *et pourtant, j'ai bel et bien tué Shaitana, monsieur Poirot.*

26

LA VÉRITÉ

Il y eut un silence, un très long silence.

Il faisait de plus en plus sombre. Les flammes dansaient dans la cheminée.

Mrs Lorrimer et Hercule Poirot ne se regardaient pas, ils regardaient le feu. C'était comme si le temps s'était arrêté.

Enfin Hercule Poirot s'agita et soupira.

— Alors c'était ça... Pourquoi l'avez-vous tué, madame ?

— Je pense que vous ne l'ignorez pas, monsieur Poirot.

— Parce qu'il savait quelque chose sur vous... quelque chose qui était arrivé il y a longtemps ?

— Oui.

— Et ce quelque chose, madame, c'était... une autre mort ?

Elle inclina la tête.

— Pourquoi me l'avouez-vous ? demanda Poirot avec douceur. Pourquoi m'avez-vous appelé aujourd'hui ?

— Vous m'aviez dit un jour que je serais amenée à le faire tôt ou tard.

— Oui... c'est-à-dire, j'espérais... Je savais, madame, qu'il n'y avait qu'un moyen d'apprendre la vérité sur vous – c'était de votre propre consentement. Si vous ne vouliez pas parler, vous ne parleriez pas et vous ne vous trahiriez jamais. Nous n'avions qu'une chance : c'est que vous *souhaitiez* vous-même parler.

Mrs Lorrimer hocha la tête.

— C'était intelligent de prévoir ça... la lassitude... la solitude...

Sa voix s'éteignit.

Poirot la regarda avec curiosité.

— Alors c'était ça ? Oui, je peux le comprendre...

— J'étais seule... terriblement seule, poursuivit Mrs Lorrimer. Personne ne sait ce que cela signifie à moins d'avoir vécu, comme moi, avec le souvenir de ce qu'on a fait.

— Considérez-vous cela comme une impertinence, madame, dit Poirot avec douceur, ou puis-je me permettre de vous offrir ma sympathie ?

Elle inclina la tête.

— Merci, monsieur Poirot.

Il y eut un nouveau silence, puis Poirot demanda d'un ton plus vif :

— Dois-je comprendre, madame, que vous avez pris les paroles de Mr Shaitana comme une menace dirigée directement contre vous ?

Elle hocha la tête.

— Je me suis tout de suite rendu compte qu'il s'exprimait de façon à n'être compris que par une seule personne. Cette personne, c'était moi. L'allusion au poison qui serait l'arme des femmes me visait, moi... *Il savait*. Je l'avais déjà pensé une fois. Il avait amené la conversation sur un procès célèbre, et j'avais remarqué qu'il surveillait ma réaction. Il y avait quelque chose d'inquiétant dans son regard. Bien entendu, l'autre soir, j'ai été définitivement convaincue qu'il savait.

— Et vous étiez certaine, aussi, de ses intentions futures ?

Ironique, Mrs Lorrimer répliqua :

— Il était difficile de penser que le superintendant Battle et vous étiez là par hasard. J'ai supposé que Shaitana allait faire la démonstration de sa propre intelligence en vous prouvant à tous les deux qu'il avait découvert quelque chose que personne d'autre n'avait soupçonné.

— Combien de temps avez-vous mis à vous décider, madame ?

Mrs Lorrimer hésita un instant.

— Je ne me souviens plus du moment exact où l'idée m'en est venue, répondit-elle. J'avais remarqué le stylet avant de passer à table. Quand nous sommes retournés au salon, je l'ai pris et l'ai glissé dans ma manche. Personne ne m'avait vue. Je m'en suis assurée.

— Vous avez dû faire ça avec dextérité, je n'en doute pas, madame.

— J'ai alors décidé exactement comment j'allais procéder. Il ne restait plus qu'à agir. C'était risqué, peut-être, mais cela valait la peine d'essayer.

— Là, c'est votre sang-froid, votre habileté à peser le pour et le contre, qui sont entrés en jeu. Oui, je vois très bien ça.

— Nous avons commencé à jouer, poursuivit Mrs Lorrimer d'une voix froide et indifférente. Enfin une occasion s'est présentée. Je faisais le mort. Je me suis rapprochée de la cheminée. Shaitana s'était endormi. J'ai jeté un coup d'œil aux autres. Ils étaient tous plongés dans le jeu. Je me suis penchée et... et je l'ai fait.

Sa voix trembla juste un peu, mais reprit aussitôt sa froideur distante.

— Je lui ai parlé. Il m'était venu l'idée que cela me fournirait une espèce d'alibi. J'ai fait une remarque sur le feu, puis j'ai fait comme s'il me répondait, et j'ai répliqué quelque chose comme : « Je suis d'accord avec vous. Moi aussi je déteste les radiateurs. »

— Et il n'a pas crié du tout ?

— Non. Je crois qu'il a poussé une sorte de grognement, un point c'est tout. De loin, on a pu confondre cela avec des mots.

— Et ensuite ?

— Et ensuite, je suis retournée à la table de jeu. On en était à la dernière levée.

— Vous vous êtes donc assise et vous avez recommencé à jouer ?

— Oui.

— Avec suffisamment d'intérêt pour pouvoir me donner les jeux et les annonces, deux jours plus tard ?

— Oui, répondit simplement Mrs Lorrimer.

— Confondant ! s'écria Poirot.

Il se carra dans son fauteuil. Il hocha la tête à plusieurs reprises. Puis, histoire de changer, la secoua.

— Il reste quelque chose que je ne comprends pas.

— Oui ?

— Il me semble que j'ai dû omettre un facteur. Vous êtes une femme qui pesez soigneusement le pour et le contre. Pour une raison quelconque, vous décidez de courir un risque énorme. Vous le faites, et avec succès. Et quinze jours plus tard, à peine, vous changez d'idée. Franchement, madame, cela ne me paraît pas sonner juste.

Elle eut un étrange sourire.

— Vous avez tout à fait raison, monsieur Poirot. Il y a un facteur que vous ignorez. Miss Meredith vous a dit où elle m'avait rencontrée, l'autre jour ?

— Oui, je crois que c'était près de chez Mrs Oliver.

— Peut-être. Mais je parlais du nom de la rue. Miss Meredith m'a rencontrée dans Harley Street.

— Ah ! fit Poirot en la regardant avec attention. Je commence à comprendre.

— Oui, je le pensais bien. J'étais allée consulter un spécialiste. Il m'a confirmé ce que je soupçonnais déjà.

Son sourire s'élargit. Il n'avait plus rien d'amer. Il était soudain plein de douceur.

— Je ne jouerai plus beaucoup au bridge, monsieur Poirot. Oh, il ne m'a pas dit ça en ces termes, il m'a un peu enveloppé la vérité. En prenant beaucoup de précautions, etc., etc., il se pourrait bien que je vive plusieurs années. Mais je ne prendrai pas de grandes précautions, ce n'est pas dans mon tempérament.

— Oui, oui, je commence à comprendre, répéta Poirot.

— Cela fait une différence, vous savez. Un mois... deux mois peut-être... pas plus. Et puis, comme je sortais de chez le spécialiste, j'ai aperçu miss Meredith. Je l'ai invitée à prendre le thé.

Elle s'arrêta et reprit :

— En fin de compte, je ne suis pas foncièrement mauvaise. Pendant que nous buvions notre thé, j'ai réfléchi. Par mon acte, j'avais non seulement privé Mr Shaitana de la vie – c'était fait et ne pouvait être défait – j'avais aussi, à divers degrés, bouleversé l'existence de trois autres personnes. À cause de moi, le Dr Roberts, le major Despard et miss Meredith, qui ne m'avaient causé aucun tort, traversaient une terrible épreuve et pouvaient même se trouver en péril. Cela au moins je pouvais le défaire. Je ne peux pas dire que j'étais particulièrement émue par la situation du Dr Roberts ou du major Despard – encore qu'il leur restât plus de temps à vivre que moi. C'était des hommes et, dans une certaine mesure, ils pouvaient se débrouiller tout seuls. Mais quand je regardais Anne Meredith...

Elle hésita, puis continua lentement :

— Anne Meredith n'était qu'une gamine. Elle avait toute sa vie devant elle. Cette malheureuse histoire risquait de briser cette vie...

» Cette idée ne me plaisait pas...

» C'est alors que j'ai compris, monsieur Poirot, que votre suggestion allait se réaliser. Je ne pouvais plus garder le silence. Cet après-midi, je vous ai téléphoné...

Les minutes passèrent.

Hercule Poirot se pencha vers Mrs Lorrimer. Dans le soir qui tombait, il la dévisagea avec insistance. Elle soutint son regard sans se troubler.

— Mrs Lorrimer, dit-il enfin, êtes-vous sûre... *affirmez-vous catégoriquement* – vous allez me dire la vérité, n'est-ce pas ? – *que le meurtre de Mr Shaitana n'était pas prémédité ?* Ne serait-il pas plus juste d'avouer que vous aviez planifié ce crime *à l'avance*, que vous êtes allée à ce dîner, le meurtre déjà tout élaboré dans votre esprit ?

Mrs Lorrimer le regarda fixement un instant puis secoua énergiquement la tête.

— Non, dit-elle enfin.

— Vous n'aviez pas projeté ce crime à l'avance ?

— Certainement pas.

— Dans ce cas... oh, vous êtes en train de me mentir... vous êtes sûrement en train de me mentir !

La voix de Mrs Lorrimer s'éleva, coupante comme la glace.

— Vraiment, monsieur Poirot, vous vous oubliez !

Le petit homme sauta sur ses pieds. Et, marmonnant des propos sans suite et poussant des interjections sans fin, il se mit à marcher de long en large.

Tout à coup, il demanda :

— Vous permettez ?

Et, allant jusqu'à l'interrupteur, il alluma l'électricité.

Il revint, s'assit dans son fauteuil, les mains sur ses genoux, et dévisagea son hôtesse.

— La question est la suivante : Hercule Poirot peut-il se tromper ?

— Personne ne peut avoir toujours raison, répliqua froidement Mrs Lorrimer.

— Moi, si. J'ai toujours raison. Avec une telle constance que j'en suis moi-même surpris. Mais cette fois-ci, il semble... que je me sois bel et bien trompé,

trompé du tout au tout. Et cela m'inquiète. Je suppose que vous savez ce que vous dites. Après tout, c'est votre meurtre ! Ce serait fantastique qu'Hercule Poirot sache mieux que vous comment vous l'avez commis.

— Fantastique et absurde, rétorqua Mrs Lorrimer, encore plus froidement.

— Dans ce cas, c'est que je suis fou. Irrémédiablement fou... Non, sacré nom d'un petit bonhomme, je ne suis *pas* fou. J'ai raison. Je dois avoir raison. Je suis disposé à croire que vous avez tué Mr Shaitana... *mais vous ne pouvez pas l'avoir tué de la manière que vous prétendez*. Personne ne peut faire quelque chose qui n'est pas dans son caractère !

Il s'interrompit. Mrs Lorrimer respira avec force et se mordit la lèvre. Elle allait parler quand il la devança.

— Ou le meurtre de Mr Shaitana a été prémédité, *ou vous ne l'avez pas tué*.

— Je pense que vous êtes vraiment fou, monsieur Poirot, rétorqua Mrs Lorrimer. Si j'accepte de reconnaître que j'ai commis ce crime, je ne vois pas pourquoi je mentirais à propos de la manière dont je l'ai commis. Dans quel but ?

Poirot se leva de nouveau, fit le tour de la pièce et revint s'asseoir, tout changé. Brusquement aimable et gentil.

— Vous n'avez pas tué Shaitana, dit-il d'une voix douce. J'y vois clair maintenant, j'y vois très clair. Harley Street. Et la petite Anne Meredith perdue sur le trottoir. Je vois aussi une autre jeune fille, il y a bien longtemps, une jeune fille qui a traversé la vie toute seule, « terriblement seule ». Oui, je vois très

bien. Mais il y a une chose que je ne saisis pas...
D'où vous vient la certitude qu'Anne Meredith est
coupable ?

— Vraiment, monsieur Poirot...

— Inutile de protester, madame. Inutile aussi de
continuer à me mentir. Je vous le répète, *je connais
la vérité*. Je sais à quels sentiments vous étiez en
proie ce jour-là, dans Harley Street. Vous ne l'auriez
pas fait pour le Dr Roberts... oh, non ! Vous ne
l'auriez pas fait non plus pour le major Despard.
Mais Anne Meredith, c'est différent. Vous éprouvez
de la compassion pour elle, *parce qu'elle a fait ce
qu'il vous est arrivé de faire*. Vous ne savez même
pas, du moins, j'imagine, le *motif* de son crime. Mais
vous êtes certaine qu'elle est coupable. Vous en êtes
certaine depuis le premier soir – le soir où ça s'est
passé – depuis que le superintendant Battle vous a
demandé votre avis. Comme vous voyez, j'ai tout
compris. Inutile de mentir encore. Vous en êtes bien
convaincue, non ?

Il attendit une réponse qui ne vint pas. Il hocha la
tête avec satisfaction.

— Vous avez du cœur. C'est bien. Vous avez agi
noblement, madame, en prenant la faute sur vous pour
sauver cette gamine.

— Vous oubliez, ironisa Mrs Lorrimer, que je ne
suis pas une sainte. Il y a des années, monsieur Poirot,
j'ai tué mon mari...

Il y eut un instant de silence.

— Je comprends, fit Poirot. C'est une question
de justice. De pure et simple justice. Vous avez
l'esprit logique. Vous voulez souffrir pour l'acte

que vous aviez commis. Un meurtre est un meurtre, quelle qu'en soit la victime. Vous êtes courageuse, madame, et vous êtes clairvoyante. Mais je vous le demande encore : *Comment pouvez-vous en être sûre ?* Comment savez-vous que c'est Anne Meredith qui a tué Mr Shaitana ?

Mrs Lorrimer poussa un profond soupir. Ses dernières défenses avaient cédé devant l'insistance de Poirot. Elle répondit à sa question avec simplicité, comme une enfant :

— Parce que je l'ai vue faire.

27

LE TÉMOIN OCULAIRE

Soudain, Poirot éclata de rire. Il n'avait pas pu s'en empêcher. Il avait renversé la tête en arrière et son rire haut perché remplissait la pièce.

— Pardon, madame, dit-il en s'essuyant les yeux. C'était plus fort que moi. Nous discutons, nous raisonnons, nous nous posons des questions, nous invoquons la psychologie... alors qu'*il existe un témoin oculaire du crime*. Je vous en prie, racontez-moi ça !

— La soirée était assez avancée. Anne Meredith faisait le mort. Elle s'est levée, a jeté un coup d'œil sur le jeu de son partenaire, puis s'est promenée dans la pièce. La partie n'était pas très intéressante, et le résultat connu d'avance. Je n'avais pas besoin de me concentrer sur les cartes. Nous en étions aux trois dernières levées quand j'ai regardé du côté de la cheminée. Anne Meredith était penchée sur Mr Shaitana. Pendant que je l'observais, elle s'est redressée. En fait, elle avait la main posée sur la poitrine de Shaitana, geste qui a éveillé mon attention. Alors j'ai aperçu son visage et le rapide regard qu'elle a lancé dans notre direction. La culpabilité, la peur, voilà ce que j'ai lu sur ce visage. Bien sûr, j'ignorais à ce moment-là ce qui venait de se passer. Je me demandais simplement ce que diable elle avait bien pu faire. Plus tard... j'ai compris.

Poirot hocha la tête.

— Mais elle ne savait pas que vous saviez. Elle ne savait pas que vous l'aviez vue ?

— Pauvre gosse, dit Mrs Lorrimer. Jeune, effrayée... son chemin à faire dans la vie... Cela vous étonne que je... eh bien, que j'aie tenu ma langue ?

— Non, non, cela ne m'étonne pas.

— Surtout sachant que je... que moi-même...

Elle termina sa phrase par un haussement d'épaules.

— Ce n'était certainement pas à moi de me dresser en accusateur. Cela regardait la police.

— D'accord, mais aujourd'hui, vous êtes allée plus loin.

— Je n'ai jamais été du genre à céder à l'attendrissement ou à compatir aux malheurs d'autrui, mais je suppose que cela vient avec l'âge. Je vous assure qu'il ne m'arrive pas souvent d'être guidée par la pitié.

— Ce n'est pas toujours un très bon guide, madame. Miss Anne est jeune et fragile, elle a l'air timide et apeurée... oh ! oui, elle paraît tout ce qu'il y a de plus digne de compassion. Mais, moi, je ne suis pas d'accord. Voulez-vous savoir, madame, pourquoi miss Meredith a tué Mr Shaitana ? C'est parce qu'il savait qu'elle avait tué auparavant une vieille dame dont elle était la demoiselle de compagnie – laquelle vieille dame l'avait surprise à chaparder.

Un peu stupéfaite, Mrs Lorrimer le regarda.

— C'est vrai, ça, monsieur Poirot ?

— En tout cas, j'en ai l'intime conviction. Elle est si douce, si gentille... mais ça, ce ne sont que des on-dit. Parce que, enfin, elle est dangereuse, madame, cette petite demoiselle Anne ! Quand sa sécurité ou son confort sont menacés, elle frappe sauvagement, sournoisement. Miss Anne ne s'arrêtera pas à ces deux crimes. Ils vont l'enhardir...

— Ce que vous dites est horrible, monsieur Poirot. Horrible ! s'écria Mrs Lorrimer.

Poirot se leva.

— Je dois m'en aller, maintenant. Pensez à ce que je vous ai dit.

Mrs Lorrimer semblait troublée. Elle essaya d'endosser son ancien personnage :

— Si cela me convient, monsieur Poirot, je refuserai de reconnaître que nous avons eu cette conversation. Vous n'avez pas de témoin, ne l'oubliez pas. Ce que je vous ai dit avoir vu ce fameux soir... eh bien, doit rester entre nous.

— Je ne ferai rien sans votre consentement, madame, lui répondit Poirot avec gravité. J'ai mes propres méthodes. Maintenant que je sais où je vais...

Il lui prit la main et la porta à ses lèvres.

— Permettez-moi de vous dire, madame, que vous êtes une femme remarquable. Je vous présente mes hommages et mes respects. Oui, vraiment, une femme comme il n'en existe pas une sur mille. Vous n'avez pas fait ce que neuf cent quatre-vingt-dix-neuf femmes sur mille n'auraient pas résisté à faire.

— C'est-à-dire ?

— M'expliquer pourquoi vous avez tué votre mari et combien cette mesure était justifiée.

Mrs Lorrimer prit une attitude raide et hautaine.

— Écoutez, monsieur Poirot, ces raisons ne regardent que moi.

— Prodigieux ! s'exclama Poirot.

Et, après avoir porté de nouveau sa main à ses lèvres, il s'en fut.

Il faisait froid dehors, et il n'y avait pas de taxi en vue.

Tout en marchant, il réfléchissait. De temps à autre, il hochait la tête. Une fois, il la secoua.

Il regarda en arrière. Quelqu'un montait le perron de Mrs Lorrimer. La silhouette rappelait beaucoup celle d'Anne Meredith. Il hésita juste un instant à revenir sur ses pas mais, finalement, poursuivit sa route.

Quand il arriva chez lui, Battle était parti sans laisser de message.

Il lui téléphona aussitôt.

— Allô ! Vous tenez quelque chose ? demanda Battle.

— Je crois bien, mon bon ami. Il faut arrêter la petite Meredith... et sans perdre un instant.

— Je vais l'arrêter... mais pourquoi cette précipitation ?

— Parce que, mon bon ami, elle peut devenir dangereuse.

Battle resta un instant silencieux. Puis il reprit :

— Je vois ce que vous voulez dire. Mais il n'y a personne... Oh ! bon, il vaut mieux ne pas prendre de risques. En fait, je lui ai écrit. Un mot officiel disant que je passerais la voir demain. J'ai pensé qu'il ne serait peut-être pas mauvais de lui faire perdre son sang-froid.

— C'est au moins une possibilité. Pourrai-je vous accompagner ?

— Bien sûr. Tout l'honneur sera pour moi, monsieur Poirot.

Poirot raccrocha, pensif.

Il n'avait pas l'esprit en paix. Il resta longtemps assis devant le feu, les sourcils froncés. Il finit par mettre ses craintes et ses doutes de côté et par aller se coucher.

— On verra ça demain matin, murmura-t-il.

Mais ce que le lendemain matin lui réservait, il n'en avait pas la moindre idée.

28

SUICIDE

La nouvelle fit à Poirot l'effet d'une bombe. Elle lui fut communiquée par téléphone, au moment où il prenait son café.

Il décrocha et entendit la voix de Battle.

— Allô ! monsieur Poirot ?

— Lui-même. Que vous arrive-t-il ?

Au ton du superintendant, il comprit qu'il y avait du nouveau. Ses vagues appréhensions de la veille lui revinrent.

— Vite, mon bon ami, dites-moi tout.

— C'est Mrs Lorrimer.

— Mrs Lorrimer ? Eh bien ?

— Que diable lui avez-vous raconté – ou vous a-t-elle raconté – hier ? Vous ne me dites jamais rien. En fait, vous m'avez laissé penser que c'était miss Meredith à qui nous en avions.

— Qu'est-il arrivé ? insista Poirot sans se démonter.

— Suicide.

— Mrs Lorrimer s'est suicidée ?

— Oui. Il semble qu'elle était très déprimée, très changée, ces derniers temps. Son médecin lui avait prescrit des somnifères. Elle en a pris trop la nuit dernière.

Poirot respira à fond.

— Il ne peut pas être question... d'accident ?

— Pas un instant. C'est du tout cuit. Elle a écrit aux trois autres.

— Quels trois autres ?

— Les trois autres. Roberts, Despard et miss Meredith. Pas la peine de chercher midi à quatorze heures, c'est clair comme le jour. Elle leur a écrit qu'elle a décidé d'abréger cette histoire, que c'est elle qui a tué Shaitana, et qu'elle les prie de lui pardonner – de lui pardonner ! – pour les ennuis qu'elle leur a causés à tous les trois. Le ton est posé, comme dans une lettre d'affaires. Typique du personnage. Le sang-froid fait femme.

Poirot ne répondit pas tout de suite.

Ainsi, Mrs Lorrimer avait eu le dernier mot. Elle s'était décidée, en fin de compte, à protéger Anne Meredith. À choisir une mort rapide et sans douleur plutôt qu'une longue et cruelle agonie. À faire pour finir un geste altruiste : sauver une jeune fille avec laquelle elle se sentait liée par une sympathie profonde. Tout cela mené à bien avec une impitoyable efficacité – un suicide soigneusement annoncé aux trois parties intéressées. Quelle femme ! Son admiration grandit encore. Ça lui ressemblait bien, cette détermination inexorable, cette persévérance employée à aller jusqu'au bout de ce qu'elle avait décidé.

Il avait cru l'avoir convaincue mais, de toute évidence, elle avait préféré s'en remettre à son propre jugement. Une volonté de fer.

Battle coupa court à ses méditations.

— Que diable lui avez-vous raconté, hier soir ? Vous avez dû lui mettre la puce à l'oreille, et voilà le résultat ! Alors qu'à la suite de cette entrevue, vous paraissiez certain de la culpabilité de miss Meredith.

Poirot resta silencieux. Morte, Mrs Lorrimer l'obligeait à se plier à sa volonté, ce qu'elle n'avait pas pu faire de son vivant.

— J'étais dans l'erreur... finit-il par déclarer lentement.

C'était des mots qu'il n'avait pas l'habitude de prononcer – et qui ne lui plaisaient pas.

— Vous avez commis une bourde, hein ? dit Battle. Quoi qu'il en soit, elle a dû penser que vous étiez à ses trousses. C'est une sale histoire... La laisser filer comme ça entre nos doigts !

— Vous n'auriez rien pu prouver contre elle, répliqua Poirot.

— Non, vous avez sans doute raison... c'est peut-être mieux ainsi. Vous... euh... vous n'aviez pas ça en vue, monsieur Poirot ?

Poirot se récria avec indignation. Puis il demanda :

— Racontez-moi exactement ce qui s'est passé.

— Roberts a ouvert son courrier juste avant 8 heures. Il n'a pas perdu de temps, il a chargé sa femme de chambre de nous prévenir – ce qu'elle a fait –, il a sauté dans sa voiture et il est arrivé chez Mrs Lorrimer alors qu'on ne l'avait pas encore réveillée. Il s'est précipité dans sa chambre, mais il était trop tard. Il a essayé la respiration artificielle mais il n'y avait plus rien à faire. Notre médecin légiste est arrivé peu après et a confirmé ses dires.

— Quel somnifère a-t-elle avalé ?

— Du véronal, je crois. Un barbiturique, en tout cas. Le flacon de comprimés était près d'elle.

— Et les deux autres ?

— Despard n'est pas à Londres. Il n'a pas eu son courrier ce matin.

— Et... miss Meredith ?

— Je viens de lui téléphoner.

— Eh bien ?

— Elle venait juste d'ouvrir sa lettre. Le courrier est distribué plus tard, là-bas.

— Quelle a été sa réaction ?

— Oh, parfaitement normale. Un soulagement intense décemment maîtrisé. Frappée, navrée... tout ça.

Poirot réfléchit.

— Où êtes-vous en ce moment, mon bon ami ?

— À Cheyne Lane.

— Bien. J'arrive tout de suite.

À Cheyne Lane, dans l'entrée, il croisa le Dr Roberts qui partait. Sa jovialité avait fondu comme neige au soleil. Il était pâle et paraissait secoué.

— Sale histoire, monsieur Poirot. En ce qui me concerne, je reconnais que je me sens soulagé, mais pour vous dire la vérité, cela m'a fait un choc. Je n'aurais jamais pensé que Mrs Lorrimer pouvait avoir tué Shaitana. J'en ai été très surpris.

— J'en suis aussi surpris que vous.

— Une femme tranquille, cultivée, indépendante... Je ne peux pas l'imaginer se livrant à un pareil acte

de violence. Pour quelle raison, je me le demande...
Enfin, après ça, nous ne le saurons jamais. Je serais
pourtant très curieux de l'apprendre.

— Cet événement doit vous débarrasser d'un grand
poids ?

— Oh, sans aucun doute. Ce serait de l'hypocrisie de
ne pas le reconnaître. Ce n'est pas très agréable d'être
soupçonné de meurtre. Quant à cette pauvre femme...
ma foi, c'était pour elle la meilleure façon de s'en sortir.

— C'est aussi ce qu'elle a pensé.

Roberts hocha la tête et, tout en se dirigeant vers
la porte, murmura :

— Une affaire de conscience, j'imagine...

Poirot était songeur. Le médecin avait mal compris
la situation. Ce n'était pas le remords qui avait poussé
Mrs Lorrimer au suicide.

Avant de monter, il s'arrêta pour dire quelques
mots de réconfort à la vieille femme de chambre qui
pleurait en silence.

— C'est terrible, monsieur. Vraiment terrible !
Nous l'aimions tous beaucoup. Quand on pense que
vous preniez tranquillement le thé avec elle hier. Et
aujourd'hui, elle n'est plus là. Tant que je vivrai, je
ne pourrai pas oublier cette matinée. Ce gentleman
carillonnant à la porte. Trois fois, il a sonné, avant
que j'aie eu le temps d'arriver. « Où est votre maîtresse ? » il m'a crié. J'étais si troublée que je pouvais
à peine répondre. Vous comprenez, nous n'entrions
jamais chez elle avant qu'elle ait sonné... c'était les
ordres. Et moi qui ne pouvais pas prononcer un mot.
Et le docteur qui dit : « Où est sa chambre ? » et qui
grimpe l'escalier et moi derrière lui, et je lui montre

la porte et il se précipite à l'intérieur, sans même frapper, la regarde couchée et dit : « Trop tard. » Elle était morte, monsieur. Il m'a envoyée quand même chercher du cognac et de l'eau chaude, et il a essayé désespérément de la ranimer, mais rien à faire. Et la police arrive et tout ça... ce n'est pas... ce n'est pas convenable, monsieur. Mrs Lorrimer n'aurait pas aimé ça. Et pourquoi la police ? Ce n'est pas son affaire, pour sûr, même s'il est arrivé un accident et que la pauvre maîtresse s'est trompée et en a pris trop.

Poirot ne répondit pas à sa question et demanda :

— Hier soir, votre maîtresse était comme d'habitude ? Elle n'avait pas l'air inquiète, ou soucieuse ?

— Non, je ne pense pas, monsieur. Elle était fatiguée, et je crois qu'elle souffrait. Elle n'était pas bien, ces derniers temps.

— Oui, je sais.

La sympathie qui s'exprimait dans le ton de Poirot l'incita à poursuivre.

— Ce n'était pas quelqu'un à se plaindre, monsieur, mais la cuisinière et moi, nous nous faisions du souci pour elle depuis quelque temps. Elle ne pouvait pas faire tout ce qu'elle faisait avant, ça la fatiguait. Peut-être que la jeune dame qui est venue après vous, ç'a été trop pour elle.

Un pied sur l'escalier, Poirot se retourna.

— La jeune dame ? Une jeune dame est venue hier soir ?

— Oui, monsieur. Juste après votre départ. Miss Meredith, elle s'appelait.

— Elle est restée longtemps ?

— À peu près une heure, monsieur.

Poirot demeura un instant silencieux.

— Et ensuite ? demanda-t-il.

— La maîtresse est allée se coucher. Elle a dîné au lit. Elle a dit qu'elle était fatiguée.

Poirot observa de nouveau un instant de silence, puis demanda :

— Savez-vous si votre maîtresse a écrit des lettres, hier soir ?

— Vous voulez dire, quand elle était déjà au lit ? Je ne crois pas, monsieur.

— Mais vous n'en êtes pas sûre ?

— Il y avait déjà des lettres sur la table de l'entrée, prêtes à être postées, monsieur. C'est la dernière chose que nous faisons avant de fermer la maison. Mais je crois qu'elles étaient déjà là beaucoup plus tôt.

— Combien y en avait-il ?

— Deux ou trois, je ne sais plus... trois, je crois.

— Vous – ou la cuisinière –, celle qui les a postées n'a pas remarqué par hasard à qui elles étaient adressées ? Ne prenez pas mal ma question, c'est de la plus haute importance.

— Je suis allée à la poste moi-même, monsieur. Celle du dessus était pour Fortnum & Mason's. Les autres, je ne sais pas.

Elle avait l'air sincère.

— Êtes-vous certaine qu'il n'y avait pas plus de trois lettres ?

— Oui, monsieur, tout à fait certaine.

Poirot hocha la tête avec gravité. Il grimpa quelques marches et se retourna de nouveau :

— Vous saviez, je suppose, que votre patronne prenait des comprimés pour dormir ?

— Oh, oui, monsieur. C'étaient les ordres du docteur. Le Dr Lang.

— Savez-vous où elle les rangeait ?

— Dans sa chambre, monsieur, dans une petite armoire.

Poirot arrêta là ses questions. Il monta. Il avait le visage très grave.

Battle l'attendait sur le palier. Il semblait soucieux et épuisé.

— Je suis content que vous soyez venu, monsieur Poirot. Permettez-moi de vous présenter le Dr Davidson.

Le médecin légiste lui serra la main. C'était un individu grand et mélancolique.

— Nous n'avons pas eu de chance, dit-il. Une heure ou deux plus tôt, nous aurions pu la sauver.

— Hum ! fit Battle. Je ne devrais pas le dire carrément, mais je n'en suis pas mécontent. C'était... eh bien, c'était une dame. Je ne connais pas les raisons qui l'ont poussée à tuer Shaitana, mais elles étaient sans doute valables.

— De toute façon, remarqua Poirot, il est peu probable qu'elle eût vécu jusqu'à son procès. Elle était très malade.

Le médecin hocha la tête.

— C'est exact. Ma foi, c'est peut-être mieux ainsi.

Il s'engagea dans l'escalier.

Battle le suivit.

— Une minute, docteur !

La main sur la poignée de la porte, Poirot murmura :

— Je peux entrer ?

Battle tourna la tête.

— Allez-y. Nous avons fini.

Poirot entra, et ferma la porte derrière lui.

Debout près de son lit, il regarda le visage paisible de la morte.

Il était très troublé.

La défunte avait-elle choisi cette issue dans un ultime effort pour sauver une jeune fille du déshonneur et de la mort, ou y avait-il à ça une explication beaucoup plus sinistre ?

Il y avait certains faits...

Soudain, il se pencha, et examina un bleu à peine marqué sur l'avant-bras de la morte.

Il se redressa. Il avait cette lueur dans l'œil, bien connue de ses proches collaborateurs, qui rappelait celle des chats.

Il quitta prestement les lieux et descendit. Battle et un de ses subordonnés étaient au téléphone. Ce dernier raccrocha et déclara :

— Il n'est pas rentré, monsieur.

Battle expliqua :

— Despard. J'essaie en vain de le joindre. Il y a bien une lettre pour lui avec le tampon de Chelsea.

Poirot posa une question saugrenue.

— Le Dr Roberts avait-il pris son petit déjeuner avant de venir ici ?

Battle le regarda en écarquillant les yeux.

— Non, répondit-il. Je me rappelle l'avoir entendu dire qu'il était sorti avant.

— Dans ce cas, il doit être chez lui. On va pouvoir le joindre.

— Mais pourquoi ?

Poirot composait déjà le numéro.

— Docteur Roberts ? C'est le Dr Roberts lui-même ? Mais oui, c'est Poirot à l'appareil. Juste une question. L'écriture de Mrs Lorrimer vous est-elle familière ?

— L'écriture de Mrs Lorrimer ? Je... non, je ne crois pas l'avoir jamais vue auparavant.

— Je vous remercie.

Poirot raccrocha aussitôt.

Battle le regardait, toujours aussi étonné.

— C'est quoi, la grande idée, monsieur Poirot ?

Poirot le prit par le bras.

— Écoutez, mon bon ami. Quelques instants après que j'ai quitté cette maison, hier soir, Anne Meredith est arrivée. En fait, je l'ai vue monter le perron, mais je n'étais pas sûr que c'était bien elle. Tout de suite après son départ, Mrs Lorrimer est montée se coucher. Pour autant qu'elle le sache, la domestique pense qu'elle n'a pas écrit de lettres ensuite. Et pour des raisons que vous comprendrez lorsque je vous aurai raconté mon entrevue avec elle, *je ne crois pas qu'elle ait écrit ces trois lettres avant ma visite.* Quand les a-t-elle écrites, alors ?

— Après que les domestiques se sont couchées ? suggéra Battle. Elle se sera relevée et les aura postées elle-même.

— Oui, c'est une possibilité, mais il y en a une autre... *Qu'elle ne les ait pas écrites du tout.*

Battle émit un petit sifflement.

— Mon Dieu, vous voulez dire que...

Le téléphone sonna. Le sergent décrocha le combiné. Il écouta un instant puis se tourna vers Battle.

— C'est le sergent O'Connor qui appelle de chez Despard, monsieur. Il pense que le major est à Wallingford-on-Thames.

Poirot saisit le bras de Battle.

— Vite, mon bon ami. Nous devons aller à Wallingford, nous aussi. Je n'ai pas l'esprit tranquille. Cette histoire n'est pas terminée. Je vous le répète, mon bon ami, cette jeune personne est dangereuse.

29

ACCIDENT

— Anne ! fit Rhoda.
— Hmm ?
— Allons, Anne, ne me réponds pas en pensant à tes mots croisés. Écoute-moi.
— Je t'écoute.

Anne posa son journal et s'assit bien droite.

— Voilà qui est mieux. Je voudrais... (Rhoda hésita.) C'est à propos de ce type qui doit venir...
— Le superintendant Battle ?
— Oui. Je voudrais que tu lui parles... de ton passage chez les Benson.
— Ridicule. Pourquoi ça ? fit Anne d'un ton glacial.
— Parce que... on pourrait croire... C'est comme si tu cherchais à cacher quelque chose. Je suis sûre qu'il aurait mieux valu en parler.
— Je ne peux guère le faire maintenant, rétorqua Anne.
— Je regrette que tu ne l'aies pas fait tout de suite.
— Eh bien, il est trop tard pour se mettre martel en tête à présent.

— Oui, répondit Rhoda, sans conviction.

— De toute façon, je ne vois pas *pourquoi*. Cela n'a rien à avoir avec cette affaire.

— Non, bien sûr que non.

— Je n'y suis restée que deux mois environ. Ces trucs, il ne les demande que comme... enfin comme des références. Deux mois, ça ne compte pas.

— Non, je sais bien. Je suis sans doute stupide, mais cela m'inquiète quand même. Je pense que tu devrais en parler. Tu comprends, s'il l'apprenait par ailleurs, cela pourrait faire mauvais effet – que tu l'aies tenu secret, je veux dire.

— Je ne vois pas comment il l'apprendrait. Personne n'est au courant sauf toi, non ?

— N...non.

L'hésitation de Rhoda fit bondir Anne.

— Bon sang ! Qui d'autre encore pourrait le savoir ?

— Eh bien, mais... Tout le monde à Combeacre, répondit Rhoda au bout d'un instant.

— Oh, ça ! répliqua Anne en haussant les épaules. Ça m'étonnerait que le superintendant tombe sur quelqu'un de là-bas. Comme coïncidence, ce serait quand même extraordinaire.

— Les coïncidences, ça se produit tous les jours.

— Rhoda, tu es incroyable. Ce que tu peux faire comme histoires pour si peu ! Et que je te ramène ça sur le tapis ! Et que je t'insiste ! Et que je te répète ça sans trêve ni repos !

— Excuse-moi, ma chérie. Mais tu sais bien ce que ferait la police si elle apprenait que tu lui as... eh bien, caché des choses.

— Elle ne l'apprendra pas. Qui le lui dirait ? Personne n'est au courant, sauf toi.

C'était la deuxième fois qu'elle prononçait ces paroles, mais, cette fois, le ton avait un peu changé. Il avait quelque chose de bizarre, de dubitatif...

— Oh, comme je préférerais que tu le fasses, soupira Rhoda d'un air malheureux.

Elle lui lança un coup d'œil coupable, mais Anne ne la regardait pas. Elle était assise, les sourcils froncés, comme perdue dans ses calculs.

— C'est chic que le major Despard vienne nous voir, dit soudain Rhoda.

— Quoi ? Ah ! oui...

— Oh, Anne, c'est fou ce qu'il est séduisant ! Si tu ne veux pas de lui, je t'en prie, je t'en supplie, je t'en conjure, refile-le-moi !

— Ne sois pas ridicule, Rhoda. Il se fiche de moi comme de l'an quarante.

— Dans ce cas, pourquoi s'obstine-t-il à venir ? Bien sûr que tu lui plais. Tu es exactement le genre de demoiselle en détresse qu'il doit se faire une joie de secourir. Tu as l'air si merveilleusement désarmée, Anne !

— Il n'est pas plus aimable avec moi qu'avec toi.

— Ça, c'est une question de politesse. Mais si tu ne veux vraiment pas de lui, je te garantis que je jouerais volontiers le rôle de l'amie compatissante, disposée à consoler son cœur brisé, etc. etc. Et à la fin, qui sait ? je décrocherai peut-être le gros lot ! conclut Rhoda sans élégance excessive.

— Je suis sûre qu'il ne demande que ça, ma chérie, répondit Anne en riant.

— Il a une si belle nuque ! soupira Rhoda. Divinement rouge brique et musclée.

— Chérie, ne sois pas d'un sentimentalisme bêlant !

— Est-ce qu'il te plaît, Anne ?

— Oui, beaucoup.

— Nous sommes bien sous tous rapports, non ? Je crois que je lui plais un petit peu, pas autant que toi, mais un petit peu.

— Oh, bien sûr, que tu lui plais, répliqua Anne.

Son ton avait de nouveau quelque chose d'inhabituel, mais Rhoda ne le remarqua pas.

— À quelle heure vient notre détective ? demanda-t-elle.

— À midi... répondit Anne. Il n'est que 10 heures et demie, reprit-elle après un silence. Allons faire un tour jusqu'à la rivière.

— Mais, est-ce que... est-ce que Despard n'a pas dit qu'il viendrait vers 11 heures ?

— Pourquoi l'attendre ici ? Nous pouvons lui laisser un message chez Mrs Astwell pour lui indiquer où nous allons et il nous rejoindra par le chemin de halage.

— C'est vrai. « Ne sois pas une fille facile, ma chérie », comme disait toujours ma mère, répondit Rhoda en riant. Allons-y.

Elle se dirigea vers la porte du jardin. Anne la suivit.

Le major Despard arriva à Wendon Cottage environ dix minutes plus tard. Il n'était pas en retard, et il fut surpris d'apprendre que les deux jeunes filles étaient déjà parties.

Il passa par le jardin, traversa le champ et tourna à droite dans le chemin de halage.

Au lieu de retourner tout de suite à ses corvées matinales, Mrs Astwell le suivit des yeux pendant quelques minutes.

« Sûr qu'il a le béguin pour l'une ou pour l'autre, se dit-elle. Je pense que c'est pour miss Anne, mais ce n'est pas certain. On ne voit pas grand-chose sur sa figure. Il est pareil avec les deux. Et je crois aussi qu'elles ont toutes deux le béguin pour lui. Si ça continue, bientôt, elles ne seront plus d'aussi bonnes amies. Rien de tel qu'un monsieur pour semer la bisbille entre deux jeunes filles. »

Agréablement titillée à la perspective d'assister à des amours naissantes, Mrs Astwell retournait à sa vaisselle du petit déjeuner quand on sonna de nouveau.

— Au diable cette porte ! marmonna-t-elle. Ils le font exprès, ma parole ! Un paquet, sans doute. Ou un télégramme.

Elle alla ouvrir sans se presser.

Deux messieurs se tenaient sur le seuil, un petit à l'air étranger, et une caricature de Britannique, grand et costaud. Celui-ci, elle se souvenait de l'avoir déjà vu.

— Miss Meredith est chez elle ? demanda le grand gaillard.

— Elle vient de partir.

— Ah ! Par quel chemin ? Nous ne l'avons pas rencontrée.

Mrs Astwell, qui observait du coin de l'œil les stupéfiantes moustaches de l'autre gentleman et qui pensait à part elle que ces deux messieurs-là faisaient une paire d'amis plutôt bizarre, répondit volontiers :

— Elle est allée à la rivière.

— Et l'autre demoiselle ? Miss Dawes ? demanda Poirot.

— Elles sont parties ensemble.

— Ah, merci, dit Battle. Par où va-t-on à la rivière ?

— Prenez d'abord le sentier sur votre gauche, répondit aussitôt Mrs Astwell. En arrivant au chemin de halage, tournez à droite. Je les ai entendues dire qu'elles iraient par là. Vous les rattraperez, il n'y a pas un quart d'heure qu'elles sont parties.

« Je me demande bien qui vous êtes, vous deux, se dit-elle en refermant la porte à contrecœur après les avoir suivis des yeux avec curiosité. Je ne vois pas trop ce qui vous amène. »

Mrs Astwell retourna à son évier, pendant que Poirot et Battle prenaient le sentier indiqué qui déboucha soudain sur le chemin de halage.

Poirot hâtait le pas, sous l'œil étonné de Battle.

— Qu'est-ce qui se passe, monsieur Poirot ? Vous avez l'air bien pressé !

— C'est vrai. Je suis inquiet, mon bon ami.

— Quelque chose de spécial ?

Poirot secoua la tête.

— Non, mais on ne sait jamais. Tout est possible.

— Vous avez une idée derrière la tête, dit Battle. Vous avez insisté pour que nous venions ici ce matin sans perdre un instant et il fallait voir comme vous avez poussé Turner à appuyer sur le champignon ! De quoi avez-vous peur ? Que la fille essaie de filer ?

Poirot garda le silence.

— De quoi avez-vous peur ? répéta Battle.

— De quoi a-t-on toujours peur dans ces cas-là ?

Battle hocha la tête.

— Vous avez raison. Je me demande…

— Qu'est-ce que vous vous demandez, mon bon ami ?

— Je me demande si miss Meredith sait que son amie a raconté un certain fait à Mrs Oliver, déclara lentement Battle.

Poirot fit un vigoureux signe d'assentiment.

— Dépêchons-nous, mon bon ami, dit-il.

Ils hâtèrent le pas le long de la rivière. Il n'y avait pas d'embarcation en vue, mais à un tournant du chemin, Poirot s'arrêta net. L'œil vif de Battle avait saisi aussi.

— Le major Despard, dit-il.

Le major marchait à environ deux cents mètres devant eux.

Un peu plus loin, on apercevait les deux jeunes filles dans une barque. Rhoda ramait, Anne était allongée et riait. Ni l'une ni l'autre ne regardaient vers la berge.

C'est alors… que *cela se produisit*. Anne tendit la main, Rhoda vacilla, tomba par-dessus bord, se raccrocha désespérément à la manche d'Anne, le bateau tangua, chavira, et les deux jeunes filles se mirent à se débattre dans l'eau.

— Vous avez vu ? s'écria Battle en se mettant à courir. La petite Meredith lui a attrapé la cheville et l'a fait basculer. Mon Dieu, c'est son quatrième meurtre !

Ils coururent tous les deux tant qu'ils purent. Mais quelqu'un les avait devancés. Il était clair qu'aucune des filles ne savait nager, mais le major Despard s'était précipité jusqu'au point le plus proche, avait plongé, et maintenant il nageait vers elles.

— Mon Dieu, voilà qui est intéressant, s'écria Poirot en attrapant le bras de Battle. Vers laquelle va-t-il aller d'abord ?

Les deux filles n'étaient pas ensemble. Environ une dizaine de mètres les séparaient.

D'un mouvement puissant, Despard nageait sans hésiter. Droit sur Rhoda.

Battle avait atteint à son tour le point le plus proche. Il plongea. Despard venait de ramener Rhoda saine et sauve. Il la hissa sur la rive, l'allongea, plongea de nouveau et nagea vers l'endroit où Anne venait de disparaître.

— Attention ! lui cria Battle. Il y a des algues !

Ils arrivèrent ensemble là où Anne avait déjà coulé.

Ils finirent par l'attraper et la ramenèrent entre eux deux jusqu'à la rive.

Poirot prodiguait ses soins à Rhoda. Elle était assise maintenant et respirait difficilement.

Despard et Battle allongèrent miss Meredith sur le sol.

— Respiration artificielle, dit Battle. C'est la seule chose à faire. Mais je crains qu'il ne soit trop tard.

Il se mit à l'ouvrage avec méthode. À côté de lui, Poirot se tenait prêt à le relayer.

Despard se laissa tomber près de Rhoda.

— Vous vous sentez bien ? demanda-t-il d'une voix rauque.

— Vous m'avez sauvée… C'est *moi* que vous avez sauvée… dit-elle lentement.

Elle lui tendit les mains et éclata en sanglots quand il les prit dans les siennes.

— Rhoda… murmura-t-il.

Leurs mains étaient étroitement enlacées.

Il eut une vision soudaine : la brousse africaine et Rhoda, rieuse, aventureuse, à son côté…

30

MEURTRE

— Vous voulez dire qu'Anne aurait eu l'intention de me faire basculer ? demanda Rhoda, incrédule. Je sais bien que c'est l'*impression* que j'ai eue. Et elle savait que j'étais incapable de nager. Mais... était-ce vraiment *volontaire* ?

— Tout ce qu'il y a de plus volontaire, répondit Poirot.

Ils roulaient dans les faubourgs de Londres.

— Mais pourquoi ? Pourquoi ?

Poirot ne répondit pas tout de suite. Il pensait connaître l'une des raisons qui avaient poussé Anne à agir comme elle l'avait fait, et pour l'instant cette « raison » était assise à côté de Rhoda.

Le superintendant Battle toussota.

— Préparez-vous à quelques chocs, miss Dawes. La mort de Mrs Benson, chez qui votre amie a travaillé, n'a pas été tout à fait un accident comme il y paraissait... du moins avons-nous lieu de le supposer.

— Que voulez-vous dire ?

— Nous pensons qu'Anne Meredith a interverti les bouteilles, déclara Poirot.

— Oh, non !... C'est trop horrible !... C'est *impossible* ! Anne ? Mais pourquoi ?

— Elle avait ses motifs, répondit Battle. Mais le fait est, miss Dawes, que pour miss Meredith *vous étiez la seule personne qui pouvait nous mettre sur la piste de cet incident*. Vous ne lui aviez pas raconté, j'imagine, que vous en aviez parlé à Mrs Oliver ?

— Non. J'ai pensé qu'elle serait fâchée contre moi.

— Elle l'aurait été. Très fâchée, dit Battle, l'air sombre. Mais comme elle pensait que le danger ne pouvait venir que de *vous*, elle a décidé de vous... euh... éliminer.

— M'éliminer ? *Moi ?* Oh ! c'est abominable ! Je ne croirai jamais ça.

— Bon, elle est morte maintenant, dit Battle. Alors autant en rester là. Mais ce n'était pas une gentille amie pour vous, miss Dawes. Et ça, c'est une certitude.

La voiture s'arrêta.

— Nous allons monter parler de tout ça chez M. Poirot, dit le superintendant Battle.

Dans le salon, ils trouvèrent Mrs Oliver en grande conversation avec le Dr Roberts. Ils étaient en train de boire du sherry. Mrs Oliver portait un chapeau qui aurait fait fureur au défilé du derby d'Epsom et une robe en velours noir ornée d'un nœud sur la poitrine – nœud sur lequel trônait un trognon de pomme de belle taille.

— Entrez, entrez, dit Mrs Oliver, aussi hospitalière que si elle se trouvait chez elle et non chez Poirot.

Dès que j'ai reçu votre coup de fil, j'ai téléphoné au Dr Roberts et nous sommes venus ici. Tous ses malades sont en train de mourir, mais il s'en moque. En réalité, ils vont sans doute beaucoup mieux sans lui. Nous voulons tout savoir sur tout !

— Oui, c'est vrai, dit Roberts. Pour l'instant, je nage dans le brouillard.

— Eh bien, commença Poirot, l'affaire est close. Nous avons enfin découvert l'assassin de Mr Shaitana.

— C'est ce que Mrs Oliver m'a dit. La plus invraisemblable des meurtrières.

— Et pourtant, bel et bien une meurtrière, dit Battle. Trois meurtres à son actif – et ce n'est pas de sa faute si elle a raté le quatrième.

— Incroyable ! murmura Roberts.

— Pas du tout, déclara Mrs Oliver. Le personnage le plus inattendu. On dirait que ça se passe dans la vie comme dans les romans.

— Quelle journée ! remarqua Roberts. D'abord la lettre de Mrs Lorrimer... Je suppose que c'était un faux, hein ?

— Tout juste. Un faux recopié en trois exemplaires.

— Elle s'en était adressé une à elle-même ?

— Bien sûr. Un faux très adroit – qui n'aurait pas trompé un expert, évidemment, mais il y avait peu de chances pour qu'on en appelle un. Tout semblait confirmer la thèse du suicide.

— Excusez ma curiosité, monsieur Poirot, mais qu'est-ce qui vous a permis de soupçonner que Mrs Lorrimer ne s'était pas suicidée ?

— Une petite conversation que j'ai eue avec sa femme de chambre à Cheyne Lane.

— Elle vous a parlé de la visite de miss Meredith, la veille au soir ?

— Entre autres, oui. Mais j'avais déjà en tête l'identité du coupable – je veux dire de la personne qui avait tué Mr Shaitana. Cette personne n'était pas Mrs Lorrimer.

— Qu'est-ce qui vous a fait soupçonner miss Meredith ?

Poirot leva la main.

— Une petite minute ! Laissez-moi vous expliquer les choses à ma manière. Autrement dit, procéder par élimination. Le meurtrier de Shaitana n'était pas Mrs Lorrimer, ni le major Despard... Curieusement, ce n'était pas non plus Anne Meredith...

Il se pencha en avant. Sa voix se fit douce et ronronnante, comme celle d'un chat.

— Voyez-vous, Dr Roberts, *c'est vous qui avez tué Mr Shaitana*. Et vous avez également tué Mrs Lorrimer...

Le silence dura pour le moins trois minutes. Puis Roberts se mit à rire, d'un rire assez menaçant.

— Êtes-vous devenu fou, monsieur Poirot ? Je n'ai certainement pas tué Mr Shaitana... et je suis dans l'impossibilité d'avoir tué Mrs Lorrimer. Mon cher Battle, dit-il en se tournant vers celui-ci, vous allez tolérer ça ?

— Je pense que vous auriez intérêt à écouter ce que M. Poirot a à dire, répliqua le superintendant avec calme.

Poirot poursuivit :

— J'avais beau savoir depuis un certain temps que c'était vous – et vous seul – qui pouviez avoir tué Mr Shaitana, il m'était difficile de le prouver.

Mais le cas de Mrs Lorrimer est tout à fait différent. Il ne s'agit pas d'une conviction de ma part. C'est beaucoup plus simple... *nous avons un témoin qui vous a vu faire.*

Roberts se fit soudain très calme. Mais ses yeux flambaient de haine. Il riposta vivement :

— Quelle absurdité !

— Oh, non. Pas du tout. Cela s'est passé tôt ce matin. Vous vous êtes introduit dans la chambre de Mrs Lorrimer, qui dormait encore profondément sous l'effet des somnifères qu'elle avait pris la veille. Vous avez prétendu avoir vu au premier coup d'œil qu'elle était morte ! Vous avez envoyé la femme de chambre chercher du cognac, de l'eau chaude et le reste. La domestique n'avait pu jeter qu'un bref regard. Elle vous a laissé seul dans la chambre. Que s'est-il passé alors ?

» Vous ne le savez peut-être pas, docteur Roberts, mais certaines entreprises qui emploient des laveurs de carreaux sont spécialisées dans le travail très matinal. Un laveur de carreaux est arrivé ici en même temps que vous. Il a installé son échelle et a commencé à travailler. La première fenêtre sur laquelle il est tombé était celle de la chambre de Mrs Lorrimer. Lorsqu'il a vu ce qui se passait, il a vite changé de place. Mais *il avait vu quelque chose.* Il va nous raconter lui-même son histoire.

Poirot alla ouvrir la porte, cria : « Entrez, Stephens ! » et retourna s'asseoir.

Un grand rouquin mal à l'aise fit son apparition. Il tenait à la main une casquette sur laquelle on pouvait lire « Les laveurs de carreaux de Chelsea ».

Poirot lui demanda :

— Reconnaissez-vous quelqu'un dans cette pièce ?

L'homme regarda autour de lui, puis fit un timide signe de tête en direction du Dr Roberts.

— Lui ! dit-il.

— Racontez-nous où vous l'avez vu la dernière fois, et ce qu'il faisait ?

— C'était ce matin. J'ai commencé à 8 heures, chez une dame à Cheyne Lane. Je faisais les fenêtres de la maison. La dame était au lit. Elle avait l'air malade. Elle ne faisait que tourner sa tête sur son oreiller. Ce monsieur, je l'ai pris pour un docteur. Il a retroussé la manche de la dame et lui a planté quelque chose dans le bras, à peu près ici. (Il désigna l'endroit du doigt.) Elle est retombée sur son oreiller. Je me suis dit que je ferais mieux de décamper et de changer de fenêtre. C'est ce que j'ai fait... J'ai pas fait quelque chose de mal ?

— Vous vous êtes admirablement conduit, mon bon ami, dit Poirot...

Il poursuivit d'un ton égal :

— Eh bien, Dr Roberts ?

— Un... un simple reconstituant, balbutia Roberts... Un dernier espoir de la faire revenir à elle. C'est monstrueux...

Poirot l'interrompit.

— Un simple reconstituant ? Du nitrogène-methyl-cyclo-hexenyl-methyl-malonyl, dit-il en prononçant avec onction, plus connu sous le nom d'Evipan. Utilisé comme anesthésique dans les interventions chirurgicales de courte durée. Injecté à forte dose par voie intraveineuse, il provoque un coma immédiat. Il est dangereux de l'associer au véronal ou à d'autres barbituriques. J'avais remarqué un léger hématome sur son bras, là où, de toute évidence, on avait dû lui injecter quelque chose dans la veine. Le médecin légiste alerté, la drogue a été détectée sans difficulté par sir Charles Imphrey lui-même, chef du laboratoire de toxicologie du ministère de l'Intérieur.

— Cela vous enfonce jusqu'au cou, déclara Battle. Inutile de prouver l'assassinat de Shaitana, mais bien sûr, si c'était nécessaire, nous pourrions vous inculper du meurtre de Mr Charles Craddock... et peut-être aussi de sa femme.

Après avoir entendu ces deux noms, Roberts renonça à la lutte.

Il s'appuya à son dossier.

— J'abandonne, dit-il. Vous m'avez eu. J'imagine que vous aviez été mis au courant par Shaitana ce soir-là, avant de venir. Moi qui pensais lui avoir proprement réglé son compte !

— Ce n'est pas Shaitana qu'il faut remercier, remarqua Battle. Tout l'honneur revient à M. Poirot.

Il alla à la porte et deux inspecteurs entrèrent.

Le superintendant Battle prit un ton officiel pour prononcer l'arrestation dans les règles.

Comme la porte se refermait derrière l'accusé, Mrs Oliver déclara, radieuse, sinon de parfaite bonne foi :

— J'ai toujours *clamé partout* que c'était lui !

31

CARTES SUR TABLE

Pour Poirot, l'heure était venue. Tous les visages tournés vers lui exprimaient la plus vive impatience.

— Vous êtes trop bons, dit-il en souriant. Vous savez, je pense, comme je me réjouis de faire ma petite conférence. Je suis un vieux radoteur.

» Pour moi, cette affaire est l'une des plus intéressantes qu'il m'ait été donné de résoudre. Il n'y avait *rien* sur quoi s'appuyer. Rien que quatre personnes, dont l'une *devait* avoir commis le crime. Mais laquelle ? Existait-il un élément qui permît d'en désigner une ? Au sens physique du terme, non. Aucun indice tangible, aucune empreinte, ni papiers ni documents compromettants. Il n'y avait que... les gens eux-mêmes.

» Et une piste : les marques de bridge.

» Vous vous souvenez que je me suis intéressé à ces scores depuis le début. Ils m'ont renseigné sur ceux qui les avaient écrits, mais ils ont fait plus encore. Ils m'ont mis sur une piste valable. J'ai tout de suite remarqué, dans la troisième partie, le chiffre de 1 500. Il ne pouvait représenter qu'une seule chose : une annonce de grand chelem. Maintenant, si quelqu'un décide de commettre un meurtre dans des circonstances aussi peu indiquées – c'est-à-dire durant une partie de bridge – cette personne prend deux risques sérieux. Le premier, c'est que la victime peut crier, et le second, même si la victime ne crie pas, c'est que l'un des trois autres joueurs peut lever les yeux au moment psychologique et *voir ce qui se passe*.

» Pour ce qui est du premier risque, il n'y a rien à faire. Sinon tenter sa chance. Mais on peut diminuer le second. On comprend aisément que, pendant une partie intéressante et excitante, l'attention des joueurs soit concentrée sur le jeu, alors qu'on a tendance à regarder autour de soi quand on s'ennuie. Une demande de grand chelem est toujours excitante. Et très souvent contrée – comme cela a été le cas ici. Chacun des trois joueurs est attentif – l'annonceur à remplir son contrat, ses adversaires à se défausser prudemment et à le faire chuter. Il existait donc une sérieuse possibilité que le meurtre ait été commis à ce moment-là et j'ai décidé de chercher à savoir comment s'étaient déroulées les annonces. J'ai vite découvert que durant cette partie, c'était le Dr Roberts qui avait fait le mort. Gardant ça à l'esprit, j'ai examiné l'affaire sous un deuxième angle : la probabilité psychologique. Des quatre suspects, Mrs Lorrimer m'avait frappé comme étant la plus capable d'organiser un meurtre et de le mener à bien, mais je ne la voyais pas tuant quelqu'un de façon improvisée, sur l'inspiration du moment. D'autre part, son comportement ce soir-là m'avait intrigué. Il suggérait soit qu'elle avait commis le meurtre elle-même, soit qu'elle savait qui l'avait commis. D'un point de vue psychologique, miss Meredith, le major Despard et le Dr Roberts pouvaient être coupables, mais, comme je l'ai déjà dit, chacun d'eux aurait commis le crime d'un *point de vue* différent.

» Je me suis livré ensuite à une seconde expérience. J'ai demandé à chaque participant de me décrire ce qu'il se rappelait de la pièce. J'en ai tiré de précieuses informations. Tout d'abord, le Dr Roberts était de loin le plus susceptible d'avoir remarqué le poignard. Il avait observé toutes sortes de babioles, c'est ce qu'on appelle un observateur-né. Cependant, il ne se rappelait pratiquement rien du jeu. Je ne m'attendais pas à beaucoup de détails, mais un oubli aussi complet permettait de supposer qu'il avait l'esprit ailleurs. De nouveau, comme vous voyez, le Dr Roberts était tout désigné.

» Mrs Lorrimer avait une mémoire des cartes tout à fait extraordinaire, et, avec un tel pouvoir de concentration, j'imaginais très bien qu'on puisse assassiner quelqu'un à côté d'elle sans qu'elle s'en aperçoive. Elle m'a donné un renseignement capital. Le grand chelem avait été annoncé par le Dr Roberts – sans justification – et il l'avait demandé non dans sa couleur mais dans celle de sa partenaire, ce qui obligeait Mrs Lorrimer à jouer.

» La troisième analyse, à laquelle le superintendant Battle et moi attachions beaucoup d'importance, était celle des meurtres passés qui nous permettait d'établir une similarité de méthode. Le mérite de leur découverte revient au superintendant Battle, à Mrs Oliver et au colonel Race. Quand j'en avais parlé avec lui, mon ami Battle m'avait avoué sa déception car il n'avait trouvé aucune similitude entre les trois crimes passés et le meurtre de Mr Shaitana. Mais, en réalité, il avait tort. Lorsqu'on examine avec attention, *d'un point de vue psychologique et non physique*, les deux meurtres attribués au Dr Roberts, on voit bien qu'*ils sont exactement calqués*. Ils font aussi partie de ce qu'on pourrait appeler des meurtres *publics*. Un blaireau audacieusement infecté dans le propre cabinet de toilette de la victime, alors que le médecin est censé se laver les mains après sa visite. Mrs Craddock assassinée sous couvert d'un vaccin contre la typhoïde. Tout ça exécuté au grand jour, sous les yeux de tous, pourrait-on dire. Et la réaction de l'homme est la même. Acculé, il risque le tout pour le tout et tente sa chance, exactement comme il le fait au bridge. De même qu'au bridge, en assassinant Mr Shaitana, il a pris un gros risque et il a bien joué ses cartes. Le coup a été porté sans faute et au bon moment.

» Seulement patatras ! juste à l'instant où j'avais acquis la certitude que le Dr Roberts était notre homme, Mrs Lorrimer me fait appeler... et s'accuse du meurtre de façon fort convaincante. J'ai bien failli la croire ! Pendant une ou deux minutes, je l'ai vraiment *crue*, et puis mes petites cellules grises ont repris le dessus. Ce n'était pas possible... donc cela n'était pas !

» Mais ce qu'elle m'a dit alors était encore plus impossible.

» Elle m'a assuré qu'elle avait vu Anne Meredith commettre le crime.

» C'est seulement le lendemain matin, quand je me suis trouvé près du lit d'une femme morte que j'ai compris comment je pouvais avoir raison, en même temps que Mrs Lorrimer disait la vérité.

» Anne Meredith va jusqu'à la cheminée... *et s'aperçoit que Mr Shaitana est mort !* Elle se penche sur lui, tend peut-être même la main vers le pommeau brillant et serti de pierreries du stylet.

» Ses lèvres s'entrouvrent, mais elle ne crie pas. Elle se souvient de ce qu'a dit Shaitana pendant le dîner. Il a peut-être consigné tout ça par écrit ? Elle, Anne Meredith, avait un motif pour désirer sa mort. Tout le monde penserait qu'elle l'avait tué. Il ne fallait pas qu'elle crie. Tremblante de frayeur et d'appréhension, elle retourne à sa place.

» Ainsi, Mrs Lorrimer a raison, puisqu'elle a vraiment, pense-t-elle, vu le crime se commettre – mais j'ai raison moi aussi parce qu'en réalité ce n'est pas le cas.

» Si le Dr Roberts s'en était tenu là, je doute que nous ayons jamais pu lui attribuer la paternité de ses crimes. Nous y serions *peut-être* arrivés, grâce à un mélange de bluff et astuces diverses. En tout cas, j'aurais *essayé*.

» Mais il a perdu son sang-froid et, encore une fois, a surestimé son jeu. Il a sorti de mauvaises cartes et il a chuté.

» Il ne fait pas de doute qu'il n'était pas tranquille. Il savait que Battle rôdait autour de lui. Il voyait déjà sa situation précaire se prolonger indéfiniment, avec la police qui continuerait à chercher et qui tomberait peut-être par miracle sur la trace de ses crimes passés. Il eut soudain l'idée de génie d'utiliser Mrs Lorrimer comme bouc émissaire. Son œil exercé avait sans doute deviné qu'elle était malade et que sa vie ne pouvait guère se prolonger. Rien de plus naturel pour elle, dans ces conditions, que de choisir une porte de sortie plus rapide et d'avouer son crime ! Il se procure donc un échantillon de son écriture, fabrique trois lettres identiques et arrive en courant ce matin-là chez Mrs Lorrimer avec cette histoire de lettre qu'il vient de recevoir. Il a chargé sa domestique de téléphoner à la police. Il n'a besoin que d'un peu d'avance. Et il l'obtient. Le temps que le médecin légiste arrive, tout est fini. Le Dr Roberts a son histoire de respiration artificielle toute prête. Tout est parfaitement plausible, tout est clair comme de l'eau de roche.

» Il n'a pas l'idée de faire porter les soupçons sur Anne Meredith. Il ne sait même pas qu'elle est venue la veille. Il n'a en vue que le suicide prémédité et la sécurité qui en découle.

» Il passe un très mauvais moment quand je lui demande s'il connaît l'écriture de Mrs Lorrimer. Si on a décelé le faux, il doit prétendre, pour se sauver, qu'il ne l'a jamais vue. Son esprit travaille vite, mais pas assez vite.

» De Wallingford, j'appelle Mrs Oliver. Elle joue son rôle en endormant ses soupçons et en l'amenant ici. Et alors qu'il se félicite de la tournure que prennent les choses, même si elles s'écartent de ses plans, le coup s'abat. Hercule Poirot bondit ! Ainsi, le joueur ne pourra plus tricher pour se tirer d'affaire. Il a jeté ses cartes sur la table. C'est fini.

Le silence se fit. Puis Rhoda soupira.

— Quelle chance que ce laveur de carreaux se soit justement trouvé là ! dit-elle.

— La chance ? La chance, dites-vous ? La chance n'y est pour rien, mademoiselle. Mais bien les petites cellules grises d'Hercule Poirot. Cela me fait penser...

Il alla à la porte.

— Entrez... Entrez, cher ami. Vous avez joué votre rôle à merveille.

Il revint, accompagné du laveur de carreaux, qui portait maintenant ses cheveux roux à la main et avait l'air de quelqu'un de tout différent.

— Mon ami, Mr Gerald Hemmingway, un jeune acteur qui ira loin.

— Alors il n'y avait pas de laveur de carreaux ? s'écria Rhoda. Personne ne l'a vu ?

— Moi je l'ai vu, répondit Poirot. Avec l'œil de l'esprit, on en voit plus qu'avec l'œil du corps. Il suffit de se caler dans un fauteuil et de fermer les yeux...

— Poignardons-le, Rhoda, proposa gaiement Despard. Et voyons si son fantôme sera capable de revenir et de découvrir qui a fait le coup !

Table

Poirot joue le jeu 7
Cartes sur table 287

Le Livre de Poche s'engage pour l'environnement en réduisant l'empreinte carbone de ses livres. Celle de cet exemplaire est de : 950 g éq. CO_2
Rendez-vous sur www.livredepoche-durable.fr

Composition réalisée par PCA

Imprimé en France par CPI
en décembre 2018
N° d'impression : 2041154
Dépôt légal 1re publication : septembre 2016
Édition 02 - décembre 2018
LIBRAIRIE GÉNÉRALE FRANÇAISE
21, rue du Montparnasse - 75298 Paris Cedex 06

25/2144/0